本书由

● 大连市人民政府资助出版

● 大连理工大学人文与社会科学学部学术著作出版基金资助

● 教育部"985"三期"科技、人文与社会发展研究创新平台"基金资助

本书系

● 大连理工大学中央高校基本科研业务费专项资金资助项目"二十世纪文学创作中的性别意识与和谐社会的文化构建"(项目批准号是DUT11RW406)的阶段性成果

成长如蜕——

二十世纪九十年代女性成长小说研究

高小弘 著

人民出版社

责任编辑:陈寒节

责任校对:湖　催

图书在版编目(CIP)数据

成长如蜕——二十世纪九十年代女性成长小说研究/高小弘 著.
—北京:人民出版社,2011.6
(科学与人文研究丛书)
ISBN 978 – 7 – 01 – 009957 – 6

Ⅰ.①成…　Ⅱ.①高…　Ⅲ.①妇女文学 – 小说研究 – 中国
– 当代　Ⅳ.①I207.42

中国版本图书馆 CIP 数据核字(2011)第 105160 号

成长如蜕
CHENGZHANG RUTUI
——二十世纪九十年代女性成长小说研究
高小弘　著

人民出版社 出版发行
(100706　北京朝阳门内大街 166 号)

北京市文林印务有限公司印刷　新华书店经销

2011 年 6 月第 1 版　2011 年 6 月北京第 1 次印刷
开本:710 毫米×1000 毫米　1/16　印张:17
字数:243 千字　印数:0,001～2,200 册

ISBN 978 – 7 – 01 – 009957 – 6　定价:34.00 元

邮购地址:100706　北京朝阳门内大街 166 号
人民东方图书销售中心　电话:(010)65250042　65289539

《科学与人文研究丛书》总序

科学和人文是一对孪生兄妹，两者可以说是"相融是利，相离则是'半个人'"（杨叔子语）。

英文的 science 一词基本上指 natural science（自然科学），但 science 来自拉丁文 scientia，而后者涵义更广泛，是一般意义上的"知识"。德文的 wissenschaft（科学）与拉丁文的 scientia 类似，含义较广，不仅指自然科学，也包括社会科学以及人文学科。我们知道德国人喜欢在非常广泛的意义上使用"科学"这个词，比如黑格尔讲哲学科学、狄尔泰讲精神科学、李凯尔特讲文化科学等。这些词的历史性关联暗示了一个更深层更广泛的思想传统，狭义的自然"科学"只有在这个深广的思想传统之下才有可能出现和发展。从静态的观点看科学是一种认识成果，是一种系统化、理论化的知识体系。在欧洲，文艺复兴运动之前，科学是小规模的运动，主要是少数学者和哲人的个人活动。文艺复兴运动之后，才相继建立了一批大学和科学院。尤其 19 世纪以后，科学活动的规模空前扩展，科学的社会化和社会的科学化才迅速发展。到现在，科学活动不再是少数人进行的纯学术研究，而是由众多社会成员参加，对于整个社会而言，科学研究成为一种专门的社会事业、社会结构中的一个独立部门。如今运用动态的观点把它看作是人类进行社会实践的一种特殊形式，认识世界的一种过程，生产科学知识的一种特殊的社会活动。科学技术能使人类认识未知世界，帮助人类提高认识能力，同时人的认识世界的预测能力更是全面提高，突出人的主体性，表现了科学认识的能动性。在人类文化发展过程中，随着自然科学的不断发展，它的地位不断提升，成为一种高尚的文化成就。早在 17～18 世纪，科学就已成为一个重要的文化因素,被纳入整个文化体系,发挥着重要的文化功能。到了 19 世纪中期,科学文化更是蓬勃发展,在某些人心目中,科学文化简直是文化的典范,代表着文化的未来。如今,在这个文化多元化的社会,科学文化是其有机组成部分,而且成为一种相对独立的文化过程。社会文化是一个复杂的系统,是物质成果和精神成果的总汇,对社会文化的发展起到巨大推动作用,而且科学发展离不开一定的社会文化背景,受到其他文化因素的制约和影响,如政治、民族的精神状态和文化传统。

英文的 Humanities 直接来源于拉丁文 Humanitas,而拉丁文 Humanitas 继承了希腊文 paideia 的意思,即对理想人性的培育、优雅艺术的教育和训练。公元 2 世纪罗马作家格利乌斯(Aulus Gellius)的一段话成了 Humanitas 的经典定义:

那些说拉丁语以及正确使用这种语言的人,并没有赋予 Humanitas 一词以一般以为具有的含义,即希腊人所谓的 philanthropia,一种一视同仁待人的友爱精神和善意。但是,他们赋予 humanitas 以希腊文 paideia 的意思,也就是我们所说的"eruditionem institutionemque in bonas artes",或者"美优之艺的教育与训练"(education and training in the liberal arts)。热切地渴望和追求这一切的人们,具有最高的人性。因为在所有动物中,只有人才追求这种知识,接受这种训练,因此,它被称作"Humanitas"或"Humanity"(人性)。①

汉语的"人文"一词同样有这两方面的意思。最早出现"人文"一词的《易经·贲》中说:"观乎天文以察时变,观乎人文以化成天下。"这里的人文就是教化的意思。中国的人文教化同样一方面是强调人之为人的内修,另一方面是强调礼乐仪文等文化形式。那么人之为人最重要的是什么呢?一般认为,以儒学为代表的中国思想把理想人性规定为"仁",在孔子那里,仁者人也,人者仁也,两者互训互通。仁通过什么方式可以获得呢?克己复礼为仁!礼是实现仁的教化方式。

---

① 参见吴国盛:《反思科学》,新世界出版社 2004 年版,第 33—34 页。

人文学科一词来源于公元前55年,西塞罗在其《论雄辩家》一书中首先把 humanties(人之品质)列为辩论者的一项基本训练项目。后来经过希腊罗马修辞学学者的发挥,humanitas 就成了古典文科教育的基本大纲。再往后,由圣·奥古斯丁和其他教父们使之转为基督教服务,它又构成了中世纪基督教徒的基础教育,构成了称之为 artes,bone artes("通艺")或 artes liberals("自由艺术")的研究领域,其中包括数学技艺和语言艺术,也包括某些科学,历史学以及哲学。欧洲十五六世纪时期开始使用此词。原指同人类利益有关的学问,以区别于中世纪占统治地位的神学。后含义几经演变。狭义指拉丁文、希腊文、古典文学的研究,包括哲学、经济学、政治学、史学、法学、文艺学、伦理学、语言学等等。20世纪上半叶,中国大学仿照美国体制分为3个学院,其中的文学院教授的就是人文学,简称文科,以别于教授自然科学的理学院和教授社会学的法学院。

科学与人文都是社会文化现象,所以对它们的考察不能脱离时代背景和社会系统去孤立分析。科学与人文本来是统一的。在古希腊时代至欧洲中世纪科学和人文皆被包含于哲学之中,是处于一种相互包容、相互渗透的状态之中,当然,这种浑然未分的统一是由于科学和人文学科皆未分化的结果。近代以后,当人文学科从中世纪的神学解放出来,尤其是科学真正意义上从自然哲学中分离出来时,科学与人文真正走向独立。此阶段的科学与人文之间的关系表现为双向互动的主要特征,一方面表现为科学与人文相互依存,相互促进机制;另一方面表现为科学与人文之间相互对立,彼此竞争的互斥机制。人文运动把科学从神学中解放出来,促进了科学的发展,科学的发展反过来又推动了人文主义的传播。用理性来对抗神学迷信,就是这一阶段科学与人文携手共进的重要目的之一。从18世纪中期开始,科学在西方已不仅仅是一种观点或学说了,它已是建制化的活动,已是最有权威性的实践。到19世纪下半叶,科学成为主旋律,几乎占领了整个知识领域,在这种社会背景下,人们相信只要掌握了科学就能给人类带来美好的未来。另外科学对社会系统的作用愈来愈大,成为推动社会系统进步的主要力量,从而导致在一定程度上把自然科学绝对化,产生了以实证主义为代表的科学主义观,强调知识必须建立在确实可靠的基础上,只有经验的知识才是确实可靠的,即实证的。科学几乎成为衡量万物的尺度,即"判定什么存在或不存在的尺度"。科学主义的诞生不仅否定了宗教权威,而且动摇了以人的感性经验为基础而建立起来的人文知识体系。而这一时期人文精神对社会的影响日渐消退。科学与人文之间表现出逐渐分离的趋势。人文固守绝对价值目标,忽视通往这一理想境界的现实道路。

近代以来,科学探索与人文探索关注事物的角度、它们的知识系统、文化思维、问题域和观念系统等等不同,科学和人文处于分化,对峙状态,甚趋于紧张。另一原因是人为原因,这就是受现实的功利价值、经济效益趋使。在现代社会,随着实证科学和近代技术的兴起,人与自然之间发生了角色转换。由于社会制度的作用,自然界开始变成被人们操纵的对象和被人们利用的工具,人本身变成了中心。科学作为工具价值的一面和作为目的价值的一面出现了严重的背离,以致在资本主义国家产生了科学的异化现象,科学技术对大自然的征服,导致了全球性问题的出现。全球性问题的出现,把当代人类推向了严重的生存困境。科学成了统治人的外部强制力量,这种状况,在科学技术迅猛发展的 20 世纪,西方的人本主义思想家不是对科学本身的异己性进行批判,而是对科学本身进行拒斥,用人文世界拒斥科学世界,从根本上否定科学精神和理性精神,并用艺术精神和非理性主义来取而代之;而实证主义、科学主义的思想家则把科学的人文价值从科学的价值中剥离出来,把科学理解为与人生存的意义完全无关的关于纯粹事实的科学,并进而用科学世界拒斥人文世界,科学与人文截然割裂。科学主义者突出强调的是科学和理性的重要性,强调要用科学的观点、方法和标准来审视别的文化,忽视或贬低人文文化的意义和价值;而人本主义者则突出强调艺术和非理性的重要性,强调要以"人"为本来审视一切文化,排斥和否定科学的意义和价值,于是,科学文化和人文文化、科学精神与人文精神的分离和对立便进一步加深了。19 世纪末最接近于对"两种文化"的分野进行表述的,是标榜新康德主义的弗莱堡历史学派传人李凯尔特,他提出了自然与文化、自然科学与历史的文化科学这两种基本对立。

自从实证主义产生之后,科学与人文之间的分别日益明显。实证主义提出"拒斥形而上学"的口号,实际上就是要严格区别科学与形而上学,逻辑实证主义继承了实证主义"拒斥形而上学"的传统,提出了分界问题,即科学与非科学、科学与形而上学的分界。兹后这一问题成为科学哲学的一个主要问题被科学哲学家们广泛而激烈地争论。从总体上来看,自19世纪上半叶到20世纪中叶,思想家们大都在论证两种文化的独特性,给它们划界。实际上,这无意中加深了两种文化的裂痕。自20世纪中叶之后,思想家们大多从揭露两种文化的分化的弊端出发,寻求弥合两种文化裂痕的途径和方式。

现代西方人本主义者同狭隘的实证主义者和功利主义者一样,从根本上无法看到科学的人文意义和人文价值。人本主义者只看到科学技术对人、自然和社会的负面影响,将科学技术在资本主义条件下的异化直接归咎于科学技术本身,而看不到科学技术对于推动生产力的发展和促进社会的全面进步所起的巨大作用,因而看不到科学技术同人的生存、栖居、自由和发展的深刻的一致性。

由此可见,近代人文主义运动在近代前期带来了科学的发展,并促进了科学的发展,另一方面在近代后期,由于科学自身独立的发展,特别是科学的功利主义的应用,造成了科学与人文的相互排斥,相互分离。在某种意义上,无论是科学主义的悲剧还是悲观的科学虚无主义的误区,归根到底都是由于离开了科学与人文的整合所致。

从整个世界教育发展的历史来看,不管是中国还是西方,古代的教育都十分重视人的素质的培养。但是近代以来,随着科学技术的发展,传统的人文教育逐渐被专业技术教育所取代。中国在19世纪后期开始学习西方,发展专业技术教育。在20世纪专业技术教育得到蓬勃发展。尤其是在20世纪50年代我国高等教育深受原苏联的影响,文理分家,理工分校,专业面狭窄。我国的数、理、化、天、地、生、文史、哲、法、经、社、农、医、工程等主要学科中,理工科比例太大,造成畸形发展。人们在思想上重工轻农,重理轻文,重"硬科学"轻"软科学",即便在文科中,人们又存在着重社会科学轻人文学科的倾向。

当前,对于理工科大学生来说,加强人文素质教育尤其重要;对于文科大学生来讲,提高科学素养也是当务之急的问题。通过近十几年来的努力,人们已经逐渐形成了"大"文化素质教育观。科学教育和人文教育要相融,科学文化与人文文化要相融,科学素质和人文素质要相融。相融则利,相离则弊。科学素质、科学精神,人文素质、人文精神就是在科学知识、人文知识中形而下的东西,经过人的努力,特别是经过人的实践,在实践中深思,在实践中体悟,在实践中磨炼,内化升华,形成形而上的精神世界的东西。科学精神也是人文精神。精神就是人文的东西,所以科学精神就是求真的人文精神;而人文精神,就是应以"实事求是"作为其基础的求善精神,从这一角度讲,就是求善的科学精神。科学与人文都有共同的追求。科学追求真,人文追求善,两者结合,保证追求正确,保证结果可以完美。这就是追求真善美高度的统一,而这种统一是创新。创新是一个民族的灵魂,是一个国家兴旺发达的不竭动力,真善美都是围绕着要建设一个更美好的新的明天。一个正确的思想,一个创造性的思想,必定是逻辑思维同形象思维、科学技术思维跟人文艺术思维的高度的统一。

大连理工大学人文社会科学学院自1999年成立以来,学院的发展得到了学校领导以及学界同仁、社会各界的亲切关怀和大力支持。经过10年的努力,学院在人文社会科学发展方面基本实现了三个方面的转变:在教学上,由以"两课"为主的教学工作向以思想政治理论课为主导、文化素质教育为基础、人文社会科学类专业教育快速发展模式的转变;在人才培养上,由专本科和短期培训为主向本科生、研究生培养为主转变;在教学与科研关系上,由教学主导型向学科建设为基础、教学科研、社会服务并重的模式转变。目前,随着学科快速发展的需要,学校在原思想政治理论课教研中心的基础上,又组建了马克思主义学院。新的人文社会科学学院正在按照"文理渗透、中西融汇、学研一体、博专结合"的理念,努力形成以文理工管交叉渗透为特色的人文社会科学学科群。

2006 年大连理工大学决定设立人文社会科学研究基金,2007 年就拿出 112 万专款用来支持人文社会科学研究,同时决定以后每年拿出 100 万元作为学校人文社会科学研究基金,这可以说是学校历史上的一个重大突破。2009 年学校又提出文科要入主流,这对我们来说,不仅是一种期待,更是一份沉甸甸的责任。在这个过程中,我们人文社会科学学院理所当然地要一马当先,提升我们的学科水平。基于此,我们在编辑出版"科技哲学与科技管理丛书"的同时,结合我们学院学科较多、覆盖面宽、涉及面广的特点,本着"各美其美,美人之美,美美与共,和谐人文"的宗旨,编辑出版"科学与人文研究丛书"。这套丛书是一套跨越科学与人文两个研究领域的综合性丛书,具有基础性、交叉性、哲理性、现实性、综合性的特点,内容主要涵盖科学与人文综合研究的诸多方面。举凡涉及科学、人文及其关系的内容,均收入这套丛书。这套丛书是我校"211 工程"和"985 工程"建设项目的内在组成部分,其中的著作或者是我们学院部分教师承担的各级各类研究课题的成果,或者是来自名校的年轻博士的博士论文。我们希望通过这套丛书的持续不断的出版和若干年的努力,不仅进一步搞好我们的学科建设,形成我们的学科特色,而且为实现"文理渗透、中西融汇",促进我国科学与人文的交融发展贡献我们微薄的力量。

洪晓楠

2009 年 8 月 8 日于大连

新的话题 新的言说(代序言)

傅书华

在近年来的女性文学研究论著中,高小弘的《成长如蜕》是一部颇值得给以认真阅读与重视的著作,其所提出的新的话题及对此的新的言说之处多多,并由此给了我们提出新的话题发表新的言说以广阔的空间,我虽然不是女性文学研究的业内人士,但我想以我对这本书的言说,引发大家对这本书的兴趣及对相关问题的思考。

我想先谈谈我对这本书的三个关键词的理解,这三个关键词分别是:90年代,女性,成长。这是三个有着内在深层关联的关键词,其内在的深层关联又构成了历史内容与价值形态的张力,从而给我们的言说提供了丰富的可能性。

虽然许多论者将"新世纪文学"作为一个新的相对独立的文学阶段而试图给以某种"史性"言说,且不乏其鲜明性,但我觉得,90年代,在中国文学史的代际划分中,是一个实质性的分界线。中国社会形态在自身的历史性运转中,在这一时期不以人的意志出现了根本性的断裂与变化——特殊的历史事件,只是其中的外在性表征,且只是这种外在性表征中的一个。所谓断裂与变化,是说中国社会在其历史运行中,从此在其社会根基处,步入了商品经济时代,并因为其根基处的变化,而带来了整个社会的结构性变化,而这种变化,又处于全球化的语境之中。如果说,作为中国历史一个新的起跑线的五四时代,就体现了这种变化的端倪,但其表征更多地体现于文化思想层面,那么,90年代的变化,则是根本性的整体性的。且涉及到每个社会成员的实际生存及日常生活之中了。

面对这种变化,中国的思想界、学界,主流的以及非主流的意识形态,全体民众的精神形态,都相应地发生了前所未有的不安与动荡,众语喧哗,莫衷一是:自由主义、新左派、国学热或曰文化保守主义、后现代主义后殖民主义、民主社会主义以及对国家社会主义的深入批判等等,均是这其中比较响亮的声音。如果说,自先秦时代的百家争鸣之后,中国社会处于一个超稳定的社会结构之中,那么,自鸦片战争之始,中国社会在这一超稳定社会结构崩溃之后,就处于一个层层蜕变的成长过程之中,漂泊的宿命,青春的激情与反叛,悲凉之感等等,这些关键词频频地出现在百年来的中国历史的进程之中,成为中国社会甚至每一个社会成员成长过程中的题中应有之义。只要新的社会形态还没有成熟,只要现代人的人生价值指向还没有明确,我们就注定还只能处在一个成长的过程,而 90 年代,则是这一成长过程中的重要节点。那么,在这样的成长节点中,又是什么会成为这一成长节点中新出现的关键词呢?

新出现的关键词或许会有几个,但女性却是一个无论如何绕不过去的一个。

简略或粗疏地说,我们可以说,男性更多地体现着社会现实法则及其合理性,女性则更多地体现着个体生命法则及其鲜活性,社会现实法则建立的基础是政治、经济、文化等等,个体生命法则建立的基础则是个体生命欲求的丰富、深刻、细腻等等。如是,以人为主体的历史进步的尺度,要看社会现实法则在何种程度上能够吻合个体生命法则。所以,不是从性别解放的意义上,而是从人的解放的意义上,我们可以说,女性解放的程度,标志着人的解放的程度。所以,在任何一个时代,在上述两种法则的落差中,男性的价值尺度,总是处于中心的主流的位置,女性的价值尺度,总是处于边缘的前沿的位置。但也正因此,一个时代的最初的变化征兆,我们往往可以在女性的命运、追求中得以看到;但也正因此,女性在价值形态上,而不是在既定的社会历史形态上,更具备了路标性意义。

　　始自90年代中国社会的历史性转型中,人,特别是作为个体的人、个体性、个体利益、生命欲望、物质享受、日常生活、个体的现实价值实现、情感性、瞬间性等等开始浮出历史地表,并构成了对原有的社会结构、价值形态的挑战性、动荡性,而所有这些,无不与女性的性别特征有着千丝万缕的血肉般的亲和性,由此,中国的女性意识,开始"浮出历史地表"并形成了女性的性别热潮,其直接的表述形式,就是女性文学热潮的形成。这是因为女性意识在还没有形成自己的理性符码系统时,在无法借用原有的男性的理性符码系统表述时,在最初的生命感性经验无法上升为理性语言时,感性的形象的文学语言,就成为她们最好的写作方式与表达方式。于是,我们就不难理解,为什么自90年代以来,女性文学成为中国文学中的一道极为炫目的风景。

　　在这道女性文学写作风景中,女性成长小说有着其特殊的意义:它既是对女性成长的重新审视,也是通过对女性成长的重新审视,来探寻一种新的个体生命形态、法则的形成、成长过程及在这一过程中,与原有的社会结构、价值法则的紧张关系,来表达一种对人与社会其实质是个人与社会关系的全新理解。

　　那么,90年代的女性成长小说,具体为我们提供了哪些我们上面言说的内容呢?非常遗憾的是,与90年代女性成长小说的繁荣相比,对90年代女性成长小说研究的著作却寥若晨星,而高小弘的这本《成长如蜕》则是这晨星中闪闪发亮的一颗。循着作者的论述,我们得以一窥90年代中国女性成长小说的全貌,并藉此探究蕴含于其中的我们前面所言说的内容,而高小弘作为青年女性,作为女性文学研究者对此的言说,又为我们的理解,提供了另一个维度——成长中的青年女性的维度,所有这些,正是引起我们阅读高小弘这本《成长如蜕》的兴味所在。

　　或许因为我是男性的原因,或许是因为我接受了过多的既往的社会现实法则、价值形态,总之,我在阅读本书时,时时地有着一种新鲜的刺激感,有着一种被挑战感,我想,正是这种感觉,构成了两种价值法则、形态的张力与对话的意义。下面,我例举二三,来谈谈这种感觉,来开展这种对话。

第一,对女性成长小说特质、形态把握中所体现出来的女性意识的清醒与自觉。我在阅读女性成长小说时,常常会有一种特别的体会,就是当我们用所习惯的人的成长(其实是男人的成长)用人在与旧的社会形态冲突,在对新的社会形态的向往与追求中的成长来分析女性主人公的成长时,总是会在分析完之后,又觉得这其中有许多是我们所没有能够用语言表述出来的,有着一种只可体会而无法言传的东西在里面。这种阅读感受是我们阅读《家》《财主的儿女们》《组织部来了个年轻人》等等男性成长小说中所没有的。特别明显的例子,譬如说丁玲的《在医院中》杨沫的《青春之歌》。就拿《青春之歌》来说吧,你尽可以说这部作品写了革命、父权对女性的征服、同化与引领,但在作品中,又总是有着一种独特的味道、神韵,是你用这种解释所无法概括的。这也正是这部作品无论在"十七年"还是在今天,总是被人津津乐道的原因之所在。因之,当我读到高小弘下面这段话时,我是十分认同的:"女性写作者则会时常陷入了两种话语类型的窘境中:一种是支持性别统治的话语倾向,是父权制意识形态的表达;另一种是坚持女性真实体验的反性别统治话语倾向,是对父权制意识形态的反抗和消解。这种语言窘境直接会产生出一种认同与质疑、抵抗与服从杂糅的创作心理,因此,女性成长叙事的审美效果就呈现出晦暗不清、枝蔓丛生的特点,而这种叙事效果本身也隐喻了女性成长历程的复杂性与艰难性。"我还想补充一点的是,女性成长叙事中的这种"晦暗不清、枝蔓丛生"这种"复杂性与艰难性"与女性经验无法用既有的话语符码给以"言说"是密不可分的。

第二,本书中关于家、父女关系、母女关系的论述读来让人深有兴味。

自从《红楼梦》作为中国传统社会的结束,作为中国现代社会的起点,将"家"、将从"家""出走"作为原型推出之后,关于"家"关于从"家""出走"的故事,相应地,父子关系、弑父与从父的故事,在中国现当代文学中,就被反复讲述,层出不穷。但高小弘却更重视的是,90年代的女性成长小说是如何"摆脱了长久以来时代的主流意识形态对'家'的种种遮蔽,还原出'家'在女性成长过程中深刻真实的本相";却更重视的是,被父子关系这一强大阴影所遮蔽的父女关系的真相是什么,并对此作出了清晰的梳理。作者认为:女性对伦理意义的"家庭"神话的坍塌与对具有彼岸价值和人文主义理想的"家园"的憧憬是同时并存的,女性的"恋父"情结与"审父"心理是同时并存的。在我看来,这二者之间的张力,正是个体生命法则与社会现实法则二者之间张力的必然结果。但我更感兴趣的是作者对母女关系的论述及在这论述中对母性神话的"去蔽",这一"去蔽"是通过对母亲欲望情感的发现、通过对专制母爱的揭示来完成的。在我看来,中国传统中的母性神话更多地强调的是母亲的伦理角色及对这一角色的神化,是中国传统文化伦理至善的结晶体。高小弘所论述的女儿对母亲欲望情感的发现,使母亲这一角色,从伦理价值本位转换到了个体生命价值本位;其对专制母爱的揭示,则打破了民族传统文化中,以主观美好的伦理意愿代替客观真实存在的意象造型观的审美定势,是对直面现实的五四文化精神的深化与细化。这两点,都是今天中国以人为本,将人从天上回归现实大地重建人的乐园的时代特征的鲜明表征与炫目体现。

第三,身体话语。

无论是古代还是在今天,中国一直是一个身体失语的国度。在久远的中国传统社会里,存天理灭人欲一直是主导力量占据着主导地位。于是,在男女情事中,或者美好的男女情感只出现在婚前而与身体无涉,或者因为身体的介入,而使男女情感流于下作。情与欲的对立、隔绝可以说是中国传统社会中的常态。身体的其他需求、享受,亦一直与美德无缘。及至近现代以来,由于缺乏健全的身体的话语资源,作为人的解放之前驱的身体觉醒,或者以无序的躁乱、扭曲的形态出现,如郁达夫的《沉沦》之类,或者轻而易举地被新的社会话语所泯灭所收编。新时期以来的中国社会转型中,身体在如何实现过程中的失范,一直是社会价值动荡的主要表征之一,在这其中,女性的身体又成为最为敏感的中心话题。因之,我在阅读本书中,特别留意90年代的女性成长小说及本书作者对此作了怎样叙述。

本书作者对五四以来的女性成长小说中的身体叙事的高度概括虽

然简要，却相当地准确，在这一论述背景之下，作者试图对90年代的女性成长小说中的身体叙事作出概括与深入的论述。应该说，无论是男性对女性的身体写作作了怎样的商业化的歪曲，还是女性本身对身体写作作了怎样偏狭的理解，女性的身体觉醒在90年代的女性成长小说中，还是有着长足进步。例如，女性在生理成长过程中的身体感受与心理感受，这感受中所蕴含的深刻而又丰富的历史意蕴与精神意蕴；女性在父权文化压制下，对自身身体的认识与觉醒过程；女性在父权文化设置下的道德价值与欲望价值的双重制约下的尴尬处境；女性的欲望悖论欲望吊诡之处等等，在90年代的女性成长小说及作者对此所作的概括与论述中，都得到了相当准确的揭示与深刻的说明。但相对说来，本书作者在这方面的论述，较之本书其他方面的论述，显得艰难得多，我想，这可能是为当今身体话语资源欠缺的局限所致，或者说，这也在某种程度上，说明了当今身体话语资源的欠缺。同时，我在阅读之中所不能尽兴的，是作者将女性的身体叙事局限在了生理范畴与男女情事范畴，而在我看来，女性的身体叙事，似乎还应该包括女性的服饰、物质的享用、情绪的瞬间性、日常生活的细微性等等方面。我对90年代的女性成长小说极少阅读，不知是这些小说中，对此的描述不多，还是本书作者对此关注不够。相对说来，本书作者对姐妹情谊的论述相当精彩，特别是对姐妹情谊乌托邦真相的揭示及造成这一结果的深刻原因的相关论说，尤其值得称道。与千古以来对男性兄弟之情的赞颂及其内涵的社会厚重性相比，女性对姐妹情谊的提出，给我们重新认识社会、历史、人，提供了一个与兄弟之情相对应的一个新的范畴，这其中，有着太多的新质需要我们去发现与言说，本书作者如果将此二者在对比中进行论述，那读起来，就更给人以酣畅淋漓之感了。

第四，从对女性个体成长体验的书写，到对整个人类存在状态的探询与追问。

我过去一直有个错觉，就是觉得女性文学写作与女性文学研究，都有个缺陷，就是"圈子化"，总是不出女性的"圈子"，不能与社会的主流问题主流话语构成互动与对话。因之，我在读了本书第三章后，深感自己学术视野的偏狭。在这一章中,本书作者成功地阐释了90年代女性成长小说,在对女性个体成长体验的书写中所蕴含的对整个人类存在状态的探询与追问意义。

我非常激赏本书作者在书中所引用的海德格尔的观点:海德格尔认为,在现实生存中,人类不可避免地有两种相冲突的生存样式:一种是非本真的日常生存方式,另外一种是本真的诗性生存方式。在非本真的日常生存中,自我总是屈从于"公众意见",也就是"我将我筹划为他人,筹划为按他人眼光办事、符合他人眼光的'我'。至此,'我'便悄悄被'他人'取而代之,而他人与公众意见作为一种异己力量正是通过我在领会上的趋同而发生作用的。"海德格尔把沉沦于日常非本真生存的自己称为"常人自己"。与此相对,海德格尔提出的本真的生存方式,则是一种从日常沉沦中超拔出来的个体生存方式,即"力图按本真的领会来筹划自己,争取本真的生存,从沉沦中超越。"

本书作者正是以上述海德格尔的观点立论,阐释了90年代女性成长小说中女性作为个体生命成长的意义。在作者看来,90年代女性成长小说中所描写的女性作为个体生命成长的过程,就是对"常人自己"的拒绝过程,就是对人的本真生存的诗性敞开。无论在久远的中国的传统社会,还是在近现代中国的社会变革中,亦或是在当今中国大众话语的潮流之中,"常人自己"成为国人个人生存中的一个顽强的挥之不去的梦魇般的存在。本书作者对90年代女性成长小说中,对人的本真生存的诗性敞开的意义的揭示,对拒绝"常人自己"意义的揭示,无疑把五四时代"人的文学"的命题,达到了一个新的阐释高度。从这一高度出发,我们或许会对五四时代以来人的成长历程,会对当今中国人的生存、存在状态有着新的深入理解,也会对90年代女性成长小说的价值、意义有着充分的估价。

也正是从这一立论的深刻性出发,本书作者论述了90年代女性成长小说中对女性生存、存在状态及救赎方式的揭示,并因之使其相应地具有了深刻之义。

在作者看来,90年代女性成长小说中所展示的女性的生存、存在状态有三种：孤独、逃离、创伤。在我看来，这样的三种生存、存在状态，也是五四以来中国现代化进程中人的觉醒历程中的三种有代表性的生存、存在状态。

五四以降，由于传统与现代的巨大断裂，由于社会价值系统的崩溃与人的价值系统的萌生之间的巨大落差，人的觉醒过程中的先觉者的孤独感油然而生，君不闻五四时代的名言即是"最孤独的人最有力量"。而对原有社会形态、价值体系、精神家园的背弃，则使"逃离"成为这些先觉者的宿命存在，从五四时代鲁迅的"过客"到1930年代《家》中的"觉慧"再到1940年代路翎笔下那些"财主的儿女们"无不如此。"孤独"与"逃离"所带来的种种体验，以"创伤"名之，最为贴切。只是这三者之中的具体的内容，男性与女性明显不同。要而言之，男性与个体的社会实现更多关联，女性则更多纠缠于个体自身。本书作者对女性成长小说中女性生存、存在中的这三种状况的揭示、论说，我在这里不再展开，有兴趣的读者自可去这本书中认真细览、品味、思考，我想说的则是，这种揭示、论说，在为我们打开了一个新的天地的同时，也为我们思考百年来中国现代化进程中，人的成长演化轨迹，提供了一个新的有助于我们对问题进行深入认识的视角与思路，从而使女性文学与女性文学研究上升到了对整个人类存在状态的探询与追问，成为一种追问人之存在意义的现代艺术文本。

还需要特别提出并给以称道的是，本书作者对90年代女性成长小说中所概括出来的女性为使自己避免成为"常人自己"的三种救赎之道：日常生活救赎、审美救赎以及宗教式的救赎。这三种救赎之道，更切合女性自身的性别特征，也更值得我们在面对当今中国普遍性存在着的人生"焦虑"时，给以结合现实的深思与切实的讨论。与此我们也可以又一次体会到，90年代女性成长小说及对此的相关论说的现实意义。

本书作者高小弘是70年代中期生人，近几年来，70年代及80年代出生的学人，在学术研究中，取得了令人瞩目的成绩。我觉得，这一代学人，其人生、生命成长过程，与中国新的社会结构、形态的形成，是同步发展的，其知识结构、理论构成，从一开始，就步入正途，不似我们这一代人,成长于一个畸形的时代,是身着历史的重负步入一个全新的时代的,在知识结构、理论构成上,也是先行"呕吐"再行"吸收"。因之,高小弘这一代学人,是非常有可能成为大有建树的一代学人,在言说中国当今这新的时代新的社会形态上,在发出新的声音上,也最有可能成为最有发言权的一代人。在阅读高小弘的这本学术专著时,我又一次感受到了这一点。

不过,我还是有点建议想说出来。

也许因为我是男性的原因,也许因为我的文学观念是在那个重文学与政治关系的时代形成的原因,也许因为我现在对真实的历史比对虚构的文学更感兴趣的原因,我希望小弘的文学研究乃至中国的女性文学研究能够更多地参入社会与历史的维度。我知道"文学是人学"但人毕竟是生活在具体的社会、历史空间中的人。

中国的传统文论,一向是认为文史哲不分。文学可证历史,历史又可证文学,而在文史互证中,其哲学含义自在其中。

小弘对90年代女性成长小说的研究,基本上是对女性小说文本的具体研究,虽然这种研究,小弘是把其放在女性文学史的大背景下展开的,是放在与男性比较维度上展开的。但我更希望小弘的女性文学研究,能够在与历史、社会的更广阔更实证的层面上展开。我读历史与现在的报章,常常会看到令人惊异的女性事件,远的如阮玲玉事件,近的如木子美事件。我觉得,女性事件之所以在社会上备受关注,不仅仅是因其被媒体所炒作,其深层的实质处,还是因为女性事件是社会、历史动荡最鲜活、敏感的表征。如是,女性文学研究,如果将女性文学文本与女性作者的实际人生与社会中女性实际发生的女性情状(这种情状又是通过新闻、事件、回忆、书信等等给以实际、具体地体现的)结合在一起进行互证性研究,也许会给女性文学研究带来新的研究空间与新的研究效果。就以专制母爱来说吧,李南央的忆念性文章《我有这样的一位母亲》,就给我留下了特别深刻的印象。我觉得,如果把这样的具有历史性真实的专制母爱形态引入对女性文学中专制母爱形态的揭示与分析的文字中,对女性文学中专制母爱形态的揭示与分析的文字将会更具力度。我约略知道,当今的文学研究,越来越注重史料性,希望通过新的史料,来实际地颠覆原来的对文学形态对文学史的认识,使对文学形态、文学史的认识更逼近文学自身。我想,在某种意义上,女性历史性而非文学性的真实材料的引入,也许会对女性文学研究对女性经验、命运的揭示,提供某种"史料性"。我不是否认文学文本中想像力的作用,我也约略知道,这种想像力让文学具有了超越现实存在的巨大作用,但我觉得,女性文学写作,是填补女性历史与现实存在的"空白之页",在最初填补之时,还是先写实后想像可能更有利于在这"空白之页"上呈现女性存在的真实。

我的这点建议,只是姑妄言之,但希望小弘在这本学术专著的基础上,在学术上有新的更大的发展与拓宽的愿望,却是十分真诚的。我相信我的这一愿望是不会落空的,那么,就让我们期待着。

目 录

丛书总序 ………………………………………… 洪晓楠 1

新的话题 新的言说（代序言）………………………………… 1

绪论 …………………………………………………………… 1

  一、二十世纪九十年代文化语境下女性成长小说的繁荣 ………… 1

  二、女性成长小说的历史运演（从"五四"到八十年代）………… 3

  三、"女性成长小说"的概念界定及理论内涵 ……………………… 7

  四、九十年代女性成长小说的研究现状、论文研究方法、章节安排

     及主要观点 …………………………………………………… 18

第一章　雾中风景——家庭及代际伦理视域中的女性成长 ……… 25

  第一节　"家"神话坍塌下的女性成长 …………………………… 25

  第二节　"恋父"与"审父"：父亲文化形象与女性成长 ………… 37

  第三节　认同与对峙：女性成长视域中母女关系的重新书写 …… 48

第二章　镜城奇遇——性别与身体维度下的女性成长 …………… 60

  第一节　陷落与突围：两性视野中的女性成长 ………………… 60

  第二节　亲和与悖离：难以释怀的姐妹情谊 …………………… 72

  第三节　压制与抗争：女性成长中的身体叙事 ………………… 84

第三章　本真生存的诗性敞开——九十年代女性成长小说中的存在

     体验 …………………………………………………………… 97

  第一节　坚守与抵御的独步之舞 ………………………………… 99

  第二节　逃离与回归的迷惘心旅 ……………………………… 110

  第三节　创伤与救赎的灵魂变奏 ……………………………… 122

第四章　穿越叙事的迷宫——九十年代女性成长小说的叙事策略 … 136

第一节　九十年代女性成长小说中的隐喻 …………………… 137

第二节　九十年代女性成长小说中的叙述分层 …………… 150

第三节　九十年代女性成长小说中的叙述声音 …………… 163

第五章　想象男性的叙事——九十年代女性成长叙事中的性别意识　177

第一节　男性形象的贬抑化书写 …………………………… 179

第二节　纯粹美化的男性形象的书写 ……………………… 186

第三节　"男性神话"的解构与理想化的男性书写 ………… 194

结语：女性成长过程中面临的几个问题 ………………………… 206

附录一　性别意识视阈下新时期女性文学的发展 ………… 209

附录二　《启蒙时代》：废墟境遇下的理性成长 ……………… 224

附录三　谛听"河流"的秘密——解读苏童长篇小说《河岸》 ……… 232

附录四　穿越成长岁月河流的忧伤——读陆梅的《我的忧伤你不懂》 235

参考文献 ………………………………………………………… 238

后　记 …………………………………………………………… 248

绪论

一、二十世纪九十年代文化语境下女性成长小说的繁荣

二十世纪九十年代经济转型带来的多元文化语境，以及西方女性主义思潮的涌入和五四以来女性文学写作传统的历史积累，使世纪之交的女性文学呈现一种"爆发式"的繁荣景观。这其中，女性成长小说是最引人注目的题材类型之一。很多颇具影响力的女作家都涉及到这一题材领域，如王安忆、池莉、方方、铁凝、蒋韵、陈染、林白、海男、徐小斌、徐坤、迟子建、蒋子丹等，同时还有一批后起的更为年轻的女性作家也在作品中大规模地表现女性的成长，如魏微、张悦然、周茹娟、陈丹燕、何玉茹、盛琼、庞婕蕾、周洁茹，包括争议性很强的卫慧、棉棉等。在九十年代曾引起重大反响的女性文学作品中，有很多就是女性成长小说，如《私人生活》、《一个人的战争》、《大浴女》、《纪实与虚构》、《羽蛇》、《怀念声名狼藉的日子》、《无字》等等。

女性成长小说的发展和成熟得益于九十年代多元语境下女性在民族群体生活与话语空间的边缘性位置，它使女性独特的生理及心理体验从"男女都一样"的性别神话中凸显出来。同时，市场经济条件下现代性"个人"意识的播撒，也为女性冲破性别"类"的牢笼走向女性个体提供了思想条件。正是女性性别与女性个体的双重实现，使以性别意识和个体意识为基础的女性主体性的觉醒成为可能，并使得以表现女性主体性生成过程为主要内容的女性成长小说出现了蓬勃发展的态势。但是，九十年代在由经济转型带来的价值领域分化，使得文化想象失去了同一性基础，从而形成了政治权利话语、商业消费话语和男性精英话语为主导的多种话语并存的格局。父权制意识形态潜隐于这些话语力量之下，使女性的主体性生成面

临着空前复杂的文化情境,而这无疑使九十年代的女性成长小说呈现出独具时代特色的思想深度和艺术格调。

总的看来,九十年代女性成长小说的繁荣表现在三个方面,即涉及问题"广"、表达形式"新"、主旨意蕴"深"。

九十年代女性成长小说涉及到的问题来相当繁杂,内容表现上呈现出比以往女性成长小说更为宽广的特点。女性作家既直面女性现实生存的困境,也不避讳一些敏感尖锐的话题,父权制、母性神话、性别制度、姐妹情谊、身体、孤独、创伤、救赎等话题,都密集地出现在九十年代女性成长小说中,并得到了充分的表现。表现领域的拓宽,不仅使一些以往小说不敢涉及的问题被醒目地揭示出来,而且一些长期被遮蔽的女性体验得以精微地传达,从而使女性成长历程的表达更加丰盈,所包含的意蕴也更为丰富,这对于拓展九十年代女性文学发展空间具有重要意义。

九十年代女性成长小说不仅涉及到了较之以往更多的话题,而且在话题的表达上也有了更多新的发现。如在对"母性神话"的解构中,揭示母女间的压制与对抗;在对"姐妹情谊"寄予美好理想的同时,没有忘记深刻反省其中所蕴含的"乌托邦"色彩;而在揭示女性身体真相方面,则更是大胆地显露了父权制文化对成长女性的身体压制,以及成长女性自我的身体发现与身体抗争。此外,九十年代女性成长小说在叙事形式上也表现出可贵的创新勇气,不论是在隐喻手法的运用上,还是在叙述分层及叙述声音的运用上都给人耳目一新的感觉,这些表达形式与九十年代女性成长小说的主题意蕴水乳交融,共同构成了一道女性成长的叙事奇观。

在九十年代这个多元语境下,能够构成统摄力的所谓的主流话语已被瓦解成为一片无法重建的价值废墟。而九十年代女性成长小说就是选取性别视角,通过对女性成长过程的描述,展示了一个完全属于女性的纯粹的感知世界,从而填补了女性成长真相的"空白之页"。但是,九十年代女性成长小说对女性成长体验的真实书写,并不仅仅拘囿于女性个体的情感体验,其间还包含着对整个人类存在状态的探询与追问。因此,这些小说在某种程度上又超越了简单的性别视角,而是指向了人类存在的核心,比如人类对孤独命定式的承担、在不断的逃离与回归中对美好精神家园的追寻、人类的创伤、原罪以及救赎意识等等,都构成了整个人类生命存在的隐喻,这些隐喻是关于某种无法逃遁的人生宿命的言说,其间渗透着旷久深远的悲凉苦痛与刻骨铭心的生命感悟。也正是在这个意义上,九十年代女性成长小说又是一种追问存在意义的现代艺术文本,所表现出的人性意蕴使作品显现出相当的意义深度。

二、女性成长小说的历史运演(从"五四"到八十年代)

九十年代女性成长小说的存在不是孤立的,它不仅与九十年代的文化语境有密切的关系,而且与九十年代之前的女性成长小说也有着千丝万缕的承继关系。不同时期的女性成长小说,尽管因时代语境中新的文化因子的不断注入而衍生或删减了不同的意义元素,但却始终受制于时代语境下女性成长的性别境遇。因此,透过这些女性成长小说的历史运演,不仅能够离析出时代变迁中女性成长所面临的真实的性别际遇,而且还可以在价值反思的基础上回应当代文化的精神建构需求。

真正现代意义上的女性成长小说是二十世纪初伴随着女性文学的出现而浮出历史地表的。在"五四"新文化运动前后,伴随着"人"的发现,"女性"的发现成为当时一个非常重要的思想命题,这无疑为长期以来只能以封建伦理秩序中的妻母角色命名自我的传统女性走出闺阁登上社会历史舞台提供了历史的契机,并直接促成了一批现代女作家的诞生,真正现代意义上的女性文学历史也由此开始。在女性文学的发展过程中,女性的成长历程成为诸多女性作家关注的题材,因为它直接关涉到女性自身的发展历史,并与女性的命运、情感、心理等紧密相连,因此女性成长小说自然成为女性文学中一种充满生机的类型,它一方面颠覆了将女性成长神秘化、虚无化的父权文化想象,另一方面由于其创作心理、表现内容及写作风格的鲜明性别印记,进一步确证了女性文学本身文化内蕴的丰富性和不可替代性,拓展了"成长"主题的表现领域,实现了这一文化主题的意义增殖。

在"五四"时代,由于倡导民主科学及个性解放的新兴思想与陈旧的父权制意识形态同时存在,时代女性的成长被微妙地分隔于这两种力量主宰的文化空间里:一方面是在时代思想主流驱动下,女性冲破家庭的网罗,追求个性自我,实现社会价值的成长历程;另一方面,女性不可避免地从少女走入婚姻(不论是旧式包办还是自由恋爱的新式婚姻)的成长阶段仍然受制于父权制意识形态,而这就意味着女性必须放弃自我,承袭传统社会的妻母角色。女性成长的这两种价值取向反映了当时的女性成长困境:个性自我与妻母角色难以两全,社会价值与家庭责任无法共在。这一时代的症候形成了"五四"女性成长小说的独特风貌。

陈衡哲的《络绮丝的问题》表现了"五四"女性以拒绝爱情为代价实现自我社会价值的成长经历;凌叔华的《绮霞》以一个新式婚姻中的已婚女性为成长主人公,她为了自己心爱的音乐生涯,毅然离弃了温暖的家庭而远走他乡。她们的成长历程固然反映出女性的主体觉醒,但是拒绝世俗幸福所带来的成长隐痛却清晰可辨。庐隐的小说对这两种成长取向表示质疑,《何处是归程》中沙侣结婚后放弃理想的成长经历固然令人气馁,而姑姑拒绝家庭专注于社会事业的选择又太孤零,"歧路纷出,何处是归程?"这种迷惘与焦虑在她笔下的其他人物身上也有鲜明体现,如《或人的悲哀》中的亚侠、《海滨故人》中的露莎、《寂寞》中的妙萝等,她们或者因探问人生的究竟而觉得生之可厌,或因"识破世界谜底"而倍感彷徨,甚至由人与人之间的隔膜而推想到相爱不过是"一幅诗情画意的幻象"。这些对于人生的悲观想象无不缘自她们对于现实中女性成长出路的认识:少女短暂的自由独立后就是传统妻母角色累赘的无法脱卸。

二十世纪三四十年代,严酷的政治斗争和民族战争形成了以"革命"和"救亡"为主调的时代语境,形成了以社会革命为核心的新的意识形态神话。当时的思想主潮认定"妇女解放"是社会革命成功后一个自然的副产品。由于这一新意识形态已潜在地接受了父权制对于女性性别气质和性别角色的命名和规定,所以坚持强调女性只有"去性别化"才能投入时代斗争。因此,主流下女性作家的写作只能放弃性别意识汇入时代主潮,而意识形态演绎下的女性成长也只能是放弃作为"个人"和"女性"的自我成为社会革命的勇士。

当然,除了那些时代主潮影响下的女性成长小说,三四十年代还存在着大量处于主流意识形态边缘位置的女性作家的创作,她们因为坚守着女性独有的性别体验而形成了真正意义上的、具有性别意识的女性写作。那种因"异己感"所形成的对于父权制主导意识形态的批判与解构,构成了女性写作前所未有的深度。丁玲《梦珂》中的梦珂因拒绝成为男性情场角逐游戏中的欲望寄托物而陷入经济困境,最终为了生存重新异化为男权社会中高级色情商品。白薇的《炸弹和征鸟》中的余彬、余玥两姐妹本来是想举起炸弹投向黑暗,振奋双翅飞向光明,将自身的命运交付给革命,但却无法逃出男权社会对于女性性别的角色囚禁,最终沦为革命舞台的性别点缀。而张爱玲《沉香屑:第二炉香》中的惧细惧怕女性正常的成长经历而逃婚的无知悲剧,无疑是男权意识中处女禁忌长期作用于女性文化心理的结果。

同时,这一时期的女性成长小说还表现出对于自身灵魂的审视和剖析。丁玲《莎菲女士的日记》中的莎菲反复省察自己身体与灵魂的对立;苏雪林《棘心》中,"我"在成长中不断审视自己灵魂深处选择宗教信仰的功利打算和对包办婚姻的无奈妥协;白薇的自传体小说《悲剧生涯》中,女主人公在十年苦恋的成长体验中反复探询女性生存真相,终于明白女性被要求服从男性和为男性牺牲的品质不过是父权制意识形态为实现男性中心的利益而规定的;而苏青的《结婚十年》更是处处充满了对于女性际遇的深刻反思和对于女性心理的精微剖析,并直接指明女性物质和精神上的依附所导致的便是人格上的受辱。

建国后的十七年文学及文革文学不仅承袭了解放区文学以革命意识形态为本位的主题形态,而且将这种以图解和演绎主流意识形态为目的的创作模式推向了极致。由于毛泽东《在延安文艺座谈会上的讲话》中明确提出要塑造"新人"的思想,使表现"创造历史"的主人公在反奴役、反压迫的斗争中如何成长为"新人"的叙事作品蔚为大观,但这并不意味着为女性成长小说的发展留下更为广阔的空间。在貌似"男女平等"的"无性别"社会中,传统的男女支配从属关系并没有清除,男性主体由于受到"党"、"父"

之名的更高权威的支撑,将两性关系中的性别等级巧妙地置换为党与人民的绝对权威与服从关系,从而更潜在、更深入地作用于社会文化心理层面。因此,女性成长之路必然会形成这样的叙事模式:女性作为一个被动的、等待拯救的客体,需要作为先驱者和引路人的男性英雄的指引,将身心贡献给党和社会主义事业,由女奴(或无助的女性弱者)成长为一名摒弃女性特征的女性战士(或党的事业的坚定的信仰者和追随者)。最典型的如《青春之歌》,林道静在革命理想的驱动下对过去情爱义无反顾的弃置,在过度纯净的革命恋情中对女性体验的理性抽空和身体欲念的全面驱逐,使她的爱情成长经历被置换为一个迷惘的知识分子如何得到共产党人和革命领路人拯救的故事,而其成长历程也因被抹去性别印痕而成为知识分子如何被改造为共产主义者的经典版本。此外,电影《红色娘子军》的吴琼花,长篇小说《红旗谱》、《创业史》中的春兰和改霞,她们的成长经历都反映出了这种女性成长的历史境遇。

文革之后,伴随着思想解放运动与一系列社会变革,新时期女性作家们以丰富的文学创作,积极参与人道主义与启蒙话语的重建。她们明确拒绝自己"第二性"的性别写作身份,将写作题材伸展向前所未有的社会广阔空间,并努力突破书写风格的性别限定。这固然体现了新时期以来女性在社会历史舞台上的主体地位,但由于她们完全认同男性精英知识分子的文化立场,积极分享他们肩负的社会使命与责任,因此也阻断了她们以女性视点和女性话语表达女性经验的自觉。因此,八十年代初期的女性成长小说,其叙事目标并不真正着眼于女性成长,而是通过女性成长中所经历的事件来负载社会政治含义。如铁凝《没有纽扣的红衬衫》中,安然的青春成长经历是为了呼唤社会对个性的宽容,而王安忆的长篇《69届初中生》则在雯雯的成长故事里沉淀了对于一代青年人及民族历史命运的深刻反思。

到了八十年代中后期,由于各种现代主义思潮的涌入和现代艺术手法的大胆尝试,女性成长小说在思想深度和艺术探索方面有了纵深的发展。探讨特定历史情境中女性能否改变性别宿命以及寻找女性可能的成长出路,成为这一时期女性成长小说的主要表现内容。在刘索拉的《蓝天绿海》

中,"我"在目击挚友蛮子死于华年的成长悲剧后,终于悟出:处于现代社会洒脱任情的蛮子仍然承袭着始乱终弃、野蛮堕胎致死的女性传统悲剧。铁凝的《麦秸垛》也表现了女性的这种宿命境遇,沉积着丰饶母性却又昭示着自我内在匮乏的大芝娘竟成为几代女性无法逾越的成长镜像。而王安忆的《小城之恋》《荒山之恋》则表现了本能欲望在成长女性身上那种摧毁性的力量,而小说分别以母性与爱情来救赎的结局,标志着这一时期对于女性命运思考的有限边界。在八十年代接近尾声时,出现了真正女性个体意义上的、自觉关注女性心理成长脉络的女性成长小说《玫瑰门》以及《流水三十章》。铁凝的《玫瑰门》中,苏眉的成长故事虽只是一个副部主题,但其童年时来到北京、长大成人后逃离北京的成长经历构成了小说叙事的基本线索,文中复沓回旋、声情并茂的女性成长独白是以往女性成长叙事中少见的华彩段落。而王安忆的《流水三十章》中,记述了女主人公张达玲行云流水般的人生岁月,其生命中最初三十年的曲折心路,是一个渴望成长却又不断面临女性主体性生成困境的过程。这部长篇对于女性成长心理刻画的精细程度以及叙事时间跨度,翻开了女性成长小说的新一页,其精神特质与艺术质量显示了九十年代女性成长小说的成熟。

经历了将近一个世纪的发展流变,女性成长小说终于在九十年代走向了繁荣与成熟,它一方面继承了以往女性成长小说所积累的艺术经验,另一方面又不断谋求着主题意蕴的深入和叙事表达的创新,最终形成了独具时代特色的思想深度和艺术格调,并在与以往成长小说的相互辉映中焕发出炫目的光彩。

三、"女性成长小说"的概念界定及理论内涵

在研究九十年代女性成长小说之前,有必要先对"女性成长小说"这一概念进行理论上的清理与界定,并阐明其理论内涵,从而廓清研究对象的范围与本质。本文在国内外关于成长小说概念界定的基础上,试图通过与男性成长的比较,得出一个较为科学合理的"女性成长小说"概念,同时纠正一些有关"女性成长小说"的错误认识和看法。

作为一种按文学主题特征进行分类的小说类型，"成长小说"的创作传统悠久，数量巨大且影响深远，但对其审美范围的界定，学界却很难达成共识。具有代表性的界定是著名文艺理论家巴赫金在《教育小说在及其在现实主义历史中的意义》一文中所作的系统阐述："它塑造的是成长中的人物形象。这里，主人公的形象不是静态的统一体，而是动态的统一体。主人公本身的性格在这一小说的公式中成了变数，主人公本身的变化具有了情节意义。与此相关，小说的情节也从根本上得到了再认识，再构建，时间进入了人的内部，进入了人物形象本身，极大地改变了人物命运及生活中一切因素所具有的意义。这一小说类型从最普遍的涵义上说，可称为人的成长小说。"[1]另一个具有理论代表性的说法来自莫迪凯·马科斯，他将众多成长小说的定义作了深入地归纳分析后，指出对"成长小说"中关键词"成长"的界定一般从两个维度展开：一是将成长视为年轻人对外部世界的认识逐步增长的过程；二是把成长解释为一种"认知自我身份与价值，并调整自我与社会关系的过程"。他在综合了许多"成长小说"的定义之后，作了如下界定："成长小说展示的是年轻主人公经历了某种切肤之痛的事件以后，或改变了原有的世界观，或改变了自己的性格，或两者兼有；这种改变使他摆脱了童年的天真，并最终把他引向了一个真实而复杂的成人世界。"[2]在我国理论界，对于成长小说有代表性的理论论述有以下几种：一是基于"人决不是所谓'命运'的玩具，人是可以进行自我教育的，可以通过自我教育来创造自己的生活"的基本观念，认为成长小说是"以个人和社会的矛盾尚未激化成为敌对状态为前提的，主人公在生活中接受教育的过程就是他通过个性的成熟化和丰富化成为社会的合作者的过程"；[3]二是通过归纳中国成长小说的文本特征试图把握成长小说的内涵，这几个特征分别为：小说的主人公是性格尚未定型、成熟的青少年；主人公与生活于其间的

---

① 巴赫金：《小说理论》，河北教育出版社 1998 年版，第 230 页。

② Mordecai Marcus："What Is an Initiation Story "in William Coyle（ed.），The young Man in A-merican Literature ；The Initiation Theme，NY；The Odyssey Press，1969，p. 32.

③ 刘半九：《绿衣亨利·译本序》，人民文学出版社 1980 年版，第 3 页。

人和环境的关系,有教育与被教育明确的施受关系;主人公的文化成长得到确定而充分的表现,而文化成长的关键词是"改变";在成长小说的行动元结构中成长通常是构成小说的基本物质材料,并得到连续显现而保持足够的叙事维度。① 三是强调成长小说文本中必须出现"主人公迈出了走向成熟的关键一步",并在分析美国文学中公认的成长小说的基础上,归纳了几个特征:强调成长小说内容中须具有亲历性的特征,认为人物成长的心路历程,构成了成长小说模式化的叙述结构,即天真——诱惑——出走——迷惘——考验——失去天真——顿悟——认识人生和自我,并将主人公获得对社会、人生和自我的重新认识看作主人公在经历生活磨难之后的成长结果,并进一步强调这种认识必须是"明确而切肤的感受"。②

毫无疑问,以上关于成长小说的界定和阐释,基本是建立在以男性主人公为成长主体的小说文本之上,男性的主体成长被默认为人的主体成长,也就是说,在人类文化发展的主脉里,那些能同构文化原型模式、负载丰富文化意蕴、形成古老文学母题的成长文本,实际上就是男性成长小说。这一文化现象也印证了父权制社会中所谓人的主体即专指男性主体的特点,而居于从属边缘地位的女性亚文化群体注定由于主体性的缺席而暗哑无声。女性所处的文化位置决定了文化长河中女性成长故事的无名和匮乏状态,而男性成长故事中的大部分女性形象也无法逃脱男性对于女性文化想象的窠臼:承载男性审美和情欲理想的天使或圣女以及道德堕落构成罪恶渊薮的妖魔或荡妇,前者因貌美在男性成长故事中与其他宝物一样成为迷人的客体,不仅构成男性成长的叙事基本动力,而且还可以作为男性经历考验后的绝妙奖赏并标识男性的成熟;后者因貌美或谗言成为男性成长过程中陷阱或诱惑的化身,作为一种危险的成长考验潜伏在男性成长的路途上。女性这种两极化修辞以及在男性成长舞台上的功能设置无疑是为了衬托男性这个成长主体,而女性的真正存在及生命成长却在关于男性

---

① 易光:《"觉今是而昨非"之后:近年"成长小说"漫论》,《西南师范大学学报》2002 年第 4 期。

② 芮渝萍:《美国成长小说研究》,中国社会科学出版社 2004 年版,第 7 页。

成长的形形色色的阐释中被封闭在文化视觉的盲区中。

在中国文化史上,正是五四新文化运动照亮了几千年黑暗、暗哑和隐秘的女性文化世界,以人的觉醒促发了女性性别的觉醒,使初步具有性别意识的女性开始以一种来自女性生命体验的语言进行自我言说和言说自我,而这就意味着女性成长小说真正破茧而出,真正从文化无意识的混沌与黑暗中浮出历史地表。事实上,女性成长小说也在不断的发展深入中,推动二十世纪女性写作从幼稚逐渐走向成熟。基于此,把"女性成长小说"当作一种文类提出并对其进行清晰明确的界定就非常必要了。就目前的研究现状来看,"女性成长小说"这一提法虽经常被人使用,但更多的只是把它作为一个不言自明的前提,而很少有人对其进行较为严格的理论清理和概念界定,学界较为有代表性的意见是认为女性成长小说"主旨在于全面展示女性主体的成长过程。"①这一提法看似无懈可击,但事实上,由于"主体"在思想史领域里存在着过于复杂的涵义,比如后结构主义及后现代的"主体"就是对康德以来人文主义"主体"的反驳,女性主义到底强调的是哪个"主体",这个概念并没有做出理论说明,即便这一概念全盘接受的是人文主义的主体观,那么后现代的思想成果要不要或在多大程度上吸收也未见有清晰的论述,因此,用这样一个涵义本来就模糊不清的术语作概念界定的关键词,得出的结论自然暧昧不清了。另一种公认的提法是对女性成长小说中"成长"进行理论阐释,认为"这个成长,是双重指向的成长,一方面指创作主体/女作家在这一时期思想和艺术不断深入、成熟的发展经历,一方面指作为创作对象的时代——社会——家庭——男人——人等诸事项与众生相的发展变化。"②这一界定看起来也义正辞严,但由于"成长"的内涵和外延过于宽大,甚至到了无所不包的地步,从而失去了特有的理论针对性。理论界对"女性成长小说"这一概念认识的不足会直接影响到

---

① 荒林、王光明:《两性对话——20 世纪中国女性与文学》,中国文联出版社 2001 年版,第232 页。

② 王绯:《空前之迹——1851—1930:中国妇女思想与文学发展史论》,商务印书馆 2004 年版,第570 页。

这一文类的研究,甚至会在一定程度上影响到对整个女性文学的认识,因此对这一概念进行清晰的理论界定将是十分必要的。

"女性成长小说"毫无疑问属于成长小说这一大的范畴,它首先具有成长小说的一些基本特征,如从幼稚走向成熟,有一定的时间跨度,必然要经历文化心理转变等,但是作为一个相对独立的概念,"女性成长小说"又有着自己独有的特征,这些特征是它得以确立的根本,也是极需要清理与明晰的关键所在。从本质上讲,"女性成长小说"独异特征的核心即是"女性"这一性别前提所内含的性别特质,而"在某种程度上任何特性都是取决于处境的一种反应",①因此,"女人的'特性'——她的信念,她的价值,她的智慧,她的道德,她的情趣,她的行为,应当由她的处境来解释。"②也就是说,女性现实生存构成的性别境遇应当具有一种本源性的意义,它从根本上决定了女性成长的路径选择和命运结局。因此,只有在深刻探究女性性别境遇这一问题的基础上,其他派生出的女性性别成长的各种文化命题才有可能被理解和认知,也才可能真正找到"女性成长小说"的独特性所在。

女性成长历程中的性别境遇,正如波伏娃所言:"她是附庸的人,是同主要者(the essential)相对立的次要者(the inessential)。他是主体(the Subject),是绝对(the Absolute),而她则是他者(the Other)。"③而所谓的"他者","是指那些没有或丧失了自我意识、处在他人或环境的支配下、完全处于客体地位、失去了主观人格的被异化了的人。"④女性这种"他者"的性别境遇是在男性主体确立自我的过程中被强制性给定的。由于没有相对照的"他者",就根本无法树立"此者",因此女性并不是在将自身界定为"他者"的过程中确立了男性"此者",而是男性在把自身确立为"此者"的过程中将女性树立为"他者"。而且男性"此者"与女性"他者"之间的关系,缺乏一种可能平等转换的相互性,男性被树立为唯一的主要者,女性只能顺

---

① 西蒙娜·德·波伏娃:《第二性》,中国书籍出版社1998年版,第8页。
② 西蒙娜·德·波伏娃:《第二性》,中国书籍出版社1998年版,第704页。
③ 西蒙娜·德·波伏娃:《第二性》,中国书籍出版社1998年版,第11页。
④ 西蒙娜·德·波伏娃:《第二性》,中国书籍出版社1998年版,第5页。

从地接受这种带有"纯粹他性"的"他者"境遇。

事实上,任何一个生存的个体都不愿丧失自我主观意志,任凭他人或环境来摆弄自我的命运,因此,造成女性"他者"性别境遇的根本原因可以直接溯源到人类早期的社会文化结构。历史地看,由于生产力的发展,以男性为中心的父权社会逐渐取代了以女性为中心的母系社会,"母权制的被推翻,乃是女性的具有世界历史意义的失败,丈夫在家中也掌握了权柄,而妻子则被贬低,被奴役,变成丈夫淫欲的奴隶,变成生孩子的简单工具了。"①这一历史演变造成了一种带有性别统治色彩的社会关系,并进而产生一种不平等的社会结构。根据康奈尔的说法,"在任何不平等的结构中都会形成一定的利益,结果必然会造就一些不同的集团,通过维持或改变这种结构,这些集团得到或失去利益。一个男性统治女性的性别结构不可避免地形成防卫性的男性利益集团和求变性的女性利益集团。这是一个结构性的事实,它与男人们作为个体是爱女性还是恨女性或者说是相信女性是平等的还是卑劣的无关,它也与女性目前是否追求变化无关。"②为了维护男性性别统治的社会结构,"防卫性"的男性利益集团逐渐生发出一种以男性中心观念为核心原则的父权制意识形态,这种父权制意识形态最终成为男性维护自己利益的最重要的工具与手段,它作为一种意识形态,不是一套简单静止的观念,而是在实践中不断再生产和重构的动态过程。具体而言,父权制意识形态借助习俗观念、家庭与社会教育甚至宗教,给两性生理上自然而任意的身体构造赋予差别和等级意义,在臣属阶级(女性群体)那里生产出一种既代表男性利益,适应基本的男权制惯例,却又看起来非常客观化的社会标准,这一标准不仅使女性自然而然地接受进而内化成认识自我、评价自我的文化心理的一部分,而且也成为数千年男权制社会赖以存在的精神基础。这一标准的具体表现就是社会对于男女两性在性别气质和性别角色方面的限制和规定。如果说性别气质"指的是沿固定不

---

① 恩格斯:《马克思恩格斯选集》(第4卷),人民出版社1972年版,第52页。
② R. W. 康奈尔:《男性气质》,社会科学文献出版社2003年版,第112页。

变的路线形成人格,而这一切的基础,又是实施统治的这一性的需要和价值观;被用做准绳的,是这一性的成员崇尚的品质和较方便地在从属的那一性的成员身上发现的品质",①那么,就女性而言,"女性气质并不是指女人的自然状态,它只是赋予'WOMEN'这一符号以历史可变性的意识形态意义,而这一意义是被男性社会群体为其自身所构建出来的,他们借助制造一个虚幻的他者来缔造出自我的身份和假想的优越性。"②也就是说,男性主动、智慧、有力量与女性被动、无知、温顺等性别气质并非与生俱来,而是父权制意识形态"有意"建构的文化产物。与性别气质相依存且相互补充的是性别角色,它要求两性分别符合一整套互相协调行为、姿态和态度的规范。在父权制社会,分配给女性的只是趋向于生物体验水准上的有限的角色,而把所有能够被描述为真正人的而非动物的活动都保留给了男性。社会所分配的性别角色,很大程度上是因为社会首先鼓励建立符合角色职能的两性气质,而性别气质的习得也与性别角色规范的充分内化有关。这种性别气质和性别角色的循环论证,将社会普遍观念围困在父权制意识形态的沼泽里,而男性中心观念则作为一个不容置疑的文化惯例得到社会主流的认同。

但是作为"求变性"的女性利益集团并不总是甘于屈服,而是不断地滋生对于自身臣属性地位的不满意识,父权制意识形态就需要不断地再生产来巩固和维护性别统治关系,这种再生产的实现主要是施用两种策略将女性压回到性别气质和性别角色的强塑中去。首先,启动一种文化监视体系,使女性置身于"性别化的集体匿名凝视"中,这一凝视内含了一系列父权制社会中有关女性道德和行为的评价模式,通过敦促女性实践父权制意识形态标准来行使性别权力。当女性被迫面对这无处不在的"男性主体凝视"时,她就被降低为"被看的客体",成为一个时时要"纠错"以使"凝视"主体满意的客体。更为可怕的是,在这一伴随整个女性成长过程的"凝视"

① 凯特·米利特:《性的政治》,社会科学文献出版社1999年版,第41页。
② 罗岗、顾铮主编:《视觉文化读本》,广西师范大学出版社2003年版,第347页。

中,女性逐渐开始"自我监视、自我审查",自觉在潜意识和人格中植入了一个以男性立场存在的"虚幻的主体",并以男性的眼光"凝视"并审查自我的身体、语言、姿势等日常生活表现。而女性精神内部出现的这种自我分离倾向,致使女性"自为"存在在文化监视系统的凝视下溃散了,沦落为父权文化秩序中一个"他者"。其次,在全社会范围内生产一种双重道德伦理范式和双重道德标准,即尼采在《论道德的谱系》中所主张的两种基本道德:主人的道德和奴隶的道德。在主人(男性)的道德里,善的意思是做世界的统治者,恶的意思是被压制、被镇压或被踩在脚下。而奴隶(女性)的道德正是主人道德标准的极端对立面:谦卑和被动等特点被视为奴隶的美德,而决断、能动等特点被看作奴隶(女性)的恶习。一旦女性的真实自我不自觉地越过了这一道德默许的界限,道德律令的审查便使之有羞耻、焦虑、负罪等感觉。久而久之,女性便逐渐产生出对权力意志的消极态度,害怕冲突、挑战,满足于平庸。这一强大而虚伪的双重道德律令,通过一种潜移默化的精神力量将女性彻底固定在"他者"的地位上。

女性"他者"的性别境遇决定了女性的成长与男性的成长迥然相异。表面看来,女性的成长虽与男性一样经历从幼稚到成熟的成长过程,但二者却有着本质的不同。作为男性成长起点的幼稚主要是意味着对自己社会角色的混沌,而成熟则是男性气质的最终获得,以及男性对于父权制意识形态有意识或无意识的认同。(需要指出的是,男性知识分子有可能拒绝政治主流意识形态,但始终避免不了父权制意识形态的侵蚀)而女性的"他者"境遇却导致了相反的成长逻辑,女性的幼稚除了指代童年时期的懵懂之外,主要是指女性对于父权制强塑下的女性气质和女性角色的全面认同和贯彻,而女性的成熟则是对父权意识形态及其运作机制的清醒认识和自觉疏离,并在此基础上完成女性的成长之路。正是两性成长完全不同的价值取向,决定了两性成长叙事的根本差异。从大多数文本的实际情况来看,男性成长小说的叙事内容由于应和了父权制文化惯例,更容易获得叙事权威。而女性成长小说所描述的那种偏离父权文化常规的女性成长真相,却常因逾越了读者的审美期待视野和挑战公众的日常观念,而时时面临被审视、被质疑甚至被否定的困境。另外，就叙事效果而言，由于浸淫着男权观念的常规语言系统基本不会与男性写作者思想情感倾向发生根本牴牾，因此，作家的创作个性和作品的整体风格会呈现出明晰的一致性。而女性写作者则会时常陷入了两种话语类型的窘境中：一种是支持性别统治的话语倾向，是父权制意识形态的表达；另一种是坚持女性真实体验的反性别统治话语倾向，是对父权制意识形态的反抗和消解。这种语言窘境直接会产生出一种认同与质疑、抵抗与服从杂糅的创作心理，因此，女性成长叙事的审美效果就呈现出晦暗不清、枝蔓丛生的特点，而这种叙事效果本身也隐喻了女性成长历程的复杂性与艰难性。

通过以上对于女性成长历程中"他者"境遇的揭示以及对造成这一性别境遇根本原因的细致厘清，并在两性成长内涵与两性成长叙事的比较分析中，本文将得出"女性成长小说"的概念界定：女性成长小说是以生理上或精神上未成熟的女性为成长主人公，表现了处于"他者"境遇中的女性，在服从或抵制父权制强塑的性别气质与性别角色的过程中，艰难建构性别自我的成长历程，其价值内涵指向女性的主体性生成，即成长为一个经济与精神独立自主的女人。

必须强调的一点是，概念的提出与界定并不意味着一切问题即可迎刃而解，恰恰相反，它是相对的、有一定限度的——一个再完备的概念都会有它的缺陷与不足。因此，有必要在对"女性成长小说"这一概念界定后再补充说明以下几个问题，以使这一概念最大程度地趋于完整明晰。

首先要说明的是女性成长的困厄，即女性在成长过程中追求精神人格的自由与独立、保持真实自我与完成自我实现是极其困难的。这主要是因为父权制文化意识总是以强有力的主体姿态破除女性保存自我的壁垒，将女性排挤至客体和边缘的位置，并强塑了以"被动"和"服从"为基本品质的女性的"自我概念"。这种人为建构和系统灌输的"自我概念"，损害了女性原初的、积极的自我力量，泯灭了其追求自我同一、精神自由和完善自我人格的意识，使其无法认识到自身存在的全部可能性。更为严重的是，正如波伏娃所言："和每个个体肯定其主观存在的道德冲动一起出现的，还有

种诱惑,使其放弃自由,变成一个物。"这种诱惑就是完全认同自我的客体
地位,甘愿成为他人意志的造物。而个体无法拒绝这种诱惑的主要原因就
在于这种生存方式"可以避免真正生存所包含的极度紧张",特别是对于女
性而言,"由于不具备确定的资源,由于认为把她与男人相连接的纽带虽不
可缺少却是和相互性无关的,由于热衷于扮演他者角色,女人也可能不要
求有主体地位。"①这样一来,女性所谓"真实的自我"有时不过是压抑女性
主体力量的父权制意识形态的同谋者。在这个意义上,跋涉于成长之途的
女性不时地沉浸于两种意愿的冲突和两种自我的区分当中,内心也不时被
两种意识纠扯着:或者被动服从父权意识强塑的女性气质与女性角色,从
而可以回避主体性生存带来的艰辛与苦痛;或者主动抵制性别气质与性别
角色的有力强塑,但需要承担主体性生存全部的坎坷与挫折。女性成长的
脚步就仿佛在这两条价值指向"背道而驰"的成长之路上游移不定,最终导
致了女性自我人格的破碎与分裂,神经官能症和精神抑郁症也就成为女性
特有的成长症候。

其次,女性成长历程中所要建构的"性别自我",包括"性别身份"和
"成为自我"两重涵义。性别身份,是人的首要身份,是人们在成长历程中
首先获得的身份,因此它最具永久性,意义最深远。而个体的性别身份并
不仅仅是其自然性别的产物,更是在某种支配性观念(如男性中心观念)的
隐形作用下,在社会文化中不断建构而成的。性别身份认同的核心,就是
人们意识到自己是男性或女性、并将某些现象与性别气质和性别角色联系
起来的性别认知,这种开始于童年时代的性别认知会贯穿整个性别化的自
我意识生成的过程。对女性而言,这种性别认知恰恰是父权制意识形态长
期作用的结果,它决定了女性的性别身份既是与生俱来、不可脱卸的自然
身份,更是一个被铭刻了屈辱和压抑的文化身份。因此,女性成长既要尊
重性别身份所带有的独属于女性的特有的自然标识,同时也要充分的辨识
性别身份的社会性对于女性成长为一个现代意义的"个人"所带来的全部

---

① 西蒙娜·德·波伏娃:《第二性》,中国书籍出版社 1998 年版,第 17 页。

的阻碍性,这样女性才能将做女人与做个人统一起来"成为自我",才能成为一个具有主体能动性的、能充分实现自我价值的"女性个人"。"性别自我"这一提法不仅将价值目标界定为"女性个人",而且也充分考虑到性别身份的社会性给这一成长目标带来的艰难。

最后,"主体性生成"作为女性成长小说概念界定的关键词,无疑需要重点说明。波伏娃在《第二性》中明确指出:"每个打算为自己生存辩护的人,都会认为他的生存含有一种不明确的需求,即超越自我、参与自己所选择的设计的需求。"①也就是说,每个生存的个体都具有通过开拓或设计自我命运,从而超越自我有限存在的主体性要求,而女性也会本能地选择做一个根据自我主观意志、能动地实现自我超越的"既自由又自主"的人。然而父权社会中强加给女性的性别气质与性别角色的有力束缚,使女性无法获得一种主体性力量以实现自我设计与自我超越,也就无法获得自我实现与自我价值。因此,"女人的戏剧性在于每个主体[自我(ego)]的基本抱负都同强制性处境相冲突,因为每个主体都认为自我是主要者,而处境却让他成为次要者。"②在这种戏剧化的处境中,女性被社会看作带有主观性的客体,因此女性也就把自己既当作自我,也当作他者,这种具有荒谬性的自我认知使女性在积极争取主体地位的同时,也不由自主地为自己的依附性、被动性寻找借口。因此,真正的女性成长之路,就是一条女性打破各种樊篱获取经济自由、摆脱精神依附走向人格独立、超越心灵闭守探求自我实现与主体自由的坎坷之旅。而这一过程正是女性由软弱、被动、迷惘的"他者"成为勇敢、坚定、自信的"此者"的过程,是女性由"他人意志的造物"、被动服从的客体到完成建构性别自我的主体性生成过程,这一主体性生成的过程就是女性成长的真正价值所指。只有当女性"成为生产性的、主动的人时,她会重新获得超越性;她会通过设计具体地去肯定她的主体地位;她会去尝试认识与她所追求的目标、与她所拥有的金钱和权利相关

①　西蒙娜·德·波伏娃:《第二性》,中国书籍出版社 1998 年版,第 25 页。
②　西蒙娜·德·波伏娃:《第二性》,中国书籍出版社 1998 年版,第 25 页。

的责任。"①因此女性的主体性生成是女性成长小说概念界定中最富有人文价值内涵的核心意旨。

四、九十年代女性成长小说的研究现状、论文研究方法、章节安排及主要观点

相对于九十年代女性成长小说的繁荣，有关评论与研究却呈现出不该有的冷淡，这或许是批评家们对九十年代女性成长小说还未引起足够的重视，也或许是他们虽然重视但却还没有足够的理论与批评资源对其做出合理的评价，总之，就本人掌握的现有资料来看，关于九十年代女性成长小说研究的专著没有一部，只是一些女性文学研究专著在某些章节中零零碎碎涉及到这一话题，论述简单而又仓促，许多问题根本没有展开，甚至有些论述还比较偏颇，不够科学。与这些"擦边球"式的研究一样，有关九十年代女性成长小说的论文也是非常少，精品文章更是少之又少。笔者在清华学术期刊网（即 CNKI，更新日期至 2006 年 2 月）上以"主题"为搜索词，输入"九十年代女性成长小说"，结果只有七篇文章被命中，而其中有的并不是专门论述，笔者再次输入"女性成长小说"进行搜索，结果虽有一百多篇文章被命中，但真正与九十年代女性成长小说有关的文章不足二十篇，这其中还包括那些只是浮光掠影式的涉及。这样一种研究状况实际上也暗暗透露出一个信息，那就是作为包含着女性丰富体验并能清晰折射出女性生存现状的真实的女性成长，真正被人有意无意地忽略或遮蔽了。

可是，尽管有关九十年代女性成长小说的批评研究并不理想，但也不排除这些研究中存在着某些真知灼见，这些精辟的观点和看法或者为我的论文提供了可贵的启示，或者直接成为我论文研究的起点。就出版的书籍来看，戴锦华的《涉渡之舟——新时期中国女性写作与女性文化》还算较多的涉及到了女性成长的话题。在这部以作家个案研究为主的研究专著中，作者在绪论中提及到了"女性的成长故事"，并认为"新时期女性写作成熟

---

① 西蒙娜·德·波伏娃：《第二性》，中国书籍出版社 1998 年版，第 771 页。

的标志之一,或许是女性成长故事的出现与深入"。文章认为,"女性的成长故事在中国文化乃至世界文化的主流脉络中,在漫长的文明记录里,长时间地处于一种缺席/匮乏的状态之中。"①但随着新时期女性书写的成熟,以王安忆《流水三十章》和铁凝的《玫瑰门》为代表的小说开始在男性成长故事的模式之外尝试女性心理成长脉络的书写,并试图破解女性成长故事匮乏的文化之谜。荒林与王光明的《两性对话——20 世纪中国女性与文学》在"女性成长的艰难旅程"一节中,②就林白的《一个人的战争》和陈染的《私人生活》进行了深入探讨。由于两部小说都是以女性成长为题材和主线,并且都是出现在九十年代大的文化语境下,因此二人的对话在很大程度上触及到了九十年代女性成长小说的某些特点与本质,如异性压制、同性引导、女性主体成长的艰难、自恋与自虐、女性欲望、孤独等等,所有这些其实敞开了女性生存与女性境遇的悲凉性,而这种悲凉性又在某种程度上超越了性别对抗,而是具有了人类生存的况味。陈惠芬的《神话的窥破——当代中国女性写作研究》在讨论王安忆的小说时,指出王安忆常常是通过描写"爱情"来展示一个人特别是女人的成长,这里的"爱情"不同于张洁、张抗抗只偏重于"灵"的爱情,而是更为本位的、构成人生命一部分的"本能",因此爱情中不可回避的"灵"与"肉"的问题,即成为王安忆表现女性成长的起点。这表现在"三恋"、《神圣祭坛》、《岗上的世纪》、《乌托邦诗篇》等小说中。而实际上,王安忆关于爱情"灵"与"肉"的思考探索,其落脚点是关于人的"交际"问题,即是在"探索人与人的关系"。③ 徐坤的《双调夜行船——九十年代的女性写作》则在第八章"现实一种"中以一小节的篇幅,④描述了八十年代即已成名的一批女作家如王安忆、铁凝、方方、池莉、池子建等在九十年代的创作变化,她们以一种成熟的"女人——母性"

---

① 戴锦华:《涉渡之舟——新时期中国女性写作与女性文化》,陕西人民教育出版社 2002 年版,第 62 页。

② 荒林、王光明:《两性对话》,中国文联出版社 2001 年版,第 231 页。

③ 陈惠芬:《神话的窥破——当代中国女性写作研究》,上海社会科学院出版社 1996 年版,第 94 页。

④ 徐坤:《双调夜行船——九十年代的女性写作》,山西教育出版社 1999 年版,第 166 页。

角色透视着"成长——女性心灵秘史",并真切地感受着女性成长的撕裂与痛楚。同时,作者还就七十年代出生的女作家周茹娟的《熄灯做伴》、《抒情时代》、《我们做点什么吧》进行了简短的论述,指出这些作品实际上透露出又一代女性成长的艰难。

有关九十年代女性成长小说研究的论文数量也极少,专门的论述同样没有,只是有些论文在某些部分偶尔涉及,这其中比较有代表性的是潘延发表在《江苏社会科学》的《对"成长"的倾注——近年来女性写作的一种描述》,文章以陈染、林白、迟子建、蒋韵的作品为个案,指出与以往的女性成长小说相比,九十年代的女性成长小说真正回归到了女性自身的成长世界,在寻找自我的过程中充满了血与泪,文章还总结出成长主题的几个体现,即童年记忆、对性的体认、同性恋情、母女关系的重新审视等。① 而赫永芳在《童年记忆与女性成长》中专门谈到了童年记忆给女性成长带来的独特而巨大的影响,这其中包括父母的无形影响、异性的性伤害、死亡带来的心灵震颤等,这些影响构成了女性成长的动力源之一,"在成长的过程中,时时检视儿时的一些记忆,让鲜活的生命、真实的自我得以复原。"② 李琳在《女性成长 女性叙事 女性立场——女性成长文本的意义》中尖锐地指出,以往涉及到的女性成长小说,尽管作品主人公的身份是女性,但她们的立场视角都是典型的男性化立场和男性视角,她们的价值体系完全受到男性价值体系的支撑,只有伴随着女作家性别视角的建立,比较多地从女性立场出发,以女性独有的性别特质、性别身份、性别感受关注女性成长,才揭开了一个被遮蔽许久的女性成长之谜。③ 此外,张莹、马芸的《张洁小说的女性意识浅谈》对张洁的创作经历进行了梳理,并且归纳了张洁小说创作的两种取向:一方面是以中性眼光关注社会,创作的是不分性别的文学;另

---

① 潘延:《对"成长"的倾注——近年来女性写作的一种描述》,《江苏社会科学》1997 年第 5 期。

② 赫永芳:《童年记忆与女性成长》,《平原大学学报》2005 年第 3 期。

③ 李琳:《女性成长 女性叙事 女性立场——女性成长文本的意义》,《广播电视大学学报》2003 年第 2 期。

一方面则是对女性"自我"的追寻,记录女性"成长"的历程。① 而孟岗、张一冰的《论陈染小说的"成长"主题》②则在论陈染的小说时提及到了女性成长的一些特征。

　　针对以上关于九十年代女性成长小说研究的现状,论文在研究方法的选取上便显得非常关键。就整篇论文来看,本文选用的最基本的研究方法有两种,一是"综合",一是"比较",文中这两种方法是贯穿始终的,并在很大程度上体现着论文的基本观点。

　　(一)跨学科的"综合"

　　刘思谦先生曾说:"面对日益纷繁复杂的研究对象——文学,面对日益纷繁复杂的文学批评方法论,倘若没有自觉的方法论意识,不善于根据研究的需要在方法论上下一番苦功夫并做出选择和决断,几乎可以说是寸步难行。"③自八十年代初开始的西方各类文学批评方法的输入与更替,给当代的文学批评无疑带来了生机和活力,也改善了传统的社会学和历史文学批评方法的单一局面,但是也不得不看到的是,这些方法都只是在某个方面具有合理性和可操作性。相对于具体而复杂的文学现象及文学作品来说,它们的局限性是显而易见的。在这样的情况下,"综合"便成为一个最重要的批评方法之一,"因为时间已经为我们拉开了距离,让我们有可能一视同仁地根据自己论题的需要综合运用各家各派之优长而避其短。"④具体到九十年代的女性成长小说,由于论题本身的特性,自然会涉及到女性主义理论、史学、哲学、美学等方面的内容,而研究的体例和框架又决定了论文还会涉及到叙述学及价值论、生存论等学科,这就更需要跨学科的综合研究视野才能有效地驾驭论题。当然,本文并不是用文学作品来论证某一哲学观点或社会学理论,只是将相关学科的知识作为批评的武器,最终的落脚点依然是文学文本本身。

---

①　张莹、马芸《张洁小说的女性意识浅谈》,《山东师范大学学报》2005 年第 2 期。

②　孟岗、张一冰:《论陈染小说的"成长"主题》,《北京航空航天大学学报》2005 年第 1 期。

③　刘思谦:《如何综合——文学研究方法论研讨之一》,《文艺评论》2000 年第 3 期。

④　刘思谦:《如何综合——文学研究方法论研讨之一》,《文艺评论》2000 年第 3 期。

(二)纵向与横向的"比较"

比较,是文学批评中非常重要的方法之一,尤其是对于那些涉及领域广、牵扯问题比较复杂、意见分歧还比较大的研究对象,这种方法无疑具有相当大的合理性和可操作性。在比较的过程中,表面看似毫不相关的事物和问题,却在更深层次显示出内在的联系,而这些联系也许正是问题的症结所在。就九十年代女性成长小说而言,"比较"的运用就不失为一种行之有效的研究方法,因此本文在行文过程中多次涉及到对象与对象之间的比较,这主要包括两个向度,一个是横向的比较,即与男性成长的比较,另一个是纵向的比较,即与九十年代之前的女性成长小说相比照。由于本文选取的是性别视角,因此在研究女性成长这一问题时,就无法回避男性成长的问题,而通过对二者相同点与相异点的比较,就可更深入地理解女性成长的特点,并在如何实现两性健康成长、构建两性和谐的问题上留下足够的思考空间。由于九十年代女性成长小说是在以往的女性成长小说基础上延续下来的,因此二者之间必然具有一定的承继关系,同时九十年代特殊的文化语境又决定了这一时期的女性成长小说存在着对以往女性成长小说的超越与突破,因此,通过对它们的比较,不仅可以发现二者之间千丝万缕的关系,而且还深刻显明了九十年代女性对自身生存境遇以及女性主体性生成的更为深入的思考。

九十年代女性成长小说的研究现状以及论文所选用的研究方法,决定了本文的章节安排。本书共设五章。第一章以家庭及代际伦理的视角透视女性的成长,主要体现在对"家"神话、"恋父"情结、"母性神话"的解构上。九十年代女性成长小说不仅揭示了父权家庭的不合理性,而且还淋漓尽致地书写了在这种"不完全"的家庭阴影之下,女性成长历程中细微的生命感觉。在成长女性看来,作为家庭中的支柱性成员,父亲一方面是强大、崇高、有力、冒险世界的化身;另一方面,她也不无痛苦地意识到,性别等级制度下以父亲为代表的男性主体性地位的优越,也制约了女性的自主性生存。因此,成长女性陷入了"恋父"与"审父"的情感纠葛中,并最终超越了"恋父"情结,走上了主体性生成之路。九十年代女性成长小说还有意识地解构了父权文化秩序制造的"母性神话",这首先表现在女儿对于母亲非母职角色生活的发现,这种发现进一步导致了母女之间的性别认同。然而九十年代女性成长小说也深刻尖锐地反映了母女之间的性别压制与对抗,在施虐与受虐、占有与反占有、监控与反监控中的母女关系中,"母性神话"被毁灭性的专制母爱彻底戳穿。

第二章主要研究在性别与身体维度下女性艰难的成长。在两性关系方面,由于强大的父权制意识形态的影响,女性的成长面临着一种强大外在力量的规约,但对女性成长构成更大阻碍的是女性由于对父权文化的无意识内化而导致的一种自我压抑。内外两种力量合力将女性囚禁于情爱的镜城中,使其在突围与陷落中艰难地走向女性的主体性成长。在同性关系即"姐妹情谊"的表达上,九十年代女性成长小说一方面表现了"姐妹情谊"使女性团结起来共同抵制父权制社会压抑以及同性之间共同分享彼此内心生活及生存困境的积极意义,另一方面又以理性的眼光审视了女性成长历程中姐妹情谊联结纽带的牢靠性与边界。在与自身身体的关系上,文本中的女性成长主要表现为女性身体的压抑、女性身体的发现以及女性身体的抗争等。

第三章主要探讨了女性在成长过程中的存在体验,总体看来包含有三种,即孤独、逃离、创伤。孤独的心理体验表现于自闭与独语、自恋与自虐、自我存在的质询等三个方面。但孤独并非只是一种感性的孤寂,真正深刻的理性孤独是人类个体成为自我和回归自我的必要条件。同时,面对孤独这一基本的生存状态,成长女性又充满悖论意味的抵御着孤独,在坚守与抵御之间跳着属于自己的独步舞。女性在成长过程中表现出的逃离姿态更为常见,但女性的逃离行为更多的是女性寻找自我、认知自我、完善自我与实现自我的开端。此外,成长女性在逃离的过程中,经常还会回归到原有的生活轨道上来,甚至陷入逃离——回归——再逃离的循环怪圈中,这无止境的循环恰好构成整个人类生命存在的隐喻。由于爱的匮乏与囚禁、性的禁忌、怨恨引发的罪罚等原因,成长女性的内心郁结了深重的创伤,这种内心创伤给成长女性带来了无法遏止难以消泯的深度疼痛,甚至会以疾病的形式表征出来。为此,成长女性采取了日常生活救赎、审美救赎以及宗教式的救赎三种方式竭力要把自我从灵魂的暗夜中解救出来,以实现心灵的丰盈和人格的完善。九十年代女性成长小说对女性个体成长体验的书写,也包含着对整个人类存在状态的探询与追问,因此这些小说又是一种追问存在意义的现代艺术文本。

第四章主要探讨的是九十年代女性成长小说的叙事策略,主要从三个方面进行研究:隐喻、叙述分层、叙述声音。就隐喻来看,九十年代女性成长小说中主要存在着四种隐喻类型:镜子隐喻、"神秘女性"隐喻、两极对立隐喻以及女性成长蜕变隐喻,这些隐喻在名与实、标准义与新奇义之间的话语张力中突破了父权文化秩序性别等级的划分,建构了融合着女性独特成长体悟的女性生命奇境。就叙述分层来看,九十年代女性成长小说中的叙述分层主要有三类:叙述套层、叙述跨层、叙述嵌层,叙述分层的大量使用,表明了女性主体性的生成在多元化文化语境的表象之下仍然步履维艰的窘境。九十年代女性成长小说中的叙述声音也可分为三种:作者型叙述声音、个人型叙述声音、集体型叙述声音。对九十年代女性成长小说叙事形式的研究,始终遵循的一个原则即是"从形式分析走向意义"。

第五章主要探讨了九十年代女性成长小说中的男性形象。因为这些男性形象表达的不仅是成长女性对于男性世界的想象和女性对于男性世界的价值判断,同时还以性别面具的方式曲折表达着女性对于性别自我的确认、反思与期待。在一定意义上,文本中男性形象的单薄与丰富、贬抑与美化,都体现了成长女性对于男性中心观念认同与排拒,对于社会性别语境的沉溺与突围,体现了女性作者借助他者的眼光来审视与反思女性性别,艰难探寻女性主体成长之路的叙事意图。九十年代女性成长小说中的男性形象,大致可分为三种类型:被贬抑的男性形象、被美化的男性形象、"男性神话"的解构与被建构的理想男性。

第一章 雾中风景——家庭及代际
伦理视域中的女性成长

就女性成长而言,家庭这一场域,构成了女性成长的初始情境,而家庭中父亲、母亲与其形成的代际关系,则是女性在成长历程中所要面对的最重要的伦理关系。代际,从狭义来说,是建立在血缘基础上的一种纵向的家庭关系,而代际伦理作为一种重要的伦理形态,处理的是家庭这个场域内具有代际关系的各成员之间的伦理关系,它是一般伦理原则在代际关系中的运用和延伸。代际伦理视域之内的家庭氛围、父女关系以及母女关系,对女性一生命运的影响重大而深远,不仅决定着女性的情感倾向、人格气质和基本的生活方式,而且还会在女性人格发展早期留下一些刻骨铭心的人生印记,而这些成长印记会永久性地存留在女性内心深处,潜在并持续地发挥着它的影响作用。值得一提的是,在九十年代多元化的全新语境下,传统上被温情脉脉的面纱所笼罩的家庭伦理关系,已经开始呈现出真正复杂的真相,因此时代语境中产生的九十年代女性成长小说,其所表现的代际伦理视域之内的女性成长必然也是一段扑朔迷离的"雾中风景"。

第一节 "家"神话坍塌下的女性成长

"家",不仅是四壁间隔的一小方空间,对于个体的人来讲,更是血缘亲情滋生的沃土,它构成了人类成长的初始情境,提供了人类生存的初始经验。并且在其文化形象积淀中,由于其对人心灵安宁和精神慰藉功能的强调,从而具有了人类永恒追寻的彼岸价值。对女性而言,"家"的文化形象更有特殊的意义,正如恩格斯指出:"'家庭'这个词,起初并不是表示现代庸人的那种脉脉温情同家庭龃龉相结合的理想。"它最初在罗马产生,"用以表示一种新的社会机体,这种机体的首长,以罗马的父权支配着妻子、子女和一定数量的奴隶,并且对她们握有生杀之权。"①可见,从父权制社会诞生起,女性这一性别群体便在家庭中和奴隶处于同等低下的位置。同时,由于女性这个性别群体在生理和客观经济条件制约下更容易拘囿于家庭,这就导致父权制社会围绕家庭来规定女性角色和女性气质,并根据家庭职能的关系来命名和诠释女性。因此某种意义上说,女人的历史就是一部陷入家庭的历史,女性成长的每一步与"家"都息息相关。

文化符码化的"家"的形象以一种潜在的文化想象的方式,直接影响了文学文本中"家"的塑造。但是,就女性成长小说而言,"家"的真正含义在很长的一段时间里被各种主流意识形态所缠绕包装,甚至往往因为某种时代的需要而被简化甚至扭曲了。

五四时期,"家"被视为封建专制的牢笼,女性的成长定格于离家出走"关门"的那一声响中,而离家时女性心灵上如何斗争、离家后的女性精神如何成长却成了一个晦暗不明的问题,因此困惑、迷惘成了五四女性成长小说的主调。三四十年代,在现代都市的生活方式和传统乡土的价值体系拼合的历史语境中,"家"在女性成长的过程中成为父权制压抑性法则的化身,如苏雪林的《棘心》刻画了父权制家庭在女儿婚恋选择中给予的重大压力;苏青的《结婚十年》则表现了家庭对于知识女性的囚禁和压抑;而张爱玲在《沉香屑·第一炉香》中更是将葛薇龙的成长悲剧投射于她和乔琪所建立的那个充满欲望妥协而又彼此利用的"家"。到了极端偏重政治革命叙事的十七年及文革文学,由于"大我"对"小我"的取代,带有私人感情性质的"小"家被置换为政治理念下具有阶级归属性质的"大"家,被打上时代胎记的女性成长就是一个弃"小"家奔"大"家的过程,宗璞《红豆》中江玫的成长就是要以放弃与齐

---

① 恩格斯:《马克思恩格斯选集》(第四卷),人民出版社1972年版,第70、71页。

虹的爱情为代价,《青春之歌》中林道静要踏上革命成长之路也先得与余永泽的"小家"划清界限。新时期以来人道主义的复活,使"家"在卸掉了政治油彩后回复了人性的温度,但由于对"现代化"的过分乐观,又使"家"被涂抹上了一层理想主义的色彩,如张抗抗的《北极光》中岑岑的成长就是表现在对于三个男青年所代表的三种家庭生活方式的选择上,其最后的选择预示了女主人公成长道路的理想主义追求。而另一女作家张辛欣的《我在哪儿错过了你》和《在同一地平线》中,则分别以女性独白和两性交错独白的艺术形式展现了现代女性成长过程中对于"家"的渴望和美好想象。从八十年代后期始,一批女性作家开始意识到"家"不仅只闪烁着迷人的温馨,它所携带的价值密码更是父权制意识形态强塑女性气质和女性角色的场所。铁凝的《麦秸垛》中,沉积着丰饶母性并昭示着原始家园的大芝娘竟成为几代女性成长无法摆脱的梦魇。而在刘索拉《浑沌加哩格愣》中黄哈哈的成长视域里,苦守家园的"王宝钏"所树立的"好女人"的楷模,只能成为现代社会束缚新女性成长的思想枷锁。

由此可见,九十年代前女性成长小说中"家"的意象始终笼罩在时代主流意识形态的阴影下,使人无法洞察"家"对于女性成长的真实涵义。而进入九十年代,在以消费为核心的市场经济大潮中,寻常屋檐下的百姓生活获得了前所未有的合法性,这使得以往笼罩着各种光环的"家"真正回归到了平凡庸常的现实中。与此同时,市场经济主导下现代性"个人"意识的播撒,使女性冲破性别"类"的牢笼走向女性个体,而在经济转型带来的多元化文化价值领域中,女性在民族群体生活与话语空间的边缘性位置,又使得女性独特的生理及心理体验从"男女都一样"的性别神话中凸显出来。正是女性作为人的价值基础上的"个体"与"女性"的双重实现,使女性的个体成长还包含了性别意识这个极端重要的成长维度。这样一来,女性成长在呈现个体性格特征如何形成的同时,更强调了成长女性对于性别等级现状的清醒认知以及对于性别角色与性别气质的理性审视。而这种全面的思考维度,使得九十年代的女性成长小说摆脱了长久以来时代的主流意识形态对"家"的种种遮蔽,还原出"家"在女性成长过程中深刻真实的本相,并揭示出"家"对于女性成长所构成的特殊意义。

在九十年代女性成长小说中,女性的成长往往不是在"家"幸福美满的正面描写中完成的,恰恰相反,"家"带给女主人公的感觉常常是破损压抑的,而这构成了九十年代女性成长小说中"家"的形象的主要特征。在张洁的《无字》中,吴为从有记忆起就跟随着可怜的母亲叶莲子艰难地生活,母亲在千方百计找到父亲的下落之后,却并未搭建起一个完整的家,相反,吴为在亲眼目睹父亲对母亲肉体和精神的凌辱之后,她心中的家真正破碎了。而迟子建的《树下》一开始就让成长的女主人公七斗面临着破碎的家庭,母亲神秘地自杀后,父亲也不负责任地远走他乡,将七斗独自留在精明贪婪的姨妈和荒淫无耻的姨父构成的家庭里,然而就是这样一个仅能让七斗栖身的家庭,也在邻居男人的枪击事件中破碎了。另外张悦然的《水仙已乘鲤鱼去》中开篇就是年幼的璟从一个破碎的家中搬出去,那里唯一疼爱她的奶奶和自暴自弃终日只沉迷于麻将的爸爸去世了,她只能跟随一个虚荣的母亲进入一个新家,然而这个能给璟温暖记忆的新家也在妈妈自私而又卑劣的手段下毁灭了。此外如陈染的《与往事干杯》、《私人生活》中的父母分居;铁凝的《午后悬崖》中韩桂心在婴儿时就接受离异的母亲对父亲的仇恨教育;林白的《一个人的战争》中多米父亲早逝,母亲忙于工作总是不在家;海男的《蝴蝶是怎样变成标本的》中普桑子与母亲相依为命;蒋韵的《落日情节》中郗童从小丧父;王安忆《米尼》中米尼的父母在她很小的时候去了香港;《桃之夭夭》中郁晓秋生来就不知生身父亲;徐小斌的《银盾》中蜂儿从记事起只有一个爹等等。即便小说中出现了完整的家庭,成长的女儿同父母也形同陌路,如王安忆的《流水三十章》中,"她的在场使父母觉着压迫,他们不知不觉地有些躲她。她的无言而又无形的审视终于离间了她和父母的接近,她成了个没父没母的孤儿。"父母与女儿的感情上的隔绝也反应在池莉的《水与火的缠绵》中,身处于"一个典型的革命家庭",曾芒芒不仅时刻领教父母上纲上线的"谈话",而且她"从来就不可以对她的父母说不可以"。冷漠的家庭氛围在方方的《在我的开始是我的结束》中也得到充分的体现,"她的两个哥哥和两个姐姐从不因她是小妹而格外照顾她,父母也不因为她是家中小女而对她多出一份怜爱。就仿佛她是一个多余的人。于是黄苏子就总是形单影只,一幅落落寡欢的样子。"可以说,对于女性成长家庭的这种悲观的、带有否定性的表现普遍存在于九十年代女性成长小说中,文本中的这些家庭大都丧失了管理、培育、爱抚、保护弱小生命的基本职能而呈现出一种"不完全"的残缺状态。女性成长小说的这种构思,无疑是为了"打破父权家庭庄严、神圣、秩序井然、温情脉脉的伊甸园神话,揭示了它的不合理性,从而否定了女性的历史命运:从属于一个带墙壁的世界——家庭。"小说文本深入到女性微观的生命世界中,淋漓尽致地书写了在这种"不完全"家庭的阴影之下女性个体性格特征和性别意识生成的过程中细微的生命感觉,并以戏剧化的情节展示出家庭对于女性成长产生的深远影响。

对于九十年代女性成长小说而言,女性个体性格特征的形成,主要指女性在家庭环境、教育文化等社会合力的作用下成长为一个具有独特个性心理、独特生命感受的个人,并作为一个思维主体能够审视自己的生命处境,对于自己作为"人"的价值实现和生命意义进行探索。如果根据个体心理学"将个体生活看成一整体,并将每一反应、每一活动、每一冲动当成个体对生活态度一个显明的部分",[1]那么,女性成熟人格的原型就产生于生命的早期,即孩童时期。家庭无疑是女孩接触的最早和最重要的社会情境,因此家就是女性早期人格原型形成的温床。而"当包含目标的早期人格原型形成时,方向就建立了,而个体就有了固定的倾向。这个事实使我们能够预知生命的后期将要发生什么。个体从那时起就落入由方向所建立起来的成规中了。"[2]因此,家庭对于女性个体人格的生成具有非常重要的作用,甚至比男性更容易受到家庭的影响,这是因为女性被鼓励形成以被动和依附为核心的女性气质之后,失去了向外部世界挑战的自由能动性,只能把活动范围限制在家庭之内。但是,在女性被强塑的温柔驯服的

---

① 阿德勒:《阿德勒人格哲学》,九州出版社2004年版,第1页。
② 阿德勒:《阿德勒人格哲学》,九州出版社2004年版,第5页。

气质背后,却涌动着自主行动的渴求,这种骚动的、时刻发生严重冲突的内心,培育出一种可贵的感受性,"她的内心生活发展得比她的兄弟们更有深度;她更注意自己的情感,所以她更微妙地富于变化;同男孩子相比,她有更强的心理领悟能力,而男孩子们只对外部世界感兴趣。"①九十年代女性成长小说中充分利用女性特有的细腻感受,浓墨重彩地描写了女孩在"不完全"家庭生活的笼罩下感受到的孤立无援和自卑绝望,这些童年时期的经验感受直接影响了女性早期人格原型的形成,并决定着她以后的人生之路。

在陈染的《与往事干杯》中,女主人公肖濛在压抑的家庭氛围里形成了以自卑为核心的女性个体人格:

> 那时候,我父母的关系已经相当紧张和恶化了,不是持久的冷战就是白热化的交锋。漫长无际的冷战,我和哥哥早已习惯,家里清寂、压抑、阴郁沉沉,像一只大大的墓穴,我和哥哥像小老鼠一般灰灰的。然而到了交锋期,父亲狂怒地大拍桌子,尘土之飞扬、拍打之响亮、震荡之剧烈,能把那一九七六年的大地震吓回去。我则是心惊胆颤,特别是争吵招来了许多围看的邻居时,我更是又恐惧又无地自容。强烈的自卑感就从那一刻一日一日地成长起来。

这种由于自卑造成的不健康的人格给肖濛的人生之路带来了深重的苦难,不仅使她在学校里不能合群,而且"神经变得异常脆弱",常常沉湎于回忆之中,甚至"痛恨长大,痛恨长大后的岁月所带来的无穷无尽的忧愁。"同时,自卑带来的过分敏感,也使她往往想像和夸大周围环境对她的伤害,她觉得自己没有一个朋友,孤独无伴,经常让委屈绝望占领她的身心,甚至总想到死,想到仇恨。按照阿德勒在《人格哲学》中的分析:"由于自卑感总是会造成紧张,所以争取优越感的补偿动作必然会同时出现,但是其目的却

---

① 西蒙娜·德·波伏娃:《第二性》,中国书籍出版社 1998 年版,第 414 页。

不在于解决问题。争取优越感的动作总是朝向生活中无用的一面,真正的问题却被遮掩起来或弃而不谈。"①肖濛就是这样一个逃避主义者,她没有积极改善自己的困境,而是迫切想获得一种"优越性的补偿",需要被人欣赏,需要温情和依赖。这使她很快投入一个年长男子的怀抱,然而这并非来自情欲的情欲解脱竟为她后来的爱情悲剧"死于华年"留下了伏笔。虽然结尾处的肖濛在经历了一段成长岁月后,略带超脱的说:"隔窗望去,天空、绿树、孤雁仿佛都离我很遥远。我的内心并不感到快活,也不感到不快活。"但是家庭破碎、爱情和生命的破碎留给她的人生惨痛却永远铭刻在她的记忆中。正如开篇所说"我从出生就开始了回忆。我从出生就学会了回忆。我从出生就没停止过回忆。"

同《与往事干杯》不同,林白的《一个人的战争》则表现了残缺家庭氛围中女性根据幼年经验所形成的一种"冷漠性"的个体人格。多米幼时便父亲早逝,相依为命的母亲也常常由于工作原因而将她独自留在家中,这种孤独无依形成的创伤性情境以"梦"的形式体现出来:

> 我在梦中清醒地意识到,我的母亲一旦死了,我就成为真正的孤儿,我只有八岁,我怎么养活自己呢?我从梦中惊醒的时候常常是一身冷汗,但我知道,我从梦中回来了,梦中那样一个可怕的地方我终于逃脱了出来,我知道,母亲并没有死,她只是下乡了,我并没有成为孤儿,我只是一个人睡在家里,外婆回乡下去了。在那样的夜里,虽然不是孤儿,仍然觉得害怕极了,除了被子,没有什么东西可以挡住我,使我不至于一闭眼就掉到梦里去。

一个女童惊惧的人生梦魇跃然纸上,显然这是一个在家庭中没有得到充分爱抚的孩子。个体心理学认为,这样一个在爱的匮乏的环境中成长的孩子,由于她的早期人生经验就是对于冷漠的发现,往往使她误认为社会人生永远是冷漠的,她从来不会与爱合作,不把别人的友善和帮助考虑在

---

① 阿德勒:《阿德勒人格哲学》,九州出版社 2004 年版,第 87 页。

内,她很难对社会发生兴趣,也不会轻易对同伴友好,因为对社会和他人发生兴趣的能力是需要被启发和被磨练的。小说中的多米不仅与母亲有了永远的隔膜,而且"不喜欢群体,对别人视而不见,永远沉浸在内心",她放假不回家,只是来源于她对故乡、家庭和亲情的冷漠,连她自己都感慨:"我不知道我为什么会如此冷漠,到底是天生的,还是后天长成的。"在她由冷漠构成的看似坚强的外壳背后,却隐藏着一幅脆弱而又悲观的心灵图景。"她常常以为自己经过了磨炼已经很坚强,事实上她是天生的柔弱,弱到了骨子里,一切训练都无济于事。"多米由于冷漠无法接受别人的友善和帮助,每次面对生活难题时,总是高估其中的困难,而无视自己应付生活的能力,"她只好无法收拾地看着自己一败涂地。她唯一的出路便只是逃跑。"这种成长悲剧其实就是来源于她成长的家庭,来源于母爱的匮乏。因为对于个体来讲,感情的地位是任何经验都无法取代的,母亲作为孩子通往社会生活的第一座桥梁,她的第一件工作就是获得孩子的感情、兴趣和合作,如果失败了,那么这个孩子就会落入冷漠的沼泽,无法走上健康的成长之路。可见,正是这个被多米终生视为"牢狱"的家庭使她命运坎坷,而摆脱宿命纠缠的逃离之路竟是这样"曲折遥远",这样"孤独无助",使她无论怎样逃离最终还是陷落在自造的心狱里。

九十年代女性成长小说中并不是所有的女性都围困在残缺家庭的梦魇中无法自拔。王安忆《流水三十章》中的张达玲,她虽父母双全,却从小被送到乡下,等到回到家里时,已经跟父母兄妹感情上形成无法逾越的鸿沟,夜晚她孤独地躺在床上却无法正常地安睡,她总是觉得,"没有东西遮蔽她,她失了遮蔽,她就像裸着似的,周围全是侵袭的危险。她须得将自己坚壁起来,可是她手无寸铁,没有一点材料。她失了保护,连梦都做不稳妥了。"这种由于家庭环境形成的封闭性的、过于防御性的性格使她永远与别人无法合拍,"永远走在另一个节奏上,那是与众人极不相符的错落的节奏。"但是她有幸遇到黄甫秋,这个对爱不仅能身体力行,而且还能"援引她学习爱"的教师。爱的知识使张达玲平衡了快被压垮和崩溃的神经,让她在经历了那么多梦魇和失眠后终于怡然安睡,让她带着宽容与家人和解,让她以心灵的重生换来一个明朗的清晨。这个回荡着爱的旋律的成长故事构成九十年代女性成长小说中不可或缺的亮色。而王安忆的另一部小说《桃之夭夭》同样体现出女性成长对于家庭梦魇的超越。成长主人公郁晓秋的家庭也不如意，父亲不仅缺席而且为她的身世带来一种暧昧性的、屈辱性的色彩，母亲也一贯拿她当"出气筒"，嫌恶她充满活力的成长，但是由于"她惯会择善，天性趋向和暖的成分，填充心里的小世界"，因此，"那些粗粝的对待，倒是锻炼了她结实的身心"，使她在人生的际遇中虽然"没有目睹过什么幸福"，却还能"欢欢喜喜地长大"。郁晓秋以自己的生命活力和惠及周围的爱心，使她赢得了尊重和生命的充实，使她能跨越家庭的阴影走向女性个体的完美，将女性成长引向一个既平凡又绚烂的生命境界。

如果说"家"对于成长女性性格特征的形成具有不可忽视的作用，那么对于女性性别意识的觉醒则具有更为直接而深远的影响。波伏娃在《第二性》中敏锐的指出："两性的对应等级，即两性等级制度，首先在家庭生活引起了她的注意"。[①] 这是因为父权制意识形态往往从家庭伦理关系中去认识和命名女性，并利用女性家庭功能角色去设定女性气质，究其实质，就是把女性界定为具有依附性的客体，就九十年代女性成长小说来说，女性性别意识的觉醒首先表现在女性对于父权制家庭关系中女性角色（不论是作为生育工具的母性角色还是作为欲望对象的客体）与性别权力的关系认识上。陈染《私人生活》中倪拗拗性别主体的成长就得益于这种认识，她很小就判断出"父亲无论在地位权力上、在性别的生理优势上（父亲的身材非常之高大强悍），还是在经济实力上，他无疑都是家中的权威。"但作为一家之主的父亲，他并没有家庭责任感，而且具有"狂妄、烦躁与神经质"的性格，这种性格导致的粗暴专横使包括拗拗在内的每个家庭成员只能在压抑下和羞辱中生活。拗拗小的时候幻想"长大了一定不要嫁给父亲那样的男人"，来试图改变作为女性的家庭命运，长大后则进一步反省到：父亲之所以在家庭中能够无所顾忌地实行专制，这都是母亲、奶奶和幼年的拗拗整

———————

① 西蒙娜·德·波伏娃：《第二性》，中国书籍出版社 1998 年版，第 331 页。

整三代女人由于认同家庭性别权力而对他容忍、顺从的结果。显然，拗拗意识到家庭中的女性被父权制意识形态充分内化后，拘囿于女性角色和女性气质，女性对自我的认同趋附于男性对于女性的认识，即双方都认可女性的客体位置，这样原本作为受害者的女性才反而成为男性行使性别暴力的帮凶。拗拗这种对于女性性别处境的反省，标志着女性性别意识的觉醒。

当女性走入自己的家庭时，父权家庭就有了转换性的表现，女性在家庭中由子一辈的女儿身份过渡到了妻子身份，这种过渡可以说是女性成长的必经之路。在某种意义上，尽管"家"也构成了男性成长的"围城"，但其意义却与女性完全不同，男性在成长过程中接受生活训练的目的是为了有朝一日能够支配外在世界，以自己的主观自由和身体力量获得社会认可的"男性气质"，他的生活目标是伸展到家庭以外的世界，家庭对他来说不过是"世界的一个停泊处"。但对于大部分女性来讲，在一定程度上，"家"就成为她成长的归宿、世俗的命运和生活的现实，由于"女人从未形成过一个等级，平等地与男性等级进行交换、订立契约。男人在社会上是一个独立完整的人。他首先被看作生产者，他的生存之正当性被他为群体做的工作所证实。我们已看到束缚女人的生殖与家务的角色是没有保障她获得同等尊严的原因。"[1]因此，虽然"有些女人从职业得到了真正的独立；但对众多女人来说，在婚姻框架内的'外部工作'，只不过是一个追加疲劳的问题。"[2]可见，婚姻家庭也构成了女性成长过程中一个不可忽略的性别处境，在池莉《水与火的缠绵》中，曾芒芒被父母长期压制，形成一个典型的"淑女性格"，所谓"淑女"，就是父权制意识形态将女性的被动性、依附性、软弱性视为最高典范并给予的命名，其实就是要求女性在任何场合都把自己视为一个没有欲求的、任由其他主体摆布的客体。而曾芒芒在与高勇建立婚姻家庭之后，更是把这种委曲求全的"淑女性格"发挥到了极致。然而高勇一

① 西蒙娜·德·波伏娃：《第二性》，中国书籍出版社1998年版，第488页。
② 西蒙娜·德·波伏娃：《第二性》，中国书籍出版社1998年版，第548页。

方面最受不了的是"女人强调自己的性格",但另一方面又以妻子"太矜持,太不主动、太没有感觉了"为自己的婚外情找理由,并强调要做一个"好女人",就不应该对于丈夫过于苛刻。这种狡猾的男权逻辑使芒芒无所适从、痛苦万分。在经历了心灵的煎熬之后,芒芒的性别意识逐渐觉醒,她发现所谓的"淑女"仅仅是自己被家庭强塑的表象,而真实的"她是水,也是火,她天生就是,只是从前她看不见自己"。小说的结尾处芒芒"坚决地做出了她人生的第一个明确的决定",这表明她真正完成了一次从客体向主体的蜕变。同样被"淑女情结"困扰的还有蒋子丹《桑烟为谁升起》中的萧芒,在婚姻家庭中她作为淑女被丈夫怜爱和敬重,同样因过多丧失自我而惨遭遗弃。在经历多次被利用、被欺骗的悲剧之后,萧芒最终以一种决绝的出走姿态标识了性别意识的觉醒。

无疑,女性在家庭环境中坚持女性自我的主体性也导致了女性成长的艰难。在张洁的《无字》中,幼时的吴为亲眼目睹了那个"饥饿时为她觅食,寒冷时为她御寒,孤苦时为她生出欢乐,病痛时为她挽救生命而奔波的、无所不能的母亲"却在顾秋水(父亲)精神的凌辱和肉体的施暴上一筹莫展的情景,带着一种清醒的性别意识,她多次追问为什么制造两性体力不平等的上帝就能容忍残忍的性别暴力,并且认为母亲在"嫁鸡随鸡,嫁狗随狗"婚姻中自造了一份情爱,"并为这个自造的情爱痴迷一生是太不值得了",这可以说是女性性别意识在一定程度上的觉醒。但毕竟这一饱含着家庭暴力的创伤性图景对于吴为的成长产生了不可磨灭的负面影响:"当吴为成长为少女的时候,生理与精神势不两立的局面也随之出现。她的身体开始渴望男人,她的精神却抵制、抗拒着男人。"这种对于男性纠缠着仇恨、敬畏与依赖的情结,使她一方面用精神俯视、审判着男性,另一方面,却梦想依靠一个男子汉"战胜她对男子的恐惧,结束她对男子的审判,推翻她对男子的成见,——完全一个旧式女人或正常女人的梦想。"这使得吴为无法以平和的心态去面对异性,她对于男性的想象始终在理想化与贬损化的两极跳跃,因此不论是胡秉承还是韩木林,在她的视域里或者成为神或者变成小丑,这也注定了吴为在爱欲神话破碎后,面临的只是一片情感的狼藉和家庭的废墟。在邓一光的《一朵花不能不开放》中,童北地在步入家庭生活后,仍然坚持自己作为一个主体的性别体验,抵制丈夫曾广在婚姻合法外衣下的性侵犯,这导致了曾广对她身体和精神的凌辱。当她遇到心中的爱人官扬果时,没有压抑自我,而是在重重压力下毅然与之建立了家庭。当第二次家庭危机出现时,她依然未委曲求全,而是"玉碎"了家庭而"瓦全"了女性的人格尊严。结尾处出现的那个"孤独的小女孩出走后如何与魔怪搏斗"的故事隐喻了家庭的炼狱中童北地的艰难成长,她通过坚持成为一个完整的有主体性的个人而有理由期待她如花的生命会再一次绽开。由此可以看出,家庭影响下女性性别意识的真正成熟,应当不仅是充分洞察女性在家庭性别权力格局中弱势的处境,更应该是以平等的姿态去抵抗性别权力的压制,以平和的心态去争取两性的和谐,在肯定家庭中女性自我的合理需要的基础上,产生出一种合理的女性利己主义,去追求女性的自我实现和自我价值。

事实上,如果进一步把"家"从伦理意义的"家庭"上升到具有彼岸价值和人文主义理想的"家园"意义时,女性成长故事就是寻找一曲精神家园的旋律。大部分女性成长的基本轨迹可归纳为从"父"的家庭走向夫妇共有的家庭的过程,在男权家庭文化的主宰下,女性必然遭遇的是男性权力的压制、男性欲望的觊觎、甚至直面男性的身体暴力,必然也会时时面对女性自己男权思想内化、对"贞女"、"贤妻"这种男性苛求无意识的迎合。因此,与八十年代男性成长文本中将女性指认为母性、奉献、家园等救赎力量的创作意图相反,九十年代女性成长小说隐喻了在男权社会这个大家园中,与男性的主人身份和征服者形象相比,女性就像一个没有家园的流浪者和逐离者。因此,女性通过追寻属于自己的精神家园才能改变作为他者的身份和地位,获得真正的主体性,才能实现真正的成长。在九十年代女性成长小说中,许多作品都洋溢着寻找精神家园的旋律。如方方的《何处是家园》,小说标题就呈现了这种精神渴求;王安忆的《纪实与虚构》中,"我是谁家的孩子",这一诘问伴随着成长岁月,成为寻找家族之根的最初动力;池莉《水与火的缠绵》的结尾处,已经成熟的芒芒,参加防汛保卫自己"出生,成长,恋爱,错误,以及一切"的家园,构成了寻找、捍卫女性精神家园的深刻隐喻。

家,作为父权社会中数千年男尊女卑历史文化承袭与历史惰性的场所,以时刻在场的方式,借助文化习俗力量,迫使女性成长纳入传统的女性气质和女性角色的规范中,使女性沦入客体和他者。因此,表现女性如何抵制"家"文化而获得主体性成长就是女性成长小说的题中应有之意。从另一方面讲,家,又构成精神家园的隐喻,是女性成长获得理想归宿的寓言形态,女性主体性的建构就是在不断地憧憬精神家园的过程中实现的。九十年代女性成长小说就是在对"家"的抵抗和憧憬中,以具有丰富意味的女性成长故事,反思并审视了女性这一性别群体的历史因袭和现实困境,表达并质疑了女性的性别权力与成长的可能。

第二节 "恋父"与"审父":父亲文化形象与女性成长

父亲们\你挡住了我\你的背景挡住了你,即使\在你蛛网般的思维里早已布满\坍塌了一切声音的遗忘,即使\我已一百次长大成人\我的眼眸仍然无法迈过\你那阴影。

你要我扬起多少次毁掉的头颅\才能真正看见男人\你要我抬起多少次失去窗棂的目光\才能望见有绿树的苍穹\你要我走出多少无路可走的路程\才能迈出健康女人的不再鲜血淋漓的脚步。

陈染《巫女与她的梦中之门》

父亲,作为一个重要的伦理角色,在人类社会的基本结构——家庭中不仅具有管理、培育、保护家庭成员的权力,而且作为权威的化身,通过行使惩罚的权力,与其子女形成压抑与抵抗的敌对性的权力关系。"父亲"具有的"慈爱"和"禁止"的双重功能,使其在文化想象中早已超越了一个具象、有限的个体家庭角色,而上升为传统文化习俗的代言人和外在秩序的象征。在法国学者拉康的理论图景中,"父亲"更是具有重要的意义,他认为,真正主体的出现与象征秩序有关,而父亲则为象征秩序的核心,因此象征秩序也被定为"父亲的法律",由此拉康进一步指出:"父亲的形象作为纯粹的能指是一切约束性规则的来源和依据,对主体来说,是既定的必须无条件地接受和服从的一种标志"。① "父亲"这一文化形象的支配性特征,直接影响了其文学形象的塑造。在古希腊神话中,统治着天上人间的众神之父宙斯,就是一个自私、专横、残暴的父亲形象。而在我国,封建社会的宗法父权有着长达几千年的影响,因此,在中国文化面临现代性转型的五四时期,父亲形象被时代精神定格为沉积着文化传统因袭的封建家长,成为历史惰性的象征,其在家庭中的地位及对子女成长的影响深远而巨大。

然而,虽从文化心理学的角度来看,父亲在女性的成长历程中扮演着至关重要的角色,但是在文学形象中,这一关系始终被漠视并存在一定程度的歪曲。其根本原因与传统父权社会所秉承的"父子相继"的社会格局密切相关,这一格局暗示了社会主体皆为男性,而女性天经地义的属于依附性的客体位置,因此古今中外"崇父"与"弑父"交替演变的历史运演程式中,主角只能是子一代男性,女儿只能沉积于历史地心缄默无语。正是由于女性长期以来的无主体地位,导致父女关系在历史变迁的宏大格局中没有一席之地,而反映在文学中就形成了一个不为人注意的空缺。即便在五四,父亲形象成为封建思想和封建礼教的代名词时,以反封建专制、争取个性解放自由为主旨的五四女性成长小说仍然缺乏父女冲突的正面描写,而由母亲代行父职,这样五四时代波澜壮阔的"弑父"精神就被置换成闺阁之内母女之间的爱恨情仇。当历史发展到了以革命意识形态为主流的时期,至高无上的政父成为父亲形象的最高象征,在这一时期的成长小说中,父

---

① 方生:《后结构主义文论》,山东教育出版社1999年版,第18页。

女(子)关系成为党和人民关系的普遍隐喻,距离真实而凡俗的父女(子)关系就更为遥远了。

只有在九十年代女性成长小说中,父女之间真实而复杂的关系才被真正凸显出来,父亲在女性成长过程中所扮演的角色及所具有的象征意味才得到最大程度地揭示。这里值得一提的是,在九十年代诸多的成长小说中,一些表现男性主人公成长的小说也涉及到父亲,但父亲对于男性成长与女性成长显然具有不同的意义。男孩成长的目标之一就是要实现一种"社会化",所谓"社会化",就是个体在成长中通过接受和顺应一定的社会现实规范并将其内化,从而能适应社会角色和社会要求的过程。男孩在成长中通过对父权的全面认同,构成其性别自认和性别角色习得的基础,在顺应并内化社会规范和现实秩序的前提下,形成社会公认的主体。而社会的秩序法则又本来是以男性利益为优先原则构建的,因此,男性在社会化的过程中,标志其成熟的社会角色与实现自我的意志之间,没有根本的对立,甚至可以说是保持着高度的一致,社会秩序鼓励男性自我价值的积极实现,并把其视为男性气质的成熟性表现。因此在描写男性成长的小说中,虽然也时有"审父"的场景,但其实质是子一代主体对于父辈主体先在的道德优越及话语霸权的反感,对于父辈权威造成子辈心理压迫感的强烈抵制,"审父"并不动摇父权秩序本身,只是男权社会中子一辈希望早些享受主体自由而把父辈视为一个迟早必须跨越的障碍所致。王朔写于八十年代的成长小说《动物凶猛》中有一段颇有意味的话:"我在很长时间内都认为,父亲恰逢其时的死亡,可以使我们保持对他的敬意并以最真挚的感情怀念他又不致在摆脱他的影响时受到道德理念和犯罪感的困扰,犹如食物的变质可以使我们心安理得地倒掉它,不必勉强硬撑着吃下去以免担上了个浪费的罪名。"因此,男性对父亲的僭越只是为了取而代之,他们的"审父"是在对父权制意识形态的认同这个前提之下展开的。(尽管有些男性知识分子可能拒绝政治主流意识形态,但始终避免不了父权制意识形态的侵蚀。)在维护父权制这一方面子一辈男性与他们的父亲并没有根本的区别,只不过采取的形式与手段不同罢了。

　　而父亲对于女性个体成长的影响会更复杂一些。女性在幼时就能体会到家庭中父亲崇高的威望,他不仅是全家依靠的一家之主,而且"家庭是通过他与外部世界沟通的:他是那广大、艰难和不可思议的冒险世界的化身,是超越的象征,是上帝。这就是女孩子在父亲那高高把她举起的有力臂膀中,在他那她紧紧依偎的坚实骨架中,所具体感受到的。"①因此父亲对女儿的态度关涉到女性一生对自己的彻底评价,父亲的行为方式也左右着女性对异性的最初认识。正如波伏娃所指出的那样:"如果父亲对女儿表示喜爱,她会觉得她的生存得到了极雄辩的证明;她会具有其他女孩子难以具有的所有种种优点;她会实现自我并受到崇拜。她可能一生都在努力寻求那失去的充实与宁静状态。如果女儿没有得到父爱,她可能会以后永远觉得自己是有罪的,该受罚的;或者,她可能会到别的地方寻求对自己的评价,对父亲采取冷漠甚至敌视的态度。"②具有悖论意味的是,随着女孩的进一步成熟,在女性体验到父亲的情感联系对其成长重要性的同时,她更会逐渐领悟到:社会要求女性的成长即是形成一种以被动性和依附性为核心特征的性格,女孩不能像男孩那样依靠自己自主性力量获得生存的一席之地,只能被动等待别人——特别是父亲(鉴于父亲对女性成长强大的影响力)的赞许来获得生存的合法性。她也不无痛苦地意识到,性别等级制度下以父亲为代表的男性主体性地位的优越不仅制约了女性的自主生存,而且压抑了女性的主体性建构,并最终阻碍了女性的成长之旅,而女性只有通过对于父亲语言行为、精神人格的审视与反思才能获得自我的成长天空。正是基于这种性别成长境遇的深刻体认,女性在成长过程中常常陷入"恋父"与"审父"的情感纠葛中,矛盾而又坚定的体味着成长的痛苦与欢欣。

　　在九十年代的一些女性成长小说中,父亲形象在女性成长岁月中呈缺席状态,在这类文本里,女性往往对父亲充满了缅怀和想念,并对其进行理

---

　　①　西蒙娜·德·波伏娃:《第二性》,中国书籍出版社 1998 年版,第 331 页。
　　②　西蒙娜·德·波伏娃:《第二性》,中国书籍出版社 1998 年版,第 332 页。

想化的想象,一厢情愿地认定倘若父亲存在,就一定会改善自己的成长困境,这体现的正是成长女性的一种"恋父情结"。在林白的《一个人的战争》中,当神秘的女人告诉多米可以把东西送到冥府时,这个情感冷漠孤独倔强的女孩马上就想到了自己的父亲,并通过意念送了一河的玫瑰来寄托哀思。海男的《蝴蝶是怎样变成标本的》中,普桑子把未曾谋面的父亲想象成一个高大的军人,"她似乎看见父亲在枪声里穿越,最后被流弹击穿",这一壮烈的场面无疑反射了她心目中理想的父亲形象。迟子建的《岸上的美奴》中,陷入成长困境中的美奴多次到河边眺望,期盼父亲远航归来。陈染《私人生活》中的倪拗拗不论弑父的愿望多么强烈,却仍然固执的宣称:"我就是想拥有一个我爱恋的父亲般的男人!"由于父爱的缺席,"恋父情结"还常常表现在成长女性选择一个年龄比自己大很多的成年男性,作为自己的爱恋对象,满足于假想父爱对女性自我的肯定。张悦然的《水仙已乘鲤鱼去》中,璟的父亲由于猝死没能给她留下一份像样的父爱,于是,她将内心涌动的恋父情结投射到对她十分关爱的继父陆逸寒身上,"璟已经在心中把陆逸寒塑造成一个完美男子的形象,这男子在她从前的生活中从未出现过,他是父亲,他是爱人,他是广袤的、丰盛的……"这使得璟在长大以后一直做的事就是努力去赢得他的爱,并把这一目标定为她生活的全部。而在某些女性成长小说里,成长女性生命活力和色彩激活的希望也是寄托在某些类似于父亲的大龄男人身上,并且她们认识人生的真谛是通过父亲形象的引导来实现的。在陈染的《纸片儿》中,哑女纸片儿从小没有父亲,和外祖父、母亲生活在一起,一直不说话。但年龄比她大许多的男人乌克的出现改变了她,她不仅开口说话了,而且也精神了许多。她和乌克离开了小镇,度过了很多快乐的日子,此时的纸片儿是个身体心灵都很健康的女人。但是,当乌克被她的外祖父害死之后,她又回到了原来的状态:"终日不讲话,眼睛也变成一潭干涩的黑暗。"纸片儿前后的变化显现出父亲形象在女性生命成长中重要的作用,并表现出成长女性对父亲的依恋和潜意识深处对父亲形象的追寻,她们把父亲当作了认识人生的真谛,没有了父亲形象的引导,她们的生命就会陷入黑暗,人生就不会完美。

然而,"恋父情结"带给女性成长的必然是主体性的丧失。在女性主义者看来,"弗洛伊德的所谓恋父情结,并非像他猜想的那样,是一种性的欲望,而是对主体的彻底放弃,在顺从和崇拜中,心甘情愿地变成客体。"①恋父情结的固置,直接导致女性依附性和被动性的增强,反映了女性潜意识中对于父亲所代表的外在秩序力量的崇拜以及女性客体位置的认同,而这恰恰与女性的主体性成长是背道而驰的。黄蓓佳《没有名字的身体》就生动的描写了女性自愿放弃主体性的"恋父情结":

> 我乖乖地跟着他走了,像他脚边的一条小狗,一道轻得没有分量的影子,一粒沾在他身上的灰尘,一抹趴上他肩头的阳光。
> ……在那一刻,他是我的主宰,我的神灵,我的父亲,我把自己完完全全交给了他,没有一丝羞惭和疑惑。

这种对自我主体心甘情愿的放弃,导致主人公一生都没有长大,所流露出的以爱情为借口拒绝主体性生成的女性成长惰性,标识了女性这个性别群体成长的艰难。

"恋父情结"给女性成长带来的阴影促使女性以一种理性反思的姿态审视了父亲所代表的专制父权。正是"这位'家父'往往在叙事的开局就不由分说地执掌着塑造主人公人格的权杖,不断地以'现实原则'克服主人公身上的'快乐原则',在主人公成长所遭遇的第一个空间——家庭里形成欲望与法则的紧张关系"。② 因此,女性在成长的过程中,对父亲的依恋往往伴随着某种程度的抵制,这种抵制会随着女性的逐步的成熟而愈来愈强烈,并最终形成一种象征性的驱逐与尖锐的批判,"恋父"也随之演变为"审父"。当然,"审父"并不仅仅意味着对现实生活中的父亲的透视与反抗,更多的是对父权意识形态及其运作机制的理性认识和自觉疏离,并在确立性别自我的过程中真正实现女性主体性的回归。

九十年代女性成长小说中的"审父",首先表现在对于作为父权象征秩

① 西蒙娜·德·波伏娃:《第二性》,中国书籍出版社 1998 年版,第 332 页。
② 樊国宾:《主体的生成:50 年成长小说研究》,中国戏剧出版社 2003 年版,第 166 页。

序核心力量的父亲形象的有意丑化、贬损甚至缺席。在陈染的《与往事干杯》中,父亲的形象既可怜又可恨:

> 我父亲神情忧郁、沮丧而且冷酷。嘴唇四周是一圈黑黑硬硬杂草一般的胡须,眼镜片上斑斑驳驳,污痕点点。然而他没有消瘦下去。父亲的性情与大多数人不同,一般情况人们是心宽而体胖;而我父亲越是潦倒,体重越是骤增,他用没完没了的吃东西来缓解心头的焦虑与忧患。他的尊严越是被践踏,他向全世界的抗争与挑战就越是激烈。

这幅父亲形象的工笔画,以丰富细腻的笔触勾勒了一个猥琐的家庭暴君,然而他暴躁如雷粗蛮无礼的性情却难掩心灵的孱弱,小说所展示的父亲的心灵图景质疑了父权秩序中阳刚的父亲形象,与以往推崇传统父权美化父亲形象的理想化书写大相径庭。

同样,方方的《在我的开始是我的结束》以闹剧式的细节,漫画般地刻画了一个既迂腐又专制的父亲形象:酷爱苏东坡,就要拿"黄苏子"给未出世的孩子命名,被多嘴的女医生随意一问就吓得马上更名为黄实践,并以此迁怒于刚出生的女儿,多年后还热泪盈眶地以此为例批判文化大革命;自作主张地修改女儿的考学志愿,并在贬低女儿不配报考中文系的同时不忘吹嘘自己的文才;当女儿收到肉麻的情书,他不是去保护女儿和学生的自尊心而冷静理智的处理,反而有失风度地怒吼道:"我女儿未必就是那么容易让你这种臭小子亲到的",这种失态不仅未能有效地保卫女儿反给他人留下了笑柄。蒋韵描写家族女性成长的新历史小说《栎树的囚徒》中,开篇就刻画了一个举止乖张的继父:

> 他像怕蛇一样怕碎头发。梳子上、脸盆边上,或者是随便什么地方,要是有了脱落的头发他就会大发脾气。星期天他至少要扫五次地板,还要用水拖把拖两次。如果你认为他患有洁癖,那就又错了,他两个星期换一次衬衣,一个月也不洗一次澡。在他热衷于扫碎头发的同时,我家墙壁上却结着密密的图案复杂的蛛

网。

最有喜剧色彩的是这位父亲的命运结局是再婚时娶了一个理发师,余生就陷在碎头发的包围中。这一被命运摆弄善于小题大做又带有些神经偏执症、充满悖论性人格的小人物,隐喻了父权形象的衰颓。与此有异曲同工之妙的是陈染的《私人生活》,它以一种反讽的情境和黑色幽默的风格,对于父亲那种外强中干的男权心理给予精妙传神的描写:父亲对于家里的女人,根本不屑隐藏自己的感情,直接表达愤怒、不满与专制,真正能与之抗衡并值得他用高级战术的竟是家里一条与他同一性别的公狗,也只有这只狗敢真正面对面地反抗父亲的专横,给他一个无与伦比的耳光。这个寓言式的情境暗含着一种辛辣的讽刺,父亲与狗大动干戈,岂不是把自己与狗等同论之。毫无疑问,这些父亲形象已经丧失了传统父权秩序中男性家长的人格威望和英雄气概,变得无能、窝囊、软弱而又猥琐。

为了抵制父权秩序对于女性成长的影响,九十年代女性成长小说甚至效仿宗法父权社会对于女性生存忽略和删除的文化传统,采用一种"无父文本"的策略,将代表父权的男性家长彻底放逐到文本之外,成为女性成长历史中的一个缺席者和沉默者。如海男《蝴蝶是怎样变成标本的》中的普桑子生来就没有见过父亲,当父亲的消息传来时,他已经是个逝者;《一个人的战争》中父亲在多米三岁的时候就已经去世;迟子建的《树下》里,七斗的父亲在母亲去世之后就把她不负责任地放到姨妈家,自己也不久在一场车祸中丧生;迟子建的另外一部作品《岸上的美奴》中,美奴的父亲常年远航,并最终由于沉船,再没有回到家乡;蒋韵的《落日情节》中郗童五岁时就失去了父亲等等。还有一些小说文本,父亲虽然在文本中出现,但已经或成为一个暗哑无声的沉默者,或成为一个失去强势的"去势者",无法行使一家之主的权威。如黄蓓佳《没有名字的身体》中直接声明:"在很长时间里,父亲只是我们家里的符号"。而王安忆的《流水三十章》则是通过对张达玲父亲进行"幼稚化"处理的策略,将男性家长的主体形象进行戏剧化的变形,将其至高无上的父权正统家长身份置换成男性特质没有充分发育的、处处讨嫌、毫无主体性可言的男孩子。这一"去势"化的书写策略在徐小斌的《羽蛇》中也有体现,由于羽的父亲上门女婿的身份,导致了他在家族女性的权威中无奈的生存。这种"无父文本"策略的采用正是要消解父权等级制度对于女性成长的影响,而女性写作正是通过对父权制象征性的驱逐来获得铭写女性成长的权力。

但是,更多的女性成长小说直接控诉了父亲对成长女性的压制,并寄予了对父权制的尖锐批判。陈染的《巫女与她的梦之门》中,父亲的一记耳光,使成长女性感觉"家像鸟笼在半空摇晃,男人像树在心里摇晃"。而在《与往事干杯》中,由于父亲粗暴专横导致的家庭破碎给肖濛带来难以愈合的创伤,使她在反思自己的成长体验时,一针见血地指出父亲对其一生的负面影响:"我的整个童年时代,都害怕着父亲,长期生活在代表着男人的父亲的恐怖和阴影里,因而使我害怕了代表着父权的一切男人。"这种由于害怕父亲而产生的对于男性病态的恐惧心理,不仅造就了她以自卑为核心的病态人格,而且使其情爱之旅坎坷崎岖。方方的《在我的开始是我的结束》中,黄苏子感觉自己就像父亲赶路时脚下的小石子,父亲只盯着目标,根本不在乎她这颗小石子是落入草丛中还是掉进阴沟里,因此她感觉自己好像被父亲踢到了阴沟里,终日生活在幽暗阴冷的环境中,与周围所有的人都产生了隔膜,形成孤僻的性格。平素寡言少语的她只能把自我的真实意愿和对父亲的愤怒藏到心里,而这种超强度的压抑使她的人格产生分裂,最终以一种自虐的极端方式和生命的代价完成了对于父权制的控诉。张洁的《无字》更是连篇累牍、以毫不为尊者讳的态度书写了对父亲的仇恨,她认为正是这个不负责任滥施淫威的父亲不仅使她两岁时就学会了奴颜媚骨,而且使她始终无法以健康的心态与异性相处。她觉得像父亲那样向手无寸铁、毫无反抗能力的母亲施暴,不仅是人性中卑鄙无耻的极致,更是男人卑贱懦弱的极致。小说以惊世骇俗的直露塑造了一个寡廉鲜耻的父亲形象:

他睡帽上的小绒球,他两胯间那个刚才还昂扬挺立现在却因暴怒而疲软,说红不红、说紫不紫的鸡巴,也随着他的跳来跳去、拳打脚踢,滴溜当啷,荡来荡去。

在拉康学派的精神分析理论中,男性阳物"菲勒斯"早已超越了生物学意义,"作为象征的和语言的意义而存在,被用以强调男性生殖器的象征主体,并使主体得以进入象征秩序之中",而"象征秩序使父亲的法律的权威得以确立。'菲勒斯'在此成为父亲法律的代表,使父亲法律\父之名得以占有绝对意义的中心位置,并保障了主体语言的秩序和稳定性。"①因此,《无字》中对于父亲"菲勒斯"的丑化描写,已经不仅仅含有对父亲代表的传统父权形象贬抑的寓意,实际上对以"菲勒斯"为象征体系的整个父权意识形态及其社会文化结构也构成了深刻的批判。

事实上,在九十年代女性成长小说中,对于文化想象中代表父权的父亲形象的形貌、精神特征带有贬抑性色彩的书写,是身处父权制意识形态围困的女性作家,在以女性成长的焦虑性体验为原型的女性成长故事中,对于想象中父权的一种象征性的颠覆和抵抗。这种书写模式无疑破坏了宗法父权正统文化下作为男性主体的父亲形象的完满和理想化特征。而对于文本中两性人物的主体这一问题来讲,往往在男性主体的传统权威、身份和地位被否定后,女性人物在无父权主体权威的叙述背景中,才有更大的文本空间去建构或表现内心深处的主体意识,并能进一步从压抑中的边缘和他者的客体位置走向标志成熟的主体,从而完成女性成长的历程。

也正是对于父亲在女性成长过程中所产生的负面影响的清醒认识,使得成长女性终于从"恋父"的情结中解脱出来,并实现了一种理性的超越。在陈染的《巫女与她的梦之门》中,作者以矛盾的意象形象化地描写了对于女性成长充满悖论涵义的"恋父情结":"这头颅给我以生命以毁灭、以安全以恐惧、以依恋以仇恨。"然而女主人公最终从这种矛盾的纠缠中挣脱出来,这表现在文本末尾的超现实叙述中,那个可以跟父亲形象重叠的少女"恋父"对象,不仅在少女的想象中承受了少女归还父亲的一记耳光,而且

---

① 林幸谦:《女性主体的祭奠》,广西师范大学出版社2003年版,第306页。

因"性缢死"不得善终。在经历了交织着憎父与恋父的成长锐痛中,少女终于可以等待那首为她而唱的象征成熟的九月的歌。这篇有着奇诡风格的小说,以深刻的寓意暗示了女性成长对于父亲必须的超越。同样,在张悦然的《水仙已乘鲤鱼去》中,女主人公璟的两个父恋情人都相继死去,并在结尾处以与母亲的和解和母性的救赎让她真正完成了心灵的成长。这种叙事处理体现了作者对于女性成长中"恋父情结"的根本质疑。而将这种质疑继续推进的是虹影的《饥饿的女儿》,女主人公对于自己情欲的实质有着深刻的认识,"我在历史老师身上寻找的,实际上不是一个情人或一个丈夫,我是在寻找我生命中缺失的父亲,一个情人般的父亲",并且意识到这种因补偿性的情感与"恋父"的冲动寻找到的情人般的父亲,也只是将她当成一桩艳遇,在她腹中留下一个同样没有父亲的孩子而已。正是基于自己的成长体验,对于女性生命中"恋父情结"意义虚妄性的洞察,她终于实现了主体性的确立,喊出"这个世界,本来就没有父亲"的真知灼见。

女性成长历程中纠缠着的父亲情结以及这一情结给女性造成的成长创伤,反映了现实历史中女性依然笼罩在父权阴影中,被视为丧失了主体身份和位置的边缘人和"他者"。而男性中有着人格威望的父亲不仅有主体性,可以随意处置成长女性的命运,并且那些被父权秩序充分内化完全认同自己客体位置的女性,还将父亲视为真理、上帝,即便不能得到理想中的父爱,也还会寻找情感代偿,把恋父情结透射在一个年长的男性身上,其结果也只能是女性灵魂被父权意志肢解,躯体被男性欲望所指称。因此,女性要实现主体和自我的确立,摆脱"他者"地位,就首先必须用理性力量破解或抗衡被父亲权威及其所代表的父权统治所宰制的命运。九十年代女性成长小说中对于父亲形象所采用的贬抑、缺席以及批判的叙事策略,正是从女性文本建构的象征意义上,不仅颠覆了以"菲勒斯"为核心的父权隐喻,而且有效地缓解了女性被父权权威压制的精神焦虑,为凸显女性的成长经验以及寻找女性自我的主体身份,创造了一个女性成长理想化的文本空间。

第三节 认同与对峙:女性成长
视域中母女关系的重新书写

母亲,因其具有创造生命的自然力量,在各民族的原始神话中,都具有一种神圣的原型意义。中外文化传统中的母亲形象不仅衍生了爱、无私与奉献等富有人文价值的崇高命题,还成为无忧童年、永恒故乡、传统之根这些闪烁着彼岸光辉的文化代名词。

但是,在传统文化中,母性形象由于身体的变形和创造生命的奇迹被认为具有可怕的魔力,而父权文明对于相异性的排斥和对于母性魔力的潜在恐惧,使其利用母性神话来驯服母亲作为女人的他异性。因此,母性神话带有父权文化秩序认同的文化价值,它凸现母亲生儿育女、忠于母职的角色意识,而有意遮蔽母亲作为个体具有的人格特征和作为女性所固有的性别意识,并鼓励母亲成为父权道德的守护人,以忘我牺牲和温柔慈顺的美德依附于父权统治秩序。因此在母性神话笼罩下的母亲形象,是一个因长期受到父权文化潜移默化影响而个体生命意识残缺与女性性别体验匮乏的异化形象。中世纪中期的西方宗教中就出现了一个有利于父权统治的、极其完美的母亲形象,她作为母性神话的至高典范被神性的光辉所环绕。作为罪人夏娃的对立面,她踩死了脚下的蛇,泯灭了心中所有的诱惑,她从未被触摸或占有过的处女身体不再有女性肉体的性质,从而以"无性"、"无我"成就了举世的圣母。然而在世俗社会中,虽然母亲这一称谓因母性神话被授予荣耀和尊重,但现实生存中的每个母亲都被父权统治强加了诸多禁忌,使"母亲被牢牢地固定于家庭,固定于社会,她遵守法律和习俗,所以确实是善的化身:她部分属于自然,不过自然变成了善,不再是精神的敌人。"①母性神话使母亲形象成为一个空洞的能指。与此相适应,反

---

① 西蒙娜·德·波伏娃:《第二性》,中国书籍出版社1998年版,第201页。

映人类重要血缘亲情关系的母女关系在母性神话的笼罩下就更是一片空白，即便在传统男性文本中出现母女关系的描写，母亲也只是一个承载父权意志的木偶，母女关系成为父子关系的翻版，这无疑反映了女性在父权文化秩序中无名缄默、可以被随意删节改写的状态。只有在男权文化垄断被打破，女性具有自我言说的文化权力之后，真实生动的母亲形象与母女关系才能浮现出来，从而使女性这一性别群体的历史本性得到再生和还原。

然而，伴随着五四以来具有现代意义的女性写作而兴起的女性成长小说，并不是从发展之初就能表现出解构母性神话的意义深度。由于女性长期受父权文化的匡范，五四时期的女性成长小说，大都歌颂传统母性美德以及渲染女儿对母亲的情感眷恋，虽然首次表现了女性之间的血缘亲情，但在一定程度上也迎合了父权秩序中的母性神话。三四十年代革命救亡的时代主潮使女性写作主流出现了一种拯国救民、关心社稷的"大母形象"，这虽表现了女性写作中将传统母性精神与爱国主义结合起来的努力，但由于"大母形象"个性意识与女性意识完全消泯于社会民族意识中，因此仍可看作是母性神话的翻版。十七年文学及文革文学中成长小说虽风行一时，人性亲缘因素却被政治革命宏大叙事覆盖和无情肃清。而新时期以来的女性写作在对主流话语进行反拨的同时却呈现出"超性别"的倾向，这种性别意识的缺席，使女性成长小说中的母亲角色，不是缺席就是落入母性神话的陷阱。只有到了多元化语境的九十年代，女性成长小说才开始摆脱男性视点的文学史惯例，以女性独有的叙事表意方式实现对女性本体的追寻，直陈女性成长历程中的情感体验，并在此基础上，对盘根错节的父权文化进行彻底的批判，这其中裹挟着父权文化价值的母性神话以及与此相关的母女关系主题自然成为九十年代女性成长小说的主要表现内容。与此同时，这一主题内容在意义深度上也得到了前所未有的拓展，不仅深入表现了母亲内心的欲望情感，还原其被"母性神话"所遮蔽的女性生存真相，而且通过表现女性成长历程中的母女纠葛，把母亲视为成长女性自我审视与自我反思载体，以女儿成长的视域审视了在父权文化强塑下母亲的心理痼疾。这种审视与反思集中表现于两个方面:性别的发现与认同及性别的压制与对抗。

生为女人,在既无自己的女性传统可追溯皈依,又要面对父权社会对女性强塑的情况下,只能在无奈中转向自己的母亲,正如英国女性主义先驱维吉尼亚·伍尔夫在《自己的房间》中所说:"如果我们是女人,就会通过母亲来反思。"九十年代女性成长小说中对于母性神话的解构和对母女关系自觉有意识的探求,首先表现在女儿对于母亲非母职角色生活的发现,这种生活能体现母亲作为一个女性的所有情感和欲望,女儿对于母亲性别生活的发现,不仅将母亲从母性神话中那种无欲无我的角色定位还原成为一个个性化的世俗女性,而且母亲作为女儿的性别镜像,其性别化色彩对于女儿在成长过程中理解性别自我和反思女性的传统命运有重要的意义。海男的《蝴蝶是怎样变成标本的》中,女主人公普桑子的成长蜕变就是从发现了母亲的另外一种生活开始的。母亲之所以在父亲失踪后还能保持着生活的信念是因为她有一个情人,而母亲情人的死亡则让普桑子进一步走入母亲的内心,母亲面对死亡没有啜泣的沉默,体现出一种不愿追问生活意义的苟活的悲哀。然而真正让普桑子进行反思的是母亲那一代女人的性别命运。母亲终生信守传统女性的命运箴言:"每一个女人的一生都需要抓住一种可靠的东西,而男人正是这种东西"。然而丈夫的无情遗弃、情人的意外死亡,母亲孤独而悲苦的命运结局,将这一箴言击得粉碎。普桑子从母亲身上看到精神人格没能独立的女人的悲剧。但这种洞察反倒让她陷入觉醒后无路可走的悲哀,母亲那种从一而终的生活虽痛苦不堪却也简单明了,而她对女人命运的彻悟却使她比母亲更孤单、更迷惘,这种反思后的迷惘,迷惘后的反思,使她迈出了精神蜕变的第一步。徐小斌《银盾》中的蜂儿也是在发现母亲欲望情感纠葛的故事后选择自己的性别命运的。十四岁的蜂儿希望能够逃离乡村女性成长的性别宿命,像早逝的母亲那样"一辈子到死都不老,到死都是漂亮的",但她在义无反顾的"精神寻母"历程中却发现了母亲另一种生活的真相:她的生命是以爱情的名义、被盛怒的丈夫和亡命逃窜的情人合力剿杀的。这个突围了传统妻母角色羁绊的女人在父权秩序中的悲惨命运,使蜂儿最终远离了生母的生命轨迹。事实上,女儿对于母亲性别情感的发现,不仅标志着女儿性别意识的觉醒,而且母亲所表现的这种传统母德之外的人性特征,颠覆了女儿对于母亲的常规想象,因此在女儿的情感领域产生一种震撼和成长的疼痛。迟子建《岸上的美奴》就表现了执拗于母性神话的女儿对于母亲真实自我的拒绝和残杀。美奴的母亲被处理成一个患了莫名其妙失忆症的病态形象,她所忘记的不仅是她生活了十几年的镇子,更有意味的是,她对于自己妻母角色的遗忘。从隐喻意义上来讲,以"病"命名的正是女性从父权制社会的妻母角色中摆脱出来的另一面生活,以"病"确认的也是一个不为父权秩序所容的充满欲望情感的女性自我。美奴对于母亲的另一种生活不仅不能理解,相反产生了一种发自内心的耻辱感。由于美奴的父亲在文本中缺席,为了恢复小镇的伦理秩序,捍卫父亲作为丈夫的声誉以及免除自己的耻辱,美奴代行父职,将这个不顾小镇流俗、追求自我幸福的母亲推入江中。然而"杀母"并未使美奴获得幸福,却使她的成长永远陷落于原罪的沼泽中。

女性在成长过程中对于母亲欲望情感的发现也导致了母女之间的性别认同,这种认同成为九十年代女性成长小说探寻母女关系的又一个崭新的维度。陈染的《与往事干杯》中,母亲压抑了几十年的情怀,在经过不幸的婚姻生活后,终于等到自己情感的春天。女儿看着母亲因为爱情而顾盼生辉的双眼、高雅妩媚的神态,平生第一次发现她的母亲不只是被她忽略了性别的母亲,而是一个非常性感的纯粹的女人。女儿不再仅以对于长辈仰望的姿态凝视自己的母亲,而是开始以一种带有性别意味的眼光审视与自己有着相同性别的母亲,这种审视寄托着女儿对于这一性别的未来想象和母与女这两个主体间生命感觉的关联和交融,"她的乳房使我想到自己的乳房,她的体态使我想到我的未来。她嫁给我父亲的时候,像我现在一样单弱而无知,……她把知识传递给我,也把性别传递给我。……她把眼泪遗传给我,或许是我把眼泪传染给她;她把悲戚遗传给我,或许是我把悲戚传染给她。"这种性别体态的亲缘遗传和对于苦难生存的默契感应,早已超越了传统意义的母女天伦,而成就了另外一种性别血缘的续接。"她的往昔是我的前世,我的生命是她的延续,她的痛苦在我身上加剧。"这种续接构成了母女之间的性别认同,"我们以同一种方式吃饭和排泄,以同一种方式要求男人,我们拥有同样的秘密。"这种建立在母女之间生生不息的爱的链条上的性别认同,还表现在《私人生活》中诗意化的描写中,"这个女人是一道深深的伤口,是我们走向世界的要塞。她的眼睛闪着光,那光将是我的道路。这个遍体伤口的女人是我们的母亲,我们将生出我们的母亲。"这一源自性别认同的带有悲剧色彩的隐喻表达母女之间性别传承和性别命运。任何一个母亲都会将平等无私的爱返还于自己的母亲和女儿,而任何一个女儿都在接受母亲全心付出之后,成熟为一个可以把爱传递给下一代的母亲。"在妇女身上一直保留着那种产生别人同时产自别人的力量(尤其是别的妇女)。在她身上,有母体和抚育者;她自己既像母亲又像孩子一样,是给予者;她是她自己的姐妹和女儿"。① 王安忆的《流水三十章》中出现过两次镜子折射的细节,形象地表明了母女之间性别认同过程中互为镜像的关系,"她们一个母亲和一个女儿,分别在那镜子前的两侧,她们正好得到了这样一个奇妙的角度,那便是母亲从镜子里看到了女儿,却看不见自己;女儿则从镜子里看见了母亲,却也看不见自己,而她们又全不知道被对方所看见。"张达玲和她的母亲通过镜子的折射由开始的疏远到后来的相互辨认、相互认同,正是张达玲从幼稚走向成熟的过程。而王安忆的《纪实与虚构》则从结构安排和主题表达两个层面来表现母女之间的性别认同。小说在偶数章节的女性成长经历中嵌入奇数章节中的母亲家族历史的追溯,这种用纪实和虚构来创造现代女性成长史和母性历史的结构安排,本身就表现出了女性在成长中对于母亲的性别认同。小说在展现女儿通过个人与历史的对话自觉追寻母系血缘的过程时,也揭示了母亲在女儿成长史中的作用以及女儿对母亲从排斥到认同的情感历程。女儿年幼时一度把母亲假想为造成自己孤独命运的敌人,然而岁月最终使女儿认识

① 埃莱娜·西苏:《美杜莎的笑声》,参见张京媛《当代女性主义文学批评》,北京大学出版社1992年版,第196页。

到母亲内心的寂寞和孤独,理解了母亲对女儿看似不近人情的管教,背后实际饱含着母亲痛楚的人生经验。但不得不看到的是,女儿对于母辈们的性别认同有时却是一个对现实妥协的无奈过程,虽然她们对于母亲的性别命运有清醒的认识,但由于自身也被父权意识形态潜移默化,从而陷入了母辈性别命运的轮回中。迟子建的《东窗》以两条线索来表现母辈性别宿命与女性个体命运的交叉和重合,前一条线索表现了亘古不变的母辈们的命运流程,后一条线索则表现了女性个体成长对于这一宿命的突围。然而不论"我"怎样试图逃离命运的预言,都最终陷落在母辈们性别生存的成规中,"我"像每个女人那样迎来了婚姻、生育和生命的晚霞,女性这种历经岁月淘洗最终却与母辈们同一命运的现实揭示了女性性别命运强大的历史惯性。

与五四以来的女性成长小说相比,九十年代女性成长小说同样表现了女性依恋母体、回归母体的心理意识。在文本中,成长中的女性有着一种渴求心灵港湾和精神依靠的稚嫩心态,当她们面对家庭社会的狂风暴雨时,尤其需要慈爱无私的、能够涵容一切的母爱为她们遮风避雨。母亲不仅是身处困境的女儿的精神支柱,而且是其灵魂的情感依托。正如《与往事干杯》中的肖濛所言"我睡在母亲的怀抱里,像睡在天堂一样安全而美好,我的怯懦、忧郁、自卑在母亲的怀抱里,在一个个温馨的夜晚化为乌有。"《私人生活》中作者以极富诗意的语言描写了母亲这个原本我行我素的女人为了女儿,在"自然之雨和生活里黑暗之雨的双重压力下","跳着精神的与物质的双重脚尖舞。"而张洁的《无字》则以一种宣泄性的语调表现了母女之间无与伦比的亲缘联系:"叶莲子就这样镌刻在吴为的生命里,并站在了吴为和所有的男人之间。这样一个叶莲子,谁能取代的了?!灾难一点缝隙也不留地把她们紧紧压缩在了一起,且坚固无比,什么力量插得进来?不论是爱人、父亲、兄弟、朋友……"母女之间的感情维系,在更宽泛的意义上,转化成"妇女与妇女"之间的关系,"一旦妇女将妇女给予其他妇女,一切都会改变的。在妇女身上一直隐藏着随时都会涌出的源泉;那个为了他人的所在。母亲也是一个隐喻。她把自己的精华由别的妇女给予妇女,这使她能够爱自己并用爱来回报那'生'于她的身体,而这对于她是必要的也是足够的了。"①

　　然而,九十年代女性成长小说又与五四时期的女性成长小说有着本质的不同:五四时期的女性成长小说由于时代的思想局限仍然致力于母性神话的营造。虽然五四的历史文化语境使母亲在父权文化结构中具有两重身份,她既是父权意志的执行者又是父权压迫的受害者,但这种多重身份下的丰富复杂的人性特征并没有投射到母亲形象上来,女儿成长视阈中的母亲形象仍然呈现出无性无我的平面化的人格。同样,母性神话的阴影也使五四女儿们在眷恋慈母深情的同时有意忽视两代人思想的鸿沟,更不去审视母亲所代表的父权统治下的女性历史命运,这无疑反映了五四女性成长的不成熟状态。然而,九十年代女性成长小说却在传统母女之爱的主题中注入了新的因素。那就是成长女性洞穿了母亲身上那根深蒂固的、以依附性与软弱性为核心的女性气质,希图通过自己努力来改写母亲的性别命运。《私人生活》中,倪拗拗就认为是母亲的软弱服从赋予了父亲粗暴专横的权力,她希望自己能够反抗,而不是像母亲那样只把羞辱藏在心理。还有些文本中,女儿虽然对于母亲的性别命运有清醒的认识,但由于自身也被男权意识潜移默化,从而陷入了母辈性别命运的轮回中。《无字》中吴为恨母亲叶莲子没有出息,为了一个猥琐的男人忍辱负重、守身如玉,付出了一生的代价。然而吴为自己却拷贝了母亲在情爱领域失去自我的依附性特征,在一定程度上重复了母亲被弃被辱的性别命运。更为重要的一点是,九十年代女性成长小说直接戳穿了母性神话的外衣,在母女关系的表达上表现得异常清醒冷静,也更为尖锐刺目,这主要是因为它深刻地反映母女之间的性别压制与对抗。

　　传统的母性神话只强调母爱的神圣和伟大,却有意回避了专制的母爱是另外一种无法摆脱的负累,而母女关系一旦仅被简单地神话为互相体恤

---

　　① 埃莱娜·西苏:《美杜莎的笑声》,参见张京媛主编《当代女性主义文学批评》,北京大学出版社 1992 年版,第 196 页。

的母慈女孝后,无疑遮蔽了日常生存中母女关系的另一种真相:母女在相亲相爱的同时又往往像一对冤家那样,在占有与反占有、监控与反监控中相依为命。九十年代女性成长小说就披露了这种对女性成长具有毁灭性作用的专制母爱。在陈染的《另一只耳朵的敲击声》与《无处告别》中,母亲用专断的爱无休止地监护和干预女儿,女儿在这种以爱为名的无微不至的监护背后感受到了母性专制的压抑:"我的母亲就在隔壁的房间,目光盯住我火一样灼热忧虑。我四周的墙壁永远惊醒着站立,被她的某种担心和提防,焦虑得无法睡去。"甚至在这种压抑下产生了被害的幻觉:"她恍惚感到一个披着头发的女人阴森森又悄然无声地扑向她,那双冰凉僵硬的手就要扼在她的脖子上了。"而母亲在占有心理的驱动下,放弃了一切的娱乐和个人生活,把女儿当成她生活的重心。母亲假想的这种"爱"女儿的牺牲,使她认为自己有权不给女儿独立的地位。事实上,随着女儿的不断成熟,其独立性的要求就更为迫切,而其作为母亲第二自我的他性和相异性表现得更明显。因此在母亲看来,女儿的成长是一种她无法阻挡的惨痛的事实,长大是一种障碍,长大意味着远离和抛弃,意味着与外界发生诱惑,甚至意味着背叛。波伏娃曾表述母女之间这种具有戏剧性的关系:"她(母亲)在她(女儿)身上寻找一个替身。她把她同自我关系的一切暧昧,全都投射到女儿身上;当这个 other ego(第二自我)的他性、相异性逐渐被证实时,母亲便感到自己被出卖了。"[①]黛二在专制母爱的笼罩下,一方面认同母女二人的亲缘联系,另一方面却以孤独愤懑厌烦的心绪来抵抗甚至逃离这种可怕的母爱。铁凝的《玫瑰门》也在苏眉的成长历程中表现了母系血脉链条的占有和疏离。司猗纹发现外孙女苏眉酷肖自己时,就把她当成自己的替身,处心积虑地试图改造和占有苏眉,因此苏眉的成长就是一个不断逃离母(祖)辈控制的过程。小说结局中对于女性"绝育"的隐喻性描写,正表明了成长中的女性对于专制爱的深恶痛绝和对于母性神话的疏离与背弃。

母女关系中的性别压制与对抗不仅表现在专制性的母爱方面,而且也

---

① 西蒙娜·德·波伏娃:《第二性》,中国书籍出版社 1998 年版,第 587 页。

刺目地表现在母女之间或隐秘或公开的施虐与受虐、压抑与反抗的对立性关系上,这是一种极端的紧张与对抗。九十年代女性成长小说对于母性残忍、母女对立毫不隐讳的表现,以及对于这种母性残忍给女儿成长带来的创伤性烙印的无情揭示,构成了解构母性神话最为彻底的文本策略。弗洛伊德曾探究了产生这种母性残忍及母女对抗性关系的心理原因,他认为,母亲往往对男孩摆脱母亲怀抱,寻求超越、实现自我价值采取一种宽容的态度。而"女儿对于母亲来说,既是她的化身,又是另外一个人;母亲对女儿既过分疼爱,又怀有敌意。母亲把自己的命运强加给自己的女儿:这既是骄傲地宣布她具有女性气质,又是在以此为自己雪耻。"①这种复杂的心理过程使母女间的对抗最终在所难免。在九十年代女性成长小说中,母性残忍及母女对峙关系首先表现在母亲对于女儿的暴力责罚上。魏微的《流年》中描述了一个骇人听闻的细节:盛怒中的母亲竟然拿着刀追赶女儿,并失手把刀朝女儿扔来。当刀树立在母女之间时,力量与仇恨虽然从身体中消散了,可彼此心理涌起的竟是更为可怕的虚无和恐惧。母亲的暴虐给成长中的女儿带来了巨大的心理创伤,处于成长期女儿的青春梦魇竟然是母亲的追打和母女二人在烈日下的赛跑。如果说《流年》中母女对抗在小说文本中被解释为通过暴力来表达爱,那么在张悦然的《水仙已乘鲤鱼去》中,母女之间那种赤裸裸的恨意已经显露无疑了。璟的母亲曼,是那种基本上把自己看作性的客体的女人,她认为是女儿的出生让她走上了衰败的道路,她憎恶自己的女儿,文本精细地描写了母女冲突及各自的心理。曼在殴打自己的女儿时,甚至想置女儿于死地,"她忘记了自己的身份是母亲。她的长久的压抑终于得到释放,一种快感从心底而生。"而女儿璟竟然停止反抗希望以死来惩罚自己的母亲。母女之间所形成的弥久不散的强烈的恨意,虽使璟在成长过程中因复仇的欲望获得了新生的勇气,然而她的成长图景却因母亲的残暴涂上了悲怆的色彩。与这种赤裸裸的暴力惩罚不同,在蒋韵的《落日情结》中,郗童的母亲对女儿则以精神施虐的方式

---

① 西蒙娜·德·波伏娃:《第二性》,中国书籍出版社1998年版,第325页。

解决自己的生存困境。她觉得由于女儿的过失,自己承担了牺牲者的角色,因此认为自己有权不给女儿幸福和独立。于是她不惜通过各种精神压抑的手段,迫使女儿也遭受她自己所承受的苦难,以弥补自己痛失儿子的不幸和伤害,这导致女儿的成长陷入暗天无日的境地里。与此有异曲同工之妙的是池莉的《一去永不回》和《水与火的缠绵》,在这两个文本中,母亲的精神施虐集中表现在对于女儿看似合情合理实则残酷无情的管束上,她们毫不考虑女儿的情感意愿,执意以一种死板而僵化的淑女风度来要求和压抑自己的女儿。而所谓的淑女风度,究其实质不过是父权文化秩序对处于客体地位的女性所表现出来的顺从依附等特征的褒奖之词而已,它无疑与女性的主体性生成背道而驰。因此女儿只有跨越母亲所设的精神障碍才能收获绚烂的成熟,但这种跨越往往付出了爱的代价:温泉以牺牲亲情才能换回情爱自由,而曾芒芒在婚姻失败后才能发现身上另一个真实的自我。

波伏娃在《第二性》中指出:"母亲的施虐——受虐狂心理给女儿造成了有罪感,这种有罪感又将表现为女儿对自己孩子的施虐——受虐行为,这种情况会如此反复,代代相传。"①这是母女关系中最大的悲哀,一代代女性的成长缠绕在这种性别宿命和代际怪圈中,苦苦挣扎而难以解脱。在徐小斌的《羽蛇》中,三代有着母女亲缘联结的女人羽蛇、若木、玄溟,其名字都有远古神话的寓意,然而她们真实的关系却将母性神话及其所衍生的母慈女爱的和谐图景击得粉碎。玄溟是个有着强烈控制欲的母亲,她以自己专制强力扼杀了女儿若木的初恋。若木一方面承受着母性专制带给女性成长的精神创伤,即一生都处于未成年者的地位,不敢正视自己的责任;另一方面又把这种因母亲控制欲打造的不幸链条延伸到自己女儿的生活中去,她对羽漠视、嫌弃、殴打、侮辱,使羽的成长布满了悲怆的色彩。小说的结尾颇有意味,若木通过要求切除女儿的脑胚叶而完全控制了女儿羽的身心,而羽在成为一个对母亲唯命是从的木偶之后也就距离真正的死亡不远

---

① 西蒙娜·德·波伏娃:《第二性》,中国书籍出版社1998年版,第593页。

了,这类似寓言的结局暗示了母女之间互不相容的残酷对峙。徐小斌在一篇有关《羽蛇》的访谈中点明了小说中母女真实对峙关系的实质:"母女说到底是一对自我相关自我复制的矛盾体,在生存与死亡的严峻现实面前,她们其实有一种自己也无法正视的极为隐蔽的相互仇恨。""'母爱'可以毁掉女儿的青春、心智与爱情,因为'永恒的母亲'已经成为正确的象征,在彻底毁掉女儿之后在公众面前赢得掌声,因为她的原意是要使女儿永远成为一个'正常人',这的确是一种滴着血的残酷,这种残酷还在于,它表面上是以'女儿'获得幸福为前提的"。[①]

九十年代女性成长小说中母亲对于女儿公然施虐,究其实质与母亲的性别处境有关,对于那些无法独立把握世界和未来的母亲来讲,不论她们心里孕育多少情感欲望、反抗愤怒的情绪还是个人正当要求,她的处境总是使她无法实现自己,于是她总是希望通过孩子去弥补受挫感,"女人只有在涉及到孩子尤其是女儿时,才能够享受到那种男人在女人面前的所感到的绝对优越的快感;如果她不得不放弃自己的特权和权威,她就会产生受挫感。不论母亲是慈爱的还是敌意的,她的希望都会被孩子的独立地位所粉碎。她心怀双重的嫉妒:对世界的嫉妒,因为它夺走了她的女儿,以及对女儿的嫉妒,因为她在征服世界的一部分时,也夺走了她那一份。"[②]因此,"母亲打孩子并非仅仅在打孩子;在某种意义上,她根本没有打他。她是在对男人,在对世界,或在对她自己进行报复。"[③]由此可以看出,正是父权制社会女性压抑性的性别处境,才导致母性的残忍,而母性的残忍则无疑给女性的主体性成长带来了不可估量的劫难。

值得一提的是,九十年代女性成长小说中许多表现母女对峙的文本,在结局中往往设计了母女和解的画面,并且往往是成长中的女性所表现的宽容心态促成这一和解的。如张悦然的《水仙已乘鲤鱼去》、虹影的《饥饿的女儿》、铁凝的《大浴女》、王安忆的《流水三十章》、《桃之夭夭》、蒋韵的

---

① 贺桂梅:《伊甸之光——徐小斌访谈录》,《花城》1998 年第 5 期。
② 西蒙娜·德·波伏娃:《第二性》,中国书籍出版社 1998 年版,第 589 页。
③ 西蒙娜·德·波伏娃:《第二性》,中国书籍出版社 1998 年版,第 583 页。

《闪烁在你的枝头》等。但这种和解绝不是女性蒙昧状态下对于母慈女孝神话的迎合,相反是女性主体性生成的标志之一,因为和解本身就表明了女儿对于母亲处境设身处地、将心比心的宽容和体谅,而这无疑暗示了成长女性人格的成熟,昭示了其作为一个思维主体、道德伦理的主体对于情感与命运的能动选择。

九十年代女性成长小说正是在解构母性神话的基础上,考量母亲对于女性主体性成长的真正意义的。文本中从母性神话中摆脱出来的母亲被还原成一个有情有欲的世俗女性形象,她作为女性成长历程中一个具有决定性影响的人物,不仅是女性成长过程中反思传统性别命运的承载体,同时也是女性理解、确认并规划性别自我成长的性别镜像,母女在性别认同基础上所接续的女性这一性别群体的生命历史链条,必然会成为女性主体性生成与建构的文化源泉。与此同时,九十年代女性成长小说中所披露的专制性母爱和母性残忍对于女性成长的负面价值,一方面可以看作是父权文化强塑下女性的心理痼疾,另一方面也可以把其视为一种"女性文化的症候",正如戴锦华所言:"一边是血缘、性别、命运间的深刻认同,一边是因性别命运的不公与绝望而拒绝认同的张力。……制造痛苦的不光是下意识的对父子秩序的仿同:权力、控制、代沟与反抗;而且更多的,是不再'归属'于男人的女性深刻的自疑与自危感的盲目转移。无法为自己独立的生存建立合'法'性与安全感的女人,其生命压力的出口,便可能富于侵犯性与危险的爱。"①

---

① 戴锦华:《陈染:个人和女性的书写》,《当代作家评论》1996 年第 3 期。

第二章 镜城奇遇——性别与身体维度下的女性成长

置身于复杂的社会关系网络中,女性与他人的关系以及女性与自我的关系是其生命成长中最为重要的两个方面。从性别维度来看,女性同他人的关系主要指女性与异性的关系以及女性与同性之间的关系。而从身体的维度来看,女性与自我的关系主要是指与自我身体的关系。在九十年代这个父权制意识形态与消费主义文化隐秘合谋的复杂语境下,性别与身体维度下的女性成长实际上构成了一种扑朔迷离的镜城奇遇:"每一次对目标的逼近,间或是一次远离;而每一次远走,却间或在不期然间与自己所憎恶、恐惧的对象迎面相遇;每一次自觉的反抗,间或成就一次不自觉的臣服;每一次对'主流'与权力之轭的突围,间或成为始料不及的陷落。"①

第一节 陷落与突围:两性视野中的女性成长

两性关系作为人类最本质最自然的关系,不仅可以折射出具体历史环境中人类的进化成果和文明程度,而且能为人类解读自身处境提供有效参照。正如马克思所说:"人和人之间的直接的、自然的、必然的关系是男女之间的关系。……从这种关系的性质就可以看出,人在何种程度上成为并把自己理解为类存在物、人;男女之间的关系是人和人之间最自然的关系。因此,这种关系表明人的自然的行为在何种程度上成了人的行为,或人的

---

① 戴锦华:《隐形书写——90 年代中国文化研究》,江苏人民出版社 1999 年版,第 66 页。

本质在何种程度上对他来说成了自然。"①两性之爱作为两性关系的焦点，包孕着丰富的社会文化内涵，其本质关联着道德、文化、伦理等人类社会的精神领域。从个体角度看，两性之爱作为反映人性内容和集中体现人性存在方式的重要人生形态，集结着人类个体最丰富、最个性化的情感与体验，她不仅与同性之爱、父母之爱、亲情之爱、朋友之爱、同胞之爱构成了"爱的原体验"，而且也意味着一种情感力量和生存智慧。因此，在很大程度上，两性之爱是一种与个体生命成长相伴、推动个体不断成熟的重要力量。

由于两性之爱本身无法作为人生幸福和价值实现的独立形态而存在，它总是依附于一定的社会文化价值体系，因此父权制意识形态笼罩下的两性之爱必然建立在一种性别等级制度之上，而这无疑与两性之爱自由而平等的特质背道而驰。正如尼采在《快乐的科学》中所言："两性之爱这个简单字眼，对男女实际上表示两种不同的意思。女人对两性之爱的理解是十分清楚的：这不仅是奉献，而且是整个身心的奉献，毫无保留地、不顾一切地。她的爱所具有的这种无条件性使爱成为信仰，她惟一拥有的信仰。至于男人，如果他爱一个女人，那么他想得到的是来自她的爱；因而他对自己的感情要求同他对女人的感情要求远是不一样的；如果有些男人也产生了那种抛弃一切的欲望，我敢保证，他们保准不是男人。"②其实正是两性不同的性别境遇决定了他们对于两性之爱的态度，男性在生命的深处把自我确认为一个富有自主权的主体，因此即便在他为爱心荡神移的时候，被爱的女人只不过是其生命中的一种价值而已。而对女性来说，她被父权制意识形态所驯化的女性气质与女性角色，是以被动依附为核心，以服从奉献为使命，这无疑形成并强化了其作为附庸的客体处境，并决定了其习焉不察的两性之爱观念：爱就是为主人放弃一切。因此，对于女性的主体性成长而言，两性之爱在一定意义上是以最动人的形式表现的祸根，以最绚烂的外表掩盖下的陷阱。

---

① 马克思：《1844年经济学哲学手稿》，人民出版社1985年版，第76页。
② 参见西蒙娜·德·波伏娃：《第二性》，中国书籍出版社1998年版，第725页。

女性成长小说自诞生起就开始反思两性之爱对于女性生命成长历程所具有的特殊意义,并通过描绘女性生命之旅中这道绮丽而又充满迷离色彩的两性风景,来探究女性建构主体性成长之路的可能。从五四到新时期,两性风景中的女性成长因呼应和反射了时代主流思潮的更迭变幻,呈现出不同的叙事奇观。而九十年代,随着都市化、商品化社会的发展,女性在获得更多自由发展机遇的同时,却面临着商业包装下传统女性规范的再度涌流,消费主义主潮下潜隐的男权意识使女性的主体性成长步履维艰。成长女性不仅承受着男权文化秩序归约力量的无情压制,而且由于女性在很大程度上将父权制意识形态对其性别角色、性别气质强塑的充分内化,其内心深处又形成一种更为有力的无形束缚。在内外压制力量的合力围剿下,两性风景中的成长女性注定在陷落与突围的窘境中进行着艰难的跋涉。而九十年代女性成长小说拒绝回避女性成长过程中两性文化情境的诡异与复杂,在直面困境的过程中呈现出独特、丰富而又深刻的内蕴。

在两性关系中,成长女性首先陷入了父权制意识形态所规定的道德价值与性别价值的悖论中。"男人很乐意把黑格尔的观点作为权威予以接受;根据这一观点,公民在使自身向普遍性超越的过程中,将获得道德上的尊严,但作为一个私人,他拥有实现欲望和快活的权力。"①因此,男性在将生活划分为公共生活与私人生活的同时,也将自我要求裂解为道德尊严与本能愉悦两部分。与此相适应,以男性利益为中心的父权制意识形态强加给女性两种价值来对应于男性的需求:女性被要求具有道德价值(贞节、温顺、符合传统妇德规范等)来满足男性的尊严需求,同时还应具有性别价值(美丽、性感、具有挑动男性情欲的力量)来满足男性的本能需求。然而事实上,女性往往难以兼顾这两种价值,因为父权制社会在认同女性被动、服从为特征的客体地位的同时,必然会把那些能够张扬自我个性魅力、洋溢着性别价值的女性判定为不道德的。因此,这种奇特而诡异的男性逻辑,不仅给男性提供了挑剔女性的口实,为男性在两性关系中的不道德行为提

---

① 西蒙娜·德·波伏娃:《第二性》,中国书籍出版社1998年版,第691页。

供了借口,更为重要的是,对于女性成长而言,这种既矛盾又苛刻的价值标准必然使成长女性陷入无所适从、甚至人格分裂的境地。池莉的《水与火的缠绵》中,曾芒芒的温文尔雅因满足了男性社会尊严的需求而被视为理想的婚姻伴侣,然而这种以隐忍和退让为特征的似水柔情,却因过分压抑自我、丧失个性魅力而无法满足丈夫苛刻的情欲要求。这样,闪烁着道德价值光芒的芒芒在被父权制社会褒扬为淑女的同时,却因缺失性别价值被丈夫贬损为"天真的无趣的良家妇女"。与芒芒这种无所适从的性别境遇相比,丈夫却能够以张扬自我情欲为借口,自由出入于婚姻的围城而无道德之忧。同样,蒋子丹的《桑烟为谁升起》更是渲染了这种"阴险"的男性需求逻辑对于女性成长的扭曲。长久困惑于"淑女情结"的萧芒因性别价值的匮乏而惨遭丈夫的遗弃,而当萧芒试图超越道德价值的围剿,以如火的激情追求自由情爱时,却再度落入肉体被践踏、智慧被利用、精神被奴役的男权陷阱里。萧芒所遭受的一系列难言的伤害说明,"在男性世界本身的本质当中,在作为这个世界一员的她本身当中,她发现所有的原则、所有的价值、所有的存在物,其意义都是不明确的。她知道男性的道德观念一旦涉及到她就会成为大骗局。男人把贞操和正派行为的规范喊得震天价响,但私下里却邀请她去违犯这一规范,甚至期待这样的违犯;如果没有这种规范,他借以藏身的富丽堂皇的牌坊就会倒塌。"①然而萧芒最终未能摆脱性别价值与道德价值的悖论,陷入无以平衡、无处奔逃的成长困境里。这种困境形象地体现在小说结尾以多种结局方案搭建的叙事迷宫中。在女主人公萧芒"不知所终"的成长迷雾里,幻化出的却是追求主体性成长的女性遭逢男权价值围剿后的痛苦缴械,而这无疑表明了九十年代女性作家对于女性成长出路问题的无奈回避。与此相反,王安忆的《桃之夭夭》中,郁晓秋的成长困境却归咎于性别魅力的丰盈充沛,再加上其暧昧的身世,更使其原本健康蓬勃、绚烂瑰丽的少女成长岁月笼罩了一层恶意的道德阴影。这种无处不在而又无法抗拒的道德指摘不仅使她的成长遭受了许多

---

① 西蒙娜·德·波伏娃:《第二性》,中国书籍出版社1998年版,第691页。

委屈和不公,而且使她丧失了宝贵的爱情。小说结尾的处理同样耐人寻味,郁晓秋成熟的标志是性别价值的萎谢与道德光芒的绽开和丰盈:

> 在她身上,再也找不着"猫眼"、"工场间西施"的样子,……外部平息了灿烂的景象,流于平常,内部则在充满、充满、充满,再以一种另外的,肉眼不可见的形式,向外散布,惠及她的周围。

文本中女性成长出路这种非此即彼的解决方式,无疑反映了女性作家对于女性成长历程中性别与道德两种价值纠结状态的妥协与无奈。

九十年代女性成长小说还呈现了商业语境下成长女性在性别价值与道德价值两难困境中的人格破碎以及生命覆灭。在这两种价值互为牺牲的奇特逻辑中,"女性没有任何独立的范围,不可能以她自己的绝对真理和价值,去反对男性所维护并支持的真理和价值,她只能拒绝接受它们。她的否定究竟在多大程度是彻底的,取决于尊重和怨恨在她本性中所占的比例。"①方方的《在我的开始是我的结束》中,黄苏子虽天生丽质,却以自我压抑、拒绝迎合男性情欲要求的方式远离父权社会的伤害。然而在消费主义与男权意识合谋的商业语境下,她这种贬压自我性别价值的举动并未获得传统妇德的褒奖,相反却因"僵尸佳丽"的雅号而成为人们的笑柄。而当她终于发现并表达性别自我的情欲要求时,却又不幸陷入男性报复的骗局里。过度压抑而易走极端的黄苏子最终以人格分裂为代价,彻底嘲弄和颠覆了具有男权烙印的两种价值形态:白天以"僵尸佳丽"的冷漠形象否定性别价值,夜晚则以"街头娼妓"的人格假面戏谑了道德价值。然而无视父权社会"真理"和"价值"的黄苏子最终付出了"成长的代价":悄无声息地被男性的残忍暴力谋杀。

在九十年代女性成长小说中,将女性生命成长中所承载的性别价值与道德价值的思考引向深入的是铁凝的《永远有多远》。主人公白大省"相貌一般,一头粗硬的头发,""腰长腿短,过于丰满的屁股还有点下坠,""乳房

---

① 西蒙娜·德·波伏娃:《第二性》,中国书籍出版社 1998 年版,第 689 页。

是轮廓模糊的那么两摊,有点拾掇不起来的样子"。由于她自知自己性别价值匮乏、不符合父权社会"被看"的要求,因此,白大省给自己制定的就是"一个忘我的,为他人付出的,让人有点心酸的低标准"。然而以"仁义"这一道德价值来补偿性别价值的做法,并没有给她带来预想中的幸福,反而以一种无形的道德律令压抑了她的欲望表现,使她一次次与幸福擦肩而过。与她相反,"蔑视正派女孩子规矩"的"西单小六"却以张扬的性别魅力在两性关系中立于不败之地。铁凝并没有为"天使妖女"二分的男权文化作简单的传声筒,而是显露出道德价值丰足的"天使"内心那永远的成长困惑:如果男权社会在褒扬女性道德价值的同时并不放弃对其性别价值的苛求,那么难以两全的成长女性距离真正的幸福永远有多远? 白大省的一声长叹不仅反映了女性个体成长的迷惘,而且借此引发的深层探问直指整个性别群体最为无奈的情爱困境。

而使成长女性失陷于两性情爱围城的另一个原因在于女性欲望悖论,这根源于女性成长的"他者"境遇。正如西蒙娜·德·波伏娃在《第二性》中指出,女性"在初期先经历了儿童的扮演阶段,而后经历了成为她自己的阶段,要问她的天性实际上如何,这在她的处境几乎没有意义,因为她只可以存在(be),不可以行动(act)。"①也就是说,女性作为一个先天具有自由意志和行动能力的个体生存于世界之上,原本与男性一样具有征服性和超越性的欲望要求。然而父权社会赋予女性被动而依附的处境,使其情感欲望无法通过自主行动和自由意志来实现,而是很大程度上依赖被动性的假象来获得男性的认同,这使得两性关系中的女性情感欲望以一种悖反的路径和形式寻求实现:必须抗拒成为欲望主体的诱惑而把自身视为男性欲望的对象、必须忽略自身固有的情感价值而内心植入男性对女性的价值认可标准、必须泯灭自我情感要求而把男性对女性的欲望要求转化为自觉要求。在女性欲望悖论性的宰制之下,她们把自我装扮成一个迷人的客体。为了强化被动性的假象,不仅面孔是假象,连"一时冲动的表情是装出来

---

① 西蒙娜·德·波伏娃:《第二性》,中国书籍出版社1998年版,第413页。

的,被动的惊叹是模仿的",女性的"超越性被放到一边,并在模仿内在性;目光不再是锐利的,它们在沉思;身体不再是有生气的,它在等待;每一种姿势,每一个微笑,都变成了欲望。"①女性对于欲望悖论的认可有来自父权制意识形态的压力,但更有自身的心理动因。正如林白《一个人的战争》中多米对自己失身于矢村的深刻反省:"她需要一种服从和压迫。这是隐藏在深处的东西,一种抛掉意志,把自己变成物的愿望深深藏在这个女孩的体内,一有机会就溜出来,女孩自己却认为是另一种东西:浪漫、了解生活、英雄主义。"多米对于自我欲望的误认,以及在自我定位时表现出的这种退缩性和依附性,根源于传统以来女性对自己从属地位以及爱情等待者被动地位的自我默认。在多米所经历的"傻瓜爱情"中,为了实现"疯狂地爱一次"的情感欲望,多米运用的完全是男方的是非标准和价值判断,并有意忘却自我看待世界的思维方式和忽略女性自我内心的需求,尽管意识到对方既没有爱也没有信任,仍然委曲求全,一再让步,曲意迎合对方,甚至自欺欺人,为这不平等而又无尊严的爱情寻找借口。遵守女性欲望法则的多米,尽管获得过一时虚幻的幸福,然而烙印在成长记忆中最为深刻的却是"爱比死残酷"的惨痛心史。同样,杨泥《红羚》中饱受绯闻缠绕的成长女性红羚,为了将李一留在身边,不惜污蔑自我尊严,编造自我堕落的谎言,来满足男性的救赎理想。此外,在两性情爱关系中,为了自我情感欲望达成,向男性提供顺从神话的女性成长主人公还有王安忆《我爱比尔》中的阿三、卫慧《梦无痕》中的琼。这两个经济和生活空间非常独立,并受过高等教育、与男性有平等对话权力的现代女性,也未能逃脱积淀于内心深处的女性内化力量的无形羁绊。在感情生活中一味地顺从、克己、奉献甚至专心取悦对方。能够靠绘丝巾带家教挣房租,并举办过画展、有着独立艺术观点的阿三,却以比尔的满意为自己的最高目的,主动放弃女性在两性关系中的权利和需要,自觉演绎传统两性情爱规则,将满足对方内化为自觉的情爱要求。正如阿三沉痛的反思"其实一切都是从爱比尔开始的",阿三在

---

① 西蒙娜·德·波伏娃:《第二性》,中国书籍出版社1998年版,第412页。

爱比尔中失落了太多原本属于自己的东西,"没有比尔就没有阿三,阿三为比尔存在并快乐着",实际上,这时的阿三已经不再是一个自由、自信的生命个体,而是女性欲望悖论法则的牺牲品。而看似性观念更为前卫的琼,虽然做事超脱、潇洒,但在两性的情爱戏剧中,却和阿三一样蹈袭着女性泯灭自我需求、忽略自我情感权利的欲望悖论。她虽然以略带夸张的兴奋接受了明所提出的感情游戏规则,即为明法定的妻子留下一个充分的法定空间,但在激情而真率的感情付出后,面对明体面矜持背后不肯为感情负责的漠然与残酷,琼留在心底的却是无法言说的成长疼痛。九十年代这类女性成长小说以形象化的手段表明:取得一定经济独立的现代女性,言行上仍然受制于荒谬的欲望悖论法则,思想上仍然受困于陈旧的男权意识藩篱。在现代新潮的外表下,她们通过自我压抑、自我否定甚至自我虐待来实现情感欲望的做法,招致的竟是父权社会对于女性价值更大程度的贬损以及对于女性欲望的轻慢和践踏。

值得一提的是,九十年代也出现了一些以逃避自我情感欲望来突围女性欲望悖论的女性成长小说。陈丹燕的《鱼和它的自行车》通过描绘一个上海女子朵莱从十七岁的女孩到为人妻为人母的成长过程,更多渲染了青春少女在激发欲望后躲避欲望的乖戾。虽然小说意在表现少女成长过程中的欲望焦虑和矛盾,但朵莱毕竟以青春的残忍和爱的代价抗拒了成为欲望对象的可悲命运。而唐颖《随波逐流》中的阿兔在成长岁月中对于公子情爱的刻意回避,对于自我欲望的一再压抑,虽有世俗的原因,但更应当被视为女性对于欲望法则的无奈突围。同样,池莉的《致无尽岁月》中,多次有意与爱人擦肩而过的"我"在回顾纠结着爱恨情愁的无尽岁月时,曾喟叹:"为了永远的相聚,我宁愿一再地分离。我在用失去收获得到吗?我在用坎坷拒绝平淡吗?我在用缺陷逃避完满吗?"这一具有悖反意味的诘问,流淌着的不仅仅是淡淡的哀伤,更多的是成长女性对于压抑自我情感欲望的怅惘和对于欲望悖论的有力质疑。

事实上,欲望悖论的极端形式就是两性关系中女性彻底的自我献祭,具体表现为女性有意神化、偶像化自己的情爱对象,并在爱的膜拜中彻底放逐自我。而这种自我灵魂的全面沦陷,才真正是女性主体性成长所面临的一个深度诱惑和致命陷阱。从理论上讲,成长女性在两性情爱中无意识地、有时甚至是快乐地交付自己、崇拜异性,究其原因同样与女性对父权文化的自觉认同有关。与女性相比,男性作为一个主体,可以通过自主行动来扩展对于世界的把握,从而获得超越性。而女性却无法通过行动达到自我实现,她所受的所有来自家庭和社会的教育,都以赞美两性之爱、强调为两性之爱献身、呼吁自我奉献为主要内容,因此,她习惯性地认为男性是一个她不可能与之平等的超人,只有通过把自己全身心交付给男性,才能将自己和男性的生存联为一体,从而分享男性的世界和价值,才可以在象征意义上超越自己的客体处境。然而这种以服从为使命的人生价值往往使女性无法树立自己的生存责任,很容易让自己迷恋于这种畸形的两性之爱中的自我实现而无法走向真正的成熟。九十年代女性成长小说集中表现了这种以精神的极端依附为特征的两性关系,并以前所未有的思想深度探询这种情爱模式对于女性成长的真实意义。

黄蓓佳《没有名字的身体》以生动的譬喻刻画了女性成长过程中自愿放弃自我、精神极端依附的爱情膜拜:"我乖乖地跟着他走了,像他脚边的一条小狗,一道轻得没有分量的影子,一粒沾在他身上的灰尘,一抹趴上他肩头的阳光。……在那一刻,他是我的主宰,我的神灵,我的父亲,我把自己完完全全交给了他,没有一丝羞惭和疑惑。"女性这种希望通过极端依附来获得自我价值确认的弱势心理,使她往往把所选择的男性予以神化,这篇小说中的爱情偶像就是一个细腻钟情、道德完满的男性,同时为了不让他的道德形象因"婚外恋"而受损,文本用不少篇幅描写他怎样出于道义不肯丢弃身患绝症的妻子,并且悉心照顾妻子直到离开人世。然而,这一远离世俗烟尘污染的恋情,这一横跨女性成长岁月的浪漫神话,掩盖不住两性不平等的残酷真相,这种不平等尤其体现在他们共同度过的时间上,尽管时间看上去是等量的,实际上却有着不同的价值。对于并入社会的男性偶像来说,时间具有积极的价值,他从一个县城的中学教师坐到省化工厅长的位置上。而对于一个把两性之爱作为自己毕生使命的女性来说,时间更多具有一种非她所能把握的消极价值，她的生命时间既会因爱有所停滞，也会因为爱人的逝去而失去任何意义。正如文中坦言："我的一切都是为他而准备的，因为有他，我才长大。"这种时间态度无疑反映出成长女性把恋人视作其生存的全部意义的依附心理，虽然这只是为了诗化爱情的浪漫表达，但所流露出的以爱情为借口拒绝主体性生成的女性成长惰性，标识了女性性别群体成长的艰难。

张悦然的《水仙已乘鲤鱼去》也表现了成长女性在两性情爱中迷失自我的精神崇拜。幼时因缺乏父母关爱而缠绕在自卑情绪中的璟，通过继父陆逸寒不带偏见的怜爱证实了自我价值，于是璟在心中把陆逸寒塑造成一个完美男子的形象，她长大以后一直在做的事就是努力去赢得他的爱，并把这一目标定为她生活的全部。为此，璟以爱的名义对自己实行专制，她强迫自己瘦身、写作，为的是向她心目中的陆逸寒的爱人角色靠拢。然而，放逐自我之后的璟的成长备受煎熬，青春期的这种爱情膜拜使"成长像一场长久不退的高烧，它让我们变得滚烫，变得晕眩，变得忘了到底要往哪里去。"将这种爱情膜拜推向极致的是蒋韵的《隐秘盛开》，潘红霞以一生幸福为代价默默无言地爱着刘思扬，在这种跨越生死甚至泯灭情欲的柏拉图式的恋爱中，"她通过她的肉体、她的情感、她的行为，将会把他作为最高的价值和现实加以尊崇；她将会在他面前把自己贬为虚无。爱对于她变成了宗教。"[1]如果说所有的宗教中，对神的崇拜都与个人获得拯救的企望联系在一起的，那么潘红霞在精神上把自己完全奉献给自己的男性偶像，也是为了拯救自己，即希望通过这种精神上虚幻的占有与被占有的关系，来证实自我生存的正当性，并以一种诗意的悲剧超越自我平庸的生存。然而这种对于爱情、爱人顶礼膜拜的悖论在于：她在试图拯救自己的同时，却完全否定了自己。潘红霞希望通过两性之爱去证实自我的价值与成长，但她也把自我的未来交付给心造的异性偶像，并把他的爱视为自我生存的唯一现实，这直接导致了她自己世界的坍塌，并终生生活在无望的爱恋里。女性

---

① 西蒙娜·德·波伏娃：《第二性》，中国书籍出版社1998年版，第727页。

这种要在两性情爱中发现自我并拯救自我却首先要失去自我的逻辑,使潘红霞彻底成为男性偶像的精神附庸,虽然蒋韵无视这种女性主体性失落,把这种"忘我无私而又毫无噪音地爱着"拔高为"以神的完美方式来爱一个人"的"爱的天才",然而无法否认这种殉道式的崇拜使潘红霞在虚幻的两性之爱中体验了一生的落寞和凄楚的孤独,正如封面上那个动人的比喻,潘红霞这种将自我作为爱情献祭的成长就像"小鱼人步步走在刀刃上"。

当然,九十年代女性成长小说中并非所有对爱情偶像顶礼膜拜的女性都走上成长的歧途。事实上,许多女性突围情爱陷阱,走向主体性成熟的第一步就是从勘破男性偶像神话、重新确认自我情感需求开始的。铁凝的《大浴女》中,成长的女性主人公尹小跳在那个崇拜名人、敬畏才气的年代,被知名作家方兢所美化的苦难深深打动,而后在少女虚荣心理的驱动下由崇拜而至迷恋,导致方兢所有的反复无常、荒唐放纵都被尹小跳愚昧地合理化。然而随着小跳的主体性成长,她逐渐洞穿了方兢坦率背后的无耻、沧桑背后的贫瘠、炫目光环下的虚张声势与自私虚弱。尤其是当小跳清晰地意识到二人的交往是建立在一个缺乏主体性平等的基础之上时,她开始学会以正当挑剔的方式去表达被动等待的不耐和厌倦,去表达她依附的酸楚和自我失落的遗憾。事实上,正是当她有意识地质疑男性偶像的优越地位、试图消除女性精神依附的劣等性并要求重树在两性情爱关系中的主权地位时,尹小跳才真正开始了女性主体性的成熟之旅。池莉《怀念声名狼藉的日子》中的豆芽菜,在下放到农村的成长岁月里,由于青春期虚荣心的膨胀,违心地接纳了作为老三届精英知青关山的爱情追求,她把关山视为自己的太阳,并把他的青睐视为自己的荣幸。然而在多次迁就并配合关山道貌岸然的"革命恋爱"之后,生性喜欢探索自由和爱情真谛的豆芽菜,开始意识到关山爱情"老三篇"背后的自私荒诞,冠冕堂皇后面的龌龊虚伪,并为自己强装的欢颜而感到痛苦不安。最终在那个人性被严重扭曲、爱情被无情异化的禁欲时代,豆芽菜不惜以"声名狼藉"的代价,获得了自由恋爱的权利和激情飞扬的个性成长。徐坤的《游行》则以戏谑化的格调表现了林格穿越男性偶像崇拜的成长之旅。象征着古典诗意文化的程甲、西方舶来文化的黑戊以及流行时尚文化的伊克,分别作为老中青三代男性偶像在林格的成长岁月中占有一席之地。然而随着林格成长之旅的不断深入,她逐个洞穿了浪漫诗意理想背后的丑陋、高深艰涩理论背后的虚妄、现代自由不羁背后的媚俗。男性偶像的轰然倒塌固然结束了一次次爱情膜拜之旅,然而绝望过后坚定的自我超越使林格真正步入了痛苦而壮丽的女性成熟之境。

九十年代女性成长小说对于两性情爱关系中女性成长困境揭示的同时,也探求了理想的两性之爱对于女性主体性成熟的积极意义。如果说"真正的两性之爱应当建立在两个自由人相互承认的基础上;这样情人们才能够感受到自己既是自我又是他者:既不会放弃超越,也不会被弄得不健全;他们将在世界上共同证明价值与目标。对这一方和那一方,两性之爱都会由于赠送自我而揭示自我,都会丰富这个世界。"①那么,基于两性人格平等基础上的两性之爱必然会催生女性的主体性成长,正如池莉《怀念声名狼藉的日子》中的豆芽菜在两情相悦的美妙瞬间,听到到自己如拔节的麦子一样隐秘而快乐的成长声音。铁凝的《大浴女》中的尹小跳在陈在忠贞不渝的情爱里终于释放内心的罪感,成就了一个到处盛开着爱与宽容的心灵花园。王安忆《流水三十章》中的张达玲在异性爱的感召下终于平息了青春的梦魇,迎来了第一个明朗的清晨。

九十年代女性成长小说以充分的性别意识书写了两性之爱中既是诱惑又是陷阱的父权文化魅影,以真切的女性体验书写了性别价值与道德价值难以两全的女性成长困境,以深刻的理性话语揭示了潜藏于成长女性内心深处自我压制自我约束的力量,并进一步质疑了父权社会中女性欲望法则和爱情崇拜的陷阱,最终以犹疑而不失坚定、困惑而不失乐观的女性话语托举出女性成长的文化空间。九十年代女性成长小说中,女性为了主体性的生成在两性情爱镜城中陷落与突围的疲惫、对抗与契合的痛楚,从反面推演出女性主体性成长对于理想两性之爱的期许:"将来有一天女人很

---

① 西蒙娜·德·波伏娃:《第二性》,中国书籍出版社1998年版,第754页。

可能不是用她的弱点去爱,而是用她的力量去爱,不是逃避自我,而是发现自我,不是贬低自我,而是表现自我——到了那一天,两性之爱无论对男人还是对她,都将成为生命之源,而不是成为致命的危险之源。"①

第二节 亲和与悖离:难以释怀的姐妹情谊

在父权制社会中,以男性利益为优先原则的父权制意识形态,无孔不入地渗透到经济、政治、文化、宗教等社会关系甚至私人情爱的范畴中,这无疑导致了两性情爱领域中起支配性作用的是男性本位的异性恋霸权,即异性恋被认为是惟一自然的性行为和情感表达方式。这种异性恋主义作为父权制意识形态的一部分,有着一套完整的价值和观念系统。在这一系统中,妇女没有选择的权力,只能接受父权制意识形态规定的具有女性气质的异性恋角色,并因此只能生存于性别等级制度宰制下的婚恋框架中,否则必然遭到排斥、诬蔑甚至身心的摧残。因此,在父权制意识形态宰制的文化史中,男性历史(history – hisstory)成为一则英雄与英雄惺惺相惜的男性神话,而女性却一再地被书写为因私欲而相互妒忌不能众志成城无法团结的性别群体,历代文人更是大肆渲染女性为了争宠而进行同性相残的故事。

随着近代以来以人性觉醒和个性解放为核心的启蒙思潮的兴起,女性得以迈出封建家庭的高墙,走进学校,走到社会上进行自由的社交,女性之间的姐妹情谊(sistehood)也才随之浮出历史地表。"姐妹情谊"主要是作为一个政治术语出现于女性主义运动中,它虽在 20 世纪 80 年代前后淡出了女性主义,但无论是在西方还是在中国,"姐妹情谊"作为一个理论术语仍然在女性主义文学的创作与批评领域风行一时,当然这一术语的性政治色彩仍然为理论界所保留,正如肖瓦尔特所说,姐妹情谊标志着"女性团结

---

① 西蒙娜·德·波伏娃:《第二性》,中国书籍出版社 1998 年版,第 756 页。

一致的情感"。具体说来,"姐妹情谊"这一术语更接近艾德里安娜·里奇所说的"女同性恋连续统一体",这一术语之所以被选择是为了克服"女同性恋主义"一词的中立和狭隘色彩。在艾德里安娜·里奇看来,"女同性恋连续统一体是指一个贯穿每个妇女的生活、贯穿整个历史的女性生活范畴,而不是简单地指一名妇女与另一名妇女有性的体验或自觉地希望跟她有性往来这样一个事实。如果我们扩展其含义,包括更多形式的妇女之间和妇女内部的原有的强烈感情,如分享丰富的内心生活,结合起来反抗男性暴君,提供和接受物质支持和政治援助。"①艾德里安娜·里奇同时指出,所有的妇女一生都不断地进出于这个连续统一体中,从吮吸母亲乳头的女婴到给孩子喂奶体验情欲高潮的成年妇女,再到同一个工作场所工作的妇女,甚至那些被女人触摸的即将咽气的九十岁老妇。如果认同里奇所说的"女同性恋连续统一体",那么标示着女性间相互关联的生命状态的姐妹情谊与女性成长的关系也就一目了然了:姐妹情谊与女性生命成长的历程如影随形,既有幼时两小无猜的亲密,又有成年后对床夜语,相互慰藉并汲取生存力量的温馨,更有超越生死的无限信赖。这种女性之间的姐妹情谊或者以身体上的相互亲近来表达女性间的情感依恋,或者通过倾诉与倾听的话语交流来分享彼此丰富的情感内心生活,女性之间的相逢、相遇与相知构成女性成长这一主旋律中一段温馨的插曲。另一方面,由于在父权制社会中,成长中的女性往往处于被性别等级制度压迫和被女性气质与角色拘囿的性别境遇中,因此不论阶级、种族、宗教、社会制度的差异,作为女人的共同境遇可以将女性联合起来,建立起一种"姐妹情谊"。这种以父权制为共同靶子并反对男性对女性权力的"姐妹情谊",多少缓解了成长中的女性在性别等级制度下生存的艰难和无助,也为成长中不断处于生存困境和性别困境的女性提供了有力的精神援助,因而成为女性成长小说中最常表达的主题之一。

早在女性文学的发轫时期,女性成长小说中就出现了姐妹情谊这一主

---

① 参见玛丽·伊格尔顿:《女权主义文学理论》,湖南文艺出版社 1989 年版,第 39 页。

题。庐隐的《海滨故人》、《丽石的日记》、凌叔华的《说有这么一回事》等小说都刻画了一些有着神圣的爱情理想并处于青春期成长的少女,为了摆脱封建家长包办婚姻的沉重阴影,只好借助与女伴的姐妹情谊来试图延宕被旧式婚姻吞没的命运。这因共同的恐惧和渴望缔结的姐妹情谊因不被社会认可而很快消失。值得一提的是丁玲写于上世纪二十年代末的作品《在暑假中》,小说中以教师身份出现的青春少女们,不仅情感上互相依恋,甚至效仿异性情人间亲昵的拥抱、亲吻,毫不掩饰对女伴身体的喜爱,小说充溢着无拘无束的青春浪漫,对姐妹情谊大胆而自由的书写使之成为女性文本中难得的范例。但不得不看到的是,这些初步觉醒的知识女性之间所建立的姐妹情谊,仅仅是她们在主体性成长过程中拒绝成为男性欲望客体而作的权宜之策而已。新时期以来,女作家们以细腻敏感的触觉捕捉到了姐妹情谊的存在,并把它作为女性成长主题中一个不可或缺的插曲。刘西鸿在其作品《你不可改变我》中以一种主动、自觉的话语姿态构造了"我"和孔令凯那种惺惺相惜的姐妹情谊,而这种同性之间类似情欲的诱惑构成了女性成长的迷离情境。而在刘索拉的《蓝天绿海》中,"我"在目击挚友蛮子死于华年的成长悲剧后,终于悟出:处于现代社会洒脱任情的蛮子仍然承袭着始乱终弃、野蛮堕胎致死的女性传统悲剧,而正是在姐妹情谊被现实无情摧毁的过程中,"我们"共同经历了成长。

既不同于上世纪初女性成长小说中因注重精神契合而有意忽略了身体及欲望的姐妹情谊,也不同于新时期以来女性成长小说中将温馨而又凄凉的"姐妹情谊"处理成故事背景的叙事手法,九十年代的女性成长小说从西方女性主义那里汲取理论营养,在价值观念多元化的社会转型期,以虽不激烈但执拗的写作姿态,把姐妹情谊的缔结视为远离甚至弃绝男性价值中心、固守女性自我的重要策略。它勇敢地突破了异性恋霸权的禁锢,大胆探索女性内心更为深层、更为隐秘的精神世界,并不避讳女性之间由于情感依恋而唤起的隐约含蓄的身体欲望,更着意渲染女性间分享苦难、互相汲取生存力量的精神相契。同时,它也没有放弃对姐妹情谊客观理性的审视,在对姐妹情谊局限性原因的探究中思考着女性主体性确立的路径。

　　正如西方女性主义所认识的,妇女间之所以可以形成姐妹情谊是由于有父权制这个共同的靶子,在此基础上,女性这个性别群体可以超越了种族、阶级、社会制度等的差异,建立基于男女性别差异的性别路线,而这种性别路线就是号召每一个妇女从家庭和男人的关系中分离出来。因此,从这个意义上讲,所谓的"姐妹情谊"不过是女人在成长岁月中面对异性情爱的伤害时,对来自于同性的温暖、理解、关怀的奢求和期许。邓一光的《一朵花不能不开放》中童北地成长历程的每一步坎坷,都有好友余胜利不遗余力的解围和帮助,特别是当她深陷婚姻围城之内被丈夫曾广以婚内合法的名义精神虐待甚至暴力殴打时,只有余胜利不畏权势,不畏人言,挺身而出为她解决实际困难,并为女友仗义执言:"姓曾的,我告诉你,你休想再欺负人。"对童北地而言,成长岁月中惟一与时光抗衡的就是女友那感人至深的叮嘱和追问:"童北地你真不够朋友,你应该告诉我,你告诉我我才好帮你,你不告诉我我怎么帮你呢?"在"家"的神话破裂之后,是姐妹情谊为童北地的艰难成长提供了屏障与庇护,而她们共同抵御男性暴力的同时也彼此分担了人生的苦难。如果说童北地在姐妹情谊的慰藉下,以退守心灵的策略来抵御性别压迫,从而实现女性主体性成长,那么池莉《小姐你早》中的戚润物则因女性主体性觉醒而主动构建姐妹同盟,以积极进攻的战术来对抗异性的伤害,并在这一过程中真正走向成熟。戚润物是在目睹丈夫无耻的背叛并经历了一次令人心痛的顿悟之后开始自己的成长之旅的,她与女友李开玲和艾月构建的同盟,使长期以来男权文化为女性情谊所设置的种种障碍在女性创痛性体验的交流中分崩离析。面对一个集父权制丑恶于一身的男性,三位阅历不同的女性跨越积淀了千年的文化心理的羁绊和现实冲突,携起手来,抵抗性别压迫并维护女性的人格尊严。池莉的《小姐你早》其实就是一篇表现女性在欲望化商品社会中的性别困境及试图借助姐妹情谊进行突围的成长叙事,而这种叙事的产生离不开九十年代的整体语境和女性的性别处境。九十年代女性的主体性成长在以消费主义与拜金主义为核心的转型社会中,面临着更为复杂的性别境遇:女性一方面有可能获得更大、更普遍的精神人格自由;另一方面,女性再度沦为男性欲望化眼光中的可以买卖的特殊商品。唐颖的《丽人公寓》就披露了女性在父权制与消费主义合谋语境下左冲右突的艰难成长。宝宝作为一个美丽的在酒店工作的女孩,既沉迷于物质的浮华也对爱情充满期许。在被爱的幻觉中,她陷入了富有的华裔商人的欲望陷阱里,然而最后她才意识到她只不过是别人心目中一个高档的消费品而已。在宝宝痛不欲生走投无路之际,是海兰等人的姐妹情谊帮助宝宝走过这一坎坷,使其以洗尽铅华的姿态最终走向生命的成熟。在她们相互扶助共同抵御男性感情掠夺的过程中,"她们有一个共同的体会:异性带来快乐也带来灾难,而同性朋友才是此生最牢靠的同盟。"而丽人公寓作为姐妹情谊的象征物,也成了她们逃离异性情感伤害的心灵避难所,正如宝宝的女友所言:"有丽人公寓在我就踏实,似乎人生有了退路。"这种以抵御父权制的无情伤害而互相亲和的"姐妹情谊",无疑体现了成长中的女性对男性中心价值的窥破,体现了女性力图在同性的慰藉中规避残忍的异性情爱伤害、审视和反思自身灵魂残缺,并在此基础上建构女性主体性的要求。

事实上,正是由于两性之间因性别差异及性别文化造成的"性沟"难以填补,相同的生活境遇便成为同性之间情感亲和的现实基础。具体说来,主要是由于女性之间的情感要求、思维方式以及性别立场都更为贴近,因此女人之间的沟通,要比与男人的沟通障碍要小得多。因此当女性在成长过程中需要一种精神上的交流时,如果在异性那里得不到满足,就会顺理成章地向同性身上索求。而女性之间的姐妹情谊之所以令人向往和珍惜,还在于它超越了两性关系的等级模式,表现出了更为持久更为真诚的情感"亲和力",这往往体现在女性之间对于内心生活的分享上。陈染的《与往事干杯》就是把有关"我"的成长故事嵌入"我"写给女友乔琳的信中。乔琳是"我"的挚友,也是"我"成长故事的读者和倾诉对象,这种结构本身就隐喻了同性间亲密而抒情的诉说倾听模式。那"无处告白"的成长情愫迫切需要姐妹情谊的温情抚慰:"在这个使人们的心灵孤独无助的世界上,在这个表面亲爱、繁闹、热情而内心深处却永远无所依傍的人群里,在这个当凛冽的冷风和嘈杂的人流从你身边流过而你却永远感到孑然自处的冬季里,乔琳需要我正像我需要她一样深刻。"女性之间这种感情的分享,不仅能使成长女性汲取到生存的勇气和力量,而且可以延伸至分享生存艰难的行动层面。盛琼的《生命中几个关键词》中,在遭受了一系列成长困惑和磨难的甘霖逃到南方工作后,因对生活丧失信心而一度消沉,正是阿花和王玲的姐妹情谊改变了她,让她内心把那些浮躁和飘忽的东西沉淀下来,将痛苦稀释成遗憾,将芥蒂化解为宽容,以一种感恩和知足的心态重新找到生活的意义。而在海男所写的一部"关于女性成长和心灵体验"的长篇小说《蝴蝶是怎样变成标本的》中,普桑子在成长过程中看到了同她一样以柔韧的身体去拼力突围生存困境的姐妹们,使她意识到父权社会中女性共同的情爱宿命。而正是普桑子心中升腾起巨大的悲悯,使她能够不断跨越了情敌间的世俗对立,在不无痛苦的情感穿越中,对身边的姐妹们由漠不关心,到动手扶助,再到全心接纳,实现了女性间的情感心灵互通,同时也促成了自己精神的成长与蜕变。

总之,"姐妹情谊"就是伴随女性主体性生成过程中一道不可或缺的风景,它或者是女性成长坎坷中的一份真诚的扶助,如池莉《水与火的缠绵》中胡翠芳陪伴芒芒度过生育的艰难时刻;或者是女性成长迷惘时一个默契的相随,如周洁茹《让我们做点什么》中"我"跟随梅茜漫游 N 市所共同领略的那份难言的空虚;或者就是贯穿女性成长岁月里的一个恒久的见证,如蒋韵《谁在屋檐下歌唱》中晓巍与叶丹杨在经历共同的成长后那份深入骨髓的相知。在女性成长的历程中,姐妹情谊这种灵魂上的真诚交流与行动上的互相扶助,有时竟然可以超越死亡的隔绝。蒋韵的《隐秘盛开》中,潘红霞将自己一生的爱和最隐秘的感情讲给米小米听,而米小米也将自己成长的隐痛告诉潘,当潘被癌症夺去了生命后,米小米代替潘拥抱了潘企望一生的爱人,米以这种奇特的方式完成了女友爱的心愿。同样,在铁凝的《大浴女》中,唐菲是尹小跳成长岁月一道传奇的风景,她们一同在那个匮乏的年代做美食自娱,唐还为了小跳夭折的爱情两肋插刀。选择了不同成长之路的唐菲在临终前,把自己身体上最小的一方纯净而无奈的净土呈现给自己的女友。而小跳也在唐菲死后,努力完成唐菲生前的信仰,那就是对于唐菲生身父亲的寻觅与对父爱的转达。这些播撒在女性成长叙事深层的姐妹情谊,阐发了女性在灵魂沟通基础上相互给予的温情与关怀,成为女性成长岁月中心灵生活的一个不可或缺的精神庇护所。对于女人来讲,姐妹情谊承载了情爱、事业失衡后女性寻求精神支柱的心灵重荷,也充实了女性丰富而饥渴的情感世界,使女性得到了异性无法给予的情感满足,并因此更加注重自我的独立和发展,从而走上更为健康的女性成长之路。从这个意义上来讲,姐妹情谊就是一种女性文化理想的形象写照。

然而,九十年代女性成长小说在张扬姐妹情谊对建构女性主体性积极意义的同时,并没有回避对姐妹情谊所内含的"悖离"因素的审视,总体来看,导致这种悖离的原因大致可包括外在的压力和内在的矛盾两方面。

在一个贬斥、压抑、控制甚至蹂躏女性的父权制社会中,它所设立的价值体系及行为准则往往以男性利益为优先原则,而女性则被这一看似公正的社会评价体系拘囿于以奉献和牺牲为核心的妻母角色里,这无疑拆解了女性之间可能的联盟与友情,堵塞了女性借助姐妹情谊寻找自我、确认自我的成长之路。王安忆的《弟兄们》就涉及到女性成长中妻母角色拆解姐妹情谊的女性主义主题。三位在学校相遇而成为亲密"姐妹们"的已婚女性,在感情交流的过程中,反省了很多女性成长过程中必然遇到的有关婚姻、家庭、生育等方面的问题,发现了女性角色带给女性真实自我的失落,并意识到自我存在的价值和快乐,她们把姐妹之间相互支持和鼓励定位为"一个自我灭亡与新生的奋拼过程"。然而这种与家庭/男性社会拉开距离,并在同性相处之中获得了自我认识的体验,随着毕业而烟消云散了。几年后老大与老二重逢,又找回了当年那种平等、自由、团结的姐妹情谊,在她们看来,"同性间的精神对话实际上是唯一的可能。"然而这种执著于女性自我确认的姐妹情谊,却由于逸出传统生活的轨道而被社会排斥。接踵而来的一次次意外事件鲜明地昭示出:与女性妻母角色相比,姐妹情谊是脆弱和不堪一击的。小说的结局处理为老大、老二令人伤感的破裂,这本身就反映出作者对于女性成长过程中姐妹情谊坚韧性、可靠性的悲观态度。如果说王安忆的《弟兄们》质疑了父权制社会中女性通过姐妹情谊的精神支撑来获得主体性成长的可行性,那么林白的《瓶中之水》则进一步探究了女性成长历程中的姐妹情谊在多大程度上被父权制意识形态扭曲和改写。《瓶中之水》以二帕和意萍的成长故事为主线,她们互相欣赏,互相赞美,甚至在身体上有亲近的意向。她们把对女友的情感需求郑重地放到了生命最重要的位置,这反映了女性对自身情感倾向的自主性和自信力。然而由于几千年文化传统习染,被父权制意识形态同化和规训的意萍却将异性恋中两性不平等及占有支配模式"移植"到姐妹情谊中来,这使得二帕觉得自己"跟意萍之间从来没有过平等,意萍从一开始就高高悬在她的头顶,她在她的头上给她友谊,给她理解,给她帮助,而一旦二帕像一个真正平等的朋友说她一句,她的自尊就被大大地触犯了。"这种建立在人格不平等基础上的姐妹情谊由最初的温馨最终演化为二人成长心旅中一段不堪回首的惨痛记忆。"瓶中之水"也许是女性情谊的隐喻,虽然纯洁晶莹,却因为缺少坚实的保护随时面临着流溢四散的结局。无独有偶,方方的《何处是我家园》也描述了被父权制意识形态同化的女性,在成长过程中对于姐妹情谊的无情叛卖。秋月的成长经历就是一个不断遭受父权制社会男性欲望的觊觎、男性身体暴力践踏和蹂躏的过程,然而秋月本人却将男性的视点和父权社会对于"贞女"的苛求完全内化,因此,当她获得解救自己的机会时,却将侠肝义胆的姐妹风儿指认为自己堕落的见证而无情遗弃。这一事实进一步说明,父权制社会强调女性角色的依附性,并暗示女性的命运完全寄托在男性的身上,这使得女性的姐妹情谊在以利益为核心的情爱交战中灰飞烟灭。而陈丹燕《女友间》中的小敏和安安以及陈染《潜性逸事》中的雨子和李眉,由姐妹情谊破灭所体现的女性成长困境,又昭示了商品男权社会中女性生存的低矮空间。

另外,在中国这一具有悠久宗法父权传统的社会中,使女性处于被奴役被压迫地位的异性恋具有惟一的合法性。因此女性在姐妹情谊的情感关联中所体会到的"情欲",往往会因伦理禁忌产生道德罪恶感,这也是九十年代女性成长文本中姐妹情谊无疾而终的重要原因。林白《一个人的战争》中南丹对于多米可谓情有独钟,但这份感情由于多米被异性恋禁忌引发的道德律令而回避了,尽管这深厚的爱意应和了成长在孤独氛围中的多米的感情需要。事实上,正是父权制意识形态造成了女性个体的隔离状态甚至女性间的隔阂、背叛,使女性成长失去了最后的避难场地——"姐妹情谊"的抚慰、保护和支持。

然而九十年代女性成长叙事中以相依相恋的"亲和"状态开始而以相恨相斥的"悖离"状态告终的姐妹情谊的悲剧,并不完全由父权制意识形态的钳制而造成的,从某种意义上来讲,它更来源于姐妹情谊本身的悖论,这种悖论包括引导与遮蔽、群体与个体两个方面。

九十年代女性成长小说中最引人注目的一种姐妹情谊的模式就是一种引领和启蒙的模式。这种模式的特点是女性之间并不注重在人格平等基础上的交流和沟通,而是以崇拜与被崇拜作为女性感情链接的纽带。而这种同性之爱的寻求,完全为了满足女性成长的个体对于自我认同和主体镜像的需要,因为女性在所选择的精神姐妹身上,投射的是女性对于未来自我的想像,或者说女性把高于自我一等的姐妹视为自我成长的镜像,向精神姐妹的靠拢和认同只是为了寻求自我的确证,这无疑具有明显的自恋色彩。因此在姐妹情谊的对象选择中,往往把年龄、风韵及才华高于自己一筹的女性作为自己依恋对象。陈染的《私人生活》被倪拗拗视为"一个心照不宣的最亲密的共谋者"的禾寡妇,有着妩媚的五官和优雅的姿态。而徐小斌的《羽蛇》,单纯的羽"想念多年"的金乌,其容貌和装束可以称之为艳丽,她"天生有一段风情,她永远是个风姿绰约的妇人,不是少女,也不是老女人。"迟子建的《东窗》,对年幼的"我"有很大吸引力的李曼云,则是"一个羞答答的美人"。还有些文本则凸现这些女性偶像的才华和精神魅力。张悦然的《水仙已乘鲤鱼去》中,璟对于丛薇的欣赏完全来自对其精神气质的信服。"璟多么喜欢这样的女子。她有一个完全属于自己的天地,宛如世外桃源一般,清新并且恬然,谁亦不能去破坏她在那里的自由快乐。"而蒋韵《隐秘盛开》中,在潘红霞看来,她与"竖笛姐姐"的相逢犹如梦境,因为竖笛姐姐优雅的艺术气质足以被她神奇化和诗化。有意思的是,这些被成长女主人公指认为精神偶像的女性,大都有着不为流俗所压制的独特的个性，并具有难以被主流认同的边缘人格色彩：在倪拗拗的眼中，禾寡妇带有神秘和孤傲的色彩；羽成长故事中的金乌也是一个不为世俗婚恋秩序所困的、一个我行我素的绝代佳人；东窗神话笼罩下的李曼云则是一个坚守情爱理想，不惜一生孤独来逃避小镇世俗女性命运的奇女子；在璟看来，丛微则是一个才华横溢而又受万人仰慕的女性形象；竖笛姐姐在那个红色壮阔而又惨烈的年代，与她手中的萧一样，带有一种不合时宜的落魄色彩。这些女性偶像所具有的边缘色彩，正是体现了她们对于性别宿命的有意规避以及对于自我人生的能动选择，而这恰恰指向女性主体性的价值内涵。成长女性以这样一些人物作为自我成长的镜像，无疑体现了一种性别意识与主体意识的自觉。事实上，这种模式的姐妹情谊对于女性成长的重要意义，在这些文本中或以独白、或以咏叹的形式，或直率或婉曲地表达出来。在《水仙已乘鲤鱼去》中，"璟一直觉得，在每个女孩的成长道路上，都需要一个姐姐，这个姐姐并非一种血缘上的牵连，而是情感上的依靠。姐姐是沉暗的海面的灯塔。所以，丛微就像是变成了她的姐姐"。从"灯塔"这个比喻中，看到了引领和启蒙的含义，这或许可以看作大部分成长女主人公对于姐妹情谊的期许。而《隐秘盛开》则将这种"灯塔"所象征的启蒙意义表达得更为明澈，因为是竖笛姐姐让潘红霞懂得了艺术的神奇和阅读的快乐，因此建构姐妹情谊的这一天对潘的成长有划时代的意义："这孩子的人生，因为这一天，被分成了两半，这一天是一个分水岭。这一天之前，是混沌的、黑暗的、荒芜的，犹如没有文明痕迹的史前期，而这一天之后，生活被火光照亮了，有了意义。"然而具有悖论意味的是，对于任何一个个体来讲，如果始终处于一种全身心地膜拜偶像状态，或者只能接受引领、启蒙而不能自由应用理性，这本身就是自我被他人同化与遮蔽的象征，是遗忘和迷失自我的明证，这无疑标示着个体精神的不成熟状态。因此，从这一意义上讲，同性之间的引领和启蒙对于女性的成长实际上也构成了一种阻碍和遮蔽，并使得女性主体性的生成必须要跨过姐妹情谊中的崇拜情结，才能完成艰难的蜕变收获生命的成熟。在小说《私人生活》里，禾寡妇给了拗拗母亲般的呵护与温馨，她以柔情保护并驱逐一切降临于拗拗身上的疼痛和厄运,这始终让拗拗迷恋。然而这种庇护无法为渐渐长大的拗拗消弭一切成长的锐痛,毕竟还有许多"残酷的东西"遮住彼此的"视线",她们之间"相隔的时间,如同隔着山峦、荒野、城围、迷雾和禁忌"。因此小说设计的那场带走了禾寡妇的"火红的死神之舞"有着深刻的叙事用心:只有击碎了女性间那种美丽飘渺的乌托邦,才能使倪拗拗抛弃所有的幻想、依恋与困惑,直面现实的残酷,走向人格的成熟。无独有偶,在大火中消失的女性偶像还有《水仙已乘鲤鱼去》中的丛微,成长中的璟一直美化着丛微这个偶像,甚至不惜成长为丛微的赝品,然而文本中的丛微却以一种既邋遢又可怖的疯子形象出现在璟的面前,璟在目睹丛微的软弱和疯狂后,坍塌了心中的偶像,开始寻找属于自己的成长之路。而丛微丧身大火的结局,标示着女性偶像从肉身到灵魂的死灭,为女性主体性成长留下了可供自由书写的"空白之页"。而《东窗》中,李曼云悲剧性的命运让"我"逐渐洞穿东窗神话的虚妄,在顺应传统女性命运的同时,以一种达观的人生态度走向成熟。同样,在《羽蛇》与《隐秘盛开》中,金乌与竖笛姐姐也随着女孩的日渐成熟而成为其成长岁月中一道褪色的风景。事实上,九十年代女性成长小说对姐妹情谊中女性引领者最后命运的书写正反映出对姐妹情谊本身的一种质疑,这种不注重人格平等基础上的交流和沟通正是导致女性姐妹情谊溃退的根本原因。

女性间的姐妹情谊是基于女性四分五裂而无力抵抗父权制的现实处境才应运而生的,它反映了女性希望通过个体的团结来改变性别劣势处境的期许,因此,它强调女性间的整体同一性。但是,女性的现实存在始终是个体性而非群体性的,也就是说,女性作为个体的人,有独立追求精神丰富性的要求。因此,女性情谊的这一悖论无疑导致了它的脆弱性。事实上,女性成长过程中所建构的姐妹情谊大都类似于存在主义哲学所提出的"共在",即在某个特定条件下人与人的团结一致的关系,而这个特定条件一般指第三者的在场,当第三者被视为一个假想敌时,两个原本对立的人也会产生某种同情乃至同谋的感觉。因此,与"共在"一定程度上同义的姐妹情谊是脆弱的,甚至折射出女性精神的不成熟状态。孙惠芬的《歇马山庄的两个女人》就体现了这一点，以姑婆为代表的农村陈腐惯性势力对李平与潘桃的规约与压抑，激发了她们内心的一致感和并肩战斗的情谊。然而当潘桃的婆婆表现出体谅和和解的一面时，潘桃立即缴械，在嫉妒心的支配下将女友不光彩的三陪经历传播出去，这不仅使二人的姐妹情谊分崩离析，而且彻底毁了女友的生活，她们刚被姐妹情谊激发出来的朦胧的女性主体意识也被传统力量所剿灭，其主体性成长的可能被农村妇女世世代代宿命的生活规范所扼杀。同样，在何玉茹的《四孩儿和大琴》中，四孩儿为了摆脱家庭的压抑，大琴为了逃离家庭的贫穷与粗俗，这种"共在"使两人缔结了姐妹情谊。然而，大琴是为了改变自己命运才攀附四孩儿的，而四孩儿也是为了表达自己的叛逆才跟众人不屑的大琴结为朋友，女性间的情谊被相互利用的功利心理涂染上一层悲哀的色彩。这两个文本都表现了同性之间相互歧视相互挤压的阴暗心理，而导致这一心理产生的原因，正如切斯勒所说，"女性把权力看成父权制中的'稀有资源'——事实上也正是如此。在男性世界中，女性渴望受到尊重，于是常常要与女性进行她们自己不肯承认的明争暗斗，或是对才华出众的女性进行惩罚……这种女性的性别歧视支持了父权制的现状。"[1]

九十年代女性成长小说对姐妹情谊的描述，始终贯穿着有关姐妹情谊对于女性主体性生成有何意义的思考。姐妹情谊作为女性成长的一个精神庇护所，不仅可以使女性团结起来共同抵制父权制社会的压抑，而且也使女性之间可以分享彼此的内心生活及生存困境，在行动上相互扶助并互相汲取生存勇气。同时，九十年代女性成长小说在姐妹情谊中寻求女性自我价值的成长之路时，并没有忘记审视女性成长历程中姐妹情谊联结纽带的牢靠性与边界。事实上，在父权制意识形态依然占统治地位的商品社会中，那种相依相守、互为精神支柱的姐妹情谊不过是一种女性成长风景中的乌托邦。而姐妹情谊在女性成长叙事中蕴含了丰富的女性文化和社会

---

[1] 参见黄育馥：《向"姐妹情谊"挑战——菲莉丝·切斯勒和她的〈女性之相煎〉》，《国外社会科学》2003年第2期。

文化症候,则象喻性地表明了在商品消费主义与父权文化合谋的转型社会,女性试图通过解构异性恋霸权来拒斥男性价值中心,并试图通过寻求同性声援而去建构女性主体性的坚强努力。

第三节 压制与抗争:女性成长中的身体叙事

对于人类而言,身体并不仅仅是由骨骼、肌肉、内脏组成的具有生物意义的实体,它还作为一个无法忽视的文化事实融会于社会基本理论框架之内。在弗洛伊德看来,为了防止基本社会秩序的分崩离析,压抑是文明的代价。由于身体内部所蕴含的巨大而又难以驯服的快感、欲望、无意识等力量,贬低身体甚至让身体消失在文化视野中成为压抑的有效策略。在人类任何一个高度政治化极权化的社会文明中,都在倡导身体灵魂二元论的同时建构蔑视身体的文化传统。在中国,由封建传统至现代文明的文化传承中,一直存在着否定身体、压抑身体的道德文化传统机制。这种压抑身体的完整机制使身体叙事形成一个充满偏见与谬误的意义黑洞。然而吊诡的是,在将身体视为罪恶渊薮的话语系统里,父权社会中压抑最深的女性的身体,却"历来是男性行使幻想暴力和构思社会问题的宝贝清单",①并且有关女性身体的话语表述常常是制造父权社会道德神话与政治神话的最佳材料。毋庸讳言,父权社会主流话语对于女性身体的贬抑、规范和使用,使女性身体的自然属性和本体欲求被伪善的道德形而上学无情遮蔽,而女性对自身身体的感性认知和细腻的感官体验也被反身体、反感性的传统身体伦理观念彻底驱逐,女性的身体处境正如埃莱娜·西苏所言:"这身体曾经被从她身上收缴去,而且更糟的是这身体曾经被变成供陈列的神秘的怪异的病态或死亡的陌生形象,这身体常常成了她的讨厌的同伴,成了

---

① 参见荒林、王光明:《两性对话》,中国文联出版社 2001 年版,第 2 页。

她被压制的原因和场所。身体被压制的同时,呼吸和言论也就被抑制了。"①

由于女性个体的成长都是伴随着身体的成长完成的,身体叙事应是女性成长叙事中不可或缺的部分。然而由于"存天理、灭人欲"非人性文化传统的制约,加之中国缺乏声势浩大的女权运动背景,使五四以来浮出历史地表的女性成长叙事在建构女性主体性的同时,不仅无法凸显以女性身体为核心表征的女性性别特质,反而有意缠绕在启蒙、救亡、革命等宏大的时代主流话语中。在五四时期以人的觉醒、个性解放为核心的启蒙与人道主义思潮的笼罩下,女性成长叙事中把女性的身体奉献在争取自由恋爱的反封建的祭坛上,却不能够坦然地正视它的各种欲望,因此,女性成长路线是一条身体空缺而只侧重精神觉醒的单行线。随着三四十年代日益规整化的资本主义都市市场的出现,在家庭妇女与都市色相市场中的商品两种女性角色的夹缝里,女性成长叙事超越了那种以爱情颂歌为主题的天真而忧郁的少女成长形象,泄漏出女性无法忽视自身身体欲望的成长真相。而抗战解放区时代、十七年特别是文革时代,革命意识形态宰制下的女性成长历程实质就是女性个体向民族群体的化身逐渐靠拢的过程,这无疑导致以抽空女性身体感受和萎缩女性人格自主独立愿望为特征的女性成长叙事的产生。而在新时期文学的浪潮中,女性作家大都在全力汇入现代性话语主流的同时,不期然构成了对自身身体体验与性别视角的遮蔽,而那些行走在文化边缘的女性作家,其对女性性别自我成长的审视与女性成长身体感受的真切书写,或者被指认为时代话语主流的出轨,或者被罩于普泛性的"人性"维度予以考量。因此,囿于严密的政治历史与文化秩序,九十年代以前女性成长的身体叙事投射的更多的是社会政治与社会精神等文化症候。而九十年代因社会转型带来的多元化文化语境,再加上女性文学传统的积淀以及中西女权主义理论与实践的启迪,女性成长小说随着中国女性文学性别意识的不断自觉及彰显,最终突破了长期饱受禁锢的身体叙事

① 参见张京媛:《当代女性主义文学批评》,北京大学出版社 1992 年版,第 193—194 页。

禁区,掀开了遮蔽在身体之上的伪善的道德面纱,自觉袒露女性成长历程中独特的身体及心理体验,并在此基础上直陈女性个性化的情感欲望。这种对于女性个体成长身体体验的全面关注与体现,不仅将女性个体成长遭际上升到普泛性的性别遭际,而且从性别、身体及成长等文化视角涵盖人类际遇,从而直抵存在的深度。

九十年代女性成长小说首先鲜明地揭示了父权制社会对成长女性身体的压抑。在历史和现实的框架中,由于种种压迫的存在,女性身体常常处于分裂和压抑状态,这突出表现在身体发育变化带给成长女性的精神压抑与灵魂惊异,而这种身体发育变化又集中体现在女性初潮及月经的身体体验中。由于许多少女认为初潮是发育不健全的病态表现,这种血的判决和被习俗视为不洁之物的生理变化,让少女产生一种厌恶和畏惧的感觉。《没有名字的身体》中,第一次来例假竟使"我"无地自容,"我"孤独而又绝望地站在教室外面的山墙上,感觉血痒丝丝地顺着腿根往下流,腰腹酸胀、疼痛。最可怕的是那种羞愧:"我在想,我怎样才能让自己死掉,因为人死了就可以不对自己负责,那时候,别人怎么嘲笑我羞辱我,我都可以置之不理了"。《水仙已乘鲤鱼去》中,璟的初潮也让她又羞又怕,无所适从。身体的"无端"流血让她误以为是因诅咒母亲而遭的报应,因做坏事而受到的惩罚。初潮体验给成长女性带来的惊心动魄的惊恐和绝望,使她们很容易对那些帮助她们走出困境的男性留下难以磨灭甚至刻骨铭心的印记。《没有名字的身体》中"我"因"他"的帮助而走出无地自容的初潮困境,竟因此将生命中的爱情永远献给了见证"我"青春之血的他。《水仙已乘鲤鱼去》中,璟也认为牵着她爬上少女的台阶,从此让他远离童年的陆叔叔,是"贯穿她青春最美好时光的男子"。原本正常而自然的女性身体发育,却被成长少女视为一种以下流疾病和模糊罪恶形式出现的性别生存,原因在于:"正如阴茎从社会方面获得了一种特殊评价,让月经变成祸根的也正是社会方面。这个象征男性气质,而那个则象征女性气质。正因为女性气质具有相异性和劣等性的意味,所以它的表现才受到耻辱的对待。"①而男孩子虽然也对自己的身体感到难堪,但更多的是自豪,因为他们把这个阶段的发育投射到男性气质方面,并认为是男性尊严的表现。而少女在走向成熟的过程中,身体必须局限于女性气质强加的限制。在少女看来,她的身体发育变化所体现的女性气质意味着疾病、痛苦和死亡,而这种无法想象的折磨使少女感到无助和绝望。

对于大部分成长女性来讲,月经以一种模糊的形式隐喻了那"不健全"的而又充满痛苦的性别命运。这个伏卧在她的腹中,以周期形式爆发的既定命运让女性觉得无从摆脱、在劫难逃。因此,初潮的震惊虽然可以过去,但月经带来的身体压抑与烦恼却远未消除。王静怡的《反动》中非常细腻地描绘了每次月经给少女带来的痛苦的身体感受:"她能听见自己身体内液体汹涌澎湃的声音。她双手迟疑地抚摸着自己,细腻光滑的皮肤紧绷着,浑身都在胀痛,她感觉身体内有什么要跑出来了,这让她控制不住想奔跑和喊叫。但终于什么也没有跑出来。她被这种反复持续的折磨弄得痛苦不堪,潜在她体内的那困兽是只狼,或是只虎,在满月的夜晚,它们彻夜嘶嚎,凶猛而凄厉。"而身体疼痛只是月经给少女带来的表层感受,更为可怕的影响是给少女带来的精神重压。林白的《瓶中之水》中,二帕发现月经使身体不再像以往那样轻捷时,竟"开始莫名地流泪和感伤","二帕发现自己被一种外在的力量无可挽回地改变了",她站在少女的门槛上,感觉到自己单薄而又暗淡的身影,发自心底的忧郁使她更加落落寡欢了。无独有偶,魏微的《流年》中,经历过成长梦魇的少女"觉得自己老了,经历了一切,一切都不再新鲜了",甚至用恍如隔世的眼光看待自己的同龄人,并且"越来越多地沉默了",感觉到整个青春期都是"灰败的、不见光泽的"。造成这种感受的原因正如波伏娃所分析的那样,"月经之所以在进入青春期的女孩子当中引起恐惧,是因为它把她划入一种劣等的、有缺陷的类别。这种

---

① 西蒙娜·德·波伏娃:《第二性》,中国书籍出版社1998年版,第364页。

社会地位的降低,使她感到沉重的压抑。"①也就是说造成这种心态的原因并非完全来自女性成长发育期间生理的不适,更重要的原因可追溯到父权社会的女性处境。月经对于成长的少女来说宣告了快乐自由、无忧无虑的童年时代的结束,(尽管小女孩也经受欺侮和主动性的剥夺,但她仍认为自己是个自主的人)宣告了父权社会女性气质和女性角色笼罩下的身为客体附属物的女性命运的来临,所以对于成长女性来说,月经是与一种性别群体的劣等性相联系的身体感觉,而这自然会使女性成长之旅充满受伤、悲观甚至绝望的情绪。然而对于成长少女来说,假如她能够顺利度过初潮的困境并能保持自尊,她对自己身体变化的羞辱感,就会大为减弱,甚至对流血的身体感到骄傲。在《与往事干杯》中,陈染虽然也浓墨重彩描摹了濛濛生命历程中这特别的一天:那是一种"山崩塌了"、"大海就在身下"的特殊体验,它让少女身体因胀痛甚至要呕吐,感到"惊恐、苍白、眩晕"、不知所措。再加上濛濛对自我身体发育知识的匮乏,使她将鲜血与罪恶的惩罚联系在一起。然而幸运的是,在母亲的帮助下,她终于知道:"每一个女孩子都这样","在那涓涓不息的流淌中,体内的宫殿就会慢慢成熟",而与此同时一个女孩子就会变成女人。在得悉自我成长的秘密后,濛濛"将浸润过自己的鲜血的手洗得洁白如初","她要让父亲觉得她和她的哥哥是一样的。"带着一种成长的尊严,濛濛终于勇敢地跨越了初潮的罪恶感和恐惧感,最终以主体的姿态认同了性别自我的身体成长。

九十年代女性成长小说不仅揭示了女性身体发育变化带来的压抑,而且也展示了女性作为人的欲望所受到的压制。长期以来,女性被全面灌输了具有男权色彩的情欲观念,即男性的情欲是光荣的,而女性的欲望感受与实现是可耻的,因此与男性容易接受自己的身体并对其欲望感到骄傲的心态相比,女性则把自己有欲望的身体看作一个陌生的、令人不安的负担。再加上女性身处于虚伪压抑的环境中,当她们感到来自身体内部神秘的骚动时,父权道德律却要求她洁白无瑕。在贬抑女性身体欲望的父权文化传

① 西蒙娜·德·波伏娃:《第二性》,中国书籍出版社1998年版,第364页。

统的压制下,女性面对的是不可抗拒的生命冲动与强大的道德习俗力量之间的无以平衡,这给女性成长带来了巨大的困扰,而当她们被迫屈从这种剥夺女性肉身欲望的父权制意识形态时,女性身体便遭受到深刻的压抑。池莉的《水与火的缠绵》中曾芒芒刚刚触及到男女情感的微妙之处,心中刚刚鼓动起青春的欲望时,就被父母的苛刻管教,组织的政治谈话和周围群众的流言蜚语扼杀了,芒芒那被压抑的身体竟然形成病灶特征,而这种压抑直接影响了芒芒以后的婚姻生活。蒋子丹的《桑烟为谁升起》中少女肖芒在雨季的宁静里感受到身体骚动,"她视力敏锐,目光如炬,双颊潮红而且嘴唇丰润。她在潮水般涌来的蛙噪声中,伸直了日益修长同时日益富于弹性的身子,某种期待就毛茸茸地在血管里生长起来。"然而当同座小赖"用妇道人厚颜无耻的声音"揭示了少女隐秘的欲望后,肖芒被一种可怕的羞耻感和难言的犯罪感击垮,被压抑的身体成就了肖芒虚假的"淑女情结",并从此形成她以压抑为主调的成长旋律。与这两个文本不同,海男《蝴蝶是怎样变成标本的》中的普桑子却因恋人的失踪以及传统情欲观念的影响把自己的身体围困在自造的心狱里,长久的压抑让她"感觉到自己的身体再也无法抗拒那种黑沉沉的在浓密的黑暗中使她恐惧的东西,她希望将自己的身体交给一个人,那个人完全覆盖着她,把她肉体升起的那一线犹如墓地上发出的微弱的蓝色的磷光全部熄灭。"这种深重的身体压抑使她的情感历程充满波折与坎坷,使她由"蝴蝶"蜕变为"标本"的成长之旅布满伤痛与惆怅。

父权制社会对女性身体的压制还表现在剥夺了女性了解自己身体(尤其女性性器官)的权利方面。由于在男权文化秩序中,女性对自我身体的认知不被简单地看作一种知识行为,而会被视作无形的道德污点。因此长期以来,女性的身体都处于自我视点的盲区。但是,由于"躯体是个人的物质构成。躯体的存在保证了自我拥有一个确定无疑的实体。任何人都存活于独一无二的躯体之中,不可替代。如果说,'自我'概念的形成包括了一系列语言秩序内部的复杂定位,那么躯体将成为'自然'涵义之中最为明确的部分。"①因此,成长女性若想达到自我认同,走向女性成熟之境,必然要通过对于自我身体的了解和发现来实现。九十年代女性成长小说中,为了复苏遭受压制和泯灭的性别自我,成长女性首次把"身体"的问题提到认识层面上来,她们拒绝以父权之眼、男权之镜反观自己的身体,而是力图通过女人自己的眼光认识了解、鉴赏发现自己的身体,从而找回女性迷失和湮没的自我。林白的《一个人的战争》中,"年幼的多米,尚在五六岁时,便显示了对身体认知的冲动,"除了对自己身体的关注外,年幼的多米还表现出了对于其他女性美丽身体的兴趣和痴迷。这无疑显示了成长女性从父权阴影中走出来,认识自己身体,找寻自我的一种努力。《私人生活》中性格孤僻、多愁善感的倪拗拗也是自小就异常迷恋有着美丽身体的禾寡妇,并憧憬着长大后自己身体的美丽。陈染浓墨重彩地描写了拗拗所发现的、与以往熟悉的样子大相径庭的自我身体变化:"这躯体的胸部鼓鼓的,软软的,像两只桃子被缝在睡衣的上衣兜里;腹胯部忽然变成了一块宽阔而平滑的田地,仿佛插上麦苗它就可以长出绿油油香喷喷的麦子;臀部圆滚而沉着,极为自信地翘起,使得腰处有个弧度,无法平贴到床上;两条大腿简直就是两只富于弹性的惊叹号,颀长而流畅。"正是在这性别特征越来越明显的身体中,陷入重重精神危机的拗拗确认了自己的成长。而《与往事干杯》中"似乎觉醒而又没有完全觉醒的少女"肖濛对自己身体的认知欲望也格外强烈,她把自己脱得寸丝不挂,拿着一面镜子对照着妇科书认识自己。随着镜子的移动,她看到了经过成长蜕变后陌生而又流溢着青春光彩的身体,并感受到了那宣告少女成熟的隐秘萌动。而陈丹燕的《鱼和它的自行车》中,恋爱中的朵莱则怀着焦渴的心情,在浴室中陶醉于自己青春健美的身体。当"她在医院的旧镜子面前像一朵水仙花那样对自己恋恋不舍的时候",她认识到,那种对自我身体的发现和欣赏正是意味着一个青涩女孩的成长和蜕变。

　　成长女性对自己身体的发现必然导致身体欲望的发现。由于"身体不

---

① 南帆:《躯体修辞学:肖像与性》,《文艺争鸣》1996 年第 4 期。

仅仅是我们'拥有'的物理实体,它也是一个行动系统,一种实践模式,并且,在日常生活的互动中,身体的实践嵌入是维持连贯的自我认同感的基本途径。"①而欲望作为日常生活身体实践的基本方式,欲望觉醒必然是女性成长过程中身体发现从而达到自我认同的重要表现方式。与此同时,正如玛丽·伊格尔顿所言:"女性欲望,妇女的需求在男性中心的社会中受到极端的压抑、歪曲,对它的表达成了解除这一统治的重要手段。"②事实上,女性的欲望觉醒与男性相比有极大的差异,这无疑取决于两性在父权社会中根本处境的不同。父权社会赋予男性主体性位置,使男性把性器官视为引以为豪的男性气质的化身,并且其身体欲望在指向另一个人的同时,不仅不丧失自我的独立性,而且在身体欲望充分客体化的过程中还可以感受到主观性和超越性的自我肯定。这就导致男性的身体欲望的觉醒是主动的、攻击性的甚至是贪婪的。在何顿的《我们像葵花》以及叶兆言的《我们的心多么顽固》这两部以男性成长为题材的小说中,冯建军与"我"的成长历程就是一个不断发动身体欲望并通过对于女性身体的征服从而达到确认、肯定和超越自我的过程,这无疑反映了父权制文化秩序中女性的身体只是用于建构男性主体性的场所,一种类似于客体的物的存在。而父权社会中的女性处于被男性占有成为欲望客体的位置,使女性的身体欲望不是主动的而是被唤起的。陈染的《私人生活》中,倪拗拗的初夜并非导源于自己的主观情愫,而是具有很大的被动性,"她对他并没有更多的恋情,她只是感到自己身上的某一种欲望被唤起,她想在这个男人身上找到那神秘的、从未彻底经验过的快感。"事实上,女性成长中的第一次性体验具有极端重要的意义,因为它的影响会贯穿女性的一生。由于这一体验"往往是出人意料的、不愉快的,始终带有一种与过去决裂的性质。当少女实际经历这些体验时,她的所有问题,均以尖锐而急迫的形式集中表现出来。"③林白的《一个人战争》中,林多米近乎病态地、轻易地将自己初次被唤醒的欲

① 吉登斯:《现代性与自我认同》,三联书店1998年版,第111页。
② 玛丽·伊格尔顿:《女权主义文学理论》,湖南文艺出版社1989年版,第359页。
③ 西蒙娜·德·波伏娃:《第二性》,中国书籍出版社1998年版,第427页。

望交给一个素昧平生的男人,她这种毫不吝惜身体并且甘心忍受身体被随意践踏的被动态度,正集中反映了她外表坚强实则内心孱弱的性格,以及无意识屈从甚至迎合父权制意识形态,渴望被压迫、被征服的受虐心理。事实上,正是女性欲望的被动性质决定了女性身体欲望一旦被唤醒就处于一种无法自主消除的状态。王安忆的《流水三十章》细腻而透彻地表达了张达玲在欲望苏醒后所感受到的那种复杂性:

> 这时候的苏醒,是她最大的不幸,是她最大的灾难,再没比这时候的苏醒更不合时宜的了。因这时候正是她泯灭了她所有爱与被爱的渴望的时候;……而这身体如没有爱作援引,作安慰,作泉源,作归宿,这苏醒于这身体便将是没有缓解的折磨,没有出发地也没有目的地的最最艰苦,最最迷茫,最最长途的跋涉。

被欲望所裹挟的神秘气息彻底吞没的张达玲,面对着这个刚被唤醒的、有那么多"卑劣的请求"的身体,"她不敢触摸这肉身,不敢动弹这肉身,她只一动不动地如同大病初愈一般疲软地躺着。"正是由于女性身体依附性的性别处境,她没有梦想过占有、塑造和侵犯,而只是屈从于等待和渴望的女性角色,"她固执地等待,她耐心地等待,如一个溺水的人等待着一艘船,如一个垂挂在峭壁上的人等待一挂云梯"。张达玲的身体境遇鲜明地反映了女性成长历程中性别自我身体发现后的欲望困境。

身体——主体的同一、自我的建构和确立是人类永恒追求的理想,因此每个主体都会把他的身体看作自我的客体表现,就身体而言,人的主体性体现在能改变自我身体的命运,使身体不再是被控制、束缚和压抑的对象。这样,以主体性生成为女性成熟标志的九十年代女性成长小说就不仅仅局限于表现女性身体及欲望的被压制,而是更将笔触伸向女性身体的抗争,并由此反思身体抗争导致的女性主体性的顺利生成和不期然的失落。由于性别处境的不同,身体抗争对于两性成长而言具有完全不同的涵义。对于父权制社会享有合法主体性的男性来说,面对成长期间任何侮辱、贬抑,任何把他贬到客体地位的企图,他都可以求助于身体暴力来进行抗争,从而感受他的自我肯定的意愿和主体性。在苏童的《城北地带》、《刺青时代》以及叶兆言的《没有玻璃的花房》、余华的《在细雨中呼喊》等以男性成长为题材的小说中,嗜血的身体暴力成为男性克服成长迷惘、确认自我主体身份并走向成熟的必要条件。而被父权社会赋予依附性客体位置的成长女性,即使面对贬损或压制,她也无法像男性那样使用身体暴力回应,这不仅是因为女性体力不足的生理弱点,更主要是因为父权社会中的文化惯例彻底否定女性自由使用身体的意愿,从而导致女性因无法自主控制自我身体而缺乏能动的自主性力量。由于女性的身体并非仅仅是承载女性生命体验的媒介,它还蕴含了丰富的女性生理、心理文化信息,是女性认识世界、认识他人、体验与表述自身的重要工具,因此反抗性别自我的身体禁锢就成为女性走向主体性成熟的关键步骤。与此同时,面对全副武装的父权文化秩序,女性只能用身体这一"无法攻破的语言"来对抗性别等级、性别隔阂与性别压制,正如伊格尔顿所言:"肉体中存在反抗权力的事物"。① 因此,九十年代女性成长小说中的身体抗争就包含了反抗身体禁锢和用身体反抗这两层涵义,并从成长角度体现出了性别意识形态意味。

从五四时期女性成长叙事浮出地表开始,反抗身体禁锢就被看作女性走向成熟的必经之路。由于时代语境的不同,囚禁女性身体的既有封建家长、旧式婚姻,又有资本主义色相市场还有革命意识形态,而成长女性就是在反抗各种名目的身体禁锢中逐步走向成熟的。九十年代前女性成长叙事中反抗身体禁锢的主题多与时代主潮绞合在一起,文本题旨在具备时代普泛性的同时却削弱了女性成长经验的独特性。九十年代多元而宽容的语境在彰显成长女性个性化身体体验的同时,强调了反抗身体禁锢对于女性主体性生成的重要意义。池莉《怀念声名狼藉的日子》中豆芽菜的成长就是一个不断反抗身体禁锢的过程。在那个刻板荒谬的时代,当少女身体的青春美丽被有意压制时,她却张扬出春风杨柳般的动人姿态;当女性身体被政治神话笼罩时,她超越了时代的虚荣而拒绝了政治偶像的虚伪青

① 伊格尔顿:《美学意识形态》,广西师范大学出版社 1997 年版,第 17 页。

昧;当女性身体欲望遭逢禁欲时代的改写和抹煞时,她却听从心灵的声音把自我的情欲交付给真诚的爱情。池莉的《一去永不回》中,当温泉的父母以一种传统的女性气质标准来禁锢女儿的身体自由,扼杀女儿的身体欲望时,温泉最终以"一去永不回"的决绝姿态对抗这种残忍的禁锢,在赢得幸福的同时也走向真正的成熟。而邓一光《一朵花不能不开放》是在婚姻框架之内反抗女性身体禁锢的,丈夫曾广以婚姻的名义要求童北地身体的附属和欲望的服从,可外柔内刚的北地为了尊重自我的身体感受和情感要求,宁可面对丈夫野蛮的身体暴力。北地的情感虽然历经坎坷,但她还是在一次次反抗身体禁锢中走向自我救赎,并最终以成熟的心态期盼成长岁月中的美丽再一次绽开。类似的还有盛琼的《生命中的几个关键词》,甘霖的身体因失贞而遭到丈夫的厌弃和压制,当其身体妥协于欲望时又遭到情人无情贬抑,身心交瘁的甘霖选择他乡来反抗身体的禁锢,并因此而愈合身心创伤,了悟了生命的意义。

由于父权制意识形态的长期宰制,以男性利益为优先原则的父权制文化秩序已经无孔不入地渗透到社会各个领域,因此女性在反抗性别等级、性别压抑的过程中,无法使用现成的属于父权制文化的象征语言,她们只有自我的身体可资凭借。女性的身体不仅仅具有生物物质意义,而且具有强大的反父权制意识形态作用。正如西苏所说:"用身体,这点甚于男人。男人们受引诱去追求世俗功名,妇女们则只有身体。"[1]由于传统的父权伦理完全否定女性依据个体的身体感觉编织的属于自我的生命经纬,因此女性通过对自我身体的抚慰来抵御外界的伤害就成为一种无奈而又有效的抵抗方式。九十年代女性成长小说大胆披露了女性以身体自慰来反抗身体压抑以缓解存在焦虑的成长体验。林白的《一个人的战争》中,多米的成长就是一个不断用躯体突破传统父权道德成规的过程。年幼的多米无师自通地以自慰来征服恐惧和寂寞,成年后的多米在洞悉爱情虚幻的真相后,仍以自慰的方式抚慰情感被伤害后的成长疼痛。在那"自己变成了水,

---

① 参见张京媛:《当代女性主义文学批评》,北京大学出版社 1992 年版,第 202 页。

她的手变成了鱼"的激情体验中,多米掌握了返回自己的身体,确认自我存在的唯一方式。而陈染《私人生活》中的倪拗拗在坚守心灵孤独的城堡中,以一种奇特的自慰方式将"审美的体验"与"欲望的达成"完美结合在一起。她将自慰的欲望投射于"生命中所亲爱过的两个人:妩媚而致命的禾,还有灵秀而纯净的尹楠",在诗意的自我抚慰中,拗拗完成了对性别自我的真切体认与对美好成长岁月的深情缅怀。实际上,"女性的'自慰'体验不光是与青春成长的郁闷和躁动相联结,同时亦是与文化的窒息与反叛相联结的深层情感。"①在徐小斌的《双鱼星座》中,卜零的身体自慰就不仅是对女性生命压抑的自觉反抗,更是对内含"阉割"文化的父权秩序的指责与愤怒。但需要指出的是,女性通过身体自慰完成的身体抗争,只是一种消极而充满妥协意味的抵抗方式,是一条容易使成长女性滑入极端性别孤立主义的歧途。

如果说"身体是来源的处所,历史事件纷纷展示在身体上,它们的冲突和对抗都铭写在身体上,可以在身体上面发现过去事件的烙印",②那么就女性个体而言,任何成长事件都根源于身体,任何成长变迁都刻印于身体之上。女性身体作为女性个体生命存活的血肉之躯,既是女性生命成长的出发点又是女性生命成熟的归宿之处。然而,女性要真正走向主体性的成熟,还须从身体出发却又不滞留于身体,正如伊莱恩·肖瓦特一针见血地指出,"强调女性生理经验的重要性非常危险地接近性别歧视的本质论。"③

由于身体不是孤立纯粹的,而是与自我有着密切的关系。吉登斯在《现代性与自我认同》中说:"在高度现代性的条件下,身体实际上在与自我的关系上远非比从前'驯服',因为二者在自我认同的反思性投射中变得亲密协调起来了。"④因此,九十年代女性成长小说始终通过回应社会政治经济、道德文化等阔大的现实问题,探寻女性身体与性别自我、主体性建构的

① 徐坤:《双调夜行船》,山西教育出版社1999年版,第81页。
② 汪民安主编:《身体的文化政治学》,河南大学出版社2004年版,第4页。
③ 参见张京媛:《当代女性主义文学批评》,北京大学出版社1992年版,第258页。
④ 吉登斯:《现代性与自我认同》,三联书店1998年版,第256—257页。

复杂关系,并认真审视男权欲望陷阱与女性身体携带的文化惰性给女性成长带来的负面意义,以寻求女性成长的真正出路。九十年代女性成长小说以真诚、热切的笔触撩开了女性成长历程中神秘的、感性的经验世界:它遵照女性审美体验,描摹父权文化秩序中女性成长历程中的身体压抑;它以女性的审美眼光观照女性的身体发现、欲望苏醒;它以前所未有的坦率将女性隐秘的身体抗争真相裸呈于读者面前。

第三章 本真生存的诗性敞开

——九十年代女性成长小说中的存在体验

海德格尔认为,在现实生存中,人类不可避免地有两种相冲突的生存样式:一种是非本真的日常生存方式,另外一种是本真的诗性生存方式。由于"他人"对于自我生存的深层制约以及相关牵连,在非本真的日常生存中,自我总是屈从于"公众意见",并总是诱惑强制自我向"他人"看齐,即从"他人"方面领会自我的生存,也就是"我将我筹划为他人,筹划为按他人眼光办事、符合他人眼光的'我'。至此,'我'便悄悄被'他人'取而代之,而他人与公众意见作为一种异己力量正是通过我在领会上的趋同而发生作用的。"①海德格尔把沉沦于日常非本真生存的自己称为"常人自己"。正是"常人自己"使自己成为他人的影子和化身,并自然衍生出一种逃避自由、逃避责任、逃避独立选择与独立生存的精神倾向。可以说,非本真生存所导致的是"自我疏离"与自我异化。与此相对,海德格尔提出的本真的生存方式,则是一种从日常沉沦中超拔出来的个体生存方式,一种以独立个体的方式与他人与他物打交道的生存方式,即"力图按本真的领会来筹划自己,争取本真的生存,从沉沦中超越。"②处于本真生存方式中的本真自我,是独立思考的、独立选择的、独立领会着、行动着的"我"自己,而不是假冒"我"的名义,将一切交给"他人"来安排生存可能性的无个体性的、无独立性的、无自由的"常人自己"。在这个意义上,父权社会中成长女性的"他者"境遇就是一种非本真的生存方式。而女性成长所要建构的主体性生成

---

① 余虹:《思与诗的对话》,中国社会科学出版社 1991 年版,第 51 页。
② 余虹:《思与诗的对话》,中国社会科学出版社 1991 年版,第 48 页。

目标,即由依附、盲从的"他者"成长为独立、自由的"此者",由"他人意志的造物"、被动服从的客体成长为能够自主筹划自我、实现自我超越的主体,其内涵本身就指向一种本真生存方式中本真的自我。

然而不容忽视的是,世人为了摆脱存在的虚无,拒绝生存的职责,总是倾向于投靠"常人自己",并听从"公众意见",以便产生心有所托、思有所凭、身有所靠的幻觉。因此个体彻底摆脱非本真生存而决绝地走向本真生存注定是非常艰难的,这也使得世人的一生总是在盲目与清醒中摇摆,在沉沦与超越中游移,只有一些特殊的生存状态以及特定的心灵际遇,才能把个体自我从"常人自己"那里分离出来,把本真生存的超越性从日常沉沦中召唤出来。就九十年代女性成长小说的文本实际来看,成长女性的孤独心境、逃离意识以及创伤情态,正是那种可以揭示出日常生存之非本真实质的人生状态,可以把女性自己与常人世界的非本真关联切断,把女性带到自我本真之中的存在体验。它使成长女性"独步于自己的精神荒原,在没有依赖关系的诉说中确立了女性的独立身份"。①

在九十年代女性成长小说中,孤独作为一种弥散性的情感氛围随处可见,集中表现于自闭与独语、自恋与自虐、自我存在的质询等三个方面。事实上,孤独并非只是一种感性的孤寂,而是人类个体成为自我和回归自我的必要条件。因此,九十年代女性成长小说中对于孤独的坚守,就是成长女性守住"我自己",成为"我自己",实现主体性生成的必由之径。同时,面对孤独这一基本的生存状态,成长女性又充满悖论意味地抵御着孤独,在坚守与抵御之间跳着属于自己的独步舞。

相较男性而言,女性在成长过程中表现出的逃离意识更为常见。实际上,女性的逃离姿态并非只是缺乏直面现实的勇气而采取的消极回避,因为逃离过程中女性所表现出来的刚强气质与独立自主,使逃离本身成为女性寻找自我、认知自我、完善自我与实现自我的开端。同时,成长女性在逃

---

① 孟繁华:《忧郁的荒原:女性漂泊的心路秘史》,《当代作家评论》1996 年第 3 期。

离的过程中,经常会由于各种原因重新回归到原有的生活轨道上来,但这种回归并不意味着女性退回到原来的精神原点,而是在一定意义上表征着女性个体的成熟和自主性力量。九十年代女性成长小说中,还有一种逃离——回归——再逃离循环模式,这无止境的循环是成长女性无法逃遁的迷惘心旅。

九十年代女性成长小说还着重表现了对于女性个体人格以及女性主体性生成有巨大影响的成长创伤,这些心灵创伤对于女性的思想及行为方式构成了永远的心理阴霾,是女性生命感觉中无法遏止、难以消泯的深度疼痛。造成女性心理创伤的原因虽然形形色色,但总体上集中体现于爱的匮乏与爱的囚禁、性的禁忌、怨恨引发的罪罚等。然而,为了把自我从灵魂的暗夜中解救出来,实现心灵的丰盈和人格的完善,成长女性又渴求着灵魂的救赎。在九十年代女性成长小说中,存在着日常生活救赎、审美救赎以及宗教式的救赎三种方式。

九十年代女性成长小说以真率的性别话语方式,执拗地探索成长女性隐秘而丰富的心灵世界。它通过对成长女性存在体验的真实书写,披露了成长女性本真生存方式中的本真自我,其价值内涵指向以本我为核心的女性主体性生成。然而,值得一提的是,对于任何个体来讲,"他本真的生存努力只能是对非本真生存的一种缓解和修正,一种有限的超越,这就是人生存的悲剧之源,本真生存的诗意也正在于此。正是在此意义上,本真的生存乃是一种诗性生存方式。"①

第一节 坚守与抵御的独步之舞

"孤独",作为人类生存的基本处境之一,藏匿着人类认识自我、认识人生的真正谜底,因此,它自古以来就是文学艺术思索探询人生真相的主题

---

① 余虹:《思与诗的对话》,中国社会科学出版社1991年版,第48页。

之一。同时,文化意义上的"孤独",携带了种种悖论性特征:它既是具体的又是抽象的、既是有限的又是绝对的、既是个体的又是人类的、既是瞬间的又是永恒的,这种对立统一的特性,使孤独不仅富含生命张力而且充满意义深度,并因此成为女性成长小说中质询女性生存体验的关键词。而就九十年代女性成长小说而言,更是商品经济时代女性作者对女性生命成长状态沉思冥想的写作姿态,这种孤独的写作姿态,无疑是女性个体生存力量的明证。

在九十年代女性成长小说中,关于孤独的表现随处可见。这些成长女性所感受到的孤独,表面看来只是一种"私人化"的个人体验,远离广阔的时代社会大背景,而实际上折射的却是女性的现代处境以及这处境背后深厚的历史文化内涵。综合来看,九十年代女性成长小说中成长女性的孤独主要表现于自闭与独语、自恋与自虐、自我存在的质询等三个方面。

九十年代女性成长小说中的许多女主人公都具有一种自闭倾向。她们性情孤寂忧郁,对价值理想不乏激情追求,并因此不满足于貌似充盈其实虚空的现实生活。然而她们在执着探求人生的意义与价值的同时,却主动放弃了与外界的正常交往与沟通,而是执拗地转向自我封闭与自我独语,并且凭着想象、幻觉和梦境在失语的生活状态中沉思。也正是这种自闭又使她们在一定程度上成为一个独语者,在这种以内心独白呈现的说话方式中,独语者通过自言自语的形式,同时扮演着"行动者"与"分析者"的双重身份。而这种独语往往有着独特的、只为人物所理解的逻辑,并以这种逻辑来间离女性自我与现实生活和常态心理之间的必要联系,从而使人物孤独而乖戾的内心世界得到淋漓尽致的展现,并直接决定了女性主人公成长命运的走向。王安忆的《妙妙》中,妙妙要做"一个时髦青年"的虚荣心将其与头铺街上的人群隔绝开来,"没有人知道她心里在想什么,她对别人心里在想什么也完全没了兴趣。"这种自闭带来的内心孤独,使妙妙陷入一种具有悖论性的"独语"状态中,她将自己分裂为一个行动者和分析者:作为现实生活中的人,她年轻的心欲摆脱孤独的煎熬求得别人的理解,可那个"分析者"却有一个关于孤独的奇谈怪论:"要把这些事说出来了,她还有什么呢？人们都理解了她，她还凭什么孤独呢？她要是不孤独了，和头铺街上的女孩还有什么区别呢？如果和头铺街上的女孩没了区别，她妙妙还有什么特别的价值呢？她凭什么骄傲呢？妙妙要不骄傲了，妙妙的生活还有什么意义呢？""分析者"雄辩的逻辑彻底摧毁了"行动者"妙妙与人们对话沟通的渴望，并使孤独的妙妙从此走上命运的歧途。《我爱比尔》中因失足而锒铛入狱的阿三，带着一种麻木的心态把自己与他人隔绝开来，这种自闭心理也使阿三进入以自我独白形式呈现的独语状态中。虽然年轻的阿三为了虚荣的梦幻已经走到了人生的最低点，但她在回忆往昔时却并没有改过自新的愿望，相反，独语状态中裂变的"分析者"却有着执迷不悟的逻辑："她想她也算是经历了跌宕起伏，领略了些声色，虽然没有把握在手的，可这正应了一句话：不求天长地久，只求曾经拥有。什么不是曾经拥有？生命都曾经拥有。"在这种逻辑下，"她对自己的人生就感到了满意，深觉着，死并不是可怕的，甚至都不是令她伤感，而是有些欣悦的。"这些由于孤独而生发的独语揭示了阿三真正悲剧的原因：并非根源于一次失败的爱情，或者一个心中的"铜像"，而是这种怪诞的人生价值观才是她成长悲剧的罪魁。林白的《瓶中之水》中，成长主人公"二帕性格孤僻，只有到了最要紧的关头才会主动与人交往，她从来只有一个世界，这个世界坚硬如铁，连她的生身母亲也难以进入"。自闭而孤独的二帕在命运的重要时刻也是处于一种独语状态，为了利用老律，她主动献身，这时"分析者"为她提供了一种无视道德的行为逻辑："必须有一件事，也就是这件事，这是唯一的一件事，把她和老律紧紧联系在一起，让老律对她负上责任。"然而二帕最终还是被"纯洁"二字中伤，永远地陷入一种道德的困境中。

九十年代女性成长小说中成长女性的孤独还表现为自恋与自虐。这些女主人公们往往怯于行动，无法或不愿进入社会与他人交往，而是让事情更多地在自己的想象中发生，并赋予事件她们自己想要的方式和意义。然而，她们的这些心理想象根本无法转译成外在现实，在隔绝与自闭中，她们任凭自己做些忧郁而浪漫的白日梦，在自恋或自虐的幻想中聊以自慰，并以一种孤芳自赏而又自我爱怜的方式，体悟生命中的孤独，满足自我情

感的需要。张悦然的《水仙已乘鲤鱼去》中,璟常常在被爱遗忘的角落里,做着具有自恋色彩的白日梦:

> 她一个人,想象着即将参加一个盛大的舞会那样隆重地打扮自己。她把曼的白色纱裙披在头上,就成了新娘。她摇摇摆摆穿着妈妈的高跟鞋,半路上甩掉一只,假扮仓皇而逃的灰姑娘。这里就是她一个人的剧场,她是整幕戏的编导和演员。她是情窦初开的公主,她亦是来带走公主的王子。她自己在演绎一场轰轰烈烈忠贞不渝的爱情。

这个在孤独中构想的白日梦套用了"灰姑娘"的童话,暗示了璟与"灰姑娘"相似的成长窘境:缺乏爱的残酷环境、被灰尘遮蔽的个人光彩,同时也泄漏了璟决心向灰姑娘一样完成艰难蜕变进行自我超越的人生目标。这种将自我与灰姑娘进行比附的白日梦无疑具有强烈的自恋色彩,而自编自演、自娱自乐的游戏方式本身就构成孤独的象喻。徐小斌的《羽蛇》中,孤僻的羽所体验到的孤独也以具有自恋色彩的白日梦的形式表达出来:

> 有些时候,她会看到那只巨蚌在悄悄地开启。她总是看不清那里面到底藏着什么,有一天她忽然觉得那其实不是一个蚌,而是一些黑色羽毛粘在了一个蚌形的金属架上,那是一个戏剧,是一个女人的披风。躲在里面的女人是真正的幕后人,她自愿地把自己的羽毛封闭在羽毛的监狱里,是一种隔离,更是一种保护。

这一隐晦的明显具有象征意味的白日梦,恰恰投射了羽孤独自守的生存状态和缺乏安全感的隐秘心态。而徐小斌的《双鱼星座》中,卜零则常常在夜深人静无法排遣孤独的时候,用照镜子来消磨时间,并根据自己的容貌特征来想象自己祖先的浪漫爱情故事,从而推想自己的血缘由来。卜零的这种自恋心态表明:现代发达的文明社会中,人与人之间,尤其是难以逾越的性别鸿沟所造成的孤独感无所不在。因此,卜零在做完这些具有自恋色彩的白日梦后,却陷入了更为孤独的境遇中:

很久之后卜零才清醒过来。她仰躺着,忽然明白上面根本不是什么天空。上面是天花板,四周是墙壁。这个狭窄的空间里只有她自己。要命的是此时世界上只有她一个人。

这种力图摆脱孤独而又最终陷入孤独的境遇,深刻表明了女主人公内心难以摆脱的绝望。除了女性自恋式的孤独外,女性的孤独体验还体现在一些自虐的白日梦中。王安忆《流水三十章》中的张达玲在孤独中,“常常梦到她也如‘小白菜’一样,裸着身子在一片无边的钉板上翻滚,为了她所不明的原由,并永远得不到解脱,因那钉板是无边无际的宽广。”这一残忍的白日梦以怪诞的色彩填充了她寂寞而贫乏的生活,满足了她自虐的心境,“如不是有了这些故事,她也许会在这孤寂而又骚乱的日子里沉沦。”正如波伏娃所言,“幻想、表演、孩子气的悲剧、虚假的热情和古怪的行为——所有这一切的起因,不应当到女性的神秘灵魂中去寻找,而应当到女孩子的环境、她的处境中寻找。”①也就是说,成长女性自恋与自虐所传达的孤独意蕴,是成长女性对于自我生存痛感的体悟,也是试图以想像解决的方式来逃避性别宿命以及消弭父权文化秩序带给成长女性心灵负荷的消极努力。

在九十年代女性成长小说中,孤独还体现于成长女性对自我存在的质询。由于“女人的戏剧性在于每个主体〔自我(ego)〕的基本抱负都同强制性处境相冲突,因为每个主体都认为自我(self)是主要者,而处境却让他成为次要者”。② 这种生存悖论往往使女性陷于生存迷惘中,特别是在孤独的境遇里,更容易引发女性探寻自我存在真谛的渴望。《一个人的战争》中,处于孤独生存状态中的多米,多次表达了关于自我存在的迷惘:“多米,我们到底是谁? 我们来自何处? 又要向何处去呢? 我们会是一个被虚构的人吗?”“我到底是什么样的人呢? 我是否天性就与人不同呢? 这些都是我反复追问而永远搞不清楚的问题。”这些生存困惑是以丰富而深刻的女性生存体验为基本出发点,是多米面向自我内心世界时,对于命运成长方向

---

① 西蒙娜·德·波伏娃:《第二性》,中国书籍出版社1998年版,第343页。
② 西蒙娜·德·波伏娃:《第二性》,中国书籍出版社1998年版,第25—26页。

的探问。蒋子丹的《桑烟为谁升起》中,成长女性萧芒也是在孤独的旅行中
探问存在的奥秘:

> 就像我出现在世界上,经历过可能经历的分分秒秒年年月月
> 之后,又从世界上消失了,从此世界上永远不会再出现另一个我。
> 但这种个体的存在与消亡完全无碍于人类整体,人类整体正是在
> 个体的存在与消亡中生生相息地延续着。这种生生相息的存在
> 与消亡到底有什么意义呢?

这种生存的迷惘,由于永远无法找到完满的人生答案,反而加剧了萧芒孤
独和绝望的体验,她以一种虚无主义来传达这种彻骨的荒凉感与孤独感:
"睡眠多好啊。它是一种无知无觉的状态,既然无知无觉人的生命好像也
就不存在了。不存在了不是很好吗?一切痛苦都消失殆尽了。"刘索拉的
《混沌哩咯楞》中,住惯北京的黄哈哈在伦敦表面上如鱼得水,实际上却处
于遏制不住的孤独中,这种孤独不仅表现为哈哈在异乡沉湎于自己的过
去、怀想古老的中国文化,更表现在她一再产生的生存困惑里:"什么是对?
什么是错?""我怎么就不是一只蚂蚁?""爱情'是什么? 垃圾桶? 破玩具?
手绢? 录音机? 麦克风? 报纸? 烟缸? 图书展览会? 冬天储存的大白
菜?"这些生存困惑,形象地表明了哈哈在东西方文化夹缝中孤独痛苦的思
想境遇。

　　事实上,九十年代女性成长小说中成长女主人公在孤独中对于存在的
意义与个体价值的叩问,已经触摸到人类存在的某些要义所在,尽管这些
困惑非但无法解决,甚至还在一定程度上加剧了女性的孤独,但这种反省
和审视中衍生的孤独,使成长女性真正具有了某种超越自我的可能。这是
因为,从哲学的角度来讲,孤独并非仅仅指幽居独处、落落寡合、举目无亲、
形影相吊的孤寂,这种孤寂只是人在陌生或者隔绝的处境中油然而生的感
性孤独,是一种可以随着处境改变就可以消除的感性情绪。而真正深刻的
理性孤独是人类个体成为自我和回归自我的必要条件。

　　个体性往往连接着某种责任意识,但在群体中,人类丧失了责任感,失

去自己的责任意识,人们随波逐流,把自己委托给群体,这很容易导致暴政。在某种程度上,人群就是暴政,多数的群体倾向于反对独立思考,为此他们设定了诸多的文化习俗、律条和禁忌,就是要试图消除个体的独立。在这一整套繁复而严格的体系中,群体成为健康的唯一源泉,而孤独者被看作是病人,是一根必须砍掉及烧毁的枯枝,因为,如果某个成员被"邪恶"所掠获,社会本身就会处在危险之中,只有重复古已有之的方式和行为,才能保证群体依据时代而延续下去。然而,风俗习惯和传统思想的持续存在,会交织成一个中心点,一个多种关系的纽结,这种关系虽然可以在一定程度上避免群体的瓦解,但却大大的限制了个体的思想与行为,这种压抑与拘囿在二十世纪九十年代表现得更为明显,也更具隐蔽性。毫无疑问,九十年代是个价值多元化的时代,每个个体都有独立选择的机会与权利,但是在经济这个超级主能指的操控下,"价值选择越是多元,个体就越是容易被时代、文化和惯性的约束力纳入到一个匿名的'中性'的人们或他人关系的无形网罩中,类若在浩瀚的大海中,每一个淹没于其中的个体都会失去人之为人的本己姿态,而成为海水浮力所要求的方式。"①也就是说,在一种隐而不显的情况下,"群体"展开了真正的独裁:别人对什么有兴趣,我就对什么有兴趣;别人如何表现自己的情感,我就如何表现自己的情感;别人怎么显现与众不同,我也怎么故作与众不同,"正是在这种相互共在的立体绳网中,'我'的一切敏感的、超越的、耸尖的、独特的视角被一律削平,在'大家意见'的水平面上构筑信任与安全。"②因此,九十年代自由选择的绝对化最终却导致了选择的贫困化,"价值选择的无限可能与具体价值选择的无可能性,没有产生出'主体',而是产生出了人之成长的一种宿命性悲剧。"③因此,逃避群体的"整合性"与"一致性"并实现个体回归的理性孤独在实现自我的过程中便显得弥足珍贵。这种理性的孤独是同"健康"的集体——封闭的陈旧社会及其观念禁忌——决裂的产物,是与自由联系在一

---

① 谢刚:《论九十年代后成长小说的困境》,《作家杂志》2004 第 3 期。
② 谢刚:《论九十年代后成长小说的困境》,《作家杂志》2004 第 3 期。
③ 谢刚:《论九十年代后成长小说的困境》,《作家杂志》2004 第 3 期。

起的,它是人在宁静达观中进入的自由境界,是一个人在他的自由意志驱动下所做的一切。具体说来,这种孤独是人在伦理意义上的独抒己见、不随人俯仰,强调的是反省、超越和自主意识。因此,它已不是一种偶然和意外,而是一种状态,一种基本的特征,是生命的最深层的本质,它已经不同于那种"无人陪伴独处幽居的孤独,而是人本质上的根本孤独,它启示出海德格尔笔下的'我自己'。因此,能不能正视此孤独,能不能担当此孤独就决定了你能不能守住'我自己',成为'我自己'。一旦'我自己'觉醒过来,超越就待发生"。① 也正是在这一意义上,九十年代女性成长小说显现出了独特的价值,在大量表现孤独的文本中,孤独不仅是一种弥散性的情绪和氛围,也不仅仅是女性成长的一种体验,而是守住"我自己",成为"我自己",实现主体性生成的重要标尺与刻度。这是因为孤独作为女性生命成长历程中一种个人化的生命感受,不仅揭示出现实生存中女性自我的本真,而且这种生命感受本身立足于人性的提升、完善,与女性的主体性建构这一女性成长理想有着内在和深刻的联系。因此,女性的成长过程可以说是一个不断领会孤独,并在孤独中审视自我、超越自我、获取主体性自由的过程,而这一过程的核心即是对孤独的坚守。

陈染九十年代的大部分小说即鲜明的表现出一种对孤独的坚守。《另一只耳朵的敲击声》中的"我"远离故乡滞留异地,深感"这个世界没有哪个城市属于我",在追寻自我的过程中坚信:

> 梵高的那只独自活着的谛听世界的耳朵,正在尾随于我,攥在我的手中。……我不爱长着这只耳朵的怪人,我只爱这只纯粹的追求死亡和燃烧的怪耳朵,我愿做这一只耳朵的永远的遗孀。

这种诗意的隐喻折射出的正是黛二对孤独的一种追求与坚守。而真正将孤独的坚守推向了极致的是《私人生活》。在这篇小说中,拗拗将孤独看作一种自愿选择的人生状态,她认为"这个世界大多数人是用脚趾头来思索

---

① 余虹:《思与诗的对话》,中国社会科学出版社 1991 年版,第 249 页。

世界和选择道路的,如果有人偏要用头脑和思想选择道路,那么就应该承担起不合潮流的孤寂,像一个身躯佝偻得如同问号的老人一般,伫立在路边静静地观望和怀疑"。小说通过西西弗斯神话的个性化阐释,把孤独看作精神独立的思想者的宿命,并赋予孤独一种崇高的审美价值。在此前提下,拗拗多次表达了对于孤独这种生存状态的赞赏:"孤独于我是一种最舒服最深刻的情感方式,它几乎成为我生命血液里换不掉的血型,与生俱来,与我相安为伴。"并将孤独上升为一种能力,"有人曾提到,成年是交往的能力,这只说出了真理的一半,因为至少适用的是,成年是孤独的能力。"因此,她将与人群的积极主动的隔绝视为一种必要的残缺,特别是在当下这个"无论你在街上还是在家里,你的呼吸、你的默想、你的自语,都将成为众人皆知的呼喊"的现代文明社会中,个人领域变得越来越逼仄局促,对孤独的坚守也就成为维护个体独立与真正回归自我的唯一选择。小说中拗拗发出的"我不想改变我所热爱的孤独,不用你告诉我无耻,我先告诉你,我就是要做一个无耻的人"的呼喊,无疑体现出女性成长过程中捍卫主体性生成的最强音,同时也标识出成长女性一种清醒的生存意识。但具有悲剧意味的是,拗拗对孤独的坚守最终只是以沉浸于母亲子宫般的浴缸中而结束,这从另一个角度可以窥见她决绝背后某种精神的脆弱,从而折射出女性主体性生成的艰难与无奈。

除陈染外,林白的《一个人的战争》题名本身就暗示了一种对孤独的体味:"一个人的战争意味着一个巴掌自己拍自己,一面墙自己挡住自己,一朵花自己毁灭自己。一个人的战争意味着一个女人自己嫁给自己。"而徐坤的《游行》也表现出一种对个体孤独的坚守,只不过这种坚守显现得更为艰难。林格在经受了精神偶像的逐个破灭后,在尘埃落定的喧嚣中反而进入一种沉寂:

> 已经没有谁再担当观众了。所有的人都陷入了狂欢的海洋。
> ……现在只剩下林格孤独地留在墙的背面,留在灯光照射不到的地方。

真静呵！静得她可以听见自己的心跳。这种寂静之声实在
令她心驰神往。林格缓缓地沿着墙根坐了下来，静静地凝神向天
上谛听着，凝神细听着天上的音响。

当个体的力量还没有强大到足以支撑自己的时候，人是惧怕孤独的，只有
内心世界十分丰富，人格力量足够强大时，才能真正赞美和体味孤独，并以
一种坚守的姿态捍卫着这个独属于自己的思想领域。林格在"狂欢"的人
群中独自静听天籁，正是她内心力量逐渐强大的表征，也正是在此时，"'我
自己'总是会不期而然地来到我身边"，"这个'我自己'无依无靠，于是'自
己'与'他人'（常人）的一体牵连就崩坍为一个'幻象'，此在者唯'我自己'
而别无他物。"①

九十年代女性成长小说中的成长女性以一种坚决的方式维护着自己
享受孤独的权利，正是这种坚守，才有在孤独中品尝咀嚼自我存在经验并
追求人生的精神存在的可能性。现代社会中，那种丧失"我自己"而完全依
附在公众意见，依附在技术统治上的活着，事实上就是精神的死亡、灵魂的
死亡。在这个意义上，对于孤独的坚守，就是对"我自己"这种生存方式的
坚决捍卫，对自我（人类）存在的意义和价值的探询。

然而，具有悖论意味的是，九十年代女性成长小说中的成长女性在决
绝的坚守孤独的同时，又竭力抵制着孤独，这与孤独本身所具有的双重涵
义有关。人们害怕孤独，但孤独又是无处不在，这是因为对于人类个体而
言，其所置身的历史时空有着不可逆转性、不可重复性，而其内在心理、情
绪感受也有着因时、因地而异的不可雷同性，正是这种生命境遇，使存在意
义上的个体有着不可替代、不可通约的独立性特征。与这种生存状态相适
应，孤独贯穿于人类的整个生命成长时期，并成为人性中最深层的特质，成
为人类个体存在的根本方式，人类只能自觉而又无奈地承受孤独的突袭。
由此可以说，所有的个体都是孤独的，或者说所有的人都会在其一生中的
某个时刻感到孤独。因此，孤独的意义不仅在于维护了个体的价值独立与

---

① 余虹：《思与诗的对话》，中国社会科学出版社 1991 年版，第 248 页。

自我回归,同时它意味着一种考验,只有穿越了孤独的迷宫,焦虑和彷徨才能一扫而光,等待我们的将是宁静与幸福,是自我的完善和重构。

成长女性对孤独的抵御在王安忆的《纪实与虚构》中表现得最为明显。王安忆是对孤独这一生存状态持续关注和深刻表达的少数作家之一。她小说中的孤独,是人类无法摆脱、无从逃离的生存困境与生存宿命:

> 当一个人孤独地与他自己作战的时候,几乎所有的人都在孤独地与自己作战,因此他又不尽是孤独的,这一场战争是人类共同的,在无数个不同的战场上进行。①

因此,与先锋派充满形而上意味的孤独不同,王安忆却以一种平易而坚韧的生存姿态,执著地探求孤独之源并真诚寻找抵御孤独之途径。文本中,存在着两套话语系统,一个以"纪实"的方式精细描摹的女性成长的日常世界,另一个则是以壮丽的想像"虚构"的家族祖先神话。在这两种庸常和雄奇的人生境界的交相辉映中,彰显的则是"我"陷落于孤独而试图抵御孤独围困的心灵成长史。被孤独围困而处于无处奔逃境遇中的"我",终于发现没有关系是造成孤独的根本原因,于是"我"通过建设各种形式的人际关系来抵御孤独的侵袭。但各种关系的脆弱性昭然若揭,就连爱情这贴能够最大程度密切人类关系的"经典"良药,也对于这种深入骨髓的孤独之痛无能为力,因为爱情中的"我们和谐地处于一个世界上,各自鼎立一角,保持了世界的平衡,而我们都是处于永远无法融合的两端"。② 在对孤独不懈的抵制中,"我"终于找到了能够有效抵御孤独的完美途径,那就是以文字"虚构"搭建的纸上宫殿,而在其中可以构筑世间最为永恒、最为持久的理想"关系"。家族神话的"虚构"是"我"建构关系的一个完美的例证,它使"我"沿着祖先的血脉溯源而上,并在与祖先血脉汇融激荡中找到自己的存在根据。"纪实"中的"我"以一种"虚构"的方式构建了自我与祖先的历史关系,并在"追思古人,想象来者"的怅惘中实现了对于孤独的成功消解,从

---

① 王安忆:《王安忆自选集之四·漂泊的语言》,作家出版社1996年版,第443页。
② 王安忆:《王安忆自选集之五·纪实和虚构》,作家出版社1996年版,第191页。

而达到女性内在灵魂的平静与安宁。

透过九十年代女性成长小说对于孤独情态浓墨重彩的涂抹，我们会发现成长女性所拥有的孤独不仅仅是一种情绪的宣泄，更是一种女性感性生命的自在流动，因为它滋生于自足性很强的女性私人空间，并且托载着纯粹的女性成长体验，这种孤独体验贯穿于女性整个生命成长流程，其披露的现实意义直指女性生存体验的核心。也正是在这个意义上，九十年代女性成长小说又是一种追问存在意义的现代艺术文本。

第二节 逃离与回归的迷惘心旅

自从人类的始祖被驱逐出伊甸园，人类便永久地迷失了安放灵魂的乐园，精神上的流离失所无"家"可归成为每个个体无法摆脱的生存状态。然而长久的精神困境是人类无法承受的，心灵渴求拨开迷雾后的自由欢畅，精神需要休憩的港湾，于是，逃离困境回归失落的"乐园"，就成为人的自觉的心理冲动，这样，"在路上"的逃离状态也就成为人类生存处境中一则悲凉而又无奈的寓言。

相较男性而言，女性在成长过程中表现出的逃离姿态更为常见，这无疑与女性的根本处境有关。对于现代女性来说，虽然"习俗加在她身上的束缚固然比以前少了，但隐含的消极自由并未根本改变她的处境；她仍被禁锢在依附的地位上。"①而父权社会通行的以被动和顺从为核心的女性气质标准，并不鼓励女性以身体的暴力和精神的独立自主来反抗生存困境，任何一个女性对于女性气质的逾越或违抗，都会不同程度地贬低自己的道德价值和社会价值。因此，女性在面对痛苦的现实时，更多会选择逃离的方式来躲避伤害，抵抗苦难。自女性成长小说浮出历史地表以来，逃离就成为一个不断被表现的主题。五四女性成长的觉醒就是以逃离封建家庭

---

① 西蒙娜·德·波伏娃：《第二性》，中国书籍出版社1998年版，第771页。

为先导的,而鲁迅那振聋发聩的诘问"娜拉走后怎样",实则就是对女性逃离结局的一个追问。此后,女性逃离的身影遍布女性成长小说中:以逃离回避欲望与灵魂的分离(丁玲《莎菲女士的日记》)、以逃离拒绝尘世情欲的纷扰(苏雪林《棘心》)、以逃离寻求自我价值的实现(苏青《结婚十年》)。可以说,"依照一部男权文明史的惯有准则,女性的得救,无论是躯体或心灵,无不依附于男权力量的拯救……尽管情形各不相同,方式千姿万态,惟其结局大同小异,那便是诉诸于男性的性别拯救的破产及其自身出路的虚无……当女性期望'托付'于男性的'获救'不能实现之后,'逃离'几乎成了所有女性的共同选择。"①

实际上,就女性成长而言,女性的逃离行为并非只是缺乏直面现实的勇气而采取的消极回避,逃离过程中女性所表现出来的刚强气质与独立自主,使逃离本身成为女性寻找自我、认知自我、完善自我与实现自我的开端,尤其是随着九十年代西方女性主义理论的大量引入,逃离又被赋予了更多的性政治意识形态意味。在这些理论的烛照下,逃离这一文化姿态成为女性对传统性别命运轨迹的自觉规避,成为女性对于男权壁垒带有挑战性的叛逆,甚至构成一种对于父权制意识形态直接的抗辩与委婉的交锋。因此,在九十年代的女性成长小说中,女性与作者都个约而同地触及到了逃离的场景或以逃离为主题性话语,并成为女性写作者本人对现实世界所做出的一种回应姿态。徐小斌就曾以"逃离之路"为题概括自己的创作与人生,她说:

> 很早就拥有了一种内心秘密。这种秘密使我和周围的小伙伴们游离开来,我很怕别人知道我的秘密,很怕在现实中与别人不同,于是我很早就学会了掩饰,用一种无限顺从的趋同性来掩饰。这种掩饰被荣格称为人格面具。这是我的武器,一种可以从外部世界成功逃遁的武器。正是依靠这种武器我度过了我一生中最为痛苦的那些岁月,包括在黑龙江兵团那些难以忍受的艰难

---

① 徐坤:《双调夜行船》,山西教育出版社1999年版,第97、128、133页。

困苦。我始终注视着内部世界,以至外部世界的记忆变得支离破碎,就像"没活过"似的。这就是:逃离。①

这种逃离意识更集中地体现于文本里女主人公的成长经验中。在这些文本中,成长女性由于无法应对现实生活的破碎以及残缺,或者出于对理想生活的向往和对于女性精神家园的追寻,她们以一种决绝的姿态,将自己从已成惯性的现实生活中抽离出来,不断地以逃离来追寻一份渐趋清晰的自我指认,以逃离来期许一场艰难痛苦而又充满欢欣的成长蜕变。由于个体的现实生活的整体连续性意味着个体的此在,那么成长女性这种逃离方式,就意味着将现实生活的连续性斩断,意味着女性个体以脱离此在的代价寻觅超越性的彼岸。她们一次又一次地逃往异乡、异地、异时、异文化,逃离监控与窥视、背叛与伤害,逃离爱的牢笼与恨的囚禁,逃离女性身体欲望的"非法"和女性创痛而孤寂的内心生存。她们以踉跄而决绝的步履穿越父权文化秩序的围剿,以困惑而迷惘的表情背对现实与梦魇的纠缠,并在他乡和异地寻找搭建自我成长梦想的舞台。从这个意义上说,成长女性的这种逃离,既是在拒绝中寻觅,也是在反抗中建构,并因决绝而具有了悲壮的诗意,正如徐小斌所言:"我的逃离就是永生。没有任何爱情与风景可以使我驻足于世界的某一个点。我将永不疲倦地走下去,也许幕启与幕落的日子会重叠,也许在未来的一片碑林中,找不到我栖身的墓地。"②

池莉的《一去永不回》篇名本身就暗示了逃离的决绝。成长女主人公温泉憎恨父母虚伪的家庭教养给自己带来的种种压抑,在经历了成长磨砺之后,她终于以一种世俗看来"胆大妄为"的逼婚行为,护卫了自我的情爱自由,并因此在父母的唾弃中,永远逃离了这个让她失去主体自由的牢笼。这次决裂式的、充满胜利意味的逃离让一贯温顺的、只能看别人眼色生活的温泉,因实现了真实自我而呈现出神态自若、步履从容的成熟之态。虹影《饥饿的女儿》中的"我"的逃离也表现出了"一去永不回"的决绝。那给

① 徐小斌:《逃离意识与我的创作》,《当代作家评论》1996 第 6 期。
② 徐小斌:《逃离意识与我的创作》,《当代作家评论》1996 第 6 期。

了"我"一生苦楚、却未曾对"我"负责的生父生母,那"把我当作一桩应该忘掉的艳遇",给"我"留下创伤的初恋情人,那多年未变的肮脏而阴湿的街巷,都是"我"必须逃离永不回头的原因。尽管这决绝的逃离背后,难以掩盖无根漂泊所带来的成长的空虚与失落。海男《粉色》中罗韵的逃离,则是缘于她对于自身粉色气质的痴迷,对于粉色所象征的"意想不到的奇迹和梦幻"的向往,还有对于一场真正爱情风暴的期待。然而现实生活中处处都是窒息"粉色梦幻"的乏味与苍白,都是逢场作戏的欲望满足,罗韵只能把浴室当作自己的逃离地,只能在爱情风暴降临之前耐心等待,而"她的等待就像那些粉色玫瑰一样弥漫着她的空间"。陈染的《另一只耳朵的敲击声》中,黛二落荒而逃远离 P 城的原因,表面看来是为了躲避母亲那由于爱而"无所不在、无所不能、无孔不入的窥探",实则是由于敏感而脆弱的黛二无法适应周围的社会环境,使她"永远都只能是一个可笑的逃跑者和失败者。除此,她无路可走"。这种似乎只能逃离的无奈背后,实际上隐含了黛二希图在逃离中寻觅精神家园的执著,正如她自我剖白道:"我永远都陷在'离开'这个帝王般统占我一生的字眼里。这一种离开,不是逃避,而是为了长久回忆,为了守住孤独,和继续上路寻找那不存在的家乡。"

徐小斌笔下的"逃离"则具有更多的抵抗色彩。在《双鱼星座》中,徐小斌第一次在文本中自觉书写了成长女性的逃离对象——"那就是这个世界,这个菲勒斯中心的世界。"在"男权社会权力、金钱和性的三重挤压下",女主人公卜零以梦作为逃离压抑与迫害的方式,并在逃离之梦中臆想出三种不同的方式,杀死了虚伪而冷漠的丈夫、孱弱而负心的情人、冷酷而无耻的男上司。这三个男人分别代表着父权社会的"权力、金钱和性的代码"。这种梦幻式的逃离本身就暗喻了卜零的反抗,而小说的结尾则将这种反抗式的逃离推向了极致:卜零试图用石头射向预兆自己命运的"双鱼星座"。然而荒谬的是,成长女性这种看似决绝的逃离方式换来的竟是这样一个结局:上帝"不再看那个自不量力的女人一眼就关上了天门,他把天门向女人永远关上了"。这一隐喻似乎又暗示了女性力不从心、孤立无援的逃离宿命。同样,在方方的《暗示》中,小说开头的那句歌词"走吧走吧,为自己的心找一个家",不仅回荡在女主人公叶桑心中,而且也成为呼唤"逃离"的主题旋律。叶桑发现丈夫刑志伟不忠后愤而逃离,在轮船上,她看到被船犁开的江水,因此顿悟女人那如水的命运:虽有开肠剖肚之痛,但还将这痛楚掩盖得天衣无缝。在逃离的过程中,叶桑潜意识中接受了姨妈和二妹命运的暗示,她的姨妈和二妹,在饱受爱情伤痛之后,以一死、一疯来展示"开肠剖肚之痛",抵抗"女人如水"的宿命,拒绝日常秩序"天衣无缝"的圆满,追求女人真实无忌的精神自由。也正是她们对这种残缺结局的主动选择以及对于被限定命运的主动疏离,才使她们获得一块自己的精神天空。与姨妈和二妹这种超现实的美好与自由形成鲜明对比的,恰是现实女性所置身的污浊的现实,尤其是在叶桑的回归之旅中,她在船上被舱里的男人的打鼾声扰得心力交瘁,到了甲板上,又被另一个下流的男人骚扰。在这个逼仄的空间里,她深深地感到"这个地方是没法呆了",而视力所及看到的竟是"令阅者心碎"的江水被反复剖开、弥合,这些似乎都在暗示:在男人所限定的女人狭窄的精神天空里除了重复"女人如水"的命运以外别无逃遁之途,这使她最终选择以肉体的下坠换取精神的升腾,以投水自尽这一彻底的逃离方式来抗议与水融合的命运,展示水与女人共同的、永久的剖肠开肚之痛。

《双鱼星座》与《暗示》中的超现实幻境使成长女性的逃离注定被涂抹上了神秘的色彩,而徐小斌的《对一个精神病患者的调查》表现出的则是一种富有理想主义色彩的逃离。灵秀脱俗、智力超群的女孩景焕,通过刻意表现自己违反常规的思维模式、逾越常理的行动意志,甚至不惜以被命名为精神病患者为代价,来逃离那种碌碌无为的工蚁命运以及充满谎言与欺诈的俗世。景焕的这种决绝的逃离是由于她心中有一个飞翔的梦想,尽管这一飞翔之梦最终掉入了"冰河",然而就在下坠的瞬间,她看见了那象征着全部生命意义的美丽和辉煌的弧光。毫无疑问,景焕的逃离之旅被徐小斌铭刻上了鲜明的理想主义痕迹,但这种理想主义逃离并非是一种虚幻的妥协,而是对于丑恶现实的一种真正的顽韧的抵抗。正如徐小斌所言:"我的女主人公虽然仍然向社会选择了逃离的方式,却是以逃离的形式在进行

着反抗,尽管这是一种消极的反抗,却是带有着一种不屈的精神。你可以
践踏我摧残我甚至从精神上戕害我从肉体上消灭我,但我的精神不死,我
的精神始终俯视着你怜悯着你蔑视着你摧毁着你。"①卫慧的《蝴蝶尖叫》也
表现出了一种顽韧的逃离,只不过这种逃离褪尽了理想主义色彩,而表现
出了"消解一切"的后现代元素。朱迪与景焕一样身世飘零、无人眷顾,她
们同样以自己特立独行的生存方式作为逃离世俗的手段。然而不同的是,
景焕外表虽纤弱,内心却独立刚强,她对理想的执著追求,使她那逾越常规
的逃离具有积极的现代意义。而朱迪这个都市女孩,虽然在其成长过程表
现出更多的自由意志(比如她对爱情的主动追求),但由于她的内心没有寄
放灵魂的皈依之所,所以她的成长就仿佛那幅名为"蝴蝶的尖叫"的自画像
一样,"被钉在恍惚不定的充满色彩碎点的背景上",并使她的逃离命运"像
一只摇摇欲坠的蝴蝶穿过鼎沸的人声,穿过蓝色的光影为了记忆中的爱而
殉情"。

有意味的是,成长女性在以逃离来摆脱压制,追寻自我成长的过程中,
经常会由于不断遭遇困境或者受到心灵的启示而重新回归到原有的生活
轨道上来。但值得注意的是,这种回归并不意味着女性退回到原来的精神
原点,而是在一定意义上表征着女性个体的成熟和自主性力量。

方方的《何处是我家园》显然是一个以女性主人公秋月的逃离经历为
线索,质询精神家园如何回归的女性成长小说。秋月曾经是个身世飘零的
孤女,对爱情充满了浪漫的梦想,为了与自己心目中的爱人生活在一起,她
毅然从生活安逸却亲情冷漠的亲戚家逃离出来。然而这个类似五四式爱
情传奇的故事起点并没有延着"团圆"或者"殉情"的模式向前发展。秋月
在逃离过程中,遭遇了被坏人强暴、轮奸的噩运,作为一个由父权本位文化
塑造出的标准的淑女,贞操观念是秋月对自身无意识的囚禁,这个意外的
失贞事件,使她因愧悔而自觉自愿地埋葬了自己的爱情,并在惊慌失措中
走向了更为苦难的逃离之路:沦落街头、主动卖身,甚至开张妓院做老鸨。

_____

① 徐小斌:《逃离意识与我的创作》,《当代作家评论》1996 年第 6 期。

然而逃离中这种粗鄙不堪而又充满耻辱感的生活,使秋月在回望当初的逃离之所时,始终有一种"隔世"的向往。最终她以叛卖姐妹情谊为代价回归了她以前的生活,以大家闺秀的面目重为人妻,重新迈入女性命运的正轨。在逃离和回归构成的成长历程中,秋月由一株娇嫩的"细茎上的淡金色花朵"成长为一丛"匍匐于阴暗与肮脏中顽强而麻木生长的棘草",这种成长趋向固然伴随着个性中世故甚至是邪恶因子的增加,然而秋月在苦难中磨砺出的坚韧的生存勇气,未尝不可以看作一种女性承担命运困境的成熟。同样,邓一光《一朵花不能不开放》中的童北地也在逃离中不断受到伤害,她由于在缺乏感情基础的婚姻中坚持自己的生活习惯与独特个性,被丈夫曾广百般摧残。与此同时,她遇见了自己真正的爱人官扬果,而他们的爱情在世俗的眼光看来既不合理也不合法,北地原来可以获得心灵慰藉的亲情与友情,这时也成为围剿真爱的中坚力量。为了坚守所爱,北地不得已和爱人逃离故乡。然而这个以众叛亲离为代价换来的情爱并没有给北地带来永久的幸福,官扬果在异乡获得事业的成功后有了外遇。自尊而坚持真爱的北地在离婚后,以回归自己熟悉的家乡来避免内心沉沦。这一次归来,"那些曾经有过的懵懂和困惑、屈辱和疼痛,如今都已经淡薄了,不在了,甚至童北地再度想起它们时,会在脸上莫名地露出不知所云的笑容。童北地发现自己从来没有委屈过,没有被人伤害,那只不过是一些庸常的日子,毕竟不是永远,譬如天空中自然浮动的云,譬如江河里时时漂过的树叶,它们来时让人无法释怀,却总是要消失的,而消失了,就不在了,一段日子后,又有了新的云和新的树叶,那些老的,再想不起它们的样子来。"这无疑表明北地"已经长大了,已经是个成熟的女人了"。因此可以说,成长女性在逃离过程中不断遭遇的情感伤害,有时带来的却是灵魂涅槃后的升华。盛琼《生命中的几个关键词》中的甘霖也是在困境中开始逃离之路的。年轻的她屈从于欲望的诱惑,在婚姻围城之外,试图建构一个浪漫而美丽的爱情梦。然而梦醒时分,是婚姻带给她身心交瘁的创痛体验,还有欲望燃尽之后的耻辱与空虚。当她毅然逃离到南方之后,在姐妹情谊的温暖下,却意外地领会了人生的真谛,明晰了生存的意义。当甘霖带着逃离后汲取的生存力量重新回归时,"她生命里的雨季终于永远地过去了。三十多岁的她,如今多么像这个成熟而美丽的季节啊! 只有无限的宽容、无限的开阔。那些深深浅浅、长长短短的痛苦,在她的生命里,终于孕育出一棵苍翠葱茏、摇曳多姿的大树!"

由于逃离是女性成长过程中用以拒绝或超越现实的惯用手段,因此在她们眼里,逃离不完全是绝望,在某种程度上是成长女性对于庸常生活的推离和对于一种新的生存方式与生命形式的寻求。殷惠芬的《吉庆里》中,从小在上海新村房子里长大的小雨,因艳羡弄堂女孩那携带着上海滩百年风韵的美好气质,从自己熟悉的现代化的居住环境中逃离出来,搬进局促、幽深的弄堂。在这一逃离的过程中,小雨虽然感受到了不同以往的一种新的生活方式,但在阳光斑驳的弄堂里,那汇聚太多的悲欢以及老辈们那过于沉重的人生,还是让年轻的小雨最终回归了自己文明而时尚的居住环境。然而,那逃离之所"仿佛储存了她一生的日子",使她的血液里深深浸满传统上海人那稳健而柔韧的生存方式,连她的举手投足也流露出上海市民文化的底蕴。因此,她成长中的这段逃离与回归,使她寻找到了一种真正与其自我相契的生命形式。同样,在殷惠芬的《反动》中,身处报社要职的车俊仪为了寻找一个只属于自我的隐秘的精神空间,而从喧嚣的生活中逃离出去,进入了一个装满自己成长往事的幽僻院落。在这个因逃离而隔开的空间里,她回望自己饱受压抑的童年、充满遗憾的初恋,并且审视了目前这个由于"失误"筑就的婚姻和婚外那段重要的情感生活。在这次逃离中,她清算了她的全部过去,并且由于无法答复"未来生活中她相对于别人的价值和意义"的追问而陷入深深的绝望中。然而结尾处,通过电话,丈夫和女儿的声音所传递出的那种日常温馨,成为召唤她回归的最细小而又最强大的力量。毕竟,这种逃离使她"有了一种深深的恐惧,陷在这个小院和这种氛围中无力自拔的恐惧"。这种因失落而逃离,在逃离中绝望,在绝望中回归,在回归后充盈的成长历程,标明了女性个体对自我生存的一种超越。

当然,并不是所有逃离后的成长女性都可以回归,有些成长女性最终停留在回归的半途,徐坤的《厨房》就表现了这种逃离的结局。"厨房"本身带有浓厚的象征意味,它既被视作"局限女性的牢笼",又被视作重利轻义的商业社会中一个温情脉脉的情感空间。由于前者,成长主人公枝子早年因要实现自我价值而毅然逃离厨房;因为后者,成功后的枝子希望回归注满两性真情的厨房,以休憩商业社会中疲惫的身心。这种逃离和回归被徐坤诗意化为:"厨房是女人的出发点和停泊地。"然而,商业社会中的男子松泽并不认可枝子这种"厨房"语言,枝子的万种风情赢不来松泽首肯厨房价值、认同两性温情的真心。无奈之下,枝子只能携带一堆厨房的垃圾结束回归的梦想。如果说,当年鲁迅预见了娜拉逃离后"不是堕落就是回来"的无奈结局,那么《厨房》则呈现了女性逃离后无法回归的尴尬处境。

然而,在九十年代女性成长小说中,还有一种更为复杂的逃离模式,即逃离——回归——再逃离循环模式。理想与现实的背离往往使成长女性急于逃离混浊的世俗现实,然而这个逃离过程,不但是个寻觅精神家园、渴求自我确认和自我实现的过程,同时还是一个自我剥离的过程,也就是把自我同过去所依附的社会、群体、血缘、亲情、爱情、友情等关系中剥离开来,放逐出去的过程。这个充满彻骨之痛的逃离过程,不仅耗尽了成长女性的心力与体力,而且使其真切地体验到了女性的宿命与绝望,这是因为她逃离的步履虽然始终朝向灵魂的皈依之所,然而"她始终无法抵达她深深内在化的皈依之所,获取心的归属与庇护"。为了满足"心灵宁谧的渴求",成长女性往往将回归逃离之所看作结束宿命流浪、获得内心平衡的最好途径。然而这个被她虚幻理想化的回归之所,却再次被证明"那如果不是一处语词的乌托邦,便是必需予以妥协、叛卖的现实的代名"。那梦醒时分的创痛,往往意味着又一次逃离之旅的开始。于是,成长女性只能陷入"在皈依间拒绝皈依,在逃离中祈祷皈依"的成长困境里,甚至是"以逃离为皈依,为皈依而逃离"的宿命循环中。①

陈丹燕的《鱼和它的自行车》中,对于生活与爱情有着美好憧憬的平凡

---

① 戴锦华:《自我缠绕的迷幻花园——阅读徐小斌》,《当代作家评论》1999 年第 1 期。

女孩朵莱,在情窦初开的青春花季,试图以爱情传奇来逃离父辈们所安守的那种"平庸无聊"的生活,逃离自己"洁白"而寂寞的青春。然而这种需要以距离营造的爱情幻境在朵莱获得异性的兴趣和爱慕时破裂了,因为朵莱发现自己仰慕和试图拯救的情爱偶像身上,都散发着她执意要逃离的那种"平庸勤勉,小心翼翼的现实生活的气味",都埋藏着一个她刻意回避的"平淡无奇的内涵"。朵莱在洞穿这种绝望的爱情"真相"后,以青春的残忍冷酷地逃离了这梦幻式的爱情。这种逃离的实质正如波伏娃所说:"这就是少女的特性,也是我们认识她大多数行为的关键。她不接受自然与社会为她指定的命运,然而也没有完全拒绝它。她自身中的矛盾太多了,以至不能同世界作战。她只准备逃离现实,或者同它做象征性的斗争。"①由于青春的躁动最终会被波澜不惊的日常人生消磨殆尽,无奈的朵莱还是回归到庸常的婚姻生活轨道中来。然而一条红色的裙子又使朵莱的激情和梦想再次萌动,她以旅游来逃离这单调乏味、令人窒息的生活惯性。在逃离的途中,她邂逅了能激发她爱情梦想的沙沙,但为了将幻梦完好地保存下来,她艰难地拒绝了欲望的诱惑。回家后,一系列突发事件使她认清平安、亲情、和睦的日常生活价值。结尾处,那条象征着她逃离激情的羊毛毯,被视为危害平和生活的祸根而"合理"地从生活中剔除,这似乎成为朵莱彻底回归的绝佳写照。这一结局以圆满的方式结束了女性无所适从的宿命循环,然而逃离与回归多次循环所编织的女性成长困局却成就了让人涵咏不尽的独特意蕴。海男的《蝴蝶是怎样变成标本的》中,普桑子的成长蜕变就是一个不断逃离回归的过程。失踪的初恋情人外化为完美而永恒的蝴蝶标本,成为普桑子灵魂皈依之地。然而长期"标本态"的生活几乎耗尽了普桑子的青春,身体欲望的萌动以及对现实爱情的渴求使普桑子渴望从那个虽然纯净无比却昙花一现的爱情神话中逃离出去。然而南方巫师对她的预言"你寻找的那个人已经飞往他处,你将不会与他再相遇"仿佛构成了普桑子逃离命运的谶语和她一生无法突围的宿命劫数,注定了她逃离中的寻觅

---

① 西蒙娜·德·波伏娃:《第二性》,中国书籍出版社1998年版,第406页。

必定是黑色的绝望。带着真诚的爱情信仰的普桑子一次次从家乡逃离到异地，又一次次一无所获地从异地回归到家乡，而且每次逃离回归都以情感的饱受创伤而告终。承载了过多迷惘与失望的普桑子只能以建造蝴蝶博物馆的象征形式成就灵魂的彻底回归。然而这种唯美的回归因过于美丽缥缈而显得虚幻脆弱，它仿佛只是普桑子在男权世界中溃败后不得已而求其次的无奈退路，是她无处奔逃只能回归原点的"化腐朽为神奇"。普桑子这种在逃离和回归之间不断往返的成长蜕变，虽然是以乐观而自信的女性觉醒欢歌作为收梢，然而毕竟难以抵消那贯穿始终的悲怆而虚无的主体情调。而陈染《无处告别》中成长女性颠沛流离的逃离回归之旅则被涂染上了滞重而绝望的色彩。个性孤傲的黛二，由于深信"美国的现代文明可以解脱她的与生俱来的忧戚与孤独"，毅然远走他乡。在背井离乡的逃离之旅中，黛二犹如失去家园的风筝，在最初的新鲜过后就感到了厌倦和空虚，她对自己未来的美国生活充满了绝望，而"她刚刚拼尽力气逃出来"的家乡却成为她在异乡魂牵梦绕的对象。很快，她"像个焦急迫切的情人一般，孤鸟似的以拥抱的姿势"飞回了故乡。然而回归并未给她带来如预想般的抚慰，并且她还不得不为生活疲于奔命而再三碰壁。在人流涌动中孑然自处的黛二，"感到自己像一株被遗弃在人流之河的堤岸旁的孤树……她看到每个面孔都是一个城堡，她被夹在无数城堡之间倦怠不堪，忧伤自怜，像个真正的傻瓜。她再一次感到某种真诚的东西正与她无可奈何地慢慢远离……"。"无根"的漂泊与"有根"的被遗弃，使回归后的黛二再次萌发了逃离的意愿，她把自己关闭在幽深的房间里，以沉思冥想来逃离窗外喧嚣的世事和内心的荒寂与茫然。偶然邂逅的气功师，使她产生解脱欲望回归超然的企盼，然而"温情、虚幻的薄雾"遁去之后，留给黛二的只是一种深深的屈辱和彻骨的绝望。经历过多次逃离之梦破灭的黛二，对自我的追寻之旅、皈依之所产生了深刻的质疑，"她知道自己永远处在与世告别的恍惚之中。然而却永远无处告别。"她绝望地相信，只有死亡才是"最后的充满尊严的逃离地"。黛二在逃离和回归之间苦苦挣扎无所适从的生存境遇，演绎了一出现代知识女性"无处告别"、"无从回归"的成长悲剧。

　　将成长女性逃离回归的悲剧性张力演绎到极致的是林白《一个人的战争》,文本中多米成长的历程就是一个不断逃离的过程。这种逃离不仅表现在多米从家乡到 N 城再到北京(包括多次出外旅行)的地点方面的游移转换,更表现在多米精神上不断要逃离庸常渴求传奇、逃离性别宿命渴望自我实现的努力尝试。这种精神质素从她成长的很多细节可以看出来,比如:她从小的白日梦中所幻想的恋人竟是一个"在神秘深邃布满星星的夜空"乘着降落伞,"自天而降"的解放军;大学校园中恐怖的强奸未遂事件,被她轻描淡写地定位为大学黯淡的日子里"难得的一点奇迹";而在危机四伏的孤身旅游中,也时时提醒自己"是一个真正的奇女子,不同凡响"。这种逃离还表现在她有意回避常规的性别气质以及生活逻辑:以"不会撒娇、不会虚张声势地害怕"的"男性气质"自赏;也以过人的意志胆量和骄人的智慧才华而"滋生着对男生的不屑",还以"早早失去家园的热情"、拒绝人群、拒绝亲情这些特立独行的行为将自己与他人区别开来。然而在种种决绝的逃离背后却是一次次性别宿命的无奈的回归:在"意志坚强"的后面浮现的却是"天生的柔弱,弱到了骨子里"的女性气质;在"英雄主义"的下面滋长的却是渴望服从他人、抛弃自我意志的客体心理,还有那"一碰到麻烦就想逃避,一逃避就总是逃到男人那里"的依附心理。如果说多米的逃离背后,是一个女性要抵御传统"女性气质",希求精神独立自主的成长心路,那么这种无奈的性别宿命的回归却是内心被父权秩序同化、心灵缺乏皈依之所的明证。逃离与回归之间固有的精神距离,形象地展示出多米内在的人格矛盾。也正因为此,形成了多米永无脱逃成长困境:不仅是"辉煌逃离"之后的激情与爱的死寂,更是"路上是一道深渊","路的尽头是一道永远的深渊"的回归绝境。

　　逃离后的追寻、追寻后的失落、失落之后的回归,回归后的再次逃离,这无止境的循环恰好构成整个人类生命存在的隐喻,这一隐喻是人类对自己曾经拥有的美好精神家园悲壮的追寻,是关于某种无法逃遁的人生宿命的言说,其间渗透着旷久深远的悲凉苦痛与刻骨铭心的生命感悟。

第三节 创伤与救赎的灵魂变奏

精神分析学说认为,个体在成长期间因心理受挫而形成的创伤,会形成一种顽固性的心理症结,而这种心理症结并不能随着伤害事件的完结而消失,相反,会一直隐伏在个体的潜意识深处,并在个体的整个成长历程中以一种隐蔽而有力的方式影响、制约着成长个体的行为意志。因此,大量的九十年代女性成长小说都表现了这种对女性个体人格以及女性主体性形成有巨大影响的成长创伤,并建构起一个关于女性个体从创伤到救赎的道德伦理叙事。

在九十年代女性成长小说中,成长主人公的心理创伤作为女性成长历程中一桩纯粹的自我心灵事件,对于女性的思想及行为方式构成了永远的心理阴霾,是女性生命感觉中无法遏止、难以消泯的深度疼痛。它以一种伤痛甚至屈辱的情绪感觉,迫使女性直接面对自我存在的深渊,从而生发出一种富于个性价值的存在经验。文本中的创伤叙事就是建构在这些独特的存在经验之上,是女性遭逢厄运时的呢喃,也是女性生命破碎后的伤叹。就具体的文本来看,造成女性心理创伤的原因虽然形形色色,但总体上集中表现于三个方面:爱的匮乏与囚禁、性的禁忌、怨恨引发的罪罚等,每一种创伤都给女性成长带来挥之不去的心灵阴影。

在九十年代女性成长小说中,大部分的成长主人公都生活在无爱或少爱的环境里,她们缺乏家庭的温暖和人与人之间的关怀,甚至连一些基本的爱都享受不到,这样严酷的生存环境往往会给成长女性带来一种创伤性的影响,并以一种情结的形式暗潜在她们的内心深处。在陈染的《巫女与她的梦中之门》中,"我"就有一种顽固的"九月"情结:九月里,在那个有着高台阶的、已经变成爱的废墟的家中,暴虐的父亲以"一个无以伦比的耳光打在我十六岁的嫩豆芽一般的脸颊上,他把我连根拔起,跌落到两三米之外的高台阶下边去",后来,在华贵的玻璃镜框破碎的瞬间,"我"被父亲声嘶力竭的辱骂永远赶出了家门;同样是在九月,在那个具有原欲象征意义的废弃的尼姑庵中,"我"被一个"有如父亲一样年龄的男人"带入一种危险而绝望的情欲中,对父爱的渴求不但未给我带来安慰,相反却给"我"带来了具有原罪意义的肉体的沉沦。"九月"汇合了女性成长历程中重大的心灵事件,并凝聚成一段千头万绪和百感交集的生命感觉:那是仇恨与绝望、渴求与憎恨的共同缠绕,是屈辱与压抑、放纵与沉迷的相互纠结。因此,"九月"不再是一个简单的时间标记,而是"我"成长历程中刻骨铭心的心灵记忆和"创伤"意象,这种创伤沉潜于"我"内心深处,构成永远无法摆脱的成长梦魇和无法触碰的灵魂隐痛:

> 我和九月沉浸在一起,互相成为对方的一扇走不通的门。那是一扇永远无法打开的怪门或死门。我们紧密纠缠住无法喘息,不知怎么办。

> 九月是我这一生中一个奇奇怪怪的看不见的门。只有这一个门我无法去碰,即使在梦中无意碰到,我也会感到要死掉。

同样,在林白的《一个人的战争》中,爱的匮乏给多米造成了极大的精神创伤。幼时孤苦伶仃、无人照管的创伤造就了多米孤僻与冷漠的性格;由于轻信被骗失身后的创伤则像"一道阴影,永远笼罩了多米日后的岁月";刻骨铭心的爱情中那"爱比死残酷"的创伤也让多米对爱彻底失望,"我想我此生再也不要爱情了。我将不再爱男人,直到我死。"这些沉积于多米成长之旅中的创伤,让多米永远沉沦于一种孤立无援、无从救赎的性别宿命中。文本中就抄袭事件给多米内心带来的成长创伤有精彩描述,从中我们可以管窥到创伤对于女性成长所产生的难以估量的影响。

> 所有的光荣和梦想,一切的辉煌全都坠入了深渊,从那时起直到现在,我还是没有从阴影中升脱出来,我的智力肯定已经受到了损伤,精神也已七零八落,永远失去了十九岁以前那种完整、坚定以及一往无前。

> 青春期在十九岁那年骤然降下了大幕,灰暗、粗糙、密不透风

的大幕,从不可知的远方呼啸而来,砰的一声就挡在了面前,往昔的日子和繁茂的气息再也看不到了。

与爱的匮乏相对应,九十年代女性成长小说还表现了一种具有负面效应的爱,这种爱是一种负担,也是一种囚禁,同样给成长女性带来深重的心灵创伤。在陈染的《另一只耳朵的敲击声》中,成长主人公黛二就被相依为命的母亲拘禁于爱的牢笼中。母亲以爱的名义所实施的对黛二自由权利的彻底剥夺,对其日常生活的全面监视与干涉,给自尊、敏感的黛二带来一种窒息甚至恐怖的感觉,黛二形象地把这种"爱"比喻为"是把我身体里每一根对外界充满欲望的热烈的神经割断的剪刀,是把我浑身上下每一个毛细孔所想发出的叫喊保护得无一丝裂缝的囚衣"。为了逃避这种"爱","她的每一个毛细孔都充满了紧迫,她必须在每个毛细孔处都安置一个门卫,以提防随时而来的窥探。"这样,母亲的这种爱的锁链形成的创伤沉落于黛二的潜意识深处,使她的成长永远陷于一种灵魂无法找到归宿的漂泊感中。

在中国传统文化中,性向来是一种神秘的禁忌,尽管它是谁都无法回避的事实,但长期以来人们始终视之为肮脏的甚至是邪恶的。在九十年代女性成长小说中,很多成长女性都在幼时直接或间接的接触过性,性本身所包含的禁忌都给她们的成长带来难以估量的影响。张悦然的《水仙已乘鲤鱼去》中,璟从小便处于爱的匮乏中,跟随着母亲到新家后第一个夜晚,就无意中在锁孔里发现了母亲与她所崇拜的陆叔叔之间的成人秘密。这种发现让幼小的她恐惧、颤抖,不知所措。然而,她所见到的那白花花的身体和纠缠如麻的情欲之丝,又仿佛"是一道闪电,把生命里尚被遮蔽的晦暗角落劈开了。亮白的光刺痛了她的眼睛"。在性的禁忌和刚刚苏醒的欲望之间的强力撕扯下,她在迟疑中却又一次次不由自主地把眼睛贴在锁孔上。这种带有罪恶感的偷窥给她的成长留下深远的创伤。同样,在陈染的《嘴唇里的阳光》中,黛二的成长创伤也与性有关。她童年时有位与她一同做游戏的玩伴,是个"瘦削疲弱而面孔阴郁"的中年男子。在一个阴雨连绵的日子里,那个成年男子在幼小的黛二面前强迫实现了自己的"裸露癖",这一创伤事件使成年后的黛二始终被一种看不见的心灵阴影所笼罩。

然而,给成长女性带来的更大的有关性的创伤和苦痛,是一种和性有联系的辱骂和打击,它在一定程度上彻底击垮了成长女性的人格和尊严。在徐小斌的《羽蛇》中,孤僻的羽在黑暗的走廊中依稀看到穿着黑衣的外婆,由于恐惧,她无意中闯入了父母的房间,却看见"平时道貌岸然的父母正搂在一起,赤裸的身体在黑暗里拧绞一处"。当她还未从震惊中缓过来,就听到了母亲的大声辱骂:"滚! 滚! 你个死丫头! 不要脸的! 你给我滚!"这种辱骂带来的羞辱,笼罩了羽整个的成长过程,让她时时感觉自己有罪,并永远处于一种无可挽回的过失感中。这种自我归罪感也使羽产生了严重的心灵障碍,使"她所做的每件事,还没开始,便会有强烈的失败的预感。后来她真的败了,被周围的人彻底打败了"。同样,在殷惠芬的《反动》中,少女车俊仪藏于枕头下的一本所谓的"坏书"被祖母发现后,由于触犯了那个时代的性禁忌,冒犯了祖母心中洁白无瑕的少女神话,祖母当众侮辱她:"你个小贱妇,下流东西,偷偷摸摸都干了些什么。看看你那张拉着的脸,你以为自己还是什么好货,看那些脏书,是不是想长大了拿自己去卖钱!"这些辱骂像一盆当头泼来的污水,给车俊仪留卜终生的创伤,以全于女孩在木然、懵懂之后,满面泪痕,神情疯狂,甚至想以剪刀自杀。这种自杀的企图,正是性禁忌引发了少女深藏的耻感的表现。对于那些自尊、敏感,忧虑而多思的成长女性而言,自杀作为一种意识,集中体现了被伤害的程度,同时也反映了心灵与环境的某种对抗,而在这一对抗中,高度积聚的心理创伤得到了很大程度的缓解。

在九十年代女性成长小说中,女性在成长历程中的内心创伤还包括由她直接或间接导致他人死亡带来的罪罚感,这种罪罚感刺目的存在于很多文本中。在蒋韵的《落日情节》中,郗童的哥哥被母亲锁在屋子里,出于同情,郗童偷了妈妈的钥匙,把哥哥放了出去,而哥哥因此在武斗中丧生。母亲怨恨的话语"你杀了郗凡"把郗童推入了万劫不复的罪罚感中,心灵也由此遭受到难以愈合的创伤:"不知不觉之中,她拥有了一双隔世的眼睛,她用隔世的眼睛看待此生此世,渐渐觉到了一种悠远的苍凉。"被罪孽感困扰的郁童,因伤怀哥哥那短促而又年轻的生命,陷入了深深的自我压抑中,她一再放弃了追求幸福的权力,萎缩了自己蓬勃的生命,最终导致了自己无处可逃的命运沉沦。

实际上,九十年代女性成长小说中成长女性内心深处的罪罚感与怨恨有着莫大的关系,可以说,罪罚感的产生很大程度上就是来源于一种怨恨心态,因此,通过对怨恨情绪的认知,可以深刻体察成长女性内心的罪感。舍勒在《道德建构中的怨恨》中,对"怨恨"这一心理症候作过深入的剖析。他指出,怨恨的特征是针对他者的一种反应性情感,在这种情绪产生之前,必须曾经受过一次他人的伤害,而面对这种伤害,由于暂时的"无能感"或"软弱感",必须只能隐忍,不能立即做出相应的反击,概括说起来就是,怨恨涉及到生存性的伤害,生存性的无能感以及生存性的隐忍,在实质上与报复感最为相近。怨恨的这些特征以及给成长女性带来的罪罚感在九十年代女性成长小说中有着鲜明的表现。

在铁凝的《大浴女》中,敏感自尊的尹小跳朦胧中意识到小妹妹尹小荃是母亲婚外情欲的"非法产物",由于父亲不在家,她只能独自承担这种可怕的耻辱感以及由此引发的怨恨情绪。而这时年幼的小跳由于稚嫩软弱,根本无力排泄这种怨恨,只能默默地隐忍等待机会伺机报复。积聚于尹小跳心中的这种怨恨情绪已经不仅仅是一般的嫉妒感和厌恶感,而是一种能引起攻击性和杀伤性行为的更为激烈的情绪,其原因就在于它是由伤害、无能、隐忍这些复杂的情感上升而形成的。在这种怨恨心态的支配下,终于在一个星期日的上午,小跳和七岁的妹妹尹小帆眼睁睁地看着两岁的尹小荃走向污水井。从此以后,剥夺了一个无辜生命的罪感就成了她无处不在的噩梦。而那个死去的唐小荃,就成为小跳心中罪感的象征,"她"时时以鲜活的姿态出现在小跳的身侧,显身于她的眼前,仿佛以无声的语言暗示小跳心中那无力摆脱无法消泯的罪感。这种隐秘的罪感积聚于小跳活跃的生命底层,它渴望释放却无由释放,希图排解却无从排解,最终形成了一个死结深深地烙在小跳的成长记忆中,成为致命的创伤。

在铁凝的《午后悬崖》中，韩桂心的内心创伤也来源于怨恨引发的毁灭生命的罪罚感。同样是一种混合着自卑、嫉妒、隐忍多种情绪的怨恨，使得还在上幼儿园的韩桂心将小朋友陈非从滑梯上推下来，导致了他的死亡。幼小的她由于懂得"杀人偿命"的常识而滋生了一种无法控制的罪罚感，这种罪罚感以一种奇特的方式表现出来，她以不断地讲述此事来折磨她的同盟——母亲，通过惩罚母亲来解脱自己的罪罚感。在她成年后，常年不孕这一自然事件被她引申为一桩对自我罪孽进行惩罚的因果事件，并再度陷入一种绝望的罪感中，无力自拔。

在蒋韵的《旧街》中，冯明伦更是被一种绝望的罪感所吞噬。在母亲去世后，由于无法原谅父亲软弱而又萎缩的人格，她怀着无法消除的怨恨私下以"软骨症"的称谓来讽刺父亲。父亲在得知自己最心爱女儿的侮辱后，在悲怆中得了偏瘫，只能在床上了却残生。于是，冯明伦陷入了"小三儿你怎么这样恶毒"的心灵拷问中，这种夹杂着怨恨而又愧疚的情绪把冯明伦推上了自杀的道路。然而这次自杀未遂事件却真正把已经万念俱灰的父亲推上了黄泉之路，冯明伦深信是自己真正杀死了父亲，于是她彻底沦陷于罪罚感的沼泽中。这种罪是绝望而无从救赎的，类似于"克尔凯戈尔所谓绝望的罪：这不是与现世事物有关的绝望，这种绝望只对转向未来而丧失的事物感到懊悔，而是对得到拯救的绝望。这些是重罪之罪：不再是犯罪，而是要把自己禁锢在禁止和愿望圈内的一种绝望与极度渴望的意志。正是在这意义上，它是一种求死的愿望。"①也正是在这种难以平复的罪感创伤的折磨下，冯明伦第二次选择了自杀，"抛弃了五脏六腑去追赶父亲"，走上了求死之路。

在九十年代女性成长小说中，积聚于女性内心深处的创伤会顽强而坚韧地对其成长产生巨大的影响，它们或隐或显的存在于女性整个的生命成长过程中，并无时无刻不决定着女性的成长方向。当这种内心创伤的影响力足够强大时，甚至会以疾病的形式表征出来。

---

① 保罗·里克尔：《恶的象征》，上海人民出版社2003年版，第147页。

疾病不仅仅是一种生理特征,在它的背后还潜藏着更为隐蔽深刻的社会、心理、文化、哲学意蕴。它首先是对正常界限的逾越,因而能够展现出常态下看不到的人格深处的东西,并由此也会成为对人所受创伤的检验。张悦然《水仙已乘鲤鱼去》中的璟,在那个受惊吓的夜晚,被恐惧、孤独包围的她第一次意识到"要对自己好些,因为世界上除了自己,再也没有人会对她好些。"她通过不停地吃东西来抚慰自己,转移自我的忧惧。这种为了缓解创伤与焦虑而开始的暴饮暴食,逐渐控制了她的意志和身体,只要创伤性情境一再现,或者焦虑感突然袭来时,璟就会感到极度的饥饿,无论意志怎样顽抗,她都会像中了蛊一般,陷入"暴食症"的绝望深渊中。同样,池莉《水与火的缠绵》中一向工作认真努力、保持淑女风范的曾芒芒,因坚持自己的爱情理想,招致了周围领导与同事对她"生活作风问题"的指责。这些不公平的、含有诬蔑色彩的指责,给单纯的芒芒带来了很大的心理创伤,不仅使她在夜晚总被噩梦缠绕,而且还造成了她精神上的一种病态:每当她陷入被别人评头论足这一创伤性情境时,就"一阵阵恶心,想呕吐",甚至出现胃疼挛、精神性腹泻这些病症。

由此可以看出,疾病在文学意义上已经成为一种隐喻,尤其在女性写作中,疾病更是受到伤害的隐喻,它与女性的角色冲突以及女性的性别境遇联系了起来,正如西方女性主义者认为:"某些特殊的疾病(神经衰弱、失眠、厌食、心理变态及妇科疾病)与决定妇女角色的文化、历史条件之间存在着意味深长的关系。"①而这其中,精神性疾病也即疯病,最鲜明地显示了成长女性内心深处所淤积的创伤是生命不可承受之重。

九十年代女性成长小说中出现了许多由于创伤而造成疯狂病症的成长女性形象。陈染《私人生活》中的倪拗拗在母亲去世和所有的亲密朋友都离她而去之后,病态地沉浸于破碎的生命感觉中:与母亲遗留下的衣服进行交谈,在空寂的房屋里时时出现幻听的错觉,眼前也布满了令人恐惧的幻象。这些被指认为"脑子出了问题"的精神病症,贴切地表明了拗拗在

① 参见陈晓兰:《女性主义批评与文学诠释》,敦煌文艺出版社1999年版,第209页。

孤独中几乎被痛苦和绝望压倒的创伤情境。在徐小斌《对一个精神病患者的调查》中，才华出众而又敏感自尊的景焕直接以"精神病患者"的身份出现，她因渴求真善完美、崇尚精神自由而在生活中处处体察到难言的创伤，这种伤害使其言语怪异、行为偏执。而徐小斌的《羽蛇》中，饱受创伤的羽也因怪异的行为被视为精神失常者。小说开始就用倒叙的手法表明，她的母亲为了维护女儿的心理健康，帮她永远成为一个"正常人"，竟然将她推入手术室做脑胚叶切除手术。而更有意味的是，小说结尾处，手术后的羽虽然最终成了一个正常人，然而"她的灵魂，她的记忆，她的心智，……全都消失了，消失得那么彻底"。

对成长女性精神性病症进行更为深刻表现的是张洁的《无字》。小说从开篇起就将吴为定义为一个发疯的女人，这本身就暗示了吴为与常人的不同。事实上，吴为的整个成长历程都被铭刻上父权、夫权不断迫害、压抑、羞辱的创伤，因此，她疯狂状态中出现的幻觉就颇有意味：

> 一个头戴纱帽、身穿朝服的男人走了进来。那男人的脸上，
> 眉毛、眼睛、鼻子、嘴巴全无，只光板一张。光板上纵横地刻满隶
> 书，每笔每画阔深如一炷线香，且边缘翻卷。

并且，这个人还无声无息地跟踪着她。而她被送往"疯人院"的最直接的原因，就是她试图弄清"这张刻满隶书的脸板"到底写了些什么。显然这个出现在吴为幻觉中的莫名其妙的人物，正是父权制人格化的表现，因此，吴为的"疯狂"既可以被看作是内心创伤、苦痛、愤怒的外化，同时也反映了女性写作者对父权文化秩序的反思与抵制。为了控诉父权制文化传统的压制和禁锢，女作家往往采取了"替身"的写作策略来表达她们的痛苦与愤怒，将她们那种反叛冲动投射在那些疯癫形象（疯女人或魔鬼般的女人）身上，进而表现自己的秘密欲望，"女作家通过把她们的愤怒和疾病投射在可怕的人物身上，为她们自己和女主角创造出黑暗的替身，……从男性的观点来看，拒绝在家庭里保持顺从、沉默的妇女都被视为可怕的东西……但是

从女性的观点看,魔鬼女人只是一个寻求自我表达的妇女。"①

在九十年代女性成长小说中,成长女性的内心创伤被淋漓尽致地表现出来,这些创伤大都被剥离了主体所承受的外界压力,如法律制裁、道德谴责等,但也正是因为与外界联系的切断,使得个体只能孤绝的与创伤对峙,别人无从援手,因此,无论是主体的自我归罪还是人物内心的自我审判,展现的都是惊心动魄的心灵风暴。

然而,由于成长女性所要建构的主体性不仅仅体现于女性个体在外部世界中的经验自由以及实践能动性的把握上,而且更多地体现在女性个体人格的逐步完善和精神自由的完整实现方面。因此,如影随形般地伴随着女性成长的内心创伤极大地阻碍了这种完善与实现,女性个体只有努力挣脱这无形无影而又处不在的罗网,把自我从灵魂的暗夜中解救出来,才能实现心灵的丰盈和人格的完善,而这实际上正是一个心灵获得救赎的过程。具体来看,九十年代女性成长小说中存在着三种不同的精神救赎方式,即日常生活救赎、审美救赎以及宗教式的救赎。

日常生活世界是个体活动展开的世界,是个体通过自身的活动而生成的时空,即个体的自我生成之域,因此它与个体的成长须臾不可分离,并且成为女性心灵创伤的重要救赎方式。这种救赎就是站在女性生命成长的立场上,将日常生活作为女性存在的价值和意义的源泉,并在此基础上,将日常生活本身作为女性生存的精神家园,呼唤心灵受到创伤的成长女性回归到真正富有价值的日常生活中,并由此走向女性生命的成熟之境。在盛琼的《生命中的几个关键词》中,甘霖最初对于平淡的日常生活充满了误解,她总以为生活过分平庸,爱情略显平淡,社会非常庸俗,环境特别浮躁,日常生活没有什么能让她入眼入心的。因此她坚持认为日常生活中平淡的快乐是浅薄和幼稚的,只有超离日常生活的那种略带传奇色彩的痛苦才是高深和成熟的。这种价值观使她不再去经营自己的日常人生,而是轻易屈从于偏离日常轨道的情欲诱惑,最终落得身心伤痕累累的悲惨结局。而

---

① 转引自程锡麟:《天使与魔鬼》,《外国文学》2002 年第 3 期。

甘霖最后之所以能从痛苦的煎熬中摆脱出来,获得心灵的救赎,却恰恰是得益于对于日常生活价值的真正发现。当她在女友王玲的引领下步入有意义的日常生活后,发现简单朴素的日常生活中却蕴含着人类生存的真正意义,她在帮助别人的时候和被人需要的时候,感受到了真正的幸福,心中的阴霾也随着她对日常人生的承受、感恩与知足而烟消云散了。这种对于日常人生的彻底认同,使她“有了一种脱胎换骨的变化。她的眼睛是那么清亮,她的神情是那么自信,她的脸上时时流露出愉快的微笑”。唐颖《丽人公寓》中的宝宝是在豪华酒店工作的漂亮女孩,由于工作性质,她置身于一种充满商业气息的浮华喧嚣中,目力所及的都是由璀璨和缤纷汇聚成的各种人生传奇。因此,她“再也不甘于寡淡平常的人生”,在物欲的支配下,与年长富有的有妇之夫构建了富有传奇色彩的爱情梦幻。然而,最终的结局证明这只不过是一场自欺欺人的无耻交易而已,受到感情欺骗与伤害的阿宝因此痛苦不堪,甚至为此轻生。而最终让阿宝从人生炼狱中解脱出来的正是她曾经不屑一顾的日常生活。洗尽铅华的她以一种惘然的微笑和隔世的眼光,看着那些像她当初那样拒绝平常人生的酒店女孩,而脸上溢满一种因淡定而成熟的光彩。蒋韵《找事儿》中的琪也是一个无法容忍日常平凡生活的女孩,她痛恨把找工作说成“找一碗饭”,而且她喜欢把“太阳出来了”,说成是“一轮美丽的朝阳冉冉升起”,并自以为那些记录在笔记本上的人生哲理可以帮她抵御人生的风雨。然而琪对日常人生的冷漠使她遭遇到许多意想不到的挫折。最终日常生活以一种看似粗糙的面目,将心高气傲的琪从困顿中解救出来,尽管她不无遗憾地回首过去,然而日常人生丰盈的馈赠使她真正走向一种淡定而从容的成熟。

对于存在心灵创伤的成长女性来讲,另外一种重要的救赎方式是审美救赎,即把一种个性化的审美经验方式当作自我救赎的手段。这种救赎之所以成为可能,就在于审美经验可以为个体与现实创造一种虚幻的距离,从而实现女性个体对晦暗现实生存的想象性超越。也就是说,心灵受到伤害的女性利用审美过程中的一种移情体验,在审美愉悦中忘却现实的伤害,缓解甚至消除心灵创伤,同时通过审美的提升,将一种彼岸虚幻的精神家园重新引渡到蒙尘的心灵中。这种审美救赎的诉求,既可以通过女性的写作方式来实现,也可以通过女性生存的诗性感悟来实现。

王安忆的《纪实与虚构》中,作为孩子的"我"从小就意识到自己"外来户"的身份,而这一身份本身就象征了一种难以摆脱的孤独境遇,这种孤独成为"我"成长中最早的心灵创伤。而正是"虚构"这一审美创造,使"我"得到圆满的救赎,因为纸上虚构的世界,可以将蜻蜓点水式的人际关系变得牢固可靠,将萍水相逢的遭遇变成一种永恒,在这种想象性关系的慰藉下,孤独的创伤就不治而愈了。同样,陈染《另一只耳朵的敲击声》中无处逃离内心创伤的黛二,也只能通过写作的方式来实现救赎,"这个世界没有哪个城市属于我。我的家乡其实只是一沓白纸,我用铅笔在这个'家乡'上沉思行走。只有这,才是惟一能够属于我的归宿。""我将独自漫游,一边用喘息的右手写字,一边用死去的左手捂住嘴。"而在林白的《一个人的战争》中,多米在那段"来自自身的虚拟火焰"的爱情中,不仅得不到爱的呼应,甚至赢得不了朋友老黑的理解和同情,倍感痛苦的多米处于一种难以自拔的创伤性情境中。于是她以一种诗性的体验和感悟来观察自己那绝望痛苦的情状:

> 我对着镜子抄稿,我看见我的眼睛大而飘忽,像一瓣花瓣在夜晚的风中抽搐,眼泪滚落,像透明的羽毛一样轻盈,连一点重量都没有,这种轻盈给人一种快感,全身都轻,像一股气流把人托向高空,徐徐上升,全身的重量变成水滴,从两个幽黑的穴口飘洒而下,这就是哭泣,凡是在半夜里因为孤独而哭的女人都知道就是这样。

这种对于痛苦过分细腻的欣赏与玩味,本身就已经将痛苦悬置起来,取而代之的是审美愉悦,这无疑表明多米潜意识中试图通过唯美来净化和消弭绝望的努力。

海男的《蝴蝶是怎样变成标本的》则完美地将审美救赎的两种途径,既女性诗性感悟与女性写作完美地融合在一起。饱受情感创伤的普桑子最终意识到一座蝴蝶博物馆才是她必须用生命守候的救赎之地，因为美丽的蝴蝶可以负载着她的生命将她轻托于尘世，成就一种完美的梦想，这座具有梦幻色彩的蝴蝶博物馆就是普桑子对于自我生存的诗性外化。而作为与普桑子同时完成成长蜕变的虚构者来说，也在将女性成长过程化作文字的审美创作中，感受到蜕变与飞翔的美丽，从而完成一种放飞心灵的审美救赎。

九十年代女性成长小说中出现的宗教式救赎，是利用宗教仪式或者类似的信仰来愈合内心的创伤，这种仪式不单纯是一种表演性的程式，而是成长女性通达救赎之地的契机，更是一种净化女性灵魂的涅槃。在徐小斌的《羽蛇》中，由于羽自小被家里人认为是个"行为乖张"的孩子，所以她总是处于爱的匮乏中。为了获得家人的温情与爱，羽在恍惚中竟然亲手将弟弟窒息而死，自此以后羽深深地陷在罪恶感的绝望中。她希望通过流血来获得救赎，"她想，要是有一天，她心里的血都流光就好了。那时，就不再会有疼痛的感觉。"于是，羽选择了具有中国本土宗教色彩的刺青仪式来赎罪，当羽忍着身体的剧痛，以血泪完成一幅最美的刺青后，法严说："姑娘，你流了很多血，足以赎你的罪了。"这种以流血和痛苦试图获得灵魂的净化与宽恕的仪式显然与西方的宗教也有关系，《利未记》认为，活物的生命是在血中，血是有生命的，所以能赎罪。保罗·里克尔也认为："血的象征系列构成了赎罪仪式和对宽恕的信念（一种本身跟罪的忏悔与悔悟有关的信念）之间的联系。"①但事实上，由于法严过分顾及刺青艺术的完美性而导致赎罪效果并不理想，刺青仪式后的羽并未获得真正的救赎，而是多次陷入精神的绝境中。直到羽不顾自己的血小板偏低将血输给他人，并因身体全面渗血而亡，才真正完成这次赎罪仪式，羽也最终领悟了那句神秘的耳语，理解了贯穿一生的神喻。

同样，蒋子丹的《桑烟为谁升起》中，受到情感创伤的萧芒也是在一个宗教仪式中走向救赎之路的。她在西藏的天葬台上目睹了"人世间诞生长

---

① 保罗·里克尔：《恶的象征》，上海人民出版社2003年版，第95页。

大成熟衰老的肉体,化作了鹰鸳飞翔"的整个过程后,灵魂深深地为此而震撼。从此,她的精神完成了新生,"她的身体已经退到了无足轻重的位置,她的所有行为都只被一种精神和文化支撑。"迟子建《树下》中七斗的成长是伴随着一次次死亡的阴影和亲人的永远离去而完成的,七斗虽然以生的坚韧去一次次承担这种不断失去的创伤,然而儿子多米的死亡还是使她痛不欲生。最终使她的心灵获得平静的也是一种宗教式的救赎:她"跪在树下,双目微闭,双手合十",为活着的朋友的生命而虔诚祈祷。正是在这种以生命的名义进行的祈祷中,她灵魂中的创伤也随着黑龙江解冰的"嘎嘎"声而愈合了。

许多宗教从人类生存的悲剧性根源入手,指出正是人类"恶"的自然天性阻碍了人类的精神超越,而只有消除它才会获得救赎。因此,追求仁爱、宽容、忍耐、无私等理想化人格并努力进入真善美的人格境界是获得精神救赎的重要方式。在王安忆的《流水三十章》中,张达玲将自己隔绝于一种亲情和友情之外,这种自我封闭的痛苦和沉重几乎把她压垮,并给她造成了极大的心灵创伤。但在皇甫秋身体力行的援引下,她终于学会了爱他人、爱自己,正是这种类似于宗教的"爱"让她获得了救赎,"为她的人生建竖了另一根支柱,支撑起因倾斜而要倒塌的横梁,她这一座生命的简朴又辉煌的宫殿才可日趋稳固。"然而,以宽容和仁爱寻求灵魂救赎体现最明显的是铁凝的《大浴女》,小说中女主人公尹小跳的成长过程实际上就是一个背着原罪走向释罪和救赎的过程。尹小荃仙草一样的生命因为尹小跳有意或无意的放任被残忍的了结了,那"扬着两只小手扑进污水井的尹小荃,永远让她人穷志短,背负着一身还不清的债",并让她的成长始终笼罩在负罪感的煎熬和炼狱般的挣扎中。但正如张志扬先生所言:"'基督死而复活'的意义,其中就有上帝以自己的苦弱为人类承担的'宗教罪',它是对人类的有限性所导致的'被迫罪行'在总体上的认可与赦免。也就是说,上帝已经在人的有限性、完善追求、被迫罪行、认罪、救赎、赦免等'神义论'环节上同人达成了谅解的可能。"①由此,尹小跳开始了漫长而又痛苦的救赎之旅。为了消除内心深处的负疚和创伤,她甚至把自己如痴如醉所爱的陈在"退还给"万美辰,而她在"最痛苦的时候也最轻松了,她得到了报应",这对她来说"是企盼已久的报应"。此外,小说还借陈在的口吻讲述了一个乐于助人、做尽善事的青年偷粮票又杀人的故事,指出只有怀着赎罪的心理才能对人类和自己产生超常的忍耐。最终,尹小跳在经历了持久动荡的沐浴后,终于走出了最深的、终生有可能无以述说的罪罚状态,从而看到了自己内心那个象征着人格完善的美丽"花园"。

九十年代女性成长小说中成长女性创伤与救赎的隐秘心理集中体现了女性灵魂中具有人性意义深度的冲突与矛盾,并因此构成了女性成长历程中"富于命运特征的时刻",如果缺失了这些,女性个体就会迷失于一种无名状态中,丧失了主体生成的根本依据。而且值得注意的是,这种心理并不独属于女性个体,而是人类共同面对的一个存在现实,正如昆德拉所说:"……什么是内心的隐秘?是不是一个人的存在中最个人的,最独特的,最神秘的东西都在那里?……不。秘密是那些最共同的,最凡俗的,最千篇一律并且为一切人所有的那些……如果我们公开地隐藏这些秘密,不是因为它们非常地属于个人,相反,是因为它们十分可惜地不是个人的。"②

---

① 张志扬:《创伤记忆——中国现代哲学的门槛》,上海三联书店 1999 年版,第 136 页。
② 米兰·昆德拉:《认》,辽宁教育出版社 2000 年版,第 64 页。

第四章 穿越叙事的迷宫

——九十年代女性成长小说的叙事策略

由于新时期以来西方叙事理论著作的大量引入,以及一个世纪以来女性成长小说自身叙事实践的积累,九十年代女性成长小说在叙述形式上也有着突出的特点。首先,隐喻修辞手法的运用在九十年代女性成长小说中较为醒目。总体来看,九十年代女性成长小说中的隐喻类型主要有四种:"双我"幻象折射后的镜子隐喻、启示性与叛逆性合一的"神秘女性"隐喻、意蕴丰盈而张力充沛的两极对立隐喻以及以"彻悟"为核心的女性成长蜕变隐喻。这些隐喻在名与实、标准义与新奇义之间的话语张力中突破了父权文化秩序性别等级的划分,建构了融合着女性独特成长体悟的女性生命奇境。除了隐喻的运用,九十年代女性成长小说在叙述分层、叙述声音等方面也颇具匠心。就叙述分层来看,九十年代女性成长小说中的叙述分层主要有三类:叙述套层,即在意义自足的主叙述层上再加套上一个超叙述层;叙述跨层,即某一叙述层次的人物进入另一叙述层次,从而使两个时空各不相同的叙述层次、叙述情节相互交织;叙述嵌层,即两个叙述层次不分主次的嵌合在一起,并在意义层面既互相分裂又彼此映证。叙述分层的大量使用,表明了商品经济社会中,由于消费主义与父权制意识形态的隐秘合谋,女性主体性的生成在多元化文化语境的表象之下仍然步履维艰的窘境。关于叙述声音,主要是借用苏珊·兰瑟的叙述声音理论,来探究这种叙事处理方式对于传达女性成长真相以及建构文本权威的实践意义。同样,九十年代女性成长小说中的叙述声音也可分为三种:作者型叙述声音,即叙述者处于叙述时间之外,不会被叙述事件加以"人化"的叙事声音模式;个人型叙述声音,即说话人即虚构故事的参与者的叙述声音模式,但它并不指代所有的"同故事的"或"第一人称的"叙述;集体型叙述声音,即或者表达了一种群体的共同声音,或者表达了各种声音的集合的叙述声音模式。

对九十年代女性成长小说叙事策略的研究,必须要遵循"从形式分析走向意义"的基本原则。这是因为叙述作品的真正意义,不仅与作品的形式以及作为叙述作品内容的经验材料有关,更多的是与选择、评价和加工这些材料的社会文化形态有关。正如赵毅衡所说:"必须进行到文化形态分析的深度才算是真正的叙述学分析。反过来,也只有深入到叙述形式产生的社会文化形态背景,我们才能理解一种叙述形式的实质。"①

第一节 九十年代女性成长小说的隐喻

女性主义认为,父权社会中的语言本身已经被打上了深刻的父权制意识形态烙印,而且在对男性主体支配地位的维护和女性他者客体地位的规定方面,语言起着关键性的作用。在男性控制的、带有性别歧视色彩的语言系统中,女性的体验或者被忽略或者被歪曲,而女性由于缺乏自己的语言去表达自我的性别体验,因此始终处于一种无名的处境中。

人类对社会现实的认识极大地受到语言的影响,语言以一种无所不在的力量决定着个体思想、感受和认知,从这个意义上讲,语言是女性体验的源泉,它具有形成、决定和改变女性体验的威力。因此,女性主义者认为,要改变女性的处境,就必须改变女性的语言命运,建构女性自己的语言体系。这种没有经过男性中心语言入侵的全新的女性语言体系,立足于对传统语言结构、语言功能模式否定的基础上,与强调理性、明晰、尊奉逻格斯原则的男性话语形式截然不同。克里丝蒂娃、麦科德把这种能够真切表达女性体验的女性语言描述为:"开放、非线性、无结局、流动、突发、零碎、多

---

① 赵毅衡:《当说者被说的时候》,中国人民大学出版社1998年版,第244页。

义、讲述身体、无意识内容、沉默、将生活的各个方面混合,这种语言不同于或相对于先前获得的、已然适应的、主要的教条式的语言。"①而这种能够"摧毁隔阂、等级、花言巧语和清规戒律"的女性语言,在以真实彰显女性经验为基本内容的女性主义文本中,是借助一定的修辞方式来实现的。隐喻——作为一种以此言彼的话语方式,"涉及意义的转换与生成,这样就在词的名/实、标准义/新奇义之间造成某种张力,并不断将这种张力从语言扩散到社会意识形态中去,从而对定于一尊的'正确意义'乃至法律的绝对权威提出质疑,这样同一性/大一统的金科玉律就被打破了,因此隐喻往往同'叛乱与公民的反抗'构成某种联系。"②正是隐喻本身所带有的颠覆性特征,使它成为以颠覆父权文化秩序为旨归的女性语言备受青睐的修辞方式。同时,隐喻作为一种富有诗意的、带有明显反理性色彩的修辞方式,它通过丰繁复杂的意象来营构小说的形态层面,并通过设置迷宫般的文化密码来实现小说深层的文化意蕴,这对于备受压抑和禁锢从未获得历史命名的女性经验来说,无疑是最为隐秘的反抗利器和最为有效的表达手段。

就九十年代女性成长小说而言,不论是在揭示女性成长个性化体验的真实性上,还是在探索女性主体性建构的深刻性上,相较于此前的女性成长小说,都获得了巨大的成功,而这在很大程度上得益于隐喻艺术手法的大量应用。由于父权社会是根据男性主体的欲望需求和女性在家庭社会中的职能角色来定义女性的,因此女性成长历程中独特的心理体验和隐秘的身体体验因无以命名而被有意置于历史的黑洞中。九十年代女性成长小说若以披露和澄明女性成长真相为叙事旨归,就必须先为这些因暗藏历史地心而暧昧不清的女性体验命名。而隐喻是命名直接生命体验或全新事物的必要手段,它通过拓展、深化意象图式,赋予女性成长体验以诗性形式,并在结构女性成长体验过程中发挥重要的作用。另外正如当代法国学者弗朗索瓦·于连曾指明的:"隐喻的距离以一种隐——显的方式说明它

---

① 艾丽丝·贾丁、海丝特·艾森特:《未来的差异》,波士顿 Beacon 出版社 1980 年版,第96页。

② 张沛:《隐喻的生命》,北京大学出版社 2004 年版,第89页。

所引述的现实,而又不去定义或表现它,也就是说不是从同一性的角度观察它:它显示的是事物的内涵,而不是本质(使存在与显现相对立的本质)。"①如果说游离于菲勒斯象征文化秩序之外的女性成长体验因混沌庞杂、歧义丛生而无法汇聚于一个"本质"之下,那么隐喻恰恰从不同角度最大限度地还原了"真实"的女性成长原生风貌,而这种还原本身就是指向女性成长的真实内涵。

综观九十年代女性成长小说,可以大致归结出四类主要的隐喻类型。

(一)镜子隐喻

海登·怀特的喻说理论认为,主体与客体之间不存在彻底赤裸无间的融合,主体对于客体对象世界的认知、描述、评说,有固定的结构,这些结构是按照语言的基本喻说类型形成的,若不借助喻说,人的思想就无法跨越具体与一般之间的那道鸿沟,特别是隐喻,被结构主义者看作是人类一切思想活动的根本原则。在这种意义上,任何隐喻都可以看作认识主体"我"或"我的体验"对外界客观现实所作的"投射",并"归结为意义在'我'、'与我有关的非我'两种领域间的转换生成",简言之,"隐喻涉及人类感情、思想和行为的表达方式在不同的但相关领域间的转换生成。"②九十年代女性成长小说中大量出现的以"镜子"为意象表层的隐喻,所包含的深层意蕴就是女性自我与镜中投射的自我映像二者之间的张力所生成的。父权社会中女性的客体处境,使她既无法通过自主超越来实现自己,又无法通过外在实践去辨认自我和确认自我力量。如果成长女性确信并认同女性自身的物化处境,那么当她看到投射在镜中的自我映像时,她便深信通过镜子的映像比通过她自己的身体更能够真实辨认自己。因为镜中的映像和女性自身一样是个被动的、被看的"物"。而凝神于镜中映像的女性在这种自我辨认中,竟然"虚幻"地实现了"主体"与"客体"的合一,这种合一实际上是女性模仿男性主体性眼光观照镜中被物化为客体的自我镜像而产生的,

---

① 弗朗索瓦·于连:《迂回与进入》,三联书店1998年版,第366页。
② 张沛:《隐喻的生命》,北京大学出版社2004年版,第3页。

由此女性自我被梦幻般地分成了男性主体和女性客体的"双我"。正如《一个人的战争》中所描述的那样:"想象与真实,就像镜子与多米,她站在中间,看到两个自己。真实的自己,镜中的自己。二者互为辉映,变幻莫测,就像一个万花筒。"海男的《粉色》中也有类似的镜子隐喻:"她似乎能够把自己一分为二,其中一个在想象自己穿上那套白色时装的情景,另一个却是旁观者,就像一面镜子映现出一个影子,自己就在镜子之外看着那团白色的影子。"而陈染的《私人生活》中,镜前倪拗拗的"双我"体验通过人称转换得到更为清晰的表现,"我审视着镜中那年轻而姣美的女子,我看到她忽然转过身去,待她再从镜中转回过来的时候,她的贴身的衬衣已经脱掉了,或者说不翼而飞。"同时,小说中"双我"的对话标示出女性"主客体合一"的梦幻境界:镜前的"我"模仿男性主体的眼光和声音在观看并恭维镜中那充当欲望客体的女性自我映像。成长女性沉迷于镜前的"分身"魔术构成了一个"自恋"式的隐喻,因为女性通过假想一个比她更为优越的男性主体来表达女性对自我的膜拜,而这恰恰反映出父权社会中具有悲剧色彩的女性成长境遇:女性的价值之源不在自身而是来源于男性主体的欲望审视和情感需求。

就成长意义而言,女性或许能够从"双我"体验建构的自我崇拜中提取一种生活勇气,正如波伏娃在《第二性》中所说:"女人在整个一生中都会发现,镜子的魔力对她先努力投射自己、后是达到自我认同是一个巨大帮助。"①然而自恋者对于"双我"幻象的完全认同,也会使其因丧失自我整体人格而失去主体性建构的可能。陈染的《巫女与她的梦中之门》中,"我"在十六岁的那个九月中因父亲一记耳光而陷入"憎父"的恐惧,又在"恋父"情结的驱使下陷入一段残缺不全的情爱里,成长记忆中的这段创伤并未随着岁月的流逝而烟消云散,却与"我"的生命旅程如影随形,并以一种"超现实"的象征的形式沉积于镜像中:

> 我对着镜子端详自己模糊不清的脸颊时,忽然发现我太阳穴

---

① 西蒙娜·德·波伏娃:《第二性》,中国书籍出版社 1998 年版,第 713 页。

下边的耳朵上,坠着两只白光闪闪的'?'造型的奇大无比的耳环,我走路或摆动颈部时,那耳环就影子似的跟着我的脚步丁冬做响,怪声怪气,那声音追命地敲击在九月的门上。

镜中所呈现的"我"的幻象,正是"我"内心饱受创伤的真实外化。而"我"对于镜中幻象迷恋地端详与欣赏,无疑导源于一种自怜情绪下的自恋心态。在完全认同"双我"镜像的自恋中,现实中的"自我"彻底闭锁于镜中"自我"所暗示的创伤情境里,在"自虐"的沉沦中拒绝灵魂的救赎和精神的成长。

在九十年代女性成长小说中,镜子隐喻具有丰富而驳杂的内涵。它还从正面意义上指涉女性成长历程中的性别认同。《私人生活》中的倪拗拗在审视了自身的欲望和情感之间的距离后,以一种诗化的语言描述了她与禾之间微妙亲密的关系:"而禾,才是属于我内心的一座用镜子做成的房子,我在其中无论从哪一个角度,都可以照见自己。她身上所有的空白都是我的沉默,她的喜悦在我的脸上总是映出笑容。"在拗拗看来,年长于她的禾以一种现实的存在映现了她的今生、来世,这不仅是由于亲密使她们声息相通、心有默契,更重要的是因为同样的性别命运赋予了她们同样的悲戚焦虑和欢悦渴望。无独有偶,《一个人的战争》中,在文本中回旋多次的镜子隐喻,许多都指向女性性别认同的意蕴层面。独居者梅琚和超现实人物的朱凉都曾在多米深陷成长困境之后,把她带入布满镜子的房间。而那些镜子"犹如一扇奇异而窄长的门,遁门而入,可以到达另一层时空。"在这个"众多幻象聚集"的"超常的时空"里,"未来的一切皆被浓缩在那一块儿的光明之中,镜框里集中了整个宇宙;在这狭小的范围之外,事物是无序的浑沌;世界变成了这面镜子,里面有个光辉形象,即唯一者的形象。每个沉迷于自身的女人都在统治着时间和空间,因而是唯一的、至高无上的;她有得到男人和幸运,名声和快乐的种种权利。"①在无数镜子形成的迷宫里,多米沉醉于以自我为中心的主体感觉和远避现实伤害的幸福幻觉中。同

---

① 西蒙娜·德·波伏娃:《第二性》,中国书籍出版社 1998 年版,第 714 页。

样在这个多镜的神秘空间里,朱凉暗示了多米无法挣脱的性别宿命"你可以从这里出去,然后你将经历一场愚蠢的恋爱和一场单调乏味的婚姻。"并把这片镜像汇聚的空间视作女性的性别归宿和精神逃离地,因此预言道:"你经历这些事件之后,你还将来到这里","你迟早要到这里来,你以后还要到这里来的。"而这个能使女性自我确认、自我满足的精神镜城是无法随意进入的,她需要一种只有女性能够听懂的、在女性之间口耳相传的特定的咒语,才能敞开这个由镜子托举出的女性性别认同的文化空间。然而多米并未听从镜子的召唤,她所选择的精神逃亡之旅竟是从一个男人身边逃到另一个男人身边,也许是"多米把朱凉当年教给她的咒语忘掉了",才不得已通往这条无从救赎的女性成长歧途。

(二)神秘女性隐喻

为了维护性别统治,父权文化根据男性利益原则和好恶态度,把现实中分散的、偶然的、多样化的女性存在简单地分为"天使"、"祸水"、"巫女"几个形象类型,这在很大程度上削减了女性形象的丰富性。而九十年代女性成长小说则充分利用或改写男性文本中已成模式化的女性形象,建构一系列"神秘女性"构成的隐喻。这些隐喻围绕着被父权文化之镜折射出来的扭曲的女性形象,对于女性成长显现出一定的启示性意义。陈染的《站在无人的风口》中,豆蔻年华的少女在与世隔绝、荒凉孤寂的尼姑庵邂逅一个神秘的老女人,她送"我"的一幅有两把扶手椅的魔画与她所演示的两套红白长衣之战,形象化地隐喻了造成她孤寂人生的根本原因。在面对充当欲望客体的性别宿命时,她消泯了自由的行动意志,恪守被动、软弱的客体处境,只能在无奈地观望和等待中耗尽了自己的青春和美丽,这个将父权价值完全内化的神秘女性成为女性成长历程中把握自我性别命运、认识世界荒谬性的绝好的材料。徐小斌的《银盾》中,那个亦真亦幻的神秘母亲,其隐喻的性别命运则通过那面神秘的银盾暗示了出来,银盾"上面画了两个男人和一个女人,女人倒卧地上,脖子上横着一支剑,两个男子则显出很惊慌的样子。"这个画面暗示了无视父权道德的女性"祸水",为实现自我的爱欲而被丈夫绞杀、情夫丢弃的可悲下场。而文本中这个僭越、反叛父权道德的"神秘"母亲形象以一种可悲的结局,最终为女儿蜂儿完全认同传统女性性别角色的"反成长"提供了悖论性的动力。

九十年代女性成长小说中由女巫构成的"神秘女性"的隐喻也屡见不鲜。蒋子丹的《桑烟为谁升起》中,饱受情感挫折的萧芒在神秘力量的左右下,按照她凭空杜撰的地址找到"一扇油漆斑驳的旧门",当门开启后,萧芒听见老妇人女巫似的谶语:"你来了。来了就好。我已经替那个人等了你好多年",并从她手里接过一把象征开启女性成熟之门的钥匙。林白的《一个人的战争》中,多米在夏日的街道骑车漫游,同样被一种神秘的力量召唤进入一幢熟悉的房屋。一位气质不凡的老妇用一种女巫般宿命的声音说:"进来吧,我知道你迟早要来的。"并提出一个神秘的交易:多米可以通过出卖自己二十九岁的青春换取一个能预测她未来命运的照相机。徐小斌的《双鱼星座》中,那神秘的老女人则以巫师的身份为卜零占卜,她三言两语地就揭示了卜零不愿示人的心理隐秘,"你的家庭看上去很好,但其实你并不爱你的丈夫",并直率地概括了卜零的难以摆脱的性别命运,"你真的不知道么?你一生都在想男人。"还有陈染的《私人生活》中,那个从棺材里伸出一只手的葛家女人以梦幻般的呓语,向拗拗和盘托出男性阴暗卑鄙的心理和世界的虚伪与肮脏,并以长者的姿态预言道:"等你长到我这个岁数就明白了"。九十年代女性成长小说中这些具有话语魔力的、老年的"神秘女性",因其年龄足以摆脱父权社会赋予女性服务性功能角色的束缚,能够总结自我一生被父权社会愚弄和欺骗的性别体验,从而以更理性的眼睛窥破男权陷阱,洞穿女性神话,因此她们在文本中能够掌管女性成长出路的钥匙。同时,具有话语魔力的她们本身就背离了沉默的女性"美德",以一种不被驯服的"巫性"成为父权社会秩序叛逆者的化身,因此她们在使用超越父权话语规范的预言和咒语暗示成长女性的性别宿命的同时,也隐喻了一种鼓励成长女性反叛父权秩序实现自我欲望的叛逆性力量。

然而不无吊诡的是,这些"神秘女性"的隐喻,对于女性成长而言,虽然昭示了一种启示性与叛逆性合一的颠覆性力量,但是文本中过分夸大这种神秘力量对于女性成长的启示意义,本身就蹈袭了父权社会中有关女性

"神秘"神话的陷阱,而没有哪种神话比女性"神秘"神话更有力于性别统治。这是因为每个个体只有对他自己来说才是主体,同时对他而言,他者始终是神秘的,父权制文化秩序坚持女性"神秘"本身,其实就意味着以一种绝对真理的形式把女性的他者地位确立下来。九十年代女性成长小说的这种无意陷落,与女性主体性生成的宗旨之间无疑是背道而驰的。

(三) 两极对立式隐喻

父权制社会根据男性中心原则所创造的许多有关女性的神话,都是男性梦幻、欲望、恐惧甚至虚荣心的投射。由于任何主体都是在与他者的对立中确立,父权社会中的男性乐于忽视女性的复杂性生存,只把她想象成一个陪衬其主体性生存、满足其主体性需求的他者。这种满足男性虚荣心的简化想象,投射成一种超时间的、凌驾于现实之上的女性神话,无疑遮蔽了父权社会中女性真实而艰难的性别处境。九十年代女性成长小说通过大量使用两极对立隐喻,在凸显女性真实体验的基础上,还原女性成长真相。

针对长期以来父权社会渲染的"洁白无瑕"的处女神话,魏微在《流年》中设计了黑白两极对立的隐喻,展示了一段有身体欲望参与的女性成长岁月,"童年对我来说,是分成黑白两片的。黑的是我刚才所说的隐秘,白的那片里有阳光,灿烂的绿草地,童话书,友情……这两片世界于我,是各自独立的,也互不打扰。"与女性神话中描述的那种"没有性欲,也不敏感"的如天使般洁白的女性相比,那种由于忠实于身体快乐而产生羞耻罪恶感的内心黑暗才更能接近女性成长的真实体验,而黑白参半才是女性成长岁月的原始底色。池莉的《水与火的缠绵》则应用了水与火两极对立的隐喻,将围困于贞操神话中、囚禁于婚姻围城内的女性真实情欲打捞上来:"禁欲与放纵,挑衅与守卫,芒芒备受煎熬,结果是她倒下了。遭遇一次那从来没有犯过的错误吧——她自己诱惑了自己。"那一半是哗啦啦的江水另一半的天空被烟囱吐出的火焰照亮的武汉,将水与火缠绵的天性赋予了在此出生、在此成长的曾芒芒。当她真实地敞开自己的身体,直面自我被长期压抑的女性欲望时,她认识到:"芒芒不仅是她的丈夫高勇认识的那个女人,她还是另外一个女人……她是水,也是火,她天生就是,只是从前她看不见自己。"这种水与火缠绵的矛盾统一人格是父权社会中女性自我与强制性处境冲突的结果,也是成长女性穿过岁月迷雾后对于性别自我的真实体认。正如《一个人的战争》中所说,"任何一个自己嫁给自己的女人都十足地拥有不可调和的两面性,像一匹双头的怪兽。"文本中孤僻的多米在倔强独立、追求成功的自由意志背后,就潜藏着依附男性、渴望屈从的人格魅影。陈染《私人生活》中的倪拗拗也认为,"我曾经是一个天使,但天使也会成长为一个丧失理性的魔鬼。正如同有人说,通向地狱的道路,很可能是用关于天堂的理想铺成的。"及至方方的《在我的开始是我的结束》时,两极对立隐喻的女性人格分裂已经被推向了极致,并成为导致女性悲剧性命运的直接原因。饱受父权伤害而过度压抑的黄苏子以一种人格分裂游戏来追求自己生命的立体与本真:

> 她是白天的黄苏子,黑夜的虞兮。作为白天的黄苏子,她外表是白领丽人,雅致而安宁,而内心却满是龌龊,不停地对他人发出恶毒的咒骂;而当她成为晚上的虞兮时,她外表是'鸡',淫荡且下贱,而内心却怀着一种莫名的悲凉。

这种无视父权道德的变装最终导致了成长女性悲剧性的毁灭。

此外,九十年代女性成长小说中两极对立隐喻还表现在个体化的女性成长经验上,陈染的《私人生活》中,倪拗拗在沉思默想中意识到,"一味的欢乐是一种残缺,正如同一味的悲绝。"而她通过枕边的那块墨迹对两性关系的漫想也是一种两极化隐喻:"顶角上,仿佛是一对雌雄对峙的山羊,盘踞在性别的终极,既向往占有,又对立排斥;中间断裂的沟壑,是无底的黑洞;左右两端是两只怪兽,背道而驰,狂奔猛跑。"她甚至用两极化的颜色隐喻女性成长历程中的精神境界:青春时执迷于绝对的黑色,那是象征着排斥、绝对、不睦群、不妥协的叛逆的颜色,而灰色这种更隐蔽、更内敛、充满妥协与和解的颜色,则是女性生命饱满成熟的绝佳写照。

需要指出的是,父权文化秩序中也存在着大量的两极对立隐喻,正如西苏在《新生儿》中所列出的：主动性/被动性、太阳/月亮、文化/自然、白昼/黑夜、父亲/母亲、头/心、概念的/感觉的、逻格斯/情感因素等，[①]无疑这些两极化隐喻的二元对立项都与潜在的男女二元对立一致，都是为了凸显男性主体的正面价值而将女性锁定于一个相形见绌的"他者"位置上。这种强化性别等级制度的两极化隐喻在九十年代女性成长小说中被充分改写，原本被性别偏见鸿沟分隔于两侧的文化属性和人格特征，被巧妙地混融于一个主体的生存范畴之内，女性也从对立项中注定卑劣的陪衬物跃升为一个兼容着复杂人格侧面的个体，这样，女性个体的成长真相和生存真相就在这些被改写后的两极对立隐喻的张力中点点滴滴地显露出来。

(四) 蜕变式隐喻

女性在父权社会的他者境遇构成了女性成长的起点，而女性的生命成长过程就是一个从他者逐步走向主体生成的过程。然而这一过程注定艰难曲折，因为父权制文化秩序强塑了以"被动"和"服从"为基本品质的女性"自我概念"，损害了女性原初的、积极的自我认识与自我实现的个体力量，泯灭了其追求自我同一、精神自由和完善自我人格的主体性需求。因此，女性要实现真正的成长，就必须面临着痛苦的内在蜕变，而这种蜕变在九十年代女性成长小说中更多的是以隐喻的形式表现出来的。九十年代女性成长小说中蜕变隐喻的核心是"彻悟"，是女性对于自我存在的彻悟，因为这是每个个体通过自我设计、自我实现、自我超越进而为自己主体性生存辩护的前提。值得一提的是，这些隐喻虽大多借用的是表现女性的传统意象，如月亮、花、花园、飞翔等等，但这些意象已经发生了根本的质变：从与女性彻底同一的客体物象，到物象与女性基本分离，再到被还原为一个被女性观照和审视的对象。这种对于传统女性意象的篡改本身就隐喻了女性从被动客体到思维认知主体的成长过程。

由于月亮依赖太阳才能发光的非自足性特征与女性的依附性处境类似，因此在传统文化中，月亮成为隐喻女性被动境遇的绝妙意象，而九十年

---

① 参见张岩冰：《女权主义文论》，山东教育出版社1998年版，第116页。

代女性成长小说中的蜕变隐喻却将月亮还原成一个可以给女性以人生启
迪、具有丰富意蕴的美丽物象。王安忆《流水三十章》中的成长女性张达玲
总是走在与他人无法相符的人生节奏上，这不仅使她孤僻无依，而且对世
界和自我的那份冷漠使她不断地处于人生的梦魇中。幸运的她最终通过
爱的学习实现了与世界人生的和解，完成了女性自我主体性的实现，这一
成长蜕变过程就是通过新月意象体现出来的：

> 她静静地辨别着这是新月还是残月。她以她忽然冒出的辨
> 别新月残月的记忆，辨出了那是一弯新月。她想着，月亮的光明
> 原来是太阳照耀的，她想着，月亮的阴影其实是地球投下的，……
> 她知道那新月的亮光全是阳光，太阳经自己的光托付给了月亮。
> 阳光走了多少漫长的道路将自己托付给了月亮，再从月亮出发，
> 经过了辽阔的天宇，照耀着黑暗的地球，这是一条什么样的道路。

在新月与残月的辨认中，张达玲看清了无爱人生与完满岁月之间的距离，
并从光明传播的路线里彻悟了人生的意义：学会爱、得到爱并无私地把爱
播撒出去。这种彻悟换来的明朗清晨标志着一个女性灵魂的新生。同样
通过月亮彻悟自我命运从而完成女性成长蜕变的还有王安忆《妙妙》中的
妙妙，这个希图凭靠女性身体为自己争取"传奇人生"的小镇女子，由于将
女性自我实现依托于男性身上，因此一再落入欲望的陷阱而走上成长的歧
途。当她看完那部改变她个人命运的电影走在回去的路上时，"月亮照得
大路白花花的，映下了她的身影。忽然有不知是什么的夜鸟呱呱地叫了两
声"。妙妙想："这世界有两种落单的命运，一种是月亮，它的光芒将星星全
遮暗了；另一种是孤雁，它日不能息，夜不能眠，被危险包围了。"这个隐喻
表明妙妙已经彻悟了自己想当"月亮"而不得只能成为"孤雁"的命运悖论，
而这一彻悟将会通往女性真正的主体实现。与妙妙类似的还有《我爱比
尔》中的阿三，她希图通过赢得西方男性的爱来确认和实现自我，甚至为了
迎合偶像比尔对于东方女性猎奇而又向往成熟女性的心理，悄然抹去了自
己的处女血，这种"拔苗助长"的成长过程却使她彻底遗失并践踏了自我，

当她在逃亡的途中苏醒过来时:"才发现雨已经停了,月亮从云层后面移出,将一切照得又白又亮。"在这让万物澄明的月光下,她彻悟了自己那由于自卑虚荣而造成的荒唐命运。

隐喻的主旨(所说或所思的深层观念)与载体(用来比拟的相似物)并不能完全对等,事实上,二者相差越远,隐喻的意义张力就越大,隐喻就越晦涩难懂。九十年代女性成长小说中由月亮意象构成的蜕变隐喻中,有些是意味深长而又难以尽表的。迟子建《岸上的美奴》中,因杀母而罪孽深重的小美奴从被敲诈的钱中"取出一张脏兮兮的粘腻的纸币,将它罩在眼前,去看那弯月亮。黯淡的月光照着纸币,……这让她有些失望,因为她更希望从中看出渔民的形象。更何况映在纸币上的月光,竟不如那夜她透过纸钱所见的好看。"这个无知而有罪的孩子,"黯淡的月光"无法照彻她内心因愚昧而产生的人性黑暗,这一反"成长"的"蜕变"隐喻表明了九十年代女性成长小说所抵达的人性深度。

在九十年代女性成长小说中,还有一些以"花"意象构成的蜕变隐喻,如王安忆的《桃之夭夭》中这样描述郁晓秋那"繁华落尽见真淳"的女性成熟:"就像花,尽力绽开后,花瓣落下,结成果子。外部平息了灿烂的景象,流于平常,内部则在充满,充满,充满,再以一种另外的,肉眼不可见的形式,向外散步,惠及她的周围。"而在创伤与救赎之间苦苦挣扎的尹小跳(铁凝的《大浴女》),最终以宽容、虔敬收获了女性的成熟,文本以花园意象隐喻了人生成熟之境的美不胜收:"她拉着她自己的手往心房深处走,一路上到处是花和花香,她终于走进了她内心深处的花园,她才知道她心中的花园是这样。这儿青草碧绿泉眼丰沛,花枝摇曳溪水欢腾。白云轻擦着池水飘荡,鸟儿在云间鸣叫。"

由于女性走向成熟的过程本身就含有精神飞升之意,所以"飞升"或"飞翔"意象常构成女性成长蜕变的隐喻。蒋子丹《桑烟为谁升起》中,萧芒在天葬台目睹了"曾经在人世间诞生长大成熟衰老的肉体,化作了鹰鹫的飞翔",这一事件使萧芒的成长轨道发生了质变,"萧芒的身体已经退到了无足轻重的位置,她的所有行为都只被一种精神和文化支撑"。如果说"桑烟升起"本身就隐喻了肉体或精神从死亡到新生的过渡,那么萧芒梦境所期许的女性成长归宿就从"飞升"意象构成的蜕变隐喻中暗示出来:"我梦见一只巨翅的白鹰,从远远的天际向我飞来。我的身边正缭绕着袅袅青烟,我知道那是桑烟,它正在为我升起。"海男的《蝴蝶是怎样变成标本的》则将"飞翔"意象定为贯穿全篇的女性成长蜕变隐喻。饱受情感摧残的普桑子不断在逃离与回归中移置自我的成长创痛,在自己建造的蝴蝶博物馆她终于走向了成熟:"她的耳边飘荡着风,那是来自南方的风,风是被她从南方带到这座城市的,那是蝴蝶的翅翼下的透明的风,是可以负载着她生命将她轻托于尘世的风。"这超然出尘的轻风把她的生命托举成一只飞翔的蝴蝶,在她看来,"一只蝴蝶在空中飞翔总比一个人在地上行走着要美丽得多,也会轻盈得多。"这一太过美丽缥缈的"飞翔"意象,在隐喻了女性反抗性别宿命、超越自我的精神飞升的同时,也泄漏了女性无处奔逃突围的成长境遇。

按照利科的说法,隐喻是"指谓"与"命名"相争执的产物,是情感和想象共同合作的结晶,隐喻具有间接指涉现实、内化思想和重新描述世界的功能,其意义即在于突破旧有的划分而建立新的逻辑联系。[①] 面对父权社会女性神话布下的"天罗地网",面对延续千年暗哑无声的女性传统,九十年代女性成长小说以一种以此言彼的话语方式叙述着女性成长的故事,在名与实、标准义与新奇义之间的话语张力中不仅突破了父权文化秩序性别等级的划分,建构了融合着女性独特成长体悟的女性生命奇境,而且在凝聚意蕴内核的意义生成层面,烘托出丰盈的哲理韵味,成为突围女性成长神话、探寻女性成长真相从而叩问整个人类生存境遇的不二法门。九十年代女性成长小说正是凭靠鲜活的隐喻、非逻辑地言说达到了对于女性自我的回归与确认,这种在"显白"与"晦涩"的磨合中寻觅人言和解的努力,正是女性主体性生成的前奏。

---

① 参见张沛:《隐喻的生命》,北京大学出版社2004年版,第40页。

第二节 九十年代女性成长小说中的叙述分层

　　九十年代女性成长小说一个非常重要的叙事特征是叙述分层现象的大量出现。所谓叙述分层就是一部叙事作品可能不止有一个叙述者,所叙述的故事里面往往也可能含有别的叙述。譬如说围绕一个人物的行动事件构成了一部叙事作品的叙述对象,可这个人物同样可以再叙述另一个故事,在他所叙述的故事中,或许还会出现另一个人物叙述另外一个故事,照此类推,以致无穷,这些故事中的故事构成了多个层次,也就导致了叙述分层的出现。热奈特也曾谈及过叙述分层:"叙事讲述的任何事件都属于一个故事层,下面紧接着产生该叙事的叙述行为所处的故事层。"①可见,由多个叙述故事形成的叙述层次具有一定的相互关系,而判定不同叙述层次之间的关系有两种方法:一是先确定主叙述层次,即占了大部分篇幅的主要叙述层次,在确定了主叙述层次之后,"那么,向这个主叙述层次提供叙述者的,可以称为超叙述层次,由主叙述提供叙述者的就是次叙述层次。"②另外一个判断方法是,"由于叙述行为总是在被叙述事件之后发生的,所以叙述层次越高,时间越后,因为高层次为低层次提供叙述行为的具体背景。"③例如《一千零一夜》的中心故事是山鲁佐德讲述的,她是这一千零一个故事的叙述人,但是关于山鲁佐德向谁讲述故事以及讲述这么多故事的缘由却是由另一个叙述者讲述出来的。这样,山鲁佐德的一切叙述便构成了主叙述层,而另一个向读者解释山鲁佐德行为动机的故事外的叙述者的叙述则构成了超叙述层。然而,叙述层次间的等级关系并不是绝对的,有时这种主次关系并不明显,而是几乎以平等的嵌合方式存在,这实际上构成了另一重要的叙述分层形式——叙述嵌层结构。

---

① 热奈特:《叙事话语—新叙事话语》,中国社会科学出版社 1990 年版,第 158 页。
② 赵毅衡:《当说者被说的时候》,中国人民大学出版社 1998 年版,第 58 页。
③ 赵毅衡:《当说者被说的时候》,中国人民大学出版社 1998 年版,第 58 页。

如前文所述,叙述层次模式作为九十年代女性成长小说中一种"有意味的形式",需要联系九十年代的社会文化形态、性别境遇制约下的女性作家微妙曲折的文化心理,以及建立在女性真实体验基础上的女性成长叙事内容等因素,才能打开"由形式进入意义"的神秘大门。事实上,揭开这一谜题的钥匙就是叙述层次的叙述学功用。首先,叙述层次的使用可以使传统叙述文本中被抽象化和功能化的"非虚非实的"叙述者,在超叙述层中成为一个血肉丰满的人物形象,并使超叙述层自然地承载叙述评论,形成一种"高高在上"的叙述姿态。同时,由于超叙述层次的存在,叙述层次之间的信息传递才更为直接和明晰,也更为可信可靠。而正是这一叙述学功用,无疑可以帮助社会生活中依然处于客体境遇的女性作家,争取话语权力和话语主体位置,从而有效地树立文本权威。因为女性作家可以借助超叙述层很自然地安放一个以女性写作者身份出现的叙述者形象,她可以占据一个主动而有力的叙述位置,以一种不被质疑的叙述姿态,任意评说女性成长故事的是非曲直。而女性叙述者对于植根于自我性别体验的女性成长历程的评说,本身就隐喻着女性作为思维主体的自我审视、自我反思与自我探询。另外,从叙述者与作者(或称隐含作者)的关系这一维度来看,叙述者的身份越实体化,越能增强其对于故事层面的主体操控能力,而这就意味着真实作者被更大程度地被"间离"出文本,不会被轻易的"株连"。而各个叙述层次之间的相互遮掩与相互借势,也使一些超越父权文化常规的内容,可以顺利通过父权道德监察的过滤器。正是叙述层次的这一功能特征,使其成为九十年代女性成长小说中常用的文本策略。其原因在于:因为长期以来女性成长历程中真实的身体欲望被父权文化秩序压制甚至删除,而涂抹上欲望色彩的女性成长真相的发露,势必会违背以压抑女性为根本目的的父权道德,并使小说遭到秉持父权文化价值的读者抗拒性阅读,甚至女性写作者本人也会因此笼罩于父权偏见的阴影中。而这种具有间离作用与掩饰作用的叙述模式就不失为一种回避父权道德指摘的有效策略。总之,九十年代女性成长小说中叙述层次这种叙述模式的大量使用,本身就表明了九十年代经济转型社会中,由于消费主义与父权制意识形态的隐秘合谋,女性主体性的生成在多元化文化语境的表象之下仍然步履维艰的窘境。综合来看,九十年代女性成长小说的叙述层次大体可分为三种类型:叙述分层、叙述跨层和叙述嵌层。

(一)以血代墨的书写:叙述套层

就叙述层次而言,其区分的标准是上一层次的人物成为下一层次的叙述者,但是在具体的叙事作品中,叙述层次之间的联络格局却十分复杂。在九十年代女性成长小说中,最为常见的叙述分层策略是叙述套层,即在意义自足的主叙述层上再加套上一个超叙述层。这样一来,文本就被分作两个叙述层次:一个是超叙述层次,其中出现的叙述者,是一部小说中最高层面的叙述人,其功能是既讲述故事又编织文本,是小说全部话语行为的发出者;另一个是主叙述层(故事层),其叙述者是由超叙述层次所提供的,其功能是帮助构建文本的主导意义和基本的人物造型。有意味的是,设置了超叙述层的九十年代女性成长小说为主叙述层提供的叙述者大都是一个女性写作者,这个被有意设置的女性写作者形象并不是画蛇添足,而是与"女性成长"的主旨息息相关。

张悦然的《水仙已乘鲤鱼去》就是一个典型的叙述套层模式。它的主叙述层是以璟的成长历程为核心的长篇故事,而前面设置的超叙述层则是以母亲的口吻抒写的意境优美的散文短篇。在这个母亲写给女儿的奇特备忘录中,洋溢着母亲对于未出世的女孩的美妙遐思和谆谆教诲,也包含着女性对于人生岁月清醒的彻悟:"没有谁来得及看足谁的成长,没有谁真能陪谁翻山越险,抵达人生的极乐。他们不过都是我人生长长短短的段落,有一天,我也会成为你的段落,我的孩子。"然而超叙述层在母爱的和谐曲中放入了一个致命的不和谐音符,那就是母亲以杜撰故事为生的女作家身份。这个将写作视作自己永远的情人的母亲坚定的拒绝了新生命的出生:

> 为了不让你在寡爱多憎、欲念泛滥的童年挣扎,为了不让你
> 继承我的哀怨和乖戾,为了让我做一个没有牵挂的说故事的人,

为了让我飞掠这烦扰的尘世,归于隐灭,我只能放弃你。

结合主叙述层璟的成长故事中母亲的虚荣和残忍给女孩璟带来的心灵磨难和成长坎坷,这种自觉对母性责任的放弃一方面显示出女性对于传统母性神话的清醒审视和对自我能力的理性认知,另一方面也昭示了女性成长的两难困境:女性要想通过自我的创造力去寻求一种自由和超越,就必须放弃做一个"真正的女人"的权力,因为父权社会习俗所规定的以献身为核心的母性责任,限制了女性以创造者身份建构审美世界的自由。超叙述层中的"我"和主叙述层中璟以及璟的母亲虽都以不同的方式陷入不同的女性成长困境里,但她们都同样以拒绝母性责任的方式来超越自我困境。然而无法否认,因拒绝母性承担而带来的人性残缺,毕竟又是每个成长的女性最终无法抚平的人生缺憾。因此可以说,这个叙述套层模式的意义在于:两个叙述层次意义遥相呼应,共同指向对女性成长困境的追问与质询。

盛琼的《生命中的几个关键词》也应用了叙述套层策略,主叙述层中除去描绘男性生命断章的"妥协"和"孤独"之外,女性甘霖的成长故事则是一个主线:少女时期甜蜜而又辛酸的等待、婚姻围城内外欲望的升腾与破灭后的荒凉、逃离南方后异乡姐妹情谊中建构人生意义的梦幻。这个由关键词连缀起来的女性生命成长之旅,更多浸染着无奈而又无望的痛苦体验。但有意味的是设置在文本引子与结尾处的超叙述层则似乎有意弱化主叙述层的叙事效果。"引子"在以诗意的语言描述小说缘起时不经意点到的"梦",在结尾的超叙述层中却被大肆铺陈,从《红楼梦》说到梦的实质"是比真实还要真实的东西,是人生最根本的体验",又不惜笔墨描绘这个超出人类想象的"梦幻般"的宇宙,最后超叙述层中的"我"坦言道:

> 自从我发现了"梦幻"这个词的意义,我就知道,我实际上已经找到了我所需要的一切。这是一个最实在、最真实、最确切的词语。每个人在它的里面都能寻找到自己所需要的东西。

超叙述层中的女性写作者以一种对于"梦幻"的唯美推崇,将女性成长世界中那浸入骨髓的创痛和委屈"求全"出一种牵强的诗意,"真实和梦幻其实是一回事啊。——你能不感动吗? 原来,我们的世界有着怎样的圆满和诗意啊"。这种泛泛甚至有些滥情风格的感慨有意无意地稀释了主叙述层中以严谨而细腻的现实主义笔法所刻画的女性成长苦痛。如果说超叙述层中的叙述者一定程度上是女性作家的代言人,那么叙述套层中所构成的这种触目惊心的裂隙,这种一再把女性成长的残酷罩上梦幻般诗意的作法本身就是对于女性现实处境的最好诠释。

铁凝的《午后悬崖》运用的叙述套层策略却有着另一番意味,超叙述层的"我"由一个女性写作者形象变异为故事记录者的形象,而被录下的有关韩桂心的成长故事则构成了主叙述层。这是一个关于罪恶、创伤、忏悔和救赎纠结的女性成长故事,它以真切的内心独白以及具有人性深度意义的细节,真实生动地刻画出一个生活在匮乏、原罪阴影中的成长女性形象。但这个女性成长故事暗含了太多不为父权习俗所容忍的因素:如对于父亲卑劣形象的戏谑化处理、母女之间残酷的心理交锋以及与常规"洁白纯真"相悖的女孩心理阴暗等。为了磨平这些势必会遭到抵制阅读的"棱角",超叙述层巧妙地设计了一个理想主义者形象作为叙述者,她时时以社会现象的仲裁者和美丑善恶价值的判断者自居。在超叙述层这个道德理想化视域中,整个血肉丰满的女性成长故事因韩桂心那"为了怀上她丈夫的孩子并成为新闻人物"的讲述动机,而成为一桩需要口诛笔伐的社会丑恶现象。叙述套层策略导致的主题重心偏移,虽然将一个真实到"危险"的女性成长故事推上了"批判丑恶现象"的意义安全带,然而这种妥协背后却隐藏着深深的无奈,正如超叙述层中的"我"所言,"这仿佛使我和韩桂心在某种意义上成了同伙:面对那些录音我们有种共同的逃离感,或者因为它太虚假,或者因为它太真实。"毕竟我们"这些人间的路人,面对着所有这一切有时的确会感到一阵阵力不从心。"

从以上文本的分析可以看出,超叙述层中某个人物在叙述(或记录、倾听)故事时,她本人并没有介入到所讲的故事中去,在主叙述层次中她是隐身式叙述者。事实上,九十年代女性成长小说还有另外一种叙述套层模式,即主叙述层的内容就是由超叙述层人物自己经历过的事情构成,因此超叙述层中的叙述者就是主叙述层中的显身式叙述者,只是两个叙述者存在于不同的时空背景中。陈染的《与往事干杯》中,超叙述层中的叙述者"我"仍是一个忧郁而美丽的女性写作者形象,终日追忆逝去的爱情和那永无回归之日的爱人。而主叙述层是由"我"所经历的几个人生片断构成的女性成长故事:因缺失父爱而孤寂自卑的悲剧个性、因渴求关爱而误入歧途的幼稚情欲、因"乱伦"的罪恶感而最终葬送的美丽爱情,这是一个成长与爱不断错位的女性成长故事。这种叙述分层乍看起来似乎只是为了强化主叙述层那哀伤幽怆的伤怀情调,实际上却有着更多的意味。由超叙述层表明故事的缘起是为了女友乔琳的友谊,"死于华年"的主题意象也是由于乔琳的启发,而"我"对于乔琳友谊的感激信赖和高度评价更是连篇累牍,这似乎表明:当一切伤痛的往事如流水从生命中消失的时候,女性之间的姐妹情谊是唯一能让关爱驻足、能让往事远去、能让孤独与死亡逃遁的乌托邦。超叙述层以一种柔韧的姐妹之情期许,在一定程度上抵消了主叙述层中女性成长故事的阴霾和绝望。

如果说《与往事干杯》的叙述套层策略有效地平衡了希望与绝望两种色调,那么陈染的《站在无人的风口》则利用这一叙述策略加强了神秘色调。主叙述层的内容是"我"在成长岁月中所经历的一桩神秘的往事:在那个神秘荒凉而又充满原欲色彩的尼姑庵,目睹了一个为爱蹉跎岁月的神秘老尼姑。而设置在开头和结尾的超叙述层并未以知情者的口吻为这"神秘"指点迷津,相反却坦言这是"哑谜似的寓言,使人绞尽脑汁去猜透其中的含义,"并且"它的暗示不通向任何别处,它只是它的自身。"特别是结尾处的超叙述层,那两个走到"我"面前如同幽灵一般的男人,竟然以强力撕毁了主叙述层中这个有关男性欲望之争导致女性成长悲剧的故事,而作为写作者的"我"并未激愤或反抗,而是"我知道故事无疑重新开始叙述,不断开始。"这似乎暗示着女性写作作为一种可以从根本上改变两性主客体格局的颠覆性力量,在父权力量的压制下任重而道远。而这两个叙述层次在共同渲染一种神秘格调的同时,则将深层内涵共同指向女性成长真相的不可言说与无法言说。徐坤的《招安,招安,招甚鸟安》则用叙述套层策略增加了文本的戏谑色彩。结尾设置的超叙述层中,成年的女性写作者"我"戏仿了主叙述层那个作为孩童的"我"讲故事的幼稚的姿态,形成荒诞化的叙事效果。如果说主叙述层中"我"的成长就是一个在认知上不断祛魅、理智上逐渐拨乱反正的过程,那么两个叙述层次中"讲故事姿态"有意契合,则暗示了女性成长过程中那荒唐而浅薄的人生印记,并未随智性的增长而日渐消泯,相反那"作秀"的写作姿态与人生姿态已经如影随形般地潜入成长女性的生命意识里。两个叙述层次在戏谑与反戏谑的张力中,将女性成长历程中智性与人性的悖谬以荒诞的形式表现出来。

(二)穿越虚构的疆界:叙述跨层

九十年代女性成长小说中还存在着大量的叙述跨层现象。所谓叙述跨层,就是某一叙述层次的人物进入另一叙述层次,从而使两个时空各不相同的叙述层次叙述情节相互交织。热奈特把这种叙述跨层称为"叙述转喻",他认为不同叙述层次的界限,"是两个世界之间变动不定但神圣不可侵犯的边界,一个是人们在其中讲述的世界,另一个是人们所讲述的世界。"因此,他认为"故事外的叙述者或受述者任何擅入故事领域的行动(故事人物任何擅入元故事领域的行动)",都会产生"滑稽可笑"或"荒诞不经"的叙事效果。[①] 而九十年代女性成长小说正是利用叙事跨层策略的荒诞性,来传达女性作家对于女性成长出路的困惑与迷惘。具体说来,这些文本都强调了超叙述层中的虚构者对于主叙述层中被虚构的主人公完全"虚构"的权力,而艺术中的虚构"强调的是形式所特有的积极性,强调作者的因素,因为在虚构中我鲜明地感到自己在积极虚构事物,感到我的外位给了我自由,能畅行无阻地赋予事件形式并完成事件"。[②] 需要指出的是,在巴赫金的艺术理论中,所谓的"外位"指的是"作者对主人公所持的一种基本的、审美上富有成效的立场",即"作者极力处于主人公一切因素的外

---

① 热奈特:《叙事话语—新叙事话语》,中国社会科学出版社 1990 年版,第 164 页。
② 巴赫金:《哲学美学》,河北教育出版社 1998 年版,第 361 页。

位:空间上的、时间上的、价值上的以及涵义上的外位"。① 作者的这种"外位"立场有利于写作者有力地控制主人公,使其成为一个能体现创造者原则的艺术整体。如果把文本中超叙述层中的虚构者看作一定意义上的隐含作者的代言人,那么对于"虚构"的强调,正是表明了隐含作者坚持创造者"外位"自由、坚持全面操控女主人公的绝对权力。然而九十年代女性成长小说中叙述跨层策略的使用,呈现的却是一幅尴尬的图景:女性成长主人公不断地摆脱虚构者操控,并表现出超越虚构者理解范围之内的个性特征。这无疑表明,超叙述层中的虚构者并不能完全实现对于所虚构人物全面控制的写作意图,这也就意味着,隐含作者(现实中的女作者)对于笔下人物自足的性格命运无能为力的写作窘境。事实上,这种文本裂隙无疑与女性作者对于女性成长命运问题的思考困惑有关。

蒋子丹的《桑烟为谁升起》是应用叙述跨层策略最为典型的文本。超叙述层中的虚构者"我"一边坚持着自己的虚构权力(因为她深信自己的文字可以决定女主人公的命运),一边与跨入超叙述层的被虚构者萧芒就身高、容貌、职业等问题讨价还价,甚至让人物选择"或者很平庸很幸运,或者很卓越很不幸"的两难命运。同时"我"也深入到主叙述层面,在萧芒的成长故事中,不仅与其并肩而立共同解决现实生活问题,而且与其共同讨论女性成长过程中所面对的各种价值层面问题。难以置信的是,虚构者"我"与被虚构的萧芒在平等的相互交流、相互辩诘过程中并未相互认同,相反却因彼此的分歧而使坚持自我独立的萧芒不告而别。文本的荒诞在于:这个被创作者注入生命的女主人公竟然听凭自我的成长逻辑而轻易地摆脱了创作者的操控,而执掌着虚构权力的创作者竟然最终被虚构人物遗弃,只能接受她没有结局的命运。如果说主人公的"出人意料的举动",都是由创作者"种种偶然性的情感意志反应引发的,由他的随心所欲的态度引发的",那么"艺术家为把握主人公明确而稳定的形象所作的斗争,在很大程

---

① 巴赫金:《哲学美学》,河北教育出版社1998年版,第110页。

度上是他与自身的斗争"。① 由于叙述跨层策略在文本中的使用可以形象地展示虚构者与被虚构人物的关系,因此虚构者自身那难以和解的斗争也被清晰无误地传达了出来,而这个虚构者在很大程度上可看作隐含作者的代言人,那么这种斗争反映出的即是女性作家对于成长女性何去何从并没有形成一个原则性的立场和稳定成熟的价值取向,而这种迷惘可以说贯穿在许多九十年代女性成长小说中。

林白的《瓶中之水》中,超叙述层中的"我"仍然强调这种虚构的权力:"二帕是我虚构的一个女人,多年来我常常期待着与她不期而遇。"然而在随后的情节中虚构者"我"又情不自禁地入侵到主叙述层中:"小时候我跟母亲去一所堆满鞭炮的房子替人接生,……这个新生婴儿不是二帕,二帕当时蹲在天井里洗一大盆衣服,她穿着那双鞋跟高得极怪异的木鞋,听见来人的声音就扭过头,瞪大的眼睛里充满敌意。"通过这种叙述跨层策略,虚构者"我"与主人公二帕处于一种看与被看的关系中,而二帕给予"我"奇特的直观印象:是由"多种不同质地不同浓度的红色在不同时间里一次次覆盖"产生的"浑浊",而这"浑浊"是"虽古怪却蕴含着某种不能透彻的东西"。叙述跨层造成的这种荒诞效果,正形象地表明虚构者对于所要创造的主人公形象缺乏一个完整而稳定的理念,或者说二帕活泼而多变的生命力已经超越了虚构者的掌控。究其原因,正如文中所说"二帕对我的意义我至今仍不十分明了,我坐在大厅角落的沙发上,隔着茶色玻璃看到的也许正是我自己,只有我才会对二帕如此珍惜,如此充满激情。"也就是说二帕是虚构者自身的镜像,二帕个性的"浑浊"正与虚构者无法认清自身有关,而二帕无法突围的成长困境也正反映了虚构者对于自己成长历程的迷惘。同样应用叙述跨层策略,超叙述层的虚构者"我"将主叙述层的女主人公置于视野中从而形成看与被看关系的还有林白的另一部作品《一个人的战争》。文本是这样结尾的:

> 我常常在地铁站看见她,她穿着一件宽大的黑色风衣,像幽

---

① 巴赫金:《哲学美学》,河北教育出版社 1998 年版,第 102 页。

灵一样徘徊在地铁入口处,她轻盈地悬浮在人群中,无论她是逆着人群还是擦肩而过,他人的行动总是妨碍不了她。她的身上散发着寂静的气息,她的长发飘扬,翻卷着另一个世界的图案,就像她是一个已经逝去的灵魂。

可以看出,"我"眼中的主人公多米是个偏执而又神秘难以被虚构者理解和把握的形象,而这与多米的成长结局密切相关。主叙述层中经历了各种成长坎坷的多米,终于以自我孤立为代价找到了自己"辉煌"的逃离之地,"旧的多米已经死去,她的激情和爱像远去的雷声永远沉落在地平线之下了",然而"脱胎换骨"后的多米如何才能找到真正的主体性成熟之路,对于虚构者来说却是一个"悚然心惊"的问题,这也就是为什么本来能够操控主人公的虚构者"我"何以在多米的头发上看到神秘不可知的"另一个世界的图案"。

在张洁的《无字》中,超叙述层的虚构者开篇即直言不讳地宣称:

> 尽管现在这部小说可以有一百种,甚至更多的办法开篇,但我还是用半个世纪前,也就是一九四八年那个秋天的早上,吴为经过那棵粗约六人抱的老槐树时,决定要为叶莲子写的那部书的开篇——
>
> "在一个阴霾的早晨,那女人坐在窗前向路上望着……"只这一句,后面再没有了。这个句子一摞半个多世纪……

由于主叙述层中女主人公吴为只是一个被虚构的人物,而超叙述层中的虚构者跨入主叙述层,要把吴为的小说开篇当作自己小说的开头,这就是典型的叙述跨层策略。吴为的女性写作者身份无疑与虚构者"我"相同,而"我"对于吴为文字的认同,实际上也就表明主人公与虚构者互为镜像的关系。而吴为所写的开篇意境萧瑟、处于未完成状态,这本身就暗示了虚构者所写的有关吴为的成长故事始终没有一个清晰明了的结局。事实上,主叙述层中吴为发疯而至死亡的结局在整个长篇小说故事中显得突兀和暧昧,也就是说,虚构者强加的文本结局并未适应被虚构主人公的个性整体,主人公的个性生命已经逃离了虚构者的整体操控。而造成这一局面的原因,正是在于虚构者"我"自身并未就女性成长问题形成一个富有原则性的价值立场,而这种困惑和迷惘直接影响到主人公吴为走向主体性生成的基本路径和基本成长方向。

在海男的《蝴蝶是怎样变成标本的》中,为了强调虚构者的权力,虚构者的言语行为被单独放在"虚构者说"中,并以小字排版的形式把它与主叙述层区别开来,然而文本却清楚地展现了主人公一再摆脱虚构者操控的情形,使得虚构者不断陷入尴尬和无奈中:"普桑子将陷入绝望之中的陶章拽上了岸,这完全是我原来的虚构中从未想到过的事情。……我看见他撑着拐杖走在沙滩的前面,普桑子则走在后面";再如"普桑子闪烁着泪花,我看着她的肉身,她在很多时候都似乎光着脚,像幽灵似地走来走去";又如"我承认我是在写小说,我承认我看到的那个拎着箱子出走的女人只是带着她的衣物和一只蝴蝶标本在远走"。并且在"虚构者说"中清晰地表明了虚构者"我"对于笔下人物"普桑子"的成长历程的迷惘:"我在四处为普桑子寻找生活的佐证。""我现在正做着一件事,那就是为普桑子找到生活的尺度。"然而,处于"外位"的虚构者并未给故事层面的成长主人公找到赖以依托的成长支点,这无疑是虚构者(即一定意义的隐含作者)面对女性成长命题,无法找到一个令人信服并贯彻始终的价值立场所导致的结果。

(三)嵌合中的撕裂与补白:叙述嵌层

九十年代女性成长小说还使用了叙述嵌层的策略。所谓"叙述嵌层",就是两个叙述层次不分主次的嵌合在一起,一般是一个叙述层的叙述者为故事外全知叙述者,而另一个叙述层的叙述者是故事内的限知叙述者,两个叙述层在意义层面既互相分裂又彼此映证。相较而言,九十年代女性成长小说中的叙述套层是由两个并不平等的叙述层次构成的,主叙述层是文本的主体而超叙述层则构成补充部分,而叙述嵌层中的两个叙述层次则没有这种等级关系,它们对于作品的整体意义和叙事效果具有同等重要的地位。而与叙述跨层相比,九十年代女性成长文本中出现的叙述嵌层,是把女性成长故事放在一个单独的叙述层面,而把与之相关的故事置于另一个独立的叙述层面中,这与叙述跨层那种自由出入两个叙述层次,任意跨越讲故事与所讲故事的界限而造成的荒诞效果有着很大的不同。叙述嵌层策略的运用,把建立在女性"私人化"与"个体化"体验基础上的成长故事置于一个更为宏阔的历史文化视野中,女性在反思性地理解社会历史与文化生活的同时获得了知性的成长,与此同时,那些更为松散和空泛的日常生活叙事和历史寻根叙事也会因"女性成长"这一叙事参照物有了更为深刻的现代意义向度。

王安忆的《纪实与虚构》,通过叙述嵌层策略的使用,将女性成长故事置于一个宏大的历史文化视野中。文本中一个叙述层次是由第一人称叙事构成的女性成长历史,另一个叙述层次则是以全知叙事根据史料和推论敷衍出的家族历史,而两个叙述层之所以能嵌合在一起,就在于隐含作者那侵袭灵魂的孤独体验。"我"收割车前草的场景作为有意味的成长事件在前一个叙述层次中反复出现,无疑是为了传达那彻骨的荒凉与孤独,那幼年时"我是谁家的孩子啊"的喟叹暗示了"我"成长的历史既是孤独压抑的历史,又是企图反抗和抵制孤独的历史。如果说"建设关系"可以成为消除孤独、解救自我的有效途径,那么重建家族史就成为行动委顿的现代人谋求"建设关系"积极而又富有成效的文化努力。在成长中因试图"扩拓人际关系"而备受挫折的"我"终于找到虚构的武器,以想象和倾听家族神话作为解除孤寂的良药,因此实际上后一个叙述层次的家族神话为"我"孤寂的思想之旅提供了反抗孤独的力量。同时,叙述嵌层策略也使纪实与虚构经纬交织,使现时性的女性成长与过去时态的男性家族英雄成长并置于同一个文本空间,这种有关成长命题的超时空对话在孤独与反抗孤独的努力中形成深长而丰厚的历史意味。

迟子建的《东窗》也是由两个叙述层次嵌合而成,一个是由全知叙述者掌控描述小镇女性传统日常生活的叙述层面,另一个叙述层次则是限知叙述者"我"所经历的成长事件。这两个叙述层面巧妙地嵌合在一起,产生了丰富的文化意蕴:前一个叙述层次是由细节构成的传统女性日常生活场景,女人间的攀比、女人间的吵嘴、女人与丈夫生气等一幕幕女性寻常生活图景,都流溢着温婉而感伤的散文化情调。小镇的女性由女孩至少女、由新娘成为母亲及至与岁月一起凋零为老太婆的生命流程,是一个性别角色不断递变而人生境遇每况愈下的过程,而一代代染指甲的小女孩们复制着祖母、母亲的无奈人生,蹈袭着这亘古不变的女性命运流程。这一叙述层次所展示的女性生存宿命式的循环,为整个文本营造出一种温情而又滞重的历史氛围。而另一叙述层次中的"我"却将反叛传统女性命运、创造"东窗神话"的美女李曼云当作自己的成长偶像,特别是当瞎眼的算命先生预言"我"的性别命运之后,"我"试图乞求"东窗神话"来豁免这可悲的性别宿命,然而终归无济于事。最终"我"以一种平和的心态迎来了祖辈女性们都要经历的婚姻、生育和生命晚霞,就连责骂女儿的方式都与她们如出一辙。这两个叙述层次嵌合一起则凸显了一个屡次想突围性别宿命但终究落入传统性别命运轮回的女性成长故事。文本结尾处,"我"异想天开要开北窗看夕阳,而女儿红儿则要开北窗看银河,这种奇思异想暗示着未来女性摆脱性别宿命的一丝曙光。从整体叙事效果来看,"我"的成长故事既是前一叙述层次中小镇亘古不变的女性命运的具体例证,又是对前一叙述层次中女性命运故事的撕裂与补白。

同样,池莉的《云破处》也是一个叙述嵌层模式。一个叙述层次以全知视角,描绘白天公共生活领域内中国最"沉得住气"的一代人,描绘那平滑而又天衣无缝的日常生活表象,以及众声喧哗中那琐碎庸常而纤毫毕现的凡俗人生流程。而另一个叙述层次则以限知视角描绘曾善美夫妇在夜晚私人空间内短兵相接的对话,从而揭示出一段饱含血泪的女性成长经历。善美因父母被害而从小寄居姨妈家,却相继被姨父和表哥污辱;她为了婚姻幸福,屈辱地迎合父权制社会对于新娘的贞操要求;为了满足父权社会的子嗣要求,还一再隐瞒无法生育的身体真相而常年喝苦汤药。但当她发现谋害父母的凶手竟是丈夫时,她手刃了这个拒不认错的男人,为自己苦难的成长讨回公道。这两个叙述层次充满了表象与真实的对立,使整个文本节奏张弛相间。然而小说将具有极端"性政治"色彩的女性成长历程嵌入平庸生活流程的策略有着更为隐秘的叙事用心:将一个敏感而危险的女性"杀夫成长"主题,悄然转换为具有中性色彩的"探究生活真相"命题;将一个激烈的性别对抗故事,不经意转化为社会公共监察与个人隐秘关系的质询。

运用叙述嵌层策略最别具特色的女性成长小说是刘索拉的《混沌加哩咯楞》。文本中一个叙述层次是由幼年黄哈哈以第一人称呈现的"个人化"的文革景观,以及真假难辨、美丑颠倒的荒谬年代给成长女性带来的迷惘与困惑。而另一个叙述层次则是以第三人称的全知视角,呈现了客居伦敦的成年女子黄哈哈面临的各种尴尬暧昧的性别境遇与成长窘境。两个叙述层次的严密嵌合,形象化地表明了黄哈哈不论是幼年还是成年、不论是在文革中国还是现代伦敦,都被各种具有"片面性真理"的话语缠绕,从而始终处于进退维谷而又无所适从的成长窘境中。文本中现代女性改写王宝钏唱词那充满戏谑色彩的一幕更形象化地隐喻了现代女性的成长窘境:恪守传统女德的女性未必能获得幸福,而无视束缚任情任性的现代女性竟也不知路在何方。小说叙述层次交错镶嵌形成的"混沌"的叙事效果,无疑最完美地体现了女性成长方向与成长路径的"混沌"加"哩咯楞"。

第三节 九十年代女性成长小说中的叙述声音

在现代社会,"声音"这个词已经具备重要的文化意义,特别是对于那些长期受贬抑的、被强制以沉默为美德的社会群体与个体来讲,"声音"已经成为权力与身份的代称。因此,对于被长久笼罩在性别统治与性别歧视阴影中的女性而言,寻找"失落的声音"并发出"另外一种声音",就意味着女性个人或群体通过追求话语权力来摆脱女性客体地位并通过建构一种与生命体验相连的表达方式来消解男权话语霸权的努力,正如露丝·伊里盖蕾所言,有了声音便有路可走。

然而就批评实践来看,女性主义者强调的"声音"是一种以女性立场、女性体验为中心的观念和见解的表达,它被视作颠覆父权文化秩序的有效策略。因此女性主义者通常并不注重"声音"作为一种形式结构的技巧意义,而是侧重讨论"声音"所涉及的意识形态倾向和所包含的社会寓意。而作为叙事学的一个重要术语,"声音"被更精确地表述为"叙述声音",它指叙事作品中讲述者的话语,而这既不同于叙事中的隐含作者的叙述意图,也不同于非叙述性人物的独白或对话。叙事学理论家们将叙述声音定位为文本实践中的具体形式,而不认可其所具有的意识形态和社会寓意的指涉价值。事实上,在以男权利益为中心的现代社会里,希图"发出自己声音"的女性要想表达自己观念和见解,不仅要适应叙述声音特定的技术要求,而且还要受制于产生叙述声音的社会权力关系和文化常规,因此文本中的女性叙述声音就不仅仅是一个形式技巧问题,而且还会折射出特定时代女性的性别处境以及社会性别权力关系。针对上述两种倾向,美国女性主义叙事学的代表人物苏珊·兰瑟主张将政治化的女性主义批评与具体的叙述形式技巧研究结合起来,在她看来,可以从巴赫金"社会学诗学"的角度来审视叙述声音,"也就是说,叙事声音位于'社会地位和文学实践'的交界处,体现了社会、经济和文学的存在状况。而叙事声音也正是在这种状况下得以产生的。"①由此可以得出,"社会行为特征和文学修辞特点的结合是产生某一声音或文本作者权威的源泉。"②因此,处于父权意识形态压制下的女性作家,必须借助浸染着性别权力关系的语言修辞和社会常规,巧妙地采用某些间接的甚至迂回的写作策略和技巧,才能冲破男性主导意识和男权话语的重围,从而有效地建构起自己的话语权威,呼喊出来自女性生命体验的真实的声音。

就九十年代女性成长小说而言,尽管多数女性作家对主流意识形态和权威机构都保持距离,自甘边缘,但是并不意味着她们放弃了话语权威的企求,即获得听众、赢得尊敬与赞同并建立影响的企求。然而经济转型带来的多元化语境使女性作家在享有空前广阔的文化空间的同时,也使之面

① 苏珊·兰瑟:《虚构的权威》,北京大学出版社 2002 年版,第 4—5 页。
② 苏珊·兰瑟:《虚构的权威》,北京大学出版社 2002 年版,第 5 页。

临着父权意识形态与消费主义隐秘合谋的"无物之阵"。更重要的是,女性作家所倚赖的新文学传统,其话语权威始终附属于五四以来沉浮于时代主流意识形态的男性文化精英,这种隐含着性别权力因素的文学传统,在经过历史时间沉淀之后,形成了具有强大规约力量的文化成规,并以一种潜移默化而又无孔不入的影响方式制约着女性写作。因此,以揭示女性成长真相为叙事主旨的女性作家在叙述声音中建构话语权威时,常常面临着一种尴尬的窘境:一方面需要从文化成规中借势来建立女性成长叙事的话语权威,从而争得话语主体的位置来拆解父权社会女性成长神话的虚妄,揭示出女性主体性生成的女性成长内涵,并得到广大读者的文化认同;另一方面处于社会权力关系网中的文化成规是一个铭刻着性别等级制度、维护男性主体性位置的规约性力量,因此,对于这种文化成规的全面依附,本身就意味着对于以虚构、歪曲女性真实体验为目的的男性话语系统的认同。这种写作窘境使九十年代女性成长小说中的叙述声音成为一个充满文本诡计与叙述策略的场域,而每个具体文本叙述声音的处理方式都可看作是对于社会性别文化权力关系的具体回应。本章主要借用苏珊·兰瑟基于女性主义立场的有关叙述声音的理论,分析解读九十年代女性成长小说中的叙事声音形式,并在此基础上探究这种叙事处理方式对于传达女性成长真相、建构文本权威的实践意义。按照苏珊·兰瑟的划分,叙述声音模式有三种:作者型叙述声音、个人型叙述声音和集体型叙述声音,而"每一种模式不仅各自表述了一套技巧规则,同时也表达了一种类型的叙事意识,这样也就表述了一整套互相联系的权力关系和危机意识、清规戒律和可能的际遇"。①

(一)静默与喧嚣:作者型叙述声音

按照苏珊·S.兰瑟的定义,"作者型叙述声音"就是指"异故事"的、集体的并具有潜在自我指称意义的叙事状态。所谓"异故事的",是指叙述者不是其所讲述的故事的一部分,也就是说,不是虚构情境和事件中的人物,

---

① 苏珊·兰瑟:《虚构的权威》,北京大学出版社2002年版,第17页。

他与虚构的人物分属两个不同的层面。而所谓"集体的",是指它以想象中的读者为叙述对象。很明显,这是一种全知全能的叙述者发出的声音,他在整个叙述过程中由于处于叙述时间之外,不会被叙述事件加以"人化",因此这种类型的叙述者比小说人物充当叙述者的叙述模式更具有优越的话语权威,不仅可以自由地展示小说中人物的言语、行为、观念和情感,而且可以自由地表达自己的思想、情感和爱憎倾向,随意评点小说中的人物、事件,甚至直接抛头露面地在作品中发表关于人生、历史、道德习俗等的各种议论。作者型叙述声音一般都不用指明叙述者的性别特征,并且文化常规总是将这种作者型的叙述声音默认为男性的声音,因此女性如果采用这种叙述模式参与到男性的文化权威中,可能会更轻易地获得受述者的认同,但这也无形中强化了父权文化秩序中以男性为中心的叙述权威。而如果这种作者型的叙述声音被明确赋予女性声音的性别特征,那么这种声音又会面临着因受述者抗拒性阅读而丧失话语权威的可能。因此,为了承载更多的、更为有效的公众权威,女性作品中的作者型叙述声音一般不会明确标明女性标记。在九十年代女性成长小说中,作者型叙述声音可以根据叙述者表述行为的不同分为两类:一类是叙述者专注于"超表述"行为,即叙述者不只描述虚构世界,而且还对虚构世界作深层的思考和评价,总结归纳故事的意义,点评叙述过程,寻求与受述者对话;另一类是叙述者专注于表述行为,仅仅叙述虚构人物的言辞和行为,不对事件与人物发表过多的评论。

九十年代女性成长小说中存在着大量的"超表述"的作者型叙述声音。在这种声音模式中,叙述者不断就故事情节、人物性格以及整体意义发表自己的评论与看法,同时叙述者还概述过于琐细而不值得戏剧化的思想过程和事件,告诉读者无法轻易从文本得到的重要信息。由于作家创作很大程度上是为了传达某种价值观念,因此叙述者评论干预的最终目的就是要将一些价值信念灌输和强加给读者,并获得读者的认同。需要指出的是,凡是专用于公开修辞的篇幅都花在有问题的事情上,而灌输的修辞随着一种反对意见的预期,其必要性就在逐步增加。就九十年代女性成长小说而言,由于女性主体性价值与父权道德价值的悖逆,女性作者通过叙述声音灌输价值观念的现象就层出不穷,特别是针对那些有较多争议性的问题,运用得更是频繁。蒋韵的《隐秘盛开》中,潘红霞那"荒唐"的、"让爱占有一生"的女性成长故事,虽然一定程度上体现了女性个体命运的自主选择,但毕竟是一种不为世俗理解的爱情价值。为了赢得读者的价值认同,叙述者一再以诗意的方式赞叹道:"这样的爱,'爱情'是不配的,也是它承受不起的。能够承受这爱的只有至高无上的上帝和神明——因为那不是爱,那是信仰",并且一再强调:"爱永远是一个人的事,和被爱者无关。"铁凝的《大浴女》中,对于尹小跳和陈在狂热的婚外恋情,作者不仅通过设置陈在与小跳青梅竹马以及陈在婚姻情非得已的情节,来证明这一恋情的合法性,而且叙述者还充满感情地为其辩护道:

> 相识二十多年他们从未有过这样的亲热,他们不断地互相错过,就好像要拿这故意的错过来考验他们这忠贞不渝的情谊。现在他们都有点儿忍不住了,……仅有的情谊是不够的,他们需要这美妙绝伦的破坏。

将叙述者评论的声音从开头响彻到结尾的是王安忆的《流水三十章》。在这个长篇中,张达玲成长历程中凡是溢出传统期待视野的行为表现,如有悖母性神话的母女淡漠、违反成年人想象的幼童仇恨心理、抵制"处女无欲论"的情欲骚动和身体欲望等,都由叙述者浓墨重彩地细细剖析和阐释。随着张达玲成长过程中善恶复杂性的增加,叙述者评论的声音便更大量更明晰的响起。然而将这种叙述声音的评论干预发挥到极致的是张洁的《无字》。全文充满坦诚直白而又激愤满怀的评论,特别是吴为成长过程中,那些不为父权文化秩序所容的"仇父"与"仇夫"的心理与行为,都得到叙述者充满极端性政治色彩的有力辩护。这些连篇累牍、慷慨激昂甚至有些浮夸偏激的叙述声音,显现出女性作者希望通过强有力的叙述声音建立起一个超越性别等级常规的价值体系,并希望读者根据这一体系来衡量吴为所经历的成长事件,从而认同吴为那偏激极端的个性和极富叛逆的行为。但具有悖论意味的是,正如施洛米丝·雷蒙-凯南所指出的那样:"叙述者如果过于外露,那么他被完全信赖的可能也就微乎其微,这是由于他的阐释、评价和归纳并不总是与隐含作者的标准尺度相吻合。"①这种情况对于女性作品中的叙述声音来说更是如此,因此,《无字》这部"用生命书写的,通体透明的,惊世骇俗"的女性成长小说,依然会招致有关"节操与原则"、"隐私和尊严"以及"文德和文格"的苛责。②

与"超叙述"的作者型叙述声音不同,九十年代女性成长小说中那些专注表述行为的作者型叙述声音,并不直接出面对虚构的事件与人物发表议论,这使得小说中的对话成为小说全部经验的中心。在读者的阅读感觉中,这种声音模式意味着作者的沉默,并使作品出现一种"作者不明"的自然状态。然而作者虽没有让一位可信的代言人(大部分情况是叙述者)不容置疑地对读者说话,但作品却因此产生了逼真的、栩栩如生的人物,并且由于读者是跟随女性成长主人公的眼睛来感知、体验外部世界,因此,读者与人物的感情距离在逐渐缩小,人物每时每刻所感受到各种细腻的成长体验,都会使受述者有身临其境之感。在迟子建的《树下》中,当寄人篱下的七斗被姨父强暴时,"她仿佛看见一只寒光萦绕的斧头在锐利地砍伐一棵白桦树的情景,白桦树渗出新鲜甘醇的汁液,白桦树倒下了。接着,一驾马车慢慢地走来,七斗看见了四匹神色忧戚的红马,她还听见了沉重的马蹄声。"这种带有生命伤痛的沉重体验,经过主题意象"四匹红马"和"沉重的马蹄"的一再渲染,给读者留下难以磨灭的印象。王安忆的《我爱比尔》中,阿三所感受到的那种迷惘而困惑的成长体验,也是任何叙述者无法代言的:"她环顾这老公寓的房间,四处都是陌生人的东西和痕迹,与她有什么关系,她所以在这里,不全是因为比尔?她丢了学籍,孤零零地在这里,不全是因为比尔?可是,比尔究竟是什么呢?她回答自己说:比尔是铜像。"而王安忆的《米尼》中米尼所体会到的那种被命运羁绊的无奈,也是通过女

——————————

① 参见苏珊·兰瑟:《虚构的权威》,北京大学出版社 2002 年版,第 19 页。
② 王蒙:《极限写作与无边的现实主义》,《读书》2002 年第 6 期。

性神奇的直觉来传达的:"当她走在正午的太阳底下,从熙熙攘攘的人群中穿行而过,她心里就有一种奇异的感觉。她好像看到有两条生活的河流在并行,有时候甚至还交叉相流,但绝不混合,泾渭分明。她在她的那条河流里,另一条河流就在她的身边,而她过不去。"

成长女性心理感受与体验的自足性呈现,又会使文本产生另一种阅读效果,那就是导致读者对人物道德价值判断的改变,正如韦恩·布斯所言:"内心观察可以为甚至最邪恶的人物创造同情。"①在九十年代女性成长小说中,有些女性成长主人公明显僭越了社会伦理道德规范:陈丹燕《女友间》中的小敏是个在都市消费经济中随欲望浮沉的现代女性,她因屈从于自己一时的情欲而与好友安安的丈夫有染;唐颖《丽人公寓》中的宝宝则是个在都市酒店工作的美丽女孩,她因无法拒绝物欲的诱惑而委身于有家有室的香港富商;而唐颖的另一部作品《随波逐流》中,阿兔在与男朋友同居的情况下,又与风流倜傥的邻居秦公子度过难忘的一夜。这些有着明显道德过失的成长女性,在煽动欲望的消费社会中,其人生选择与成长命运有着前所未有的复杂性,非一句简单的评判能盖棺论定,在这种情况下,女性叙述者理智的选择了从文本中撤退,只呈现了女主人公自然的心理活动,其余的价值判断交由读者来选择。而读者在女主人公持续不断的心理活动展现中,逐步走入她们的内心世界,对她们身上那些不尽人意的品质也不再过分苛责,甚至产生了某种同情:都市酒吧中苦心经营人生的小敏,也为无意破坏好友的家庭而悔恨不已,并真心地希望帮助好友度过婚姻危机;宝宝也曾将富商的追求想象为爱情,并为这一幻梦的破灭而几乎自杀;清纯的阿兔因为世俗的成见才一再回避自己青春的欲望,那个被她有意轻视的秦公子,才是她真正刻骨铭心的爱情。这些女性成长主人公都陷入了无法摆脱的欲望困境里,并真切的感受到了成长的痛楚。因此,正是这种叙述声音策略的使用,使得那些不尽符合传统价值文化常规的成长女主人公,最终得到读者的宽宥。

---

① 韦恩·布斯:《小说修辞学》,北京大学出版社1987年版,第423页。

然而,值得一提的是,这些小说表面上隐去了叙述者,但克制的叙述声音并不会彻底从文本中消失,而是隐秘地为故事的情节走向以及人物的行为逻辑提供线索,甚至流露出一定的道德价值判断倾向。因此读者在阅读真实而细微的女性成长体验时,具备了一种双重的"视觉":得到成长女主人公感受事物印象的同时,在道德判断方面却又受到叙述者的暗示,这无疑会使读者对主人公的成长性格形成较为全面而又准确的判断。迟子建《树下》中的七斗一再被命运蹂躏后,表面的麻木与软弱隐藏着内在的坚忍柔韧,王安忆《我爱比尔》中的阿三那看似坚强独立的背后存在着虚荣与依附,《米尼》中的米尼虽以宿命为借口,但却完全是一种咎由自取。

(二)真淳的尴尬:个人型叙述声音

按照苏珊·兰瑟的理论,个人型叙述声音(personal voice)指有意讲述自己故事的叙述者,但它并不指代所有的"同故事的"(homodiegetic)或"第一人称的"叙述,而只是指"那些说话人即虚构故事的参与者的叙述",①即热奈特所谓"自身故事的"(autodiegetic)叙述,其中讲故事的"我"也是故事中的主角,是该主角以往的自我。个人型叙述声音与作者型叙述声音不同之处在于,虽然"我"也可以统筹其他人物的声音,在叙述声音结构上保持"优越"的地位,但这地位的取得依赖于"我"是个可信的叙述者这一前提。另外,与作者型的叙事者"拥有发挥知识和判断的宽广余地"不同,个人型叙述者"只能申明个人解释自己经历的权利及其有效性"。②就九十年代女性成长小说而言,个人型叙述声音并不利于树立女性的叙述权威,有时甚至给女性写作者带来不必要的麻烦。这是由于个人型叙述声音往往在叙述形式上与自传难以区分,再加上内容本身是由人物的成长经历构成,这使许多采用个人型叙述声音模式的九十年代女性成长小说往往被看作女性作家的成长自传而遭受非议,甚至把这类女性写作视为因不具备知识水准、不了解外部世界而不得已的选择,并因此贴上不守礼规、自恋独尊的标

---

① 苏珊·兰瑟:《虚构的权威》,北京大学出版社2002年版,第20页。
② 苏珊·兰瑟:《虚构的权威》,北京大学出版社2002年版,第21页。

签。尽管这样,个人型叙述声音所具有的直接传达生命体验的优势,仍然使其成为九十年代女性成长小说非常重视的叙述策略。

在父权文化秩序中,公开话语属于男性、私人话语属于女性的话语二分法惯例,在悄然地支配和制约着作者型叙述声音和个人型叙述声音的使用规则。一位女性作家想要创作一部用个人型叙述声音叙述的女性成长小说,就意味着必须要考虑许多深层的问题。首先,必须在平凡琐细的女性成长体验中,尽可能容纳宏大而深邃的意蕴,以此来抗衡父权文化秩序对于这类女性写作的偏见。池莉的《怀念声名狼藉的日子》中,豆芽菜那虽个性飞扬但仍不失为平凡细碎的女性成长故事,在以"禁欲虚伪"和"扼杀个性"为主旋律的文革时代,才具有了某种超越性意义。王安忆的《忧伤的年代》中,如果没有对"孤独"与"焦虑"等富有人性深度体验的深刻质询,"我"的故事必将成为过于沉闷而单调的女性成长呓语。其次,必须时刻控制作者与充当叙述者的女性成长主人公之间的界限,以此保持公开化的叙事力度和保护个人隐私二者之间的平衡关系。在这一点上,九十年代个别女性成长小说处理得显然不十分得当,这主要指一些"美女作家"的作品,如卫慧的《上海宝贝》、《艾夏》、《床上的月光》,棉棉的《啦啦啦》、《每个好孩子都有糖吃》、《一个矫揉造作的晚上》等。这些文本,为了商业炒作的需要而过分强调女性自传性的卖点,在强化个人型叙述声音所暗示的"私人话语"的同时,将女性作者本人与充当叙述者的女性主人公有意无意地叠合在一起,将虚构叙事与个人隐私或隐或现地联系起来。这种叙述效果在满足男权主义"窥淫癖"的同时,也贬损了小说应有的人文价值。

事实上,九十年代女性成长小说在使用个人型叙述声音时考虑最多的问题是,由于个人型叙述声音无法掩饰叙述者的性别,或者说无法像作者型叙述声音那样伪装成男性的声音,而这就意味着在讲述女性自我成长故事的过程中,如果叙述声音所建构的女性自我形象,逾越了公认的女性气质行为准则,那么她就面临着遭受读者抗拒性阅读的危险。因此,为了保证叙事的可信度,以及最大程度避免抗拒性阅读心理的抵制,女性写作者必须将女性成长主人公的言行容纳在一种公众能够接受的文化价值体系之内。黄蓓佳的《没有名字的身体》中,为了使"我"成长历程中那段刻骨铭心而又逾越道德秩序的婚外恋情能得到读者认同,不仅多次以诗意化的情调渲染这段感情的真挚,还点明情人的婚姻只维系于道义之上。殷惠芬的《反动》中,"我"在经历成长的迷惘后(包括对婚外异性的渴望与爱恋),最终回归到婚姻的港湾中。陈丹燕《鱼和它的自行车》中的"我"也在保护幻梦的美丽借口下,将一段激荡的婚外情化于无形。然而对个人型叙述声音风险性回避最为典型的文本是《一个人的战争》和《私人生活》。

《一个人的战争》初始版本的封面竟是一幅春宫画,而陈染《私人生活》封面的宣传词则是"性感而怪异的人生悲喜剧,危情而玄思的女性成长奇观"。这固然反映了消费社会中带有欲望色彩的男权眼光的性别偏见,但也显露出这两个文本所建构的女性成长主人公形象与公认的女性气质的距离。《一个人的战争》中的女性成长主人公多米,幼时就能以"自慰"自娱,并且对于同性身体表现出异乎寻常的热情;青年时又因抄袭事件被揭发,孤僻与自闭的性格使其受骗失身,而虚幻的爱情又以堕胎而告终;其成长结局最终是逃入一场没有爱情而又年龄悬殊的婚姻中。而《私人生活》中的拗拗不仅以清高孤独自赏,而且总是"特立独行":虽一再受到 T 老师的嘲弄与欺辱,却屈从于欲望把自己的初夜给他;她生命中的情欲由异性尹楠和同性禾寡妇共同承载;她以浴缸作为自我成长归宿的怪癖与拒绝流俗的疯狂。按照父权社会的女性道德标准,这两个女性成长主人公确实如"魔鬼般淫荡",如"女巫般不可理喻",尤其是个人型叙述声音的使用,更使得文本惊世骇俗。但女作者在坚持个人型叙述声音的同时,巧妙地使用了改变叙述声音的策略,在一定程度上抵消了这种消极的叙述效果。《一个人的战争》中,在"我"那些颇有争议的行为处往往有意无意地嵌入了作者型叙述声音,如多米受骗失身那段,叙述者一跃成为虚构世界的旁观者,以一种近乎残忍的冷静来理性地审视人物的成长磨难。《私人生活》中,被欲望支配的拗拗在阴阳洞中与 T 先生初尝禁果的那段,也由第一人称个人型叙述者转换为全知色彩的作者型叙述者。这种叙述声音的转换使得叙述者与人物不再二位一体,而这种临时分身的叙述策略,不仅消除了读者将这种触犯父权律令的行为与女性作者本人经历联系在一起的联想,而且也使读者产生了与叙述者相似的情感倾向和价值判断:在微讽女主人公轻率与孤僻的同时,对其充满怜悯与宽囿。值得一提的是,这两部作品还巧妙地利用了后现代意识的一些悖论性的元素,即主体性缺乏连贯一致却是单一的存在;自由并不意味着解放,选择也并不提供可供挑选的余地;事件并不一定有可供理性解释的原因等。而正是具有深刻悖论性的现代性元素的恰当嵌入,使这些悖逆父权道德的女性成长故事、这些冲破"女性"神话的叛逆之音,安全地汇入现代艺术的主流中。除此之外,读者阅读中的"自居作用"也被用来克服这种叙述声音模式带来的消极后果,即通过人物的视觉、人物的心来感受和想象一切,从而使读者感同身受了所有女主人公所经受的成长体验:苦难与欢欣,挫折与痛楚,并在此基础上产生深刻的认同。

(三)共济的方舟:集体型叙述声音

所谓的集体型叙述声音(communalvoice),是一个相对新颖的叙述范畴,这是因为叙述声音的区分性特征在根本上依赖于主导文化的规定,而主导文化极少采用集体型叙述声音,因此集体型叙述声音及其各种可能的形式至今尚未形成一个完整统一的体系。苏珊·兰瑟把这种叙述声音定义为"这样一系列的行为,它们或者表达了一种群体的共同声音,或者表达了各种声音的集合。"①在集体型叙述声音中,某个具有一定规模的群体,被赋予叙述权威,而这种叙述权威可以通过多方位、交互赋权的叙述声音,也可以通过某个获得群体明显授权的个人的声音,在文本中以文字的形式固定下来。由于主流的文化秩序中,叙事和情节结构都被刻上以男性为中心的性别等级烙印,集体型叙述声音基本上是边缘或受压制的女性群体所发出的声音,而女性个体要呼喊出集体的叙述声音,却必须以建构具有性别政治意义的女性群体为前提。由于中国从未产生过成熟而独立的妇女运动,这无疑使在政治、经济等方面都享有相当多权力的当代中国妇女,在性

① 苏珊·兰瑟:《虚构的权威》,北京大学出版社2002年版,第22页。

别群体意识方面却处于匮乏混乱状态,因此现实意义上的女性主义群体基本不存在。但在文学艺术理论领域,由于九十年代多元化语境以及西方女权主义理论的大量输入,女性艺术家们则开始形成清醒的性别群体意识,并在自己的作品中建构了集体型的叙述声音,尽管这种叙述声音模式在女性写作中极为罕见,但仍可以将其看作女性个体作者因企慕具有乌托邦性质的女性社群而产生的一种极为隐蔽的策略性虚构形式。按照兰瑟的划分,集体型叙述声音的存在有三种形式:单言(某叙述者代某群体发言)、共言(复数主语"我们"为叙述者)以及轮言(群体中的个人轮流发言)。就九十年代女性成长小说而言,主要存在着轮言形式的集体型叙述声音,并且集中表现在徐小斌的《羽蛇》与蒋韵的《栎树的囚徒》中。

《羽蛇》是以羽的成长故事为基本的情节线索,同时在跨越百年的历史画卷上,构建了一个由五代女性构成的母系家族历史,而这个"女性世系"的延伸是由多个女性的成长故事构成的。文本以作者型叙述声音为主导叙述模式,同时又让包括羽在内的家族女人以及她的朋友以内心独白的形式表达自我的思想意识。这些处于不同时代,同时又个性分明的女性人物,都以自己独特的思想逻辑和风格化的内心语言,不止一次地敞开自己的内心生活:玄溟那端庄正统的内心声音;金乌那浪漫执著而又自由不羁的内心声音;若木那病态忧郁而又充满偏见的内心声音;羽那痛苦不安而又充满神秘直觉的内心声音;亚丹那压抑而又无奈的内心声音;韵儿那因现代意识而显得过分轻盈的内心声音。这些各具风貌的女性声音,构成了一个充满压抑与反抗、爱恨交织的女性世界:既有女友间的温情互助又有彼此的争执抢夺,还有母女之间那以健康、爱心为名的摧残与迫害。然而,文本分散而枝蔓的各种声音无疑会影响到情节的连贯与表述的统一,所以小说又精心设计让单一的作者型叙述声音来统摄那些思想意识纷纭的个性化声音,以此构建小说形式上的连贯统一。这一精心构建的叙述声音模式,使整篇小说如同一部交响乐,在作者型叙述声音的指挥下,个性化的声音在不同的声部响起,从而成功地弥合了"众声喧哗"带来的巨大历史跨度与文化断裂,其叙述效果正如贺桂梅所言:"《羽蛇》处理了百余年的历史,却没有形成断裂,这很不容易。"①同时,值得注意的是,这个作为主导模式的作者型叙述声音,虽未特别标明但显然是女性的声音,"她"多次以"我们"这一复数人称邀请受述者参与、判断,从"她"的声音中可以听出遗憾与惋惜、宽容与激赏。正是在这个有明显性别倾向的叙述声音的引领下,那些因为经历和情感各异而构成多元化的女性个体叙述声音,表明了女性群体内部的差异性。然而这表面的差异之下却是女性生命逻辑的深刻一致:不管历史风云如何变幻,每个女性都依然故我,都会怀着最初的生命动机,坚忍不拔地走向自我选择的人生之路。她们不迁就外部社会、只听从内心召唤的成长历史,是一种看上去最微不足道,但却最自在、最具韧性的历史。而正是这潜伏于爱恨情仇表象下的深刻一致,使这些跨越历史的、多元化的女性成长故事,最终构成女性社群全景图的一个不可或缺的部分。

《栎树的囚徒》选择的是集体型叙述声音的另外一种模式:家族中的三个女性轮番讲述,并形成一种扇形节奏的叙述声音。第一章是天菊的声音,第二章是天菊的母亲苏柳的声音,第三章是天菊的舅妈贺莲东的声音,第四章又返回到苏柳的声音,而最后一章与第一章呼应,以天菊的声音作为收梢,每个叙述声音都打上了鲜明的个性烙印,女性言说者的感觉、体验笼罩着她所回忆和想象的一切,她们既讲述个人的成长经历,又讲述他人的故事,轮番担任同故事和异故事叙述者的角色。显然,家族内部女性的血缘亲情成为统筹这一集体型叙述声音的基本原则,传统的婆媳、姑嫂与妯娌关系,被改写成一种具有"姐妹情谊"色彩的、有精神承继关系的母女与姐妹关系。这些置身于动荡不安的时代和风雨飘摇的家园里的女性,以一种天然的默契和理解,共同抵御父权秩序的重重压力。小说的成功之外就在于把一组分散的叙述声音融入了一个自主自为、平等说话的女性群体中,她们的叙述声音在不断轮换中,没有哪个叙述者能够完整地建构自己或她人的成长故事,而只能在多种叙述声音的集合里,共同拼接完成壮观而又绚烂的家族女性命运成长图景。这些由多元化叙述声音讲述的众多

---

① 贺桂梅:《伊甸之光——徐小斌访谈录》,《花城》1998 年 5 期。

各不相同的女性成长故事,其间却闪现出深刻的相似性,从而使她们能够以理解宽容的眼神隔着岁月的鸿沟深情遥望。作为这一家族女性历史的弥留人与后继者的天菊,象征性地以自己的叙述声音开启和完结整个家族历史故事,她深情地回望着这些由母辈们血泪涂抹的生命风景,并在文本结尾感慨道:

> 我们家族的女人,她们有多少是用"死亡"这种方式摆脱了生命的困境。她们选择了死来保存生的自尊。她们是些美丽的易折的乔木,构成了我们家族树林的重要景观,而我们,苟活者和幸存者,则是她们脚下丛生的灌木和蒲草。我们永远没有她们那种身披霞彩的千种风情,而她们,则不如我们坚韧。

这一令人感怀的优美意象,隐喻了横亘在女性家族历史长河中两极化的女性成长逻辑:一极是以陈桂花为代表的那种刚烈壮美的"宁死不屈",另一极是以贺莲东作为典型的那种能够承担最世俗最琐碎苦难的理性柔韧。这两种刚烈与柔韧相济、飞扬与沉稳辉映的生命景观,构成女性群体中理想化的人格典范,而正是这一理想化的人格典范,成为汇聚家族女性群体的精神内核,成为家族女性健全人格与完美生命的真正精髓。

第五章 想象男性的叙事

——九十年代女性成长叙事中的性别意识

中国二十世纪文学的整体文化语境中有关现代主体的想象实际上一直是被性别化了的,或者说无论是民族国家主体还是个人主体其实都有着明确的性别身份——男性,虽然有时是通过一种中性化的表述来遮蔽以男性为中心的性别意识形态。直到九十年代,具有自觉性别意识的女性写作大量的出现。这些文学文本中以女性成长故事为依托,聚焦于女性身体与心灵的真实感受,孜孜于女性主体的建构,才使得女性主体成为现代主体中不可或缺、不能替代的一个部分。然而,任何主体的建构都脱离不了整体的社会文化语境,由种族、阶级、自然、性别、宗教等因素的制约而形成。就女性主体建构而言,其面临的所有困境、挑战主要都来源于社会的性别语境。

在这样一种社会语境中,"男性中心观念"被普遍认同,甚至被当作一种历史先验,渗透在社会成员的认识、思想和行动的模式中。同时这种性别意识形态经过反复的叙事、经过诉诸一系列有效的性别象征符码,被自然化、常识化了。因此"男性秩序的力量体现在它无需为自己辩解这一事实上:男性中心观念被当成中性的东西接受下来,无需诉诸话语使自己合法化。"①这一性别语境真正创造了女性的性别特点及性别命运,在这一意义上,"女人并不是生就的,而宁可说是逐渐形成的"。(波伏娃语)具体而言,女性是在性别统治的权力关系中逐渐形成的,对此皮埃尔·布尔迪厄在《男性统治》一书中一针见血地点明这种性别统治的"奥秘":"男性统治

---

① 皮埃尔·布尔迪厄:《男性统治》,海天出版社 2002 年版,第 8 页。

将女人视为其存在是一种被感知的存在的象征客体,它的作用是将女人置于一种永久的身体不安全状态,或更确切地说,一种永久的象征性依赖状态:她们首先通过他人并为了他人而存在,也就是说作为殷勤的、诱人的、空闲的客体而存在。人们期待她们是'女人味儿的',也就是说微笑的、亲切的、殷勤的、服从的、谨慎的、克制的,甚至是平凡的。而所谓的'女性特征'通常不过是一种满足男人真实或假想的期待的形式,特别是在增强自我方面。所以,对别人(不仅仅是对男人)的依赖关系倾向于变成她们存在的组成部分。"①因此也就不难理解现代社会主体基本存在于主客体二元对立的权力结构中,女性很自然地被社会置于一种客体和从属的位置。

这种处于边缘性的客体和从属位置为女性成长创造了难以摆脱、难以质询的性别境遇。女性主体性生成的过程其实就是一个甄别真实自我与摒弃强加性别角色的过程,就是一个剥离内化的性别规范和确认自我主体的过程。事实上,女性的主体感主要体现在自我认同的建构中。自我认同有两个维度,一是它聚焦于我与"我"的关系,即身心关系问题。另一方面,它聚焦我与"他人"的关系。对女性而言,与异性的关系就指涉这两个维度:它不仅会指涉自我身份最本己的场域——身心关系,同时它又包蕴着社会关系网络中"我"与他者关系的最基本单元。荣格的性别心理学也点明了个体自我与异性的这种缠绕关系:"我们感到自身缺乏的、想从别人身上得到的、同时又莫名其妙地惧怕的,就是他性;我们将他性投射到异性身上,便使他人对我们具有了正面或负面的价值。"②即"对立性人格成分是一个形成心理投射的主要因素。……即在我们的异性意象中反映出来的是我们自己的真面目;尤其是当我们不切实际地把异性对象理想化或者尽力贬低其价值的时候,这一点显得更为清晰。"③

因此,在二十世纪九十年代女性成长小说中,我们要想清晰地勾勒出

---

① 皮埃尔·布尔迪厄:《男性统治》,海天出版社2002年版,第90页。

② 波利·扬－艾森卓:《性别与欲望》,中国社会科学出版社2003年版,第44页。

③ 波利·扬－艾森卓:《性别与欲望》,中国社会科学出版社2003年版,第43页。

女性主体性生成的曲折之路,就必须认真分析文本中出现的男性形象。因为这些男性形象表达的不仅是成长女性对于男性世界的想象和女性对于男性世界的价值判断,同时还以性别面具的方式曲折表达着女性对于性别自我的确认、反思与期待。而具体文本中能否不带偏见地表现了男性的生命真实、能否真正从平等真诚的角度理解男性的生命欲求,则取决于女作家在多大程度上超越了性别立场的有限性、在多大程度上理解了异性的生命逻辑,而这也无疑构成了女性主体性成长的一个标尺。在一定意义上,文本中男性形象的单薄与丰富、贬抑与美化,都体现了成长女性对于男性中心观念认同与排拒,对于社会性别语境的沉溺与突围。当然男性形象在具体文本中所占据的结构位置,无疑也体现了女性作者的创作策略与叙事用心,体现了女性作者借助他者的眼光来审视与反思女性性别,艰难探寻女性主体成长之路的叙事意图。

九十年代女性成长小说中的男性形象,大致可分为三种类型:被贬抑的男性形象、被美化的男性形象、"男性神话"的解构与被建构的理想男性。

第一节 男性形象的贬抑化书写

在九十年代女性成长小说中,出现了一批被贬抑的男性形象。这些男性形象出现在成长女性的生命道路上,上演着男权社会各种罪恶:诱惑者、始乱终弃者,道德败坏者,给女性的身心和精神带来深刻的伤害。这类男性形象虽然分布于不同的文本中,但却都有类似的形象特征:文本大都着眼于男性人物表面行为的刻画,而不去凸显其内在精神气质。虽然也采用了塑造人物的一般性艺术手法,如注重男性人物的肖像、语言、行动甚至细节描写,但这种描写并没有被导向一种具有灵魂深度的精神刻画。因此,这类被充分贬抑的男性形象就不可避免地具有了扁平化、单一化、漫画化甚至戏谑化的特点。这些特点真正抽空了男性形象的"实在性",使得这些男性形象成为一种空洞的符号,在文本中构成了一种"在场的缺席"。

　　林白的《一个人的战争》中的许多男性形象是模糊不清的,首先表现在这些男性人物没有确定的名字,几乎都有"代号"来指认,如"狼眼男人"、"矢村"与"N"。这些男性形象刚出场时,就有鲜明的肖像特征,如"狼眼男人","他的五官的确很好,是坚毅有力的那种,有雕塑感"。如矢村,"他的确长得很英俊,他的五官和脸型在男人中是少有的出众,尤其是他的嘴唇和下巴,简直有点像电影明星。"如N,"他的五官长得跟高仓健一模一样,高鼻梁,脸上的皮肤较粗糙,显示出岁月沧桑的痕迹,他的气质深沉冷峻,简直比高仓健还高仓健。"然而耐人寻味的是,这些外部特征有着"千人一面"的雷同性,表面上是女性欲望眼光下的一个结果,实际上是男权社会赋予女性对于男性欲望化的"同一"想象。"坚毅、深沉、沧桑"代表着男性中心观念主宰的社会所推崇的"男性理想",这一普遍流行的"男性气质",实际上是与"软弱、顺从、依附、被动"的女性气质互为参照的,而"男性中心观念"就是在二者的对立中不断生产和强调。女主人公多米既然认同这一被强加的男性"美学理想",自然会毫不犹豫地臣服于所谓的"女人味十足"的"女性气质"。由于文本中对于这几个男性形象,始终着眼于刻画其外在的语言行为和单一的反面性道德,而没有刻画出任何值得细究的灵魂细节。所以这些男性形象虽然有清晰的肖像特征,但始终给人以模糊的印象。无论是在一些戏剧性冲突比较强的情节中,还是在本该富有灵魂表现的日常场景中,我们都感受到了这种缺失。比如给多米造成灵魂阴影的"初夜事件"中的"矢村",只是一个在甜言蜜语(甚至可以跪下来盟誓)中蛊惑女大学生的"超级大骗子"。而N的整个行为更是匪夷所思,文本以追忆的笔调回顾了多米和N交往的整个过程,给我们展现了一个爱慕虚荣、自私自利、对感情不负责任、无情无义、冷漠冷酷的男性。但是文本没有通过富有灵魂深度的情节向我们表明,为什么这么一个颇有才华的未婚男性会这样对待一个真心爱着他的女人,既不拒绝她的爱又无时无刻不利用这种爱,同时又超出常人想象地残忍地践踏这种爱。他那样惧怕婚姻害怕失去自由,又偏偏在多米为她流产的日子里轻易向别人求婚。这种"变态"的心理似乎也无法从爱与不爱的角度彻底阐明。文本中通过一些细枝末节透露了N

对母亲的依恋，母亲对 N 的严格管制，但可惜没有充分而富有深度地展开。文本只是将 N 刻画成一个无情的"道德败坏"者，而没有任何笔触深入 N 的内心生活。文本中这种浅尝辄止的刻画让众多的男性形象成为一种"在场的缺席"。毫无疑问，这正是女性叙述声音主宰文本后对于男性人物内心声音彻底剥夺的结果。这种叙事策略轻易地将成长女性放于被男性伤害的位置之上，从而有力地控诉了男权制，有着强烈的性别政治意味。但另一方面，对于男性形象的面具式的肤浅处理，也会斫伤文本丰富而深邃的审美品质。

同样，在陈染的《私人生活》中，被贬抑的男性形象的行为同样缺乏逻辑的链条。对女主人公拗拗而言，T 老师是其学校生活中的一个让她痛苦不堪、饱受压抑的男人。在文本中首次出现的 T 老师是一种歇斯底里、让人啼笑皆非的形象。"T 先生的气管炎发作了，喉咙里像有一只哨子嘶嘶拉拉叫着。这是一种标志，是某种重大事件即将来临的标志。"当他准备义正严词地教训学生的时候，教室里肃穆安静，"这时，只听见一阵细微而尖利的哨声忽忽悠悠浮动在教室的上空。T 先生大叫一声：'是谁在吹哨子？'"这是一幅富有隐喻意味的画面，作者不无戏谑地从他的病态的生理写起，去揭示他人格和心灵的病态，还有他对自己病态的不自知。接下去一段带有超现实色彩的描写更是漫画般地凸显了他的强悍、蛮横和恐怖。"T 老师像动物园里的红狼，愤怒但不失冷静地在我们的座位中间来来回回地走。他的警觉的目光钉子似的闪着凉气，从我们的脸孔上划来划去，……使我出现了错觉，还是那划来划去的'钉子'果真扎破了我的脸颊，我只觉得脸上的血已经流了出来，像抹了一层辣椒一样烫。""红狼"、"钉子似的凉"、"辣椒似的烫"构成了诡异、恐怖、极端性的意象，隐喻一个带有梦魇性质的"男性伤害女性"的画面。对于这样一个"非人"的男性形象，文本只是简要回忆了一下他的身世背景，将其定位于一个饱受历史伤害的怀才不遇的老知青形象上，但对于其心灵背景却语焉不详。文本又通过"私部"事件和扫雪事件，强化了 T 先生的猥琐、刁钻和压迫。然而到后来，T 先生再次出现在已经长大的拗拗面前的时候，就变成一个"神情绝望"，"泪水会成串地滴落下来,并发出一声失控的呜咽"的弱者形象,文中多次用到了一个意象"一座坍塌崩溃的石碑",以此来隐喻坚硬如"石碑"的T先生由强悍变弱小的"巨变"。文本多次暗示了造成这种变化的原因,就是T先生对于拗拗的不可思议的情欲,而这种情欲力量之大,甚至颠倒了T先生和拗拗在欲望中的主客位置。文本中T先生表面上是个欲望行动者,但由于他被爱意和情欲苦苦折磨,实际上已经丧失了对于自我欲望的清醒认知,成为一个涕泪涟涟的弱者。相反,拗拗却因灵魂的清醒以及她对于T先生的反感和距离感,成为"阴阳洞"中的洞察自我欲望并加以实现的强大的欲望主体,"她对他并没有更多的恋情,她只是感到自己身上的某一种欲望被唤起,她想在这个男人身上找到那神秘的、从未彻底经验过的快感。她更喜爱的是那一种快感而不是眼前这个,正是为了那种近在咫尺的与性秘密相关联的感觉,与眼前的这个男人亲密缠连在一起。"一定意义上,T先生成为一个帮助拗拗实现从被动客体到欲望主体的涉渡之舟,而这种实现的关键却是T先生对拗拗丧失理智的"情欲与爱意",而这种不可遏止的情感是如何滋生于T先生那"变态"的人格土壤中,却成为文本中一个莫测高深的空白。这使得一个原本非常富有人性深度、情感内涵的细节,在作者有意无意的空缺中变成一条意味深长的裂隙。正是这种情理逻辑上的空缺与意义上的裂隙,使得T先生这样的男性形象只能成为作者笔下一个可以随意夸张、任意扭曲的欲望符号而已。当然具有悖谬意味的是,由于T先生形象的苍白,女主人公拗拗达到"欲望主体"的转换过程也显得苍白急促,其主体性生成过程也缺乏真正有力量的铺垫。

王安忆的《妙妙》里边也出现了多个被贬抑的男性形象,但给人印象最为深刻就是那个北京男人。他出场时,就是面目模糊不清,没有特定称谓的一个混在摄制组中的普通男演员而已。即便在最具有戏剧化冲突的场景中,即他以惯有的轻佻轻易俘获小镇女子妙妙,酿造其人生的第一个悲剧的时候,作为这个场景中真正的欲望主体、行动主体,他的面部形象和内在灵魂居然是缺失空白的,当然他的欲望是无所不在的,主导整个事情的发生与发展。他的全部形象都归结为妙妙的视角感觉,而这是由少女在懵懂中盲目崇拜的心理感觉造成的："他的穿了牛仔夹克的背在阳光下是那样的亮得眩目,使蹒跚在幽暗的走廊里的妙妙几乎晕眩。"这一"阳光下雪亮的背影"的意象,通常在文学文本中会成为一个正面的、高尚带有启蒙色彩的意象,然而在这个文本中,这只是一种不无反讽意味的铺垫。这个人物形象虽则构成了妙妙性启蒙的导师,但实际上这个人物满载着男权社会的罪恶品质:轻佻、不负责任、始乱终弃,是妙妙人生悲剧的始作俑者,"妙妙后来一生的奇遇,都是从这个雪亮的背影出发的。"直到妙妙历经坎坷的人生之路后,她才用清醒的理智第一次真正看清了这个人,前文中一直虚化的形象真正清晰起来,"她看见电影里的那人,眼前便出现了他在太阳地里的那个背影。她看他在里面只是演个小角色,连名字都没有,而且在银幕上显得很丑,腮小小的,一点都不精神,还有些委顿。他只出现了几个镜头,便一去不回了"。文本最后出现在妙妙眼中的这个人物形象,从外表与精神两方面彻底还原了这个男性人物"委顿、卑劣"的本质。正是妙妙在经过生活的洗礼后,能够使自己变成一个反思的主体,能够用自己清明的理智来客观地看待生活、看待他人、看待自我。伴随着这个男性形象从"雪亮"向"委顿"的还原,妙妙不再把自己被动地放于一个欲望客体的位置,以一种追求"传奇"的虚荣盲目仰视他人轻贱自我,在这个意义上,这个男性人物形象就成为标示妙妙生命成长过程的坐标。

在九十年代女性成长小说中,贬抑性男性形象的书写是借助戏谑化的艺术手法来完成的。而充满夸张喜剧色彩的对照,是形成文本戏谑效果的基本策略。徐小斌的《双鱼星座》中,对于卜零的丈夫韦充满了戏谑色彩的刻画。如韦起初尊崇卜零,是因为他惊奇"一张张白纸上从无到有地变出些黑字。韦从不在乎那些黑字说的是什么。"而后来当他事业成功,在花天酒地之后,"忽然感到操作这些黑字的女人十分贫弱。韦这时才悟到自己娶的原来是个百无一能的女人。"而他更喜欢的是懂得"交换价值"的妙龄女子。"黑字的神秘性大概就是在那时消失的。"通过将韦一贫如洗和事业成功对于文化不同的态度,寥寥数笔就将一个不学无术、人格堕落的伪君子跃然纸上了。除此以外,蒋子丹的《桑烟为谁升起》也是通过对照修辞戏谑地刻画了一个叫做"不语"的男性形象,"这个满脸大胡子完全不事修饰",既无真实姓名也无真实年龄,因为崇尚少林武术取了少林寺传说中某个豪杰的法号"不语"为名。文本中用"他说","他还说"这样快速节奏的语段将他的高谈阔论表现出来,既与"不语"这个称号形成戏谑性的反讽,更与他的实际行为形成鲜明的对比。对于西藏风俗、宗教经典和礼仪口若悬河的不语,一面宣称"他本人是要为弘扬西藏的文化奋斗终生的,他绝不能够容忍这种文化在任何方面的贬值。"另一方面他把制作好的磁带和兽骨卖给观光客时价格贵得惊人,并以此来牟取暴利。不语一面要萧芒夜夜听从他的召唤满足他的肉体欲望,另一方面又伪善地"时时在提醒她,一个过于看重自己身体的人是不可能真正体会生命的原始含义的"。经过这种戏谑化笔调的一再渲染,我们可以看到一个表里不一,道貌岸然的"高明的骗子"。当然最具有戏谑色彩的作品应当是徐坤的《游行》了,作者通过把男性人物公共生活的"光环"与其私人生活的"不堪"形成对照,完成了贬抑性的书写。成长女性林格以"生命游行"的形式,经历了老、中、青三代文化人的"爱的洗礼"。然而,在林格犀利的眼光下,各个男性都无一例外地剥去外表和灵魂的面具。如那个属于"重放鲜花"中老"诗神"程甲,"她看见诗神正在她多汁多液的摇曳中层层剥落掉自身的面具和铠甲,逐渐袒露出他生命的本真。西装褪尽之后,便露出里面的老式卡叽布大裤衩。……便把一出出纯美的爱情童话搅得像一块块破布似的丑陋无比"。"诗神的生命本真"和"老式卡叽布大裤衩"并置在一起,让人啼笑皆非,轻易地解构了男性文化精英的所谓"神话性"。再如黑戊,林格时时处于他花言巧语的轰炸中,但还能轻易地洞穿其人格的自私孱弱,"他所能做的,也只能是在语言的此岸逍遥着,巧舌如簧,指手画脚,冥想着自己是振臂一呼应者云集的英雄角色。可是真正让他揭竿而起斩木为兵付诸行动时,他却连一点泅渡的勇气都没有了,只能是眼巴巴地遥望着彼岸,嗫嚅着哆嗦成青紫的嘴唇不敢上前,甚至连蹚水湿一下鞋的勇气都没有了。""语言生活"的英雄与"实际生活"的委琐并置在一起,轻易拆解了一个文化英雄的外强中干。对于伊克这些代表着大众流行文化的小"愤青",作者更是对其平庸肤浅与哗众取宠的本质一语中的:"他们都把自己的鸭舌帽反戴着,伪装成麦地里的守望者,娇娇滴滴自慰着:我们都是些大男孩,一心就想去你妈的。"这些文本以一种略带调侃和黑色幽默的反讽笔调,或者通过成长女性的视野,或者通过作者的叙述声音,痛快淋漓地拆解了男性权威的人格面具,让读者直面其灵魂的虚无、言行不符的伪善。但同样的问题是,这种戏谑化的笔法,带来了男性人物形象内在深度的缺失,漫画化的同时就是扁平化与肤浅化。然而,更大的问题是由于这些男性形象在女性生命成长过程中占有非常重要的位置,他们低下的道德和卑劣的行径,在一定程度上制造了女性生命成长的困惑与困境,他们形象的平板与苍白不可避免地会影响主题内蕴的丰富和深刻。

在九十年代女性成长小说中,不约而同地出现这么一批被充分贬低、被彻底解构的男性形象是意味深长的,不能仅仅把它视为女性意识觉醒后对于男权意识的清醒的认知和有力的鞭挞,更不能仅仅把它视为以"性别隔膜"为借口对男性的"妖魔化"想象。实际上,这是女作家在九十年代这个社会文化语境中进行成长主题写作时所采用的一种自觉或无意识的写作策略。皮埃尔·布尔迪厄曾对男权社会作出了睿智的洞见,认为男性统治遵循着"一个既被统治者又被被统治者所认识和承认的象征原则的名义所实施的统治逻辑。"并把它界定为"象征暴力",即"温柔的、其受害者本身不易察觉的、看不见的暴力造成的。从根本上说,这种暴力是通过纯粹的象征途径来实施的,这些象征途径包括交流、认识,或更确切地说,包括不知情、承认,或推至极限,包括情感。"①也就是说,女性作家们有意无意地把这些男性作为"象征暴力"的施行者来塑造的,他们大都以权威、爱情、欲望的名义,既温柔又残酷地把女性推到一个饱受伤害的境遇中,而成长女性在一定程度上以顺从、习惯、依附的"女性气质"作了这一象征暴力统治的同谋。正是基于这一形象内涵的定位,为了最大程度地凸显这种象征暴力的罪恶,作为执行者的男性人物,其人性内涵自然需要尽可能地抽空以承

---

① 皮埃尔·布尔迪厄:《男性统治》,海天出版社2002年版,第2页。

载各种道德罪恶。这样的叙事用心自然会导致一批男性形象的漫画化和平面化,这既是一种简化更是一种强化。当然,这种男性人物的设置也使得女性人物的生命成长歧路丛生,但正是这样的"歧路"才真正预示着成长女性观察与反思自我的可能与深度。

第二节 纯粹美化的男性形象的书写

在二十世纪九十年代女性成长小说中,有一类男性形象值得重视,那就是被纯粹美化的男性形象。这些男性形象往往有权威或道德的光环,代表着一个时代的精神导向和一代女性对于男性的理想化想象。这些男性人物在年龄上稍长、性格气质上卓尔不群、道德品质无可挑剔,是成长女性仰望、迷恋的对象。他们仁慈、悲悯,以不同的方式护佑、安慰、吸引着她们。因此,他们不同程度被赋予了"神圣、神明"的色彩,在很多文本中把他们与"理想父亲"联系起来,与女性的"恋父情结"联系起来。为了维护其过分"完美化"的形象,文本在处理他们与成长女性的情爱关系时,采用"死亡"的间隔法,把他们的完美形象像标本一般封存在女性的成长记忆中。也正因为叙述主旨的"完美倾向",作者的叙述声音为这些男性形象的言语行为做了充分有力的辩护,使得这些男性人物的性格没有充分的发展,人性层面没有充分的展开,许多人性缺陷都被小心地回避了,或者留下很多难以弥合的文本裂隙。这类男性形象,被一种神圣的光环所笼罩,象征着一种超越性价值始终横亘在女性成长的路上,在女性生命成长中留下刻骨铭心的烙印,甚至让女性付出一生的代价来完成爱的献祭。而对成长女性而言,这种看似完全主动的情爱选择,实际上内在地反映了女性主体性的内在匮乏和对于自我生命认同的缺失。

张悦然《水仙已乘鲤鱼去》中,就着意刻画了这样一个完美的父亲兼情人的形象——陆逸寒。他从事着高尚的职业、有着高雅的情趣:是艺术品拍卖公司的老板兼收藏家,开着画廊,又收藏着很多名贵的字画以及古玩。

他自己也喜欢作画,所交往的圈子中都是文化界的名流。因此当陆逸寒初次出现在璟的视线里是一种非常脱俗的形象:"他眉宇间带一点清冷的忧伤,整个人看起来那样高贵。"而最吸引璟心神的是,陆逸寒身上所具有的那种有别于她的父亲并和其他男人完全不同的气质:"他和她的父亲不同,他没有酒气市井气,也定然不会对赌博痴迷到无法自拔的地步。他和她见过的所有男人都不同,那些男人,你看他们一眼就能看出,他们要的是什么,他们究竟是要钱,要权势,要美色,那些欲望都暴露在了脸上。可是这个男人,让人无法看出他要的是什么。他看起来那样充裕,毫无欠缺。所以他看上去才是那么地安全,可以信赖。他仿佛天生是来给予的,并且也有丰沛的东西可以给。"这一对于陆逸寒内在气质的刻画是非常独特的,因为"充裕""给予"等意象所引发的象征内涵一般是与"母性"或"女性"关联在一起的,而作者奇特地把这些品质赋予这一完美男性,这无疑有着特定的叙事用心。这主要是因为对于成长女性璟而言,她既缺乏一种像样的父爱,也没有正常的母爱。所以陆逸寒这种"充裕""给予"象喻了一种成长女性所渴求的亲情之爱。文本中用了很多细节,描绘了陆逸寒既像父亲又像母亲一样照顾、关怀璟,在璟病态的暴食之后、在被母亲辱骂之后、在璟初潮之后。文本通过这样一种描绘是要在二人的关系中建构一种先于情爱伦理的亲情伦理。"璟已经在心中把陆逸寒塑造成一个完美男子的形象,这男子在她从前的生活中从未出现过,他是父亲,他是爱人,他是广袤的、丰盛的……""他是父亲,是爱人,是她生命里从不谢幕的大戏,璟深深为之吸引。"正是这一不能轻易颠覆的亲情伦理,才使陆逸寒处于一个只能被仰望不能被质疑的宛若"神明"的位置上,同时也使得璟对于陆逸寒的崇拜和迷恋显得自然动人。文中多次出现了璟仰望"神明"似的姿态,如"他在她心里是完美的男子,她甚至坚信连他种出来的蔷薇也会格外绚烂。"再如,"他是她一直以来的全部的梦,惟一的家园啊"。又如,他的爱抚对璟来说,是莫大的"恩宠"。然而正是陆逸寒在璟的心中这种高高在上的"神性",使得璟无法在相互平等的基础上与其达到一种亲密无间的关系。"这个男人,是贯穿她青春最美好时光的男子。他是奥妙的峡谷,璟已经身在其中,可是仍是感到遥远,仍是想要伸出双臂抱住他。"当然小说为了有力地凸显陆逸寒的"神性"之外的"人性"内涵,在这篇小说中出现了一个类似"阁楼上的疯女人"的形象丛微,这个人物勾联了小说所有的悬念,在有关她的身世真相大白的时候,我们看到了陆逸寒人性的一面:重情重义、隐忍宽容、以德报怨。这样一个被彻底完美化的男性人物的结局非常意味深长,他因被骗放任自我开始酗酒,故事发展到这里时本来蕴含着另外一种情节的可能,让长大成人的璟成为他的救赎者,帮助他重新开始新的生活。然而他最后的结局是车祸猝死,这一"死亡"的结局将二人的关系永远地定格于仰望与恩宠、朝拜与赐予的关系中,彻底封冻了二人走向平等关系的真正可能。沉和是小说中另外一个被"神话化"的男性,在一定程度上是陆逸寒的影子,他是璟生活的救赎者,结局也是死于火灾中。文本对于"死亡"情节的两次设置,都巧妙地维护了男性人物的这种"完美性",而使女性人物的成长被笼罩上"完美"的阴影。

黄蓓佳《没有名字的身体》中,同样有个在成长女主人公仰望中被充分"完美化"甚至"神话化"的男性人物。小说中使用了很多修辞来表达这种精神的仰望,"在那一刻,他是我的主宰,我的神灵,我的父亲,我把自己完完全全交给了他,没有一丝羞惭和疑惑。""我知道,在我的生命当中,永远有一盏灯火高挂在我的前方,会温暖我,指引我,援救我。""主宰"、"神灵"、"父亲"、"灯火"这样的修辞,将这个男性形象置于一种"至高无上"的"神坛"的位置上,而女性则被置于一种彻底膜拜、全心交付的"献祭"的位置上,这种高低不同的位置决定了二者的关系始终是一种无法平等的"朝拜"与"恩赐"的关系。这种关系升华为文中的主题,成为小说的主旋律,自始至终地回荡在小说的各个角落。小说用大量的情节来支撑这一主题:如他以拯救者的面目出现,帮助"我"摆脱难堪的初潮困境,他怕我情绪低落,鼓励"我"参加小歌剧演出,并多次在"我"最困难的时候,给予我心灵的慰藉和生活的指引。小说中他为"我"化妆的细节实际上构成了一个意味深长的隐喻,"他专注地伺弄我的脸,像庄稼把式全心全意伺弄地里的庄稼。灯光照着他眯缝的眼睛,我看见映在他眼中的斑斓色彩,那是我崭新的面孔,被他修正和改造过的面孔。"这个细节成为横贯全篇的一个隐喻,不仅"我"的面孔,就连"我"的身体,"我"的人生都是在他手中被修正和改造。小说一方面通过"我"对他的膜拜来"完美化"这个男性人物,另外则通过刻画他在情爱伦理困境中的道德选择来将他崇高化。他的妻子由于有肾病,同意他离婚。但他面对自己的妻子和爱人之间的道德与爱情的选择,毅然选择了前者。"他要亲口跟我说明白这件事。我年轻,又是大学生,我前面的路很宽,很宽很宽啊,我可以有无数种的选择啊。可是他的妻子不同,除了有丈夫可以依靠,其余一无所有。他不是丢卒保车,他是丢车保卒,因为车和卒都是生命。"当"我"自愿一直不再婚,跟他维持着婚外情的关系时,"他不断地在心里反诘自己,是不是爱我反而害了我一辈子?"他不愿意伤害我,又舍不得离开我。他不是圣人,又不是粗线条的对一切茫然无知的人。在理智和情感之间,他的内心活生生地撕成两半,辗转反侧,犹豫徘徊,熬煎得已经感受不到我们在一起的快乐。"情爱伦理和道德伦理的矛盾,理智与情感的冲突,似乎可以有力地构成了这个人物的内在人性深度。但实际上这样一些内心冲突,由于"我"的主动献祭没有引发真实的现实困境,也因而没有敷演出富有人性深度的主题,反而顺其自然地把其从师生婚外恋的道德的审查中彻底豁免出来。但小说里也有一个小小不和谐音,就是"我"不敢追问是否"他一直认为跟我的交往是一件不名誉的事情吗?他连死都不怕,是为了保护我不受伤害,还是怕他自己的秘密暴露?"当然这个小小的怀疑被小心地一笔带过,他的猝然死亡的结局,更是将一切对其内心道德操守的质疑覆盖了,在成长女性的心里保持了一种真正的完美性。在"我"心中,他像神明一般主宰着"我"的"变"与"不变";"我不能够老,我喜欢的那个人,我深爱的那个人,他肯定不愿意看到我皱纹纵横、沧桑疲惫的模样。他认识我的那一年,我十三岁。从此以后我没有长大。我在他的眼睛里再没有一丝一毫的改变,从面容到身体,到灵魂。"当他去世之后,"在那一刻,我明白我已经老了。"事实上,女主人公是用一生来为这段爱情献祭的,除了一次短暂的婚姻之后,她的所有的生活重心和所有的喜怒悲欢都是围绕着他来旋转的。他像父亲一般对"我"的关爱和像"神"

一样的完美,使这种献祭成为一种可能。

在众多的文本中,徐小斌《羽蛇》中的男性人物烛龙,是最具有"神性"色彩的。因为《羽蛇》本身就是一个带有点超现实主义的文本,文本里的人物和情节一定程度上都被涂抹上魔幻色彩。譬如说,烛龙就有两个名字和两种身份,他刚出场时,是在一个具有超现实意味的一座庙里,是在一个高度仪式化的救赎场景中出现的,这是一个亦真亦幻的场景。在女主人公羽因自我救赎做刺青时,他作为一个年轻僧人圆广来帮助她解除痛苦。这个解除痛苦的过程与情爱无关,却是因"血"的意味带有宗教式的原罪色彩。在这个过程中,男女主人公没有任何语言的交流,但却为他和羽的关系定下了带有宿命论的前缘色彩。在后来的情节中,烛龙出现的场景逐渐具体化现代化,但仍然是高度富有意味的。这种意味与烛龙名字本身可以联系起来。按照烛龙的自我介绍"烛龙,就是祝融,是远古火神的名字。我的使命,就是为黑暗带来火。"这本身就隐喻着一种能把蒙昧的黑暗照亮的启蒙。事实上,这个人物的身份始终是作为学生领袖,在广场上面向大众发表演讲。他和女主人公最初的重逢是在《铁窗问答》的戏剧化场景中,虽然烛龙并没有自己的语言,但戏剧对白曲折地表达了他的心声。在一个思想蒙昧的时代里,他是最先呼唤自由与民主的先觉者,为了信仰不怕牺牲生命的革命者。在大学的讲堂里,烛龙站在讲台上,面对众多的听众,仍然在高声宣扬思想自由。当危险临近时,他做出了英雄的选择,"他想,所有的人都躲起来了,但是必须有一个人,这个人要站起来,为刚刚发生的事件承担责任。不然,那可怕的后果将会蔓延下去,没有止境。"这样一种勇于承担的品德,确实从现实行动层面塑造了一个时代的英雄,也无愧于他的名字所具有的意味:"他只能是烛龙,远古的火神。在这样的暗夜里,他只想烧尽自己,烧尽自己也许能为前方的路带来一丝光亮。"这样的英雄,自然让文本中的女性仰慕崇拜,让成长女主人公羽为其九死一生。这种"神话化"的修辞方式已经达到了极端的地步,甚至当羽和烛龙多年后终于可以同居一室,沉浸在两情相悦的幸福中时,他们之间也是人与神的关系而不是平等的男人和女人的关系:"她爱的人也在爱着他,无可怀疑。这是多么幸福的时刻啊,多年来她盼着的,就在身边,就在眼前,她好像已经感受到神的存在了,就是她自己的神,多年来指点着她的,那耳语正是神谕的力量,她的神就在身旁,就在黑暗的深处,向她微笑。"这个文本中同样将烛龙的结局设计成"脑溢血"猝死,因为他经过牢狱之灾后,被生活彻底击垮,成为一个"脸色灰暗、微微谢顶的胖子,与五年前那个雄姿英发的青年毫不相干。"这一精神上的死亡注定其神性的泯灭,而神性消失的烛龙在文本中也没有存在的必要了,因此肉身的死亡必然是作者为其安排的宿命的结局。

还有一些文本,剥离了男性人物身上的"父性色彩",但通过女性对于情爱的痴迷感受,再次将这些男性人物托举到了"神明"的位置。蒋韵的《隐秘盛开》就是一个典型的文本。男性人物刘思扬的气质卓尔不群,文本中是这样描绘他,"他像从苏俄小说中走出来的一个人物,比如,罗亭。当然不是从爱情中出逃的那个罗亭,而是1848年的罗亭。1848年6月26日,在巴黎街垒战中被打死的那个'波兰人',腰间束一条红围巾,举着弯弯的钝马刀,被子弹一下子击中了心脏的那个德米特里·罗亭——这样的人在和平年代不做一个文学社团的领袖岂不是暴殄天物?"为了神化这个男性人物,作者用一个具体的革命英雄来比拟他,突出他不同凡俗的英雄特质。但事实上,除了这个生硬的比附之外,这种激情而带有领袖气质的性格特点在文本中并没有得到具体正面的刻画。作者只能通过女主人公的内心感受来揭示他的如神一般的不可抵挡的魅力的。如描写刘思扬的声音带给她内心的惊喜和震撼:"他刚一开口,她就被他的声音迷住了,是那么清澈的声音,安静、空旷和晴朗,像秋天高原上的阳光,清澈得让人心疼。她很惊讶,她不知道粗粝的、粗暴的生活怎么能使一个人的声音不受一点损伤?"结合刘思扬艰难的知青经历,潘红霞痴迷于他那种声音里"出淤泥而不染"的清澈气质。在这种清澈中,还隐含着生活苦难赋予他的忧伤气质,这从他的歌声中折射出来,正是这种含而不露的忧伤击中了她的心,这一虽然优美却注定出自凡间的声音,由于成长女性对于爱情的沉湎,被意外地涂抹上了一种"圣音"色彩,"他唱得极其动人和悲伤,她热泪盈眶。这是一支和他高原雪域般的声音相得益彰的歌。这是她的歌——从那天起她认定了这个。她在他的歌声里打着寒战。从此她不能再听任何人唱这支歌了,这支世界上最好听最悲伤的歌。"当然,文本中还能凸显刘思扬性格细节的是他在两个女性中的情爱选择。他不顾庸常生活的世俗标准,放弃了同属于一个文化圈子的北京老乡,而选择了性格有些异类的"小玲珑",就因为他憎恨平庸的日子,喜欢冒险、未知和新鲜的东西。而小玲珑的像谜一样的性格和对于生活的全身心的投入能满足他对于生活的期待。他们一起去援藏也是符合性格发展的必然情节。文本对于刘思扬的描写,确实表现出他对于自己内心生活的坚守和执着于梦想的性格特征。然而尽管刘思扬比较优秀,但他的品质还不能上升到"完美"的境界,正是潘红霞对于这个人物痴迷的情爱感受将其真正托举到了"神明"的位置。由于潘红霞自始至终就处于刘思扬的生活之外,她无法真正走入这个男性人物的生活,然而正是这种带有距离感的隔膜与旁观,这种无法真正实现的绝望爱情,才使得刘思扬的人间品质蒙上了传说般的神秘色彩。在潘红霞的眼中,他被极度理想化高居于天上神明的位置,而她自我贬低只能自卑绝望地站在人间仰望这尊情爱的神明,"看着那个人,唯一的人,残忍而无辜的人,她日思夜想永不能拥有的珍宝,她的神明,她的幸福和噩梦……他站在那里,如同天空一样可望而不可即。"感受着"他的气味,那亲爱的、撕心裂肺的、近在咫尺却远隔天涯的气味,神明的气味"。按照小说中所描写的,潘红霞对于刘思扬的爱已经超越了人间的情爱,已经上升为人对神的狂热的献祭:"她是在爱,爱得又坚贞又绝望。她绝望地、奋不顾身地爱着一个不可能。不是说过了吗?从小,她身上就有一种异乎寻常的东西,有一种坚贞的狂热,那是圣徒的品质,这使她的爱,随时可蜕变为献身与牺牲的激情:她爱的不再是一个尘世间的人,而是一个信仰。""她是一个不会妥协的人,爱一个幻影,为爱而坚守,就是她的宗教。""爱一个人,就是,坠入深渊,永不超生。"这样一种带有宗教色彩的修辞,将爱情置换成信仰,将爱人置换为神明,就为一种女性的偏执而无望的情感痴迷奠定了合法性。从小说的情节里我们看到,女主人公潘红霞为了这一偏执而虚幻的爱情信仰牺牲了自己一生可能的幸福,而这种情爱,也因不求结果的献祭带上了悲剧性的"受虐性质"。而受虐"这种实践的构造远非一个孤立的'主体'有意识的、自由的、坚决的智力行为,而是一种权力的结果,这种权力以认识和(倾慕、尊敬、爱、等等)配置模式的方式被永久地纳入被统治者的身体之中,这些模式使人对权力的某些象征表现感觉敏锐。"①因此,这种失去理性的痴迷、这种受虐般的"献祭"体现了成长女性内在主体的匮乏。

这些被纯粹美化的男性形象已经成为解析二十世纪九十年代女性成长小说不可忽视的一个话题。这些被"美化"的男性形象的出现,是与成长女性的现实处境和基本境遇分不开的。由于男权社会的女性拘囿于一种"女性气质",无法通过建构自我主体来寻求一种价值超越,因而她们会在异性身上投射自我欲望。借用荣格心理学的成果可以解释这个问题,荣格的心理学对于性别刻板分类倾向是一个可贵的突破。"他提出了双性别的概念,认为我们每个人都有着一种无意识的(或较少意识的)异性人格;……对立性人格成分是一个形成心理投射的主要因素。……即在我们的异性意象中反映出来的是我们自己的真面目;尤其是当我们不切实际地把异性对象理想化或者尽力贬低其价值的时候,这一点显得更为清晰。"②对于成长女性而言,她们寻求自我心理投射的方法,往往通过与"完美男性"的爱情,"她们在寻找一个在所有方面都比其他所有男人优越的男人,他拥有财富且名声显赫,是一个由于为他所爱将具有他的光辉和主要性的绝对主体。她们奉献自己的爱情,不是因为他是一个男性,而是因为他是那个崇高的人。于是,她们的爱情被理想化了。"③这种盲目崇拜的爱情,使成长女性在想象中完成了自我主体的建构。然而这种想象的主体在一定程度上是虚幻的。因此,对于女性个体而言也是毁灭性的,因为这种盲目崇拜的爱的矛盾之处在于,成长女性在通过精神膜拜来试图拯救自我困境的同时,却导致了完全否定了自我的悖论。那种带有自恋色彩的神化的爱情,最后往往要在导致自我摧残的奉献所造成的痛苦中实现。同时,文本中

① 皮埃尔·布尔迪厄:《男性统治》,海天出版社2002年版,第53页。
② 波利·扬-艾森卓:《性别与欲望》,中国社会科学出版社2003年版,第43页。
③ 西蒙娜·德·波伏娃:《第二性》,中国书籍出版社1998年版,第402页。

"完美"男性与成长女性的关系,实际上完全复制了性别统治中的等级对立模式:"高\低、上\下",这种思维模式确认和赞同了男性中心观念,在某种程度上也"制造"了女性在男性统治社会所遭受的象征暴力。

第三节 "男性神话"的解构与理想化的男性书写

在二十世纪九十年代女性成长小说中,有一类男性形象值得深入思考。这类男性在文本出现时,是带着"光环"的人物,他们的身上凝聚着某个特定时代的理想范型,或者是革命履历资深的高级干部,或者是文革时代的知青标兵,或者是"归来"的文化精英和带有个性化先锋色彩的艺术家。正是男性人物身上这种外在的光环和内在的个人魅力,最初吸引了女性爱慕崇敬的眼光。但随着时间的流逝和世事的变化,他们身上的光环逐渐泯灭,他们内心的道德劣根性被揭示出来。男性人物的这种由表及里的性格展露,都是通过成长女性的情爱体验、情爱视角完成的。正是这种"私密化"的情感视角,真实地披露了被光环笼罩的男性"私人生活"中自私、怯懦、苟且的内在性格,并因此解构了其"公共生活"中道貌岸然的一面。文本在塑造这类男性人物形象的时候,主要运用了对比的表现方法,重在表现其言行不一、表里不一的道德伪善性。当然女性在成长的过程中,也存在一个自我贬值、自我诋毁的,完全认同"象征暴力",服膺"女性气质"的经历,但女性生命成长过程中的性别体验,使她们能够正视这些爱情"偶像"身上的道德缺陷,正视自我主体能力的匮乏,进而能够勘破"男性神话",做出能动的主体性选择。因此,这一过程,实际上就是女性跨越盲目崇拜、进而达到主体性生成的过程,也标识了女性精神上的真正成长。

潘婧的《抒情年代》结构非常精巧,小说分为三部分,前两部分"湖"与"小屋"是以女主人公第一人称的叙述声音讲述女性个体成长经历,"湖"重在讲述女性情谊与特定时代女性青春成长的心路历程,而"小屋"则重在讲述"我"的爱情,其中塑造了一个典型的男性人物 N。阅读这一段爱情故事,仿佛听到鲁迅《伤逝》的回音,因为它们同样是一个爱情在琐碎的日常生活面前无奈破碎的故事,只是叙述的性别视角发生了有意味的迁移,这种迁移带来了不同的文学修辞以及相异的主题效果。《伤逝》中涓生忏悔回忆性的抒情声调剥夺了子君的性别声音,爱情的破碎根源于子君不知进取地沉沦于平庸的日常生活中。《抒情年代》中"我"复活了子君被压抑的声音,解构了涓生们在启蒙与艺术的光环笼罩下的"神话性",揭示其无法应对日常人生、无法承担日常伦理责任的软弱与虚妄。N与涓生一样,精神上始终不屑于凡庸的日常生活,甚至N比涓生走得更远,在他的小屋中,墙壁上不仅挂着"托尔斯泰睿智的眼睛,大卫完美的躯体,一个体态性格而表情温柔的女人",他甚至非常认真地指着这些墙上的人说,"这是我的父亲,这是我的兄弟,这是我的母亲和姐妹。"这一非常荒诞的细节,却十分形象地表明了N过分夸大精神生活、无法正视日常生活的极端性格。然而随着生活现实逐渐显露出残酷的、毫无诗意的本相,N的灵魂本质也在柔情的纱幕下逐渐显示出来。他通过标榜精神上远离庸俗"物质"的高洁来巧妙地回避生活的责任,通过一些华而不实的诗句来抵消爱人的奉献与牺牲。难怪"我"的母亲用世俗的标准来看N,就是"一个拽着女人一角的懦夫,一个以文行骗的卑鄙小人。"更有意味的是,N并不像他所说的那样轻蔑物质享受,实际上在二人生活最贫穷的时候,他既不出去工作,也不放弃感官享受,甚至为了实现物质欲望而偷窃,并在偷窃之后没有任何反省和忏悔之心,"却显得俗里俗气的快活"。耐人寻味的是,我们看到《伤逝》与《抒情年代》中性别角色的对调。当爱情的幻象褪尽之后,《伤逝》中子君不断地用语言向涓生求证爱情,而涓生处于"言与不言"的虚空与挣扎中,最后说出了"不爱"的真相。《抒情时代》中,"我"坚守着"爱就是不能言说的,一旦说出,则化为空虚"的信条,而N则"相信文字的魔力,仿佛文字可以固定游移的情感",每天编织着诗歌的虚幻的网,来挽留最后的爱情。《伤逝》中涓生不堪子君的精神沉沦,认为子君只知道依附别人,而忘了携手同行寻找求生的新路。而《抒情时代》中"我"却因N不切实际的、自私残忍"精神高蹈",不能承受生活的重负最终选择勇敢的离开。两个文本同样是涓生式的启蒙与幻灭,子君式的"出走"与离开,却因叙述声音与特定语境的不同,有了截然不同的深意。女性有了真正审视自我与他人,判断生活与灵魂真相的主体性自觉,从跨了近一个世纪的两个文本中,我们看到了女性精神上的真正成长。

池莉的《怀念声名狼藉的日子》,虽然篇幅不长,但还是非常生动地刻画了一个伪善的、笼罩着"光环"的男性人物关山。文本中,第一人称与第三人称的叙述声音交替响起,以女主人公豆芽菜的视角去聚焦这个人物。在那个推崇英雄的革命时代里,关山在豆芽菜这个青春少女的生活范围内是最闪光的也是唯一的真实的英雄。作为历届学生心中的骄傲,关山不仅有着被当时社会认可的光荣的革命身份,就连他的外表形象居然也符合当时主流的革命意识形态所建构的英雄形象,即典型的保尔·柯察金一类的革命者形象。这样一个时代英雄,自然会让单纯的豆芽菜对关山充满了英雄崇拜的情结,在她看来,"他是那么深不可测,高不可攀,头顶环绕着一层层金色的光圈。"甚至一度成为豆芽菜心目中的太阳,照亮了她人生中最倒霉的时刻。但小说很快又通过豆芽菜细腻的情爱视角揭示了关山人格的虚伪与两重性。在公共场合,他表现得一本正经,向别人证明他谈的是革命恋爱,他清心寡欲,手都不拉,只关心如何为共产主义事业奋斗终生。私下里,关山则命令式地要求豆芽菜与他完成带有色情意味的"老三篇"。之后,又要喝鸡蛋汤,他从不给豆芽菜喝一口,连问都不问一声。吃完饭后,为了顾及革命影响,关山马上就命令豆芽菜和他分手。在二人相处的过程中,关山只顾及自我的感受,在任何事情上从不考虑豆芽菜的意愿,根本无法以平等的姿态去真诚关爱豆芽菜。而豆芽菜毕竟是一个在禁欲时代里带有叛逆色彩的、充满着青春朝气的女性,她开始从自己内心出发去正视关山行为的自私与荒诞性。关山经常的伟人式叉腰动作,不再成为豆芽菜膜拜的理由,相反这愚蠢的动作却可以无可救药地浇灭豆芽菜火热的激情。她越来越厌恶这种虚伪的"老三篇",讨厌自己装出的这种欢天喜地的样子。最终对于快乐、自由和友谊的向往与追求,使她能够从关山那耀眼的光环下摆脱出来,寻找真正能够实现女性主体性成长的爱情。

铁凝的《大浴女》中,男性人物方兢则演绎着新时期文学史上的"叔叔的故事"。他也曾被不公平地下放农场,抛入社会底层,甚至被迫与一个"虐待狂"女人结婚,被折磨得失去了性能力。当他以自己的才情重返社会舞台成为社会名流之后,却以"苦难"为理由向社会疯狂讨要报偿,这集中表现在他对女人、爱情的态度中。他对女人的态度基本上是来者不拒,这种态度与其说归根于一种道德品行的堕落,不如说是一种疯狂索取种下的道德恶果。他对尹小跳的爱情表白已经逾越了爱情所固有的忠贞、专一的传统的涵义。这种"变异"的爱情看起来极其狂热,甚至把爱人崇尚到一个"神"的位置,但实际上却是残忍与荒诞到了极致。而尹小跳之所以能够一再接受他这种带有人格践踏性质的"示爱",一方面是由于那个"崇拜名人,敬畏才气"的时代环境使然,另一方面,以她的年龄和阅历,她无法区别崇拜和爱,在虚荣心驱动下不愿正视这种无法平等的"残忍之爱"。她甚至自虐般地产生使命感,希望能像俄罗斯十二月党人的那些妻子一样担当方兢所有的苦难,来证实她的"坚贞勇敢崇高超然"。正是这种爱情想像,使她以爱情的名义包容"方兢所有的反复无常、荒唐放纵和不知天高地厚的撒娇"。但是当她终于学会在方兢无耻的"率真"前保持自己的尊严的时候,方兢却以受不了她的"苛刻"和"婆婆妈妈"为借口,毅然决然离开她,让她独自承担爱情破碎的痛苦。生活的创伤与苦痛终于使得小跳重新审视这段痛楚而盲目的感情,她终于意识到她对方兢的爱情只是一种习焉不察的"愚昧",是一种追逐文明、进步和开放的过程中派生的一种愚昧,是情爱陷阱中自我贬低、自我迷失的愚昧。多年后,当她最终有力量拒绝方兢的"热情爱恋"时,我们看到了一个女性穿越岁月迷雾后自我的回归与精神的重生。

张洁的《无字》可以算一部奇异的小说。它的叙述语言汪洋恣肆,对于人物的情感倾向毫不隐藏。许多评论家因此诟病这篇作者叙述声音过于霸道而不加克制的文本,甚至因此认为它更像一部"辩护书",但从另一个角度来看,在这个处处圆融妥协的时代里,如此情绪激烈、爱恨明晰的作品也可以算得上"骨骼清新"、不入流俗。对于这部作品,最多的质疑主要来自人物塑造,作者毫无保留地把偏爱赋予了女主人公吴为,而把指责的矛头指向与她处于情爱纠葛的男性人物胡秉承。有意味的是,胡秉承与张洁早期小说《爱是不能忘记》中的老干部形成互文。如果说那个老干部在柏拉图爱情的视野中过分美化,而胡秉承则在真实的情爱生活中剥落了神化的油彩,显露出锈迹斑斑的性格劣迹。胡秉承在吴为心中,曾是"她心目中那男人的最高典范"。在吴为心中,"革命"与"文学"具有崇高的位置,而胡秉承既是一个具有辉煌革命经历的"老共",又是一个能巧妙化用诗词表达心志的风雅之士。吴为正是基于一种"爱屋及乌"的心理陷入了情爱的陷阱。他在北京气派敞阔的老四合院里长大,从小过着优雅而韵味十足的老日子,是个骨子里浸满了老北京"皇天后土"气质与情结的男人。在北京这个以追求并尊崇权力和官位为特色的城市里,胡秉宸从少年时代开始,就显示了远大的政治抱负。在长期的政治生活实践中,胡秉承更是形成了一套政治权术。他的权术也活用在对于女人的手段中,他的情爱原则是如此明确——"我搞女人从来不主动,想办法让她们主动"。在两性关系中,胡秉承不会因情丧志,牢牢把持着控制女性的权力,使自己永远君临于女人之上。他一次次为吴为设下引诱的陷阱,而当吴为真正通过写信来给这份爱一个明确的答案时,他却为了自己所谓的"一生清白",高悬在客厅门楣上"模范家庭"那块匾,不肯让吴为这样的女人"坏了真身"。在他看来,对这样一个冰雪聪明、心有灵犀的女人只要通过"只可意会,了无痕迹"的调笑表白心意就可。所以面对吴为火一般的激情和执著,他选择了背叛与出卖,与夫人联手写信羞辱吴为。而在吴为的小说获奖之后,她在胡心中的价值又开始升值,他又开始绞尽脑汁地新一轮的诱惑。而在那等了差不多十年的约会里,无意中遇到的一个渔夫,就轻易地击碎了所有情爱的幻象。胡赶快将拥在怀里的吴为推开,疾步向前走去。这个下意识动作,实际上反映了某种根深蒂固的心态,就是那种时刻有备无患地将责任推卸得一干二净的自私。而吴为却在两情相悦的幻觉下,由清醒而逐渐放弃自我的主体感受,以柔顺、驯从的美德不断适应胡的"情爱权术","她无时不在等待着他的一声召唤,她甚至看见自己,摇着尾巴,像一只忠心耿耿的狗,不论主人怎么踢它、踹它，只要一声亲昵的呼唤，或是一个亲切的眼神，都会奋不顾身地向主人奔去。"虽然吴为可以自己锁在黑暗里，收敛起被胡秉承撕得支离破碎的自尊和脸面，再一块块拼凑起来。但生活本身，特别是胡进入医院后与众多反对力量较量的经历，胡秉承所表现的那种苟且、懦弱、临阵脱逃，使吴为逐渐认清了他的那种自私的本质，就是"需要的很多、很多，名誉、地位、爱情……，却只想付出很少、很少"的本质。在小说里，吴为曾戏称胡秉承为"宋明理学"，主要暗示其虚伪的道德两面性，在公共政治生活中，他总摆出一副无懈可击的道德面孔，但在实际的私人生活里却缺失起码的道德节操。因此当胡秉承在象征着公共生活的政治生涯完结之后，在私人生活方面特别是情爱方面表现的不堪就很自然了。文本对于这个男性人物曾经有过一个意味深长的隐喻，它出现在小说第三部的开头部分。小说用的是倒叙手法，一开始就点明吴为"疯"了，在疯子的视野中，一切事物出现了奇异的变形和幻觉的情境，"这时她一回头，一个头戴纱帽、身穿朝服的男人走了进来。那男人的脸上，眉毛、眼睛、鼻子、嘴巴全无，只光板一张。光板上纵横地刻满隶书，每笔每画阔深如一柱线香，且边缘翻卷。"不难推测这个充满"鬼气"的男性，就是在指涉文中的男主人公胡秉承，"头戴纱帽、身穿朝服"，暗示其显赫的政治身份，而五官"光板一张"则暗示其感情与人性的缺失，"隶书"意象更是指涉着冠冕堂皇的主流历史，"边缘翻卷"却又在颠覆和质疑着"中心"部分的道德合法性。事实上，这个隐喻的深意已经远远超越了具体个别的人物形象，而是指向了整个男权统治本身。

二十世纪九十年代女性成长小说中这些被时代光环笼罩的男性人物，表征着特定时代主流的价值取向，如革命、启蒙等。然而外在的社会光环却遮蔽不了他们习焉不察的男性中心观念和对于女性特有的象征暴力。就两性情爱而言，无论是他们外在的语言行为还是思维方式，都不同程度体现着对于传统性别气质的遵循和男性中心观念的无意识内化。一方面他们会借助女性的情爱崇拜构建自我神话，另一方面又借助情爱的力量使女性认同他们的思想逻辑和行为模式，使女性只能借助他们的价值系统看待自我和世界,从而使女性无意识地认同情爱关系中的统治权力关系的合法性,并最终导致了女性的自我贬值乃至自我诋毁。这样,成长女性不仅在一定程度上成为巩固男性中心观念的同谋者,同时也使女性在情爱的幻影中痛苦地丧失了自我。但是,这些男性人物虽然有主流意识形态的依恃,却仍体现出一定的主体的匮乏性,因为"男性主体表面上不证自明的独立自主性,试图掩盖作为它的基础、同时又让它永远有失去基础之虞的压抑。然而,这个意义建构的过程需要女人去反映那男性权力,并处处对这个权力一再保证它那虚幻的独立自主性是真实的。"①也就是说,这些男性人物在建构自我主体的时候是以女性被压抑为基础的,因此小说中有很多细节都描绘了这些男性人物以情爱名义对于女性身体和精神的剥夺与压制。正是这些压抑创造了女性在情爱生活中真实而痛楚的性别体验,使得女性逐渐返回自我的内心,返回性别自我的真实中,她们开始学会用性别自我的眼光审视光环下男性精神的虚妄和自我精神的奴性和愚昧,从而开始了勘破神话之旅,也开始了女性主体的新生过程。

在二十世纪九十年代女性成长小说中,还有一类男性形象带有理想化的色彩。值得一提的是,所谓的"理想化"并非按照主流的社会价值体系标准或传统性别意识形态标准来衡定的。因此,这类男性形象没有显的社会地位的"光环",也不符合传统社会对于理想化男性气质的想象,甚至在性格、生活方式方面有一些明显的缺憾。这些男性形象不仅在女性文学中甚至在整个现当代文学画廊中,都是精神谱系全新的一群。他们不简单地等同于五四那一代的启蒙者,有鲜明的民主、科学理念向大众(女性)宣讲。他们也不同于救亡压倒启蒙后的那群孜孜于革命理想的知识分子,通过爱情来引领女性走上革命的道路或者通过革命的魅力来赢得女性的爱情。他们更不同于新时期之后的那些受尽苦难的"归来者"以女性的爱情为理想的献祭。这些女作家笔下的理想男性,已经脱离了时代主流意识形态的

---

① 朱迪斯·巴特勒:《性别麻烦:女性主义与身份的颠覆》,上海三联书店 2009 年版,第 61 页。

覆盖,在一定程度上,这些男性形象恰恰是居于特定时代的边缘人,这一边缘的位置恰与女性在社会的边缘位置形成呼应,构成二者相互认同的基础。而且,这些男性形象的气质性格也偏离了常规的男性气质,他们既不强悍、专断,也没有要求女性必须服从的强有力的征服欲和控制欲。他们有着不同于大多数男性思维的另类逻辑,他们甚至不约而同地表现出一定阴柔的气质。这种阴柔主要表现在他们对于女性无微不至地关怀与体贴中,而这种关心远远逸出了物质生活的范围,更多涉及女性成长的精神领域。于是,在聚焦于女性成长主题的文本中,我们看到了这些在成长女性心中"理想化"的男性形象,他们以平等而自尊的姿态介入到女性的生命中,分享女性生命的甘苦悲喜,帮助她们摆脱困境化的命运处境,尊重女性自身的情感逻辑,并以自身的魅力和平等之爱引领女性走出青涩、蒙昧、困厄与伤痛。

唐颖的《随波逐流》从女性成长的视角,叙述了女主人公阿兔和秦公子跨越岁月的情爱相连,展示了她的一段温暖而又苦涩的青春岁月。秦公子被她视为人生的启蒙者,将她从粗陋的年代引领出来。秦公子,行走在时代与世俗的边缘,气质偏阴柔,苍白、柔弱,黑而湿的眼里有迷惘的温柔。在以革命为主旋律的那个压抑、粗陋的年代里,他有着与社会主流截然不同的精细、讲究的趣味。这从他穿衣的格调,做菜的讲究,阅读的广博和喜欢听西方高雅音乐的细节中体现出来。按照那个革命年代的标准,秦公子的人生理想不仅不健康而且充满了颓废绮靡的色彩,与社会主流强调的男性的社会责任感、远大的理想与抱负完全不同。在对女性的态度上,秦公子也有别于传统的性别眼光,他对女性的美充满了欣赏和崇拜,对女性美的细节充满了难以遏制的欣赏,而这并非常规的男性看待女性的带有欲望色彩的目光。在那个具有禁欲色彩的人性被彻底漠视的革命时代里,秦公子的生活方式无疑构成了对于时代同一性以及时代粗粝气质的消解和反拨,秦公子的价值观本身就有了坚守个人生活意义、抵抗被革命彻底吞噬的积极内涵。阿兔的青春成长就是在秦公子那种精细而又颓废的文化趣味与主流的粗陋明朗的时代气质中左徘右徊。从理性上讲,她看不起秦公子这种颓废的没有追求的生活,因此选择了一个"高大、粗犷、渊博、沉默寡言而又积极向上"的具有"北方身份"的男子为对象。但另一方面,她又是一个典型的上海女人,需要在"细节上感受生活的意义"。因此她对秦公子既不屑又依恋,既逃避又刻骨铭心。事实上,秦公子对于阿兔的精神启蒙是"细腻"、"静雅"、"对细节的孜孜眷顾",以及对于日常生活充分审美化的启蒙。这一背离时代主流的精神启蒙并没有真正改变阿兔的人生态度,相反却给阿兔造成了撕扯身心的人生困局。二人的相爱和秦公子最后的死亡结局都是意味深长的。二人相爱过后,注定要"擦肩而过",各自回归到各自的生活河流中去。秦公子是享乐的"随波逐流",任凭生活将他裹挟而去。而阿兔也要理性地回归到自认为正确的人生轨道中。他们的相会注定是短暂的,是一种生活的奇迹。当阿兔得知秦公子不幸去世的消息后,她通过熟悉的旋律,回到了她生命中曾经有过的那个下午,在秦公子狭小的亭子间里,她第一次领略了美国这位爵士歌王的歌,第一次感受了闭合的感官在歌声中逐渐打开的过程。这一过程让她刻骨铭心,"她突然明白,正是他,正是被她轻视过的男人,在那个粗陋的年代,将她从蒙昧的青春期领出来。"

《玫瑰门》中的叶龙北,也是一个被时代主流意识形态充分边缘化的男性。在文革那个人性被压抑扭曲、人与人的关系被"革命"、"阶级"宰制而处处呈现出微观权力斗争图景的时代,叶龙北拒绝参加任何革命化的运动和仪式,甚至拒绝与任何"革命化"的人进行交往。作为"革命时代"的异类,他已经"非革命"到了极致。但是在那个以革命"同一性"摧毁个人真实生活感受的"强制性"的环境中,所谓的"常态行为"不过是各种虚假的革命仪式的和各种革命运动的残酷,而叶龙北那种热爱自然、关注日常细节的微小情趣以及在意个体隐私尊严的"非常态",却是在以一种消极而隐蔽的"个人化"的方式对抗整个变异的时代。正处于青春期,对于时代对于成长发自内心渴望的眉眉敏锐地察觉到了叶龙北的"特异",在叶龙北身上,眉眉感受到了那充满情趣的童年和洋溢着温情生活气息的家乡,而这一切才是迥异于整个革命时代的真正富有"人性"的生活。当司猗纹完全不顾及眉眉的自尊心,想利用小玮的大便在革命干部罗大妈挽回尴尬而制造了居心叵测的"晾屎"事件时,"深居简出"的叶龙北第一次在院里当众发表了自己的见解,把小姐俩从尴尬中解脱出来。这一事件是叶龙北与外部世界、成人世界、权力世界的直接对抗,表面上他是出于对于事件本身的义愤,实际上却体现了一个"边缘人"对于是非曲直的理性判断和坚持正义的勇气,体现出以"荒谬"还击"荒谬"的智慧,更是对于被成人世界忽略的少女尊严乃至人的尊严的捍卫与守护。在标示眉眉身体心理成长的"出走事件"中,叶龙北再一次成为一个护佑与救赎的象征。他帮这对年幼的姐妹买了车票以解决现实困境,更重要的是他亲眼见证了眉眉的成长。在候车室里,他看到眉眉坐过的椅子上有一小块不清晰的颜色,那是眉眉初潮的印迹。这一描绘是意味深长的,叶龙北在眉眉青春初潮中体会到了生命本身的力量,那一片殷红的颜色既是一个少女留下的成长的痕迹,更是生命本身那生生不息的自由勃发的能量,它不会因革命阻滞而停止,不会因环境压抑而迟缓,它是世界中的永恒,是能够光照世界与人生的绚烂。也正是在这个意义上,眉眉也成为叶龙北心中的超越世俗丑恶的救赎力量,成为人生中可以不断回首的一种力量的源泉。

唐颖的《理性之年》中,将理想化男性形象赋予一个来自异国他乡的男子杰克。在女主人公舒欢生活里,无论是她的表妹还是她的丈夫,都在以自我的言行实践着这个物欲横流时代的"理性法则",即一切都可以按照市场法则来公事公办,情感只是这个"理性时代"的不切实际的"消耗"。而舒欢与杰克却都在青春时代经历了激情、困惑和迷惘。对舒欢而言,那种青春成长是不可控制的、是在欲望爱情的鼓动下所做出的"惊世骇俗"的个人生活选择。而杰克的青春,是处于一种黑白分明的无中间状态,所有的精神问题只能从肉体欲望来寻找生命自由的出路。文本中杰克对于青春时代在北欧那段寒冷的记忆成为最震撼的一段,一个经历了疯狂、反叛的年轻人把自己放逐到一个荒凉的异乡小镇。青春的孤独与迷惘洒落在冰天雪地里。小酒馆逐渐亮起的光线,穿梭在空气中时断时续的歌剧,几个语言不通、只凭身体进行交流的年轻人的爱情,互相慰藉的、找不到理由的几个受苦的青春的灵魂。这一切精细从容的描绘，都为杰克的性格涂上了一层深沉的色调。虽然二人最终回归于平庸生活的"理性"的平静。但是曾有的浪漫的狂飙式的青春激情却成为人生无法褪去的记忆，成为一经激发便勾起无数内心涟漪的记忆资源，并最终沉淀为一种奇特的人性底色，成为一种纯粹功利化的、肤浅的"理性时代"的真正异者。因此杰克的出现，才会在舒欢的生活中产生那样大的涟漪和波澜，才会有那样深的心灵相知的感觉。有意味的是，这两个原本应当情投意合的人却由于语言、时代、文化的障碍，无法真正沟通、无法真正理解。在这里杰克的异国身份，本身就构成了一个意味深长的隐喻，它似乎在暗示理想男性在成长女性生活中的可望而不可即。另外值得一提的是文本的结尾，当舒欢带着伤感送别杰克之后，久不归家的丈夫却准备了一个自己的青春故事给她听。那是一个已经彻底的"理性之人"的"非理性"的青春故事：曾经牵动他所有美好记忆的、他所暗恋过的一个"班花"，如今苍老与平庸。这个"班花"身上实际凝聚着她的丈夫对于过去青春的态度，他是以"欲望的眼光"打量着属于他自己的青春记忆，正是这种态度使得他与杰克舒欢成为精神上的真正陌路。而后者是把过去的青春放入心中，沉入心底不断回味与凭吊的。当舒欢的丈夫在把美好的青春记忆置换为一种丑陋平庸的现实时，他实际上是在以一种现实理性的态度嘲弄情感记忆的柔软，而这种理性的坚硬正是被社会功利主义彻底异化的男性气质的集中体现。正是在与舒欢丈夫的这种对照中，杰克这个理想的男性形象才渐渐被建构起来。

池莉的《怀念声名狼藉的日子》中的小瓦也是这样一个被赋予理想色彩的男性人物形象。在那个风起云涌的革命时代，小瓦自居革命浪潮的边缘。他不像同时代的知青英雄那样口若悬河地宣讲革命道理，作些假大空的革命姿态。他以亲和性的人格魅力，成为公众赞赏的人物。虽然话不多，说出来的话总是带着玩笑的意味，总是把周围的气氛搞得轻松活泼。大家都愿意听他的话、跟着他玩耍。同时他具有一些实实在在的技术本领，不仅擅长打豆腐的手艺，掌管着牛胯大队的豆腐房，而且还精通组装自行车和收音机，为贫下中农的婚丧嫁娶服务。他踏实内敛的个性与革命中飞扬高蹈的时代精神格格不入,而他对于自由与爱情的渴望与追求更是冲破了禁欲时代对于年轻生命的禁锢。在女主人公豆芽菜来到知青队的第一天晚上,小瓦就骑着自行车带着她,让她在自行车上有了青春激情的彻底舒展和"飘飘欲仙"的生命飞翔。在豆芽菜经历了痛苦而伪善的"革命爱情"之后,小瓦并没有计较她给予自己的伤害,而是把她带到了具有"世外桃源"意味的"豆腐房"。豆芽菜非常喜欢小瓦的豆腐房,因为"在这里可以胆大包天。这里没有告密者,没有'文化大革命',我不会因为擅自串连了鲁迅的文章而受到严厉批判和处罚。"更重要的是在豆腐房里,小瓦的爱情体现在那细枝末节的点点滴滴中,那张舒服的座椅、那盏点亮的蜡烛、那只洁净的瓷碗、那温暖甘甜的豆浆都在抚慰豆芽菜那颗受伤的心,都在传达一种两情相悦的投契与呼应。而这样一种爱情的结合,才会使"世界上的时间顿时失去了意义、太阳和月亮、风霜雨雪和季节,也都失去了意义。"在那个窥视、偷听、告密成风的时代,那个美好人性遭受压抑和扭曲的时代,小瓦自身昭示的正是一种人性的温暖、尊严和爱的正义。

在二十世纪九十年代女性成长小说中,还有许多男性形象被赋予了一种理想化的色彩,如《私人生活》中的尹楠,《水仙已乘鲤鱼去》中的沉和,邓一光的《一朵花不能不开放》中的官扬果,这些男性人物以真诚平等、温柔宽厚的情爱使女主人公获得了对于自我虚荣与伪善的洞彻,对于爱情与成长的领悟。从这个意义上说,正是这些理想化的男性形象,对成长中的女性构成一种生命与爱的启蒙。

在二十世纪九十年代女性成长小说中,男性形象就是在解构"负面价值"与建构"正面价值"中完成的,女性作家一方面解构了"男性神话",另一方面也在试图建构"理想男性"。这些在具体文本中占据重要结构位置的男性形象,无疑体现了女性作者的创作策略与叙事用心,体现了成长女性对于男性中心观念认同与排拒,对于社会性别语境的沉溺与突围。当然更体现了女性作者借助他者的眼光来审视与反思女性性别,艰难探寻女性主体成长之路的卓绝努力。

结语:女性成长过程中面临的几个问题

二十世纪九十年代的女性成长小说,通过发掘沉淀在女性成长岁月河流中的女性真实体验,来展示女性命名自己、阐释自己、感受自己、确立自己并实现自己的主体性生成过程。它解构了男权文化对于女性成长神秘化、虚无化的文化想象,显露了女性在探询自身意义和确立自我价值的成长过程中真实可触的精神原委,从而确立了一种拒斥、批判男权意识的精神立场,并以此为基础,揭示了女性成长的真相:"女人并不是生就的,而宁可说是逐渐形成的"。(波伏娃语)毋庸否认,女性在父权文化秩序中建构性别自我、获得精神成长是极其艰难的,每一次艰难的反抗或许都会伴随着潜意识的臣服,每一次奋力的突围却又暗含着某种不期然的陷落。男权意识的"无物之阵",使成长女性不断地陷入各种两难困境中,在悖论式的泥潭里左冲右突而无法解脱。这主要表现于如下三个方面。

首先是"类像"时代中女性"被看"处境的不可挣脱。女性成长的核心是主体性的生成,这种生成包含的一个意义就是要摆脱男性视域中传统女性的形象,回归到女性真实的自我。但是在二十世纪九十年代的中国,市场经济占主导地位,靠机械复制、广告宣传、媒体传播、消费幻象等支撑起来的"类像"是主要的时代表征。在这个时代里,女性形象被复制成大量的影像,以具有绝对视觉冲击力的形式被传媒大量生产、快速流通。而这些被深深烙上时代商品化印记的女性影像,其功能不仅是作为一种"被看"的对象而存在,而且这些女性影像的最初摹本是男性欲望眼光投射的产物,其实质因远离女性真实形貌而具有"伪品"性质。更为严重的是,商业时代语境中隐藏的男权文化秩序构建了一种足以混淆个体视听的超级"真实",并以强大的影响力和感召力改造着九十年代女性的生命成长感觉与情感体验,它迫使现实中每个成长的女性坚信:她们所面对的各种女性"类像"就是女性"真我",就是她们成长所遵从的现实范本与终极理想。因此,如何摆脱这些虚幻"类像"的缠绕,寻找真实的自我与体验就成为摆在成长女性面前一个必须解决的问题。

其次是消费主潮中女性身体的张扬与沉沦。由于父权社会主流话语对于女性身体的贬抑、规范和利用,使女性身体的自然属性和本体欲求被伪善的父权道德无情遮蔽,而女性对自身身体的感性认知和感官体验也被反身体、反感性的传统身体伦理观念彻底驱逐。从这个意义上讲,女性身体由被压抑、被遮蔽、被歪曲到发现、反抗、张扬是女性成长过程中非常重要的一个环节。这一过程中女性掀开了遮蔽在身体之上的伪善的道德面纱,自觉袒露自身独特的身体及心理体验,并在此基础上直陈女性个性化的情感欲望。但不得不看到的是,九十年代特定的文化情境使得这种身体张扬又暗含着诸多无奈:显露的女性身体很容易被商业炒作、包装,成为满足男性欲望眼光的特殊消费品,而一些女性作家在张扬女性身体时,过度倚重一种生理感受,使作品损耗了本应具有的人文价值,而具有了更多"形而下"的意味,导致了纯粹的"身体写作"甚至是"下半身写作"情形的出现。因此,如何既能彰显女性成长历程中独特的性别身体体验,却又不沦于绝对的性别本质主义,这是女性成长过程中又一重要问题。

第三是日常生活中女性的挣脱与回归。长期以来,由于父权制社会基于性别气质和性别角色的社会分工,女性被长久地固定在家庭日常生活的范围之内,父权制意识形态的传播和控制,也是通过日常生活来发生作用的,即日常生活实践到处渗透着以男性中心观念为核心的父系价值。因此,很多女性走向成熟的第一步就是走出家庭,冲向社会,在社会这一广阔天地里与男性一样实现着自我的价值,承担与享受着作为一个个体的"人"所本该拥有的一切。然而,从另一方面来看,女性成长的点滴体验都来自于日常生活,是与自己对于日常生活的玩味与反思分不开的,甚至女性的成长节奏都应和着日常生活的律动。实际上,九十年代很多女性成长小说都描写了成长女性在与日常生活和解中所获得的主体性成长,这是一种丰腴而不单薄的成熟,是一种始终坚守着理性的女性主体意识却又饱含感性生活汁液的内在成熟。因此如何既能摆脱父权制意识形态对女性家庭角色的强力塑造,又能在丰富驳杂的日常生活中保持一种女性主体选择的能动性,成为成长女性所面临的又一个难题。

当然,女性成长过程中所面临的问题远不止于这几点,几千年父权制意识形态的熏染使得女性的主体性成长困难重重,因此问题的解决也需要一个艰难而又持久的过程。同时,这一过程的完成并不意味着女性的孤军奋战,由于父权制对于女性还是男性来说都是一条通向存在之深渊的奴役之路,因此两性携手,重建两性和谐是二十一世纪社会转型语境中女性群体成长的远景目标,也是实现以人的生命价值和尊严为核心的人类健康成长的必经之路。

附录一 性别意识视阈下新时期女性文学的发展

从五四新文化运动开始,伴随着人的觉醒、女性的觉醒,具有性别意识的女性文学开始浮出历史地表。从女性文学的最初发轫到今天女性文学的蔚为大观已经走过近一个世纪的历史风云。这一个世纪的女性文学在时代语境及艺术创作规律的制约下,经历了萌动、苏醒、高潮、低谷、复兴的循环发展,成为世纪文坛不可或缺的艺苑风景线。女性的独特经验与文学表达,不仅折射了时代思想风云的奇诡变幻,更彰显了中国女性独特的艺术气质、思想特征及精神风貌。它既丰富着对于"人性"的深邃理解,也丰富着世纪文学的诗情表达。特别是新时期以来,随着"五四"复归式的现代想象的重申,新启蒙主义思潮的兴起及西方女性主义论著的引进,女性文学发展步入了一个空前繁荣的时期。而之所以被判定发展蓬勃,不仅仅因女性文学作品数量的激增,更在于女性创作中性别意识的空前凸显。

从我国女性文学批评确立以来,"性别意识"("女性意识"、"妇女意识")就一直成为女性文学至关重要的一个理论关键词。它不仅关涉到女性文学的质的规定性,成为众多批评家界定女性文学这一文类的根本理论要素。如"'女性文学'存在的最根本意义在于对女性意识的思考把握,而一旦女性意识趋于消失,'女性文学'也就不再引起批评家的额外关注。"①而且"性别意识"其天然携带的正面文化价值也成为衡量女性文学思想内蕴深浅、艺术品格高低的准绳。

性别意识天然地存在于女性文学发展的各个段落或位置,本应具有深

---

① 彭子良:《女性意识·贵族化·它的困境——换一种眼光看新时期"女性文学"》,《文艺评论》1988 年第 4 期。

厚的学理意味。然而我们如果细细探究理论界对于"性别意识"代表性的观点,就发现这个关键词本身却是一个亟待需要清理的理论范畴。二十世纪八十年代中期,是"性别意识"理论的草创期,主要有这样几种代表性的观点,有的学者认为性别意识,"是能够体现女性作家创作的具有不容忽视的独特的性别特征"。而性别意识的形成是由于"女性的性别本身影响这部分作家的想象力;妇女的特殊感受方式导致女性作家的特殊表达方式,即以女性生活的、情感的、心理的条件所看到的人生万态的艺术呈现——这种艺术呈现也充满了女性特殊的风格和情调,它除了提供有异于男性的特殊的审美价值之外,还给读者、批评家和文学史家以特殊的认识价值"。① 这一观点乍看起来无懈可击,它强调了性别因素对于性别意识形成的决定性影响,但这一理论出发点却将女作家的所有的创作都先天地赋予了性别意识色彩,并潜在地因其"独特性"与男性创作形成区别。这种观点非但没有清晰地厘定性别意识的基本内涵,同时也招致了部分女作家的反感,因为她们认为这种对于作家性别身份、性别意识的彰显反过来确认了女性创作的边缘处境。使得"有些作品就是因为她是一个女人而销售'女人'的矫情"。② 还有一些学者将性别意识分为两个层次,一个层次是"自然属性的范畴",另一个层次,"它又与人类社会的发展有着不可分割的关系"。并断言"人的共同意识的最高层次是人的全面和自由的发展,是自我价值的真正实现。当代女性意识正是在这一点上越来越多地消除了它的自然属性而与人的共同意识趋向同一,从而使女性意识发展到了它的最高层次"。③ 这种理论表述在"自然属性"低于"社会属性"的理论前提下,实际上在性别意识内部确立了一种"女性"与"人类"相对立的等级关系,而最有悖论意味的是性别意识发展的最高层次却是取消性别意味与人类意识

---

① 陈素琰:《文学广角中的一个世界——新时期女性文学论纲》,《艺术广角》1987 年第 3 期。

② 张洁:《张洁答香港记者问:谈女权问题与"女性文学"》,《当代文学研究资料与信息》1989 年第 12 期。

③ 陈志红:《走向广阔的人生——对新时期"女性文学"的再思考》,《文艺理论家》1987 年第 2 期。

同一。还有的学者直接将女性创作世界一分为二，一个是"作家以女性的眼光观照社会生活，以表现妇女意识、妇女世界为主要艺术追求的'内在世界'"；另一个是"作家以辩证的眼光观照社会生活，在艺术表现上超越妇女意识、超越妇女世界的'外在世界'"。前一个世界是"是女性在文学上的自我表现"，而后一个世界，则才是"女作家对外在世界的艺术把握，是女作家与男作家站在同一地平线上，不仅作为女性，而是作为一个人创造出的一种不分性别的新文化。"①一表述表面上似乎平等地认同这两个世界以及创造两种世界的"性别意识"与"超性别意识"，实际上则把"性别意识"小心地局限在女性表现自我的题材范围之内，认为女性作家在表现更广阔的社会生活时必须以"超性别意识"代之以"性别意识"。这种观点看似很清晰，实则把"不分性别的新文化"置于"性别文化"之上，而将"超性别意识"与"性别意识"也置于类似等级关系中。以上观点都显示出理论的内在悖论性，一方面，性别意识的界定强调了女性创作中的性别因素，侧重把性别差异导向一种本质化、经验化的理解，为女性文学的产生提供一种合法性。但另一方面，却又把性别意识、女性文学置于超性别意识、人类文学"次一等"的位置上，使之怀疑女性文学发展的正当性。这种悖论性的产生与当时的新启蒙主义话语兴起息息相关。新启蒙主义将新时期视为延续五四启蒙主题的又一个"现代"时期，人性的解放，个性的觉醒重新成为时代的价值指标，而性别话语只是作为此前"阶级"、"无性"话语的一种反拨，成为标识"人性"与"个性"的修辞。

　　随着二十世纪八十年代中后期西方女性主义的论著的译介，性别话语开始从新启蒙主义话语中关于"人性"的共同本质中抽离出来，而开始在父权制的社会文化结构中，解析女性从属、被压抑的文化位置，揭示出性别角色文化的构成性而非天然性。性别已经不再只有自然属性，而成为一个在长期父权制社会中形成的、因独特性别境遇而造就的文化产物。在此基础

---

①　王绯：《女性气质的积极社会实现——读〈女人的力量〉兼谈女性文学的开放》，《批评家》1986 年第 1 期。

上,性别意识也开始容纳全新的内容,既包含有父权社会被压抑的女性独特的生理、心理体验,还包括女性以"空白之页"的书写,以独特主题、意象的创造完成的对于父权文化的僭越。在二十世纪九十年代社会转型之后,随着"社会共名"的意识形态的全面消解,"个人"话语与女性话语结合在一起,成为女性作家表达身份政治的重要途径。性别意识转向对于女性个体身体经验、成长体验的关注,以此营构出女性的主体形象和一种独特的性别美学。然而在"个人"、"私人空间"的维度上对于女性性别差异的过分展示,也反过来落入了父权社会性别想象的窠臼中,进一步加剧了女性的边缘化处境。随着学界进一步对于个人化写作的反思,对于二十世纪左翼文化传统的重新审视与借鉴,性别问题开始与整个中国社会阶级阶层结构、文化历史传统、种族权力联系起来,性别意识纳入更为开放的历史、现实视野,获得更为广泛的社会、文化角度,打开了女性创作的美学空间。

事实上,性别意识与女性文学正是一种想象性建构的关系。性别意识不过是女性文学根据自身的需要想象性建构的理论产物。对于"性别意识"的理解可以说是经历一个曲折的过程。这既与整个社会文化语境的变化有关,同时也与女性创作发展变化有关。大体说来,女性文学中的性别意识主要体现在几个层面:对于女性特殊的社会性别境遇及社会命运的深沉关切;对于女性独特的身体、心理、成长经验的真切发露;对于父权制文化结构的批判及对于女性被压抑的生命意识的彰显;对于女性确立主体性及独立意识的探求;对于女性与阶级、历史、种族等问题的阐发。从这几个方面来把握新时期以来女性文学中凸显的性别意识,并由此来梳理整个女性文学发展脉络,不失为一种解析捷径。

一

新时期伊始,女性文学是在反拨"阶级"话语,反拨毛泽东时代"压抑人性"的无性话语中发展起来的。因此上世纪八十年代初期就有许多作品率先质疑了女性这种"无性状态"的尴尬,通过披露女性特定的性别际遇,通过揭示女性在"做人"与"做女人"之间的徘徊与犹疑,实现了性别意识的彰显。张辛欣的《我在哪儿错过了你》中以女性独白的艺术形式,道出了女性那种无可名状、无穷繁复的悖论处境。这是一个女性生存中难以挣脱的文化怪圈:社会生活在职业上与事业上对女性的要求像男人一样,要求女性倔强、顽强、上进、要强。也只有在女性获得事业成功后,才能有幸结识她心目中的男子汉,才能够成为他的同行者和同类。然而同样因为女性的"要强、倔强"的男性化的性格才使之永远错过了心中的爱人,因为尽管男性对于世界的看法各有差异,然而他们内心中所持有的女性标准却是大同小异的,"贤惠、温柔、忍让、文静、含蓄"。正是女主人公这种无奈的"错失",才无意中揭开了现代女性历史境遇的谜底:男权社会对于女性的双重标准即事业标准与性别标准的彻底分离,让现代女性陷入无所适从的悖论境地。然而文本的深刻性还不止于此,它还揭示了女性为了摆脱困境,在有意挣脱"女性本质主义窠臼"后再次有意的陷落。当文本中的女主人公凭着要强的性格实现了自我价值之后,又凭着敏感与才情洞察了性别困境。她最终为了爱情,渴望接受现实对她的再度扭曲与改写:为了他,她"愿意尽量地改,做一个真正的女子"。女性在这种忏悔与自谴中的"自我返回",实际上又使女性陷入性别本质论的陷阱中。张辛欣的另外一篇《在同一个地平线上》也在触及这个问题。虽然以男女主人公交替出现的第一人称叙事,象喻了现代生活中男人和女人都"在同一地平线"的境遇。但文本的重心更放在女主人公对于自我奋斗的自辩中。她放弃了婚姻与做母亲的权力,只是为了使自己成为可以在生活竞争中的强者。同时她不无清醒地意识到如果自己彻底退入生活的圈子,将无法和他在事业上、精神上对话,她仍然会失去他。因此她把这种"出走"强辩为生活的无奈。女主人公这种不断为自己实现事业价值进行辩护并拒绝承担主动选择"出走"的隐秘心态,仍然暴露出当时女性在成为独立人格的"人"和附属于婚姻家庭中的"女人"的两难。而张洁的《方舟》中则以不无激进的笔墨,再次演绎了女性事业与人生不能两全的尴尬生活。荆华、梁倩、柳泉为了坚持一种女性价值的理想和实现,主动接受了在男权社会被放逐、被贬斥的命运。她们在人生无尽的苦海上,以女性之间的相互扶助与抚慰缔造了一座乌托邦的方舟。然而弃绝了"女性"的传统角色的她们远未获得彻底的救赎,那尽失女性身体与容颜与混乱不堪的孤寂生活宣告了她们在"人"与"女人"之中的失落。而谌容的《人到中年》则以社会寓言的形式揭示了职业女性在"女性社会角色"与"女性传统角色"之间的不堪重负。揭示了新时期女性兼顾传统女性美德与新的职业道德时的沉重困境。有意思的是,九十年代的徐坤的《厨房》也以另类的书写,重新审视了这个问题。只不过不像她的前辈们为了性别与家庭对于事业的羁绊而苦苦挣扎,她写的恰恰是一个"出走"后事业有成的女性,重新希望返回家庭生活而不能的故事。女主人公枝子以卓越的能力、事业的成功实现了"人"的社会价值,但付出的代价却是放弃一个女人享受家庭伦理幸福的权力。为了人生的圆满,当她决意回归女性的传统角色时,等来的却是一个独自回家的尴尬结局。这个文本正是通过对于"做人"与"做女人"无法"圆满合一"的女性性别境遇的深度叩问,有力地彰显了性别意识,并跨过历史的距离,再度呼应了世纪性的文化命题,即"娜拉出走后怎样"?

上世纪九十年代,政治权力话语、消费主义商业话语与男权主义中心话语的交融互渗,形成了女性文学发展前所未有的暧昧复杂的语境。与此同时,随着西方女性主义译著的引进和女性创作的艺术积累。女性文艺界与批评界也有了更充分的性别意识与性别自觉。一些女作家对此十分敏感,如林白在散文《个人记忆与个人化写作》中就敏锐地洞察到女性写作的这一处境,即"主流叙事的覆盖下还有男性叙事的覆盖(这二者有时候是重叠的),这二重的覆盖轻易就能淹没个人。"①并据此提出"个人化写作",并把它视作对抗"覆盖"和"淹没"的有效途径。如果说二十世纪八十年代的那代女作家更认同某种精英主义文化立场,那么在九十年代,"大众文化"的消费主义文化占据社会主流与中心地位之后,精英文化的溃败催生了"无名时代"的"个人化写作"。而女性写作是在精英与反精英,中心与边缘

---

① 林白:《记忆与个人化写作》,《林白文集》,江苏文艺出版社 1997 年版,第 303 页。

的张力状态下与男性的"个人化写作"相区别的。女性的个人化写作是在坚守个体性别身份的前提下,在努力书写女性真实体验与纷繁心路的基础上,逃离男性文化陷阱,质疑性别秩序与男权文化阴影的。因此女性个体化写作的出现本身就标志着女性创作性别意识的高涨。与此同时出现了一大批带有"个人化"、"自叙传"色彩的作品。如陈染的《私人生活》、《与往事干杯》、《无处告别》、《嘴唇里的阳光》;林白的《一个人的战争》、《回廊之椅》、《瓶中之水》;海男的《粉色》、《蝴蝶是怎样变成标本的》等。这些作品以"浴室"、"更衣室"、"卧室"等女性生活的私密空间为故事展开的场景,以大段的梦境、呓语、独白拼接了女性被长期压抑的个体生命体验,以充盈的性别意识质疑了男权文化规范。然而具有悖论意味的是,女性为冲破"男权文化藩篱"的"个人化"写作策略,女性写作中的反抗主流社会文化的"个人化"写作姿态,竟无意迎合了男权文化将女性赶到社会边缘、赶到"私人生活"的潜在用心。并且女性带有反抗姿态的"个人化"写作,竟会失陷于男权文化"暴露"与"窥视"的文化视野中。上世纪末出现的"美女作家"就是最好的例子,她们大肆张扬自己的性别身份,运用各种修辞手段(如"自传小说"、"隐私小说"、"绝对隐私")来获得作品的"卖点",这种文化名义下的"性别秀"迎合了男权话语对于女性的性别期待。值得注意的是,陈染在以女性的柔韧大力彰显性别意识的同时,也反思了极端性别意识的局限,有意无意地"纠偏",她提出了"超性别意识",指出:"一个具有伟大人力量的人,往往首先是脱离了性别来看待他人的本质的,欣赏一个人的时候,往往是无性的。"①又在随后的《破开》中声明:"我首先是一个人,然后才是一个女人"。这种"超性别意识",并非是简单地对于性别意识的否定,而是在反思基础上对于女性性别自我认识的升华,是不依赖于传统男权社会所建构的男性气质与女性气质的二元对立,希图从普泛人性的高度打开女性主体性探寻之路。从这个角度看,三十年来女性文学的发展恰恰走过了一个否定之否定的过程。

---

① 陈染:《超性别意识和我的写作》,《钟山》1994 年第 6 期。

二

　　在新时期以前的一段时间里,"阶级"成为阐释一切社会存在的唯一标准。阶级维度一度改写了特定的性别场景,将性别的欲望、性别的身体甚至性别自身从"情爱叙事"中抽离出去。随着新时期的到来,情爱作为一种自由、不受法律约束的精神现象,成为"人性的回归"、"个体自由"的象征。因此"情爱"题材成为新时期以来女性作家酷爱的题材,而"情爱叙事"也成为女性文学作品中数量最多的文类。一定程度上可以说,新时期的女性写作就是在颠覆原有的"放逐爱情、悬置欲望"的"伪情爱"故事中开始的,而性别意识则通过探讨两性情爱关系、揭示女性独特的性别遭际、发露女性的身体欲望真相以及僭越男权文化秩序来体现的。

　　新时期早期的女性创作是通过声明女性爱的权力来收复其"做人"的权力的,而性别意识则在揭示女性特定的社会历史境遇层面委婉地泄漏出来。张抗抗的《爱的权力》中女主人公舒贝在文革浩劫中饱受心灵创伤,残忍的生活经历已经将她挤压成为一个卑微的苟活者。因此"爱情"对她来讲已经超离了单一的情感话语,成为一种救赎、重生、收复人权的象征。当舒贝在几度徘徊犹疑之后,终于重新指认自我女性角色、夺回了自我选择爱情的权力时,则意味着她在更高层次上完成了人性权力的复归。类似的作品还有张抗抗的《北极光》与戴厚英的《人啊,人》,都是围绕着女主人公的视点,勾勒出三个典型的男性,象征三条不同的人生道路,使女主人公通过女性的爱情选择来完成人生选择,并最终实现了人的基本权力。这些文本中的"情爱叙事"率先呈现了女性在文革中心灵饱受创伤的苦难境遇,并试图通过"爱情"的途径来寻找女性的自我救赎之路。但这些文本也形成一个典型的文本症候:在文本的叙境中,女性唯一能行使的权力是选择爱情,唯一能期许的结局是等待理想男性的救赎来获得美好的人生。更为吊诡的是,文本的叙事用心虽然力图让女性获得大写的"人"的权力,但所设计的途径却无疑将女性再次蜕变为一个意义行为的客体。这样的爱情故事不过是一个社会寓言:不是一个女人遭遇了她倾心的男人,而是一个"弱者"在人生迷茫之际遭遇了启蒙者和领路人。到了二十世纪九十年代,由于女性作家性别意识的普遍增强,一些女作家创作类似的情爱题材作品,但主题意义却转向了对于男权社会性别秩序的僭越。如果说在新时期早期的女性创作的爱情小说中,设置了"一女三男"的情节模式,让女主人公通过选择爱情来进行不同生活道路和价值理想的选择。而九十年代的许多作品仍然袭用了这个模式,只不过作品的意义模式发生了彻底的变更。如徐坤的《游行》中,虽然也出现了三个男性象征着三种文化:经典文化、精英文化与流行文化,但文本中的女主人公林格却并非通过爱情选择来确立自我救赎之路,相反却以"魔鬼"般犀利的眼光洞察了这三种男性文化背后的虚弱和虚无。而林格也在这种情爱穿越中完成了对于男权文化的僭越。文本中所有的男性没有一个成为可以使女性精神获得救赎的"文化英雄"。与此有异曲同工之妙的还有徐小斌的《双鱼星座》,小说副题就是"一个女人和三个男人的故事",其中女主人公卜零也在三个男人中辗转犹疑,他们分别代表现实中的金钱与家庭(丈夫)、事业与权力(上司)、爱欲与情欲(石),这三个层面构成了现实中的女人基本生存支点,然而卜零却遭受了这三个男人不同程度的背叛与欺压。当她在痛苦中洞察了这种无奈的性别压抑之后,最终以想象中将三个男人都杀死的超现实结局完成了女性与现存性别秩序的痛苦决裂。从以上作品不同的意义处理方式,确实可以看出女性创作中性别意识的不断增强。

在新时期早期的"情爱叙事"中,女性的身体、欲望是被彻底抽空的,代表性的作品是张洁的《爱,是不能忘记的》。文本中一种"柏拉图式的精神恋爱"成为"两性情爱"的最高境界,这是一种能够洗去女性身体、女性欲望的"不朽之爱",是一种让女性永不索取,将爱人高高置于圣坛中的彻底膜拜,是女性以一生的幸福为代价设置的生命祭坛。在这里,爱不仅是一种感情,更成为爱者的一处精神家园。爱,成为女性"不能忘记的"、成为与生命同在的"记忆"。正是这一不断被"纯洁化"、"神圣化"的爱的记忆,使女性能够抵御不堪重负的现实生存,期待一种政治异化的社会人生的彻底终结。但这种虚幻的、绝对不平等的"情爱"模式,同时也将女性抛入一种绝望的悲剧性的情境中。无独有偶,在二十世纪九十年代,蒋韵的《隐秘盛开》再次呼应了张洁这种纯粹的"精神性的柏拉图"之爱,潘红霞以一生的长度无怨无悔地爱着,她甚至从不吐露从不表白,她默默地把刘思扬放在心的神坛上,将女人一生的幸福与感情作为祭品,成为一个爱情的"殉道者"。这种"像神那样忘我无私而又毫无噪音地爱着,并牺牲"的故事,虽然生动地展现出女性内心那超越时空的难以抑止的激情,但无法掩盖问题的实质:这种完全将女性身体、欲望、自我彻底吞噬的"完美之爱"不过是令人心痛的精神献祭而已。

当然这种过分"纯净"的情爱叙事遭到了敏感的女作家的质疑。王安忆的《小城之恋》、《荒山之恋》、《锦绣谷之恋》、《岗上的世纪》开始以两性的本能、欲望、生命的原始冲动消解了新时期初那种"纯洁"的"无欲望"的爱的话语,让女性的情爱真相与生命意识从那种神圣的"救赎性"的理想主义话语遮蔽中彰显出来,让"爱"从高高在上的神圣"祭坛"终于回落到女性现实的生存地面上来。这是一种极具性别特质的女性写作。正如批评家吴亮就"三恋"所言:"它的视角始终是女人的,得失衡量也是女人的;它的语气是女人的,态度立场同样是女人的。"①又如程德培就这些女主人公指出:"'她'是某种女性的细胞,'她'包含了所有女性所特有的敏锐、自私、偏见与局限的生命经验,对神圣母爱的崇拜,对女性一切力量、长处、智慧的自信,以及由此而来的对柔弱男性、差劲男子、不堪崇拜的男子陋习的印象与厌弃。"②这几篇小说在当时都具有"先锋意义":《小城之恋》中以一种深刻的悲悯为两性情爱涂染了一层为当时所禁忌的"身体欲望"色彩;《荒山之恋》则在一个看似古典的"殉情"故事中,改写了两性情爱中男性的启蒙者地位,而使女性成为爱的引领者——一个具有侵犯性和占有欲的女人

① 吴亮:《爱的结局与出路——〈荒山之恋〉〈小城之恋〉〈锦绣谷之恋〉的基本线索》,《有争议的性爱描写》,延边大学出版社1988年版,第231页。
② 程德培:《面对"自己"的角逐——评王安忆的"三恋"》,《有争议的性爱描写》,延边大学出版社1988年版,第222页。

引领着一个孱弱而无力的男人共同奔赴"爱"与"死"的命运;《锦绣谷之恋》则将女性的爱情阐释为一种虚幻的"镜像之旅",女性所渴求的爱情不过是在镜子中玩味恋爱中的自己的"自恋"而已;《岗上的世纪》则把一个女人为了现实利益诱惑男人的故事,改写成了一个男人和女人如何在性爱中领略两性情爱的极致,并最终获得身体与灵魂重生的故事。"性"不再成为一种需要净化的、需要不断克服的本能的"污浊之物",而成为能使两性达到和谐圣境的桥梁。

当然还有不少情爱小说从正面意义上阐发了女性主体性生成的过程,它们共同描写了女性摆脱丧失自我的爱情献祭而最终获得成熟之爱的过程。如铁凝的《大浴女》中,尹小跳在少女虚荣心的驱动下,崇拜爱慕当时的名作家方兢,并将他所有的自私、无情都合理化,使得少女的心破碎不堪。直到她逐渐开始质疑精神偶像,开始要求获得两性情爱的主体地位时,她终于摆脱了爱的陷阱,获得了陈在忠贞不渝的爱情。尽管最后出于道德考虑,她放弃了这份爱情,但这一情爱历程却成为她释放罪感,获得女性的主体性成熟的过程。池莉的《怀念声名狼藉的日子》中女主人公豆芽菜也曾经因为虚荣而迁就老三届知青关山的爱情追求,当她认识到关山冠冕堂皇后的龌龊之后,毅然追求自由的爱的真谛,并不惜以"声名狼藉"为代价,获得爱的权力和激情飞扬的主体性成熟。除此之外还有些作品则注意到经济物质因素给"情爱"题材带来新的表现空间,以及商品经济对于女性性别境遇的揭示带来新的可能。如王安忆的《香港的情和爱》则注意到商业文化中两性情爱关系中的交易性。还有张欣的《缠绵之旅》、《爱又如何》也通过情爱题材,来阐释都市商业文化中女性所感到的那种深刻而无言的创痛和辛酸。

三

随着文坛上"新历史小说"的兴起,从"个体生命"的角度观照"家族"与"国家"、"革命"与"个人"关系的叙事风行一时。这种非主流意识形态的、边缘化的"个人化"写作立场,使历史摆脱了"必然论"与"决定论"的虚壳,呈现出鲜活的生命质感。由于这种"边缘化"、"个人化"的弱势立场与女性这一"性别"有着天然的同构性,因此"新"历史叙事自然就成为一些女作家表达性别意识、纠偏"私人化"单一性别视角、以更广泛的角度面对女性的社会历史文化问题的有效方式。这些从女性个体感性生命出发的历史叙事,在纷繁开阔的历史叙述中呈现了女性丰富多彩的生命状态,无论是家族女性群体对于历史的承担和选择,还是个体的女性被历史塑造、扭曲、改写,抑或是个体女性的命运折射的整个性别群体的历史命运,都精微地展现了主流历史时间之外女性生命的丰盈与匮乏。性别与历史的深度纠缠,其意义正如有的学者所言:"女性主义历史书写要呈现庶民妇女的言说,哪怕是微不足道的言说,包括从妇女的传记或手记、非正式的历史档案,法庭记录中女性的证供、监狱记录的历史、斗争记录等等,听取她们的声音,因为这是妇女的历史在场性和能动性的最好说明,并且能够挑战民族主义意识形态或精英的民族主义历史书写。"①

在上世纪的90年代,出现了一批"女性家族小说"。这些小说将性别视角与家族风云故事结合起来,通常以"女性心灵独白"的叙事形式书写"家族记忆",并把女性现实中个体情感经验整合在一起,来呈现女性本真的生命状态以及女性个体对于历史的承担。如赵玫《我们家族的女人》将敏感细腻的女性视角集中于奶奶、姑妈、小姑和我这三代女人的生存状态中,在肯定女性历史意义的价值前提下,探寻追问三代女性如何承担家族历史命运,并在特定的历史位置中选择了怎样的自我救赎方式,并形成怎样独特的女性生命轨迹的。而徐小斌的《羽蛇》,则在跨越百年的历史画卷上,构建了一个由五代女性构成的母系家族历史。作者让所有重要女性角色都以内心独白的形式来表达自我的思想意识。这些富有性别色彩的内心语言,披露了一个充满压抑与反抗、挚爱与仇恨的女性世界:既有女友间的温情互助又有彼此的怨恨争执,既有母女联手抵御苦难生存的同盟,又

---

① 陈顺馨、戴锦华:《妇女、民族与女性主义》,中央编译出版社2004年版,第6页。

有以健康、爱心为名的摧残与迫害,既有不同女性纷繁多样的命运之路,还有女性代际之间殊途同归的家族宿命。然而这个枝蔓复杂的女性世界却构成了女性最自在、最具韧性的历史表情,凸显了女性在历史风云变幻中执著而坚韧的生命形态。蒋韵的《栎树的囚徒》,讲述的仍然是一个"女性家族故事",并由三代家族女性以"独白"的形式轮番讲述家族故事。这些置身于动荡不安的时代和风雨飘摇的家园里的女性,以一种天然的默契和理解,将传统的婆媳、姑嫂与妯娌关系,改写成一种具有"姐妹情谊"色彩的、有精神承继关系的母女与姐妹关系。她们在共同承担家族命运的过程中,互相隔着岁月的鸿沟深情遥望,以一种诗意化的方式接续了女性的家族情缘。王安忆的《纪实与虚构》同样是"女性家族历史小说"中可圈可点的一篇。文本在两个层面完成了女性历史的追溯:奇数章节以"虚构"的方式来追溯母亲的家族历史;偶数章节则以"纪实"的方式来追溯女性个体的成长历史。这种用纪实和虚构并行不悖地来组织文本结构的方式,展现了女性通过个人与历史的对话自觉追寻母系血缘的过程。另外还有些文本,虽然没有涉及"家族历史",但仍然探讨的是群体的性别历史命运。如迟子建的《东窗》是以两条线索来表现母辈性别宿命与女性个体命运的交叉和重合,而这无疑暗示了性别群体命运强大的历史惯性。铁凝的《麦秸垛》,则在两代女性相似的情爱处境中,质疑了一种原始蒙昧的母亲形象,而这无疑是男权文化赋予女性性别群体命运的传统镜像。

女性创作介入历史还有另外一种方式,就是关注历史对于女性命运的塑造与扭曲,女作家往往以一种悲悯情怀去凝视女性身上所留下的惨痛的历史辙印。如铁凝的《玫瑰门》就书写了历史暴力对于女性不无悲剧意味的扭曲与改写。司猗纹在历史权力的更迭中,为了赶上时代的潮流,不断地剥夺、压制、侵害他人,成为整个荒谬历史暴行的参与者和受害者。铁凝的《棉花垛》同样也以悲剧性的笔墨,阐释了历史暴力对于女性的围困,不论是乔还是小臭子,都被历史权力游戏钉死在女人的性别宿命中。另外还有些女作家通过重写历史女性故事来探究历史对于女性性格命运的塑造。如以善于写历史女性的赵玫把视角深入盛唐宫廷,先后出版了《武则天》、

《高阳公主》、《上官婉儿》等三部长篇历史小说。作者以细腻的女性视角书写了置身政治权力中心的一个个聪明智慧、才情非凡的女性,她们在错综复杂的历史场景中为了生存和地位的提高,不惜扭曲自我生命欲求。这些定格在历史册页中有着生命的舒展、泼辣与鲜活的女性形象,成为女性与历史相互塑造与改写的明证。

新时期以来还有一些敏感的女作家以更宏阔的全球视野去思考性别与种族权力的关系。在经济发展不平等的全球化格局中,种族权力等级的格局正好同构于性别等级秩序。在西方的文化之镜前,东方正复制出一个自认为"边缘"的女性形象。这是一个与强悍、阳刚的西方形象形成对立的卑微与瑟缩的女性化的东方形象。张洁的《只有一个太阳》是探寻种族权力与性别角色的先导性作品,文本巧妙地揭示了性别与种族关系的秘密。文本中东方女性渴求西方的乐土,因臣服男性的"性别审美要求"而成功"西嫁",但她的异性同胞们却在"西方之行"中陷入了性别权力格局中女性才会遭遇的裸露与被看的境遇。这无疑确证了性别角色的转换可对位于种族权力模式。王安忆的《叔叔的故事》中也有类似隐喻。历经苦难归来后罩上"文化英雄"光环的叔叔在国内大行"性别角色权力",使许多女性对其顶礼膜拜。但在"西土之行"中,叔叔试图以东方男性的身份向西方女性行使性别权力时竟遭致重大挫折。而陈丹燕的《吧女琳达》则以另一种方式去考察性别与种族的关系。少女琳达被西方男性羞辱后,虽能在酒吧遇到他时,笑着让他"滚蛋",但仍然拣起了他扔在地上的小费。而王安忆在《我爱比尔》中则直接道明,东方女性对于西方男性的情感迷恋的表象下面,实际上是一种东方对于西方的不无性别意味的理想化想象。从以上几部作品可以看出,女作家已经不仅仅简单地在性别对立的维度中表现女性的性别际遇,更在现实的种族关系与物质经济关系中审视性别意义,并在更大范围内把女性的性别体验扩充为民族、种族的心理体验。

毋庸置疑,新时期以来的女性文学创作因其主题的深邃、艺术的精湛获得了前所未有的辉煌。而正是文本中性别意识的突出与彰显,才使其能以独特的艺术品格托举起女性精神涉渡的彼岸。在"做人"与"做女人"的困局中，在两性情爱的镜城里，在历史与种族的视野里，女性作家以性别的自觉与文学的自觉，推进了新时期文学创作的整体繁荣。虽然这其中有真正意义上的性别群体命运的探索与突围，也有无意识中的性别本质主义的沉落与深陷，但从一个更宽广的文化视野来看，二者在正反不同的维度上探求了当代女性性别境遇和精神出路。

附录二 《启蒙时代》:废墟境遇下的理性成长

一

　　王安忆的作品序列里有太多的成长故事,从早期的"雯雯"系列,《69届初中生》、《流水三十章》、《米尼》、《小城之恋》、《荒山之恋》、《我爱比尔》、《弟兄们》等,一直到《桃之夭夭》都在试图探寻尘世中的"孩子"如何在微渺的理性与强大的欲望中成长。在这些作品中女孩和男孩经历了无数痛楚、迷惘、躁动等感性本能的挣扎,甚至是无意识的互虐与自虐,最终以突围或陷落的青春姿态迎来了属于自己的成长。王安忆的新作《启蒙时代》仍然是延续这一"成长"主题,但这部作品却因其独特的面貌,成为王安忆作品成长系列的"异类"。

　　批评家王尧非常敏锐地将《启蒙时代》的主人公南昌们与朱学勤提出的思想史上的失踪者——"六八年人"联系起来。这些人的精神特征是"以非知识分子的身份,思考知识分子的问题",他们这一代人始终是"问题中人",理性是他们的精神标签,这种见解无疑是十分精当的。当然王尧也承认,南昌们并不是"六八年人"的注脚,如果说知识界更看重这一代人的思想觉醒,那么王安忆在小说中更感兴趣的则是这一代人的思想发育过程。①但是不管怎样,历史上以思想著称的"六八年人",必然成为文学叙事中"六八年人"的历史前文本,其精神标识、理性品格必然会以潜在的方式制约着人物形象的塑造和文本主题的意义走向。因此,《启蒙时代》中的人物成长不再沿袭王安忆此前所擅长的那种以女性为主体的感性化的成长路线,而是将男性主人公的精神理性成长过程推至文本的前台。

小说开始的时间是在"一九六七年和一九六八年的冬春之交",是在一九六六年的文革狂飙之后,这一个特定的历史时间无疑昭示着故事发生的时代是个理性绝对匮乏的时代,这种匮乏表现在当时弥漫着浓重的阶级思想迷雾,对人或事都进行着简单而抽象的分类,思维与情感方面更是存在着严重的教条主义。然而小说却将这一时代命名为"启蒙",表面上看南辕北辙,实际大有深意。康德在 1784 年 11 月的《柏林月刊》中撰文《什么是启蒙运动?》中阐释了启蒙内涵,即"启蒙运动就是人类脱离自己所加之于自己的不成熟状态,不成熟状态就是不经别人的引导,就对运用自己的理智无能为力。"并因此提出"要有勇气运用你自己的理智! 这就是启蒙运动的口号。"②可见,启蒙的核心主要着眼于人对于自己理智的主体应用。文革时代各种文化书籍都被"破四旧"了,整个时代呈现出被清洗后的荒芜,再加上学校停课闹革命,学生被遣散回家,而父母因被下放牛棚而无力管教他们,这无疑会使年轻人理性成长的道路受到严重的阻碍。然而,"规章制度都卸下来,于是,一切都敞开了。所以,从另一个角度看,这个时代又是一个开放的时代。"而"这样的好处是,小孩子可以自由发展天性,并且,广泛地交友,生活倒比正常时更加活跃。"也就是说,这种涣散而无序的社会恰恰又为青年人提供了自由生成理性,自由运用理性的机会。事实上这一荒谬的时代的确也催生了一批"自生自长,自己找食,自己拉巴自己,养成的理性"的时代青年,因此以"启蒙"命名这种时代竟也恰到好处。

在小说成长主人公南昌的周围,有一群和他一样共同境遇的成长少年,如陈卓然、小兔子、小老大、七月、舒娅、舒拉、珠珠、嘉宝、丁宜男、敏敏、阿明等,他们共同构成了一代青年的成长故事,并作为一个整体折射了整个时代的"启蒙氛围"。南昌们虽具有那个红色时代的典型身份——"红小兵",并且也携带着那一代青年典型的思想胎记——幼稚、教条、僵化、粗暴,但人物并没有真正进入抄家、批斗等标识"红小兵"身份的特殊的历史场景,再加上文本场景中庸常的"户内"、"户外"的频繁转换,使这些本应带有特殊历史色彩的青年人没有落入"红小兵"历史形象的窠臼,而是被赋予新意,这种新意主要表现在文本中充满了各种话语场景,而场景中的年轻人都带着一些哲学气质,不同程度体现了"公开运用自己理性的自由",即"指任何人作为学者在全部听众面前所能做的那种运用。"③这种人物、情节与场景的设置,也从根本上凸显了启蒙的主调。

然而毋庸置疑,这个时代的文化主调毕竟是一片废墟,这也就造就了成长青年们面对广阔天地的"废墟"境遇:"他们就像站在废墟上,无遮无拦,裸着地向着天地。时间和空间全是涣散无形,从他们身边铺张流淌。要说,他们的天地真是大,浩浩荡荡,他们穷极视力,还是看不到边。"这种看不到边的"废墟"境遇虽给了他们极大的自由,却也使他们的理性成长历程充满光明与黑暗频繁交替的坎坷,而这其中,父亲作为一个文化镜像就成为影响其成长的最重要的理性力量。

二

从文化意义上来讲,父亲代表着一种秩序、律令和基本道德。在《启蒙时代》中,父亲横亘在南昌们成长的路上,成为一个无所不在的阴影笼罩着、询唤着南昌们的成长,这从文本的结构上也能看到。小说开头在介绍主人公南昌时,就多次谈到他的父亲,并且很快就另辟一章专门写他的父亲,在小说的结尾部分又不惜浓墨重彩来描绘父亲,这种结构上的回环照应在内容上凸显的即是父亲的重要意义。在南昌们的心目中,他们的父亲更多的是一种理想之父,这在陈卓然的继父身上表现得最为明显。这个继父在战争中挂过重彩,有一处伤及要害,只能终年处于卧床状态,失去了革命行动能力,但同时也失去了犯政治错误的机会,作为一个定型的完美的革命样本,他基本上是沉默寡言的,只是偶尔送给下一代一个子弹壳、一小块刻章的牛骨和一个军用水壶,这个理想之父无疑是光荣革命传统的象喻,他以辉煌的历史成就了无上的权威与下一代成长的榜样。

但是,小说主人公南昌的父亲却是一个奇特的父亲形象,他有着理想之父所应该有的光荣的革命履历,却因一次政治事件赋闲在家,政治事业毫无前途，并因此携带着一种与革命不相容的阴郁的个体气质。这样的一个父亲让南昌尴尬莫名：一方面是因为父亲，才使自己具有革命嫡系的身份；另一方面，父亲身上那种类似无政府主义的抑郁性格又将他与热情的革命时代隔开了，每次与父亲谈话时，南昌心里总会生出嫌恶与害怕的混杂的心情。于是，像大部分成长少年一样，审父拉开了南昌的成长序幕。审父是从审子开始的，文本开头一幕的父子冲突是颇有深意的，面对儿子热情幼稚的革命行为，父亲既不褒扬，也不鼓励，相反只是质询。父亲步步紧逼追问了他五个问题，"在做什么？"，"什么关键时刻？""谁的生死存亡？""无产阶级的人类理想是什么？""无产阶级首先要解放自己！怎么解放？"每个问题答案对于革命时代的教条主义者们来说似乎是不言而喻的，是这个时代的典型的不容置疑的答案，但父亲以质疑的方式提出，竟然轻易地击垮了南昌自以为是的革命信心。在恼怒之下，他第一次正面审视了父亲，这个头戴鸭舌帽，用白皙纤长的手古怪地抱着一个热水袋的男人，这个与无畏、粗犷的革命形象相去甚远的父亲形象，让南昌认定父亲是个反革命的"托派分子"。这种审视的结果使他成长为一个叛父的逆子。在后来的家庭会上，南昌觉得母亲没有坚持自己的革命立场与父亲划清界限，并毅然与父亲、母亲决裂。

　　但最有戏剧化的是，父亲后来暗示南昌，其实他自己也是父亲的逆子，抛弃良田千亩，毅然走上革命道路。这种历史的同构与暗合实际上预示了南昌对于父亲秩序的回归，"父与子的冲突几乎是每一场革命必然发生的情节，它表面上是背叛，实际上却是一种承继。这两个截然相反的情形同时发生在这个关系里，注定了它的悲剧性，几乎成为革命的命运之一。"后来南昌进一步发现，这种回归竟然具有血缘的宿命色彩，他发现在生活细节中自己很多与父亲相象的地方。有一次全家去动物园玩，回来坐车，南昌第一次发现父亲身体里那已趋衰落的活力，嗅到父亲那带有油脂和灰尘的体味，这种对于父亲凡俗性的发现和认同，推动了南昌在感情上与父亲的和解。尽管他一直以理想之父为标准度量自己的肉身之父，甚至怨恨命运"为什么是他，又为什么是我？偏偏要是父和子？"但这种对于父亲略带凄楚的怨怼其实正出自父子间的亲情,是真正远离那个虚幻的理想之父的开始,是对于这个有着政治"缺点和污点"的肉身之父的真正认同。小说结尾是颇有深意的,这个现实之父以自身经历现身说法点明理想之父的革命真相:青年知识分子普遍的抑郁病,使革命成为他们自我救赎的归宿,因为"革命是虚无主义的良药,因为以人民的名义,'人民'将我们这些小知识分子的抑郁病提升到了人道主义。"父亲从根子上彻底改写了那个光荣革命传统的严正性、纯洁性、崇高性,从革命动机上彻底颠覆了那个被青年一代视为指路明灯的、能真正代言革命文化传统与秩序的理想之父。南昌的父亲站回儿子成长的原点上,承认他也憎厌自己的父亲,但又强调憎厌与背叛是有区别的,而真正有理性的、有逻辑的背叛才包含着真正的成长。在最后,父亲站在历史的高度清理了自己杂糅的知识结构,重申了自己那一代人被革命遮盖的小知识分子的身份与困境。"一个小资产阶级知识分子,前不着村,后不着店,看见了,又看不见,世界有了轮廓,却没有光,你渴望信它,怀疑又攫住你——这就是小资产阶级的摇摆病。"接着父亲又确诊了子一代的时代病,即教条主义,"你们有一个知识系统,是以语言文字来体现的,任何事物,无论多么不可思议,一旦进入这个系统,立即就被你们懂得了"。这两代人的时代病虽大相径庭,却实在是因果相陈的,是因为"在我们做青年的时候,一切都是模糊的,像漫流的水,然后,渐渐有了轮廓,是啊,是啊,我们把轮廓交给了你们,却没有光,没有给你们光,因为我们也没有。"这种对于历史的担当与见地再次将他从一个普通的父亲提升为一代人的精神之父,肉身之父与精神之父终于重合,这个大写的父亲为下一代人的成长划定了界线、指明了方向:去寻找我们这一代人没有的光明。可见,南昌等人的成长故事其实就是一个审父、叛父、回归父亲的过程,在这个过程中,父亲形象由理想之父回归到肉身之父,再由肉身之父提升到理想之父,当然这个理想之父与最初的理想之父在本质上存在着巨大的不同,前者还带有某种非理性的虚幻色彩,后者则带有鲜明的理性思考特征,正是在后一种理想之父的指引下,南昌们开始主动运用自己的理性,在代际关系的审视中踏上了自己的理性成长之路。

三

南昌他们这些年轻人因理性而生成主体性的过程中,除了父亲的影响,同代人的友谊始终具有重要的推动作用。正如文本所说:"成长是需要同道的,需要携手和互助,相互点燃光明,引出幽闭的产道。"这些少年没有受过高等教育,思维也没经过训练,甚至许多概念和方法都是自创的,他们没有向导,只能在黑暗中摸索,以期达到世界真相的彼岸。虽然这种理性生成的过程是无比艰难的,但他们最终在彼此争辩与相互扶助中,在启蒙与被启蒙中,以"断章取义得来的知识,七拼八凑,组合成世界观,企图给无名以有名,给无以规定的以规定。"南昌女朋友嘉宝的堕胎事件,就集中体现了在友谊的推动下南昌由感性至理性成长的曲折过程。

由于青春期浅薄的欲望和浅薄的满足,在小兔子家里,南昌与嘉宝因身体的萌动而发生了关系。很快嘉宝就怀孕了,对于年轻的他们来说,充满恐惧与相互的憎厌。朋友小老大介绍他们到高医生处接受手术,当嘉宝在手术过程中,她因疼痛而突然哀求医生拉拉他的手的时候,南昌感到了门外日光的尖锐,感到眼睛一阵刺痛,感到惨烈。正是这种不洁、内疚的痛苦使他无意识地迁怒于嘉宝。在回去的路上,看到嘉宝颠簸的身影,他的心也在颠簸,然而不是心疼,而是恐惧,恐惧一切因鲜血而不可收拾。当他在恍惚中骑着车子摔倒在地上时,他领悟到青春的过失并没有完结,而是变成一个无法清除的创口栖息在他的身体内部。两天后,他带着痛楚的生命体验,来到小老大的客厅。在他看来,"小老大的客厅是一个学校",而他却是一个需要补课的学生。他以提问辩难的方式向善于哲性思考的小老大曲折剖示了自己痛苦的内心,真诚地与小老大探讨了疼痛与痛苦的真谛。虽然谈话不了了之,但小老大"思想产生痛苦的说法有些安慰他,因他以为自己是个有思想的人。他想,他是痛苦,嘉宝是疼痛。"可以说,正是朋友小老大的启迪使南昌能够以理性力量反思这道青春的伤口。后来,南昌和陈卓然、阿明在一起时又以谈话的方式触摸了这段惨痛的经历,这回他们谈论的话题是"女人"。当南昌伤感地以"女人是特别容易受伤的动物"作为总结时,朋友们看着他,不敢多问,给南昌留下了静默隐修的空间,"就是这种隐修的作用,浅俗的经验会提炼成纯粹的思想情感。"到下一日,这几个朋友的话题又演化成"施痛与受痛"这种思辨性很强的问题,在陈卓然的辩难之下,"南昌不禁迷惑了,他想:嘉宝是什么?嘉宝知不知痛?回答是肯定的,嘉宝知痛,嘉宝是'受痛者'无疑,那她又'施痛'给谁了呢?我吗?南昌问自己:好像是的,我们互相'施痛'和'受痛'。"正是同龄人之间这种对鲜活生命感受不断的感悟、切磋、探讨与相互辩难中,才彼此激发了各自的理性,这些在日常友谊中培育出的点滴理性,最终汇聚成一道光束,照亮了南昌心底那难言而挥之不去的痛楚。而当成熟的理性照亮生命的成长时,当理性之光穿透生命的黑暗时,王安忆以激情的笔墨描绘了这些辉煌的时辰,那是"在更长久的盲目的时间之后,后积而薄发。简直就像母腹中的婴儿,在昏睡中沉睡,汲取养料,突然那一个诞生的时刻来到了,陡地降临光明。"

另外,小说中友谊促发理性的生成还体现在南昌、陈卓然邂逅朋友阿明的片断中。本来作为干部子弟的他们,是从心底里瞧不起市民社会与市民阶层的,他们常常对有悖于"革命精神"的人和事命名为"小市民"。但随着成长过程中理性的逐步自觉,他们开始主动打破这种狭隘的教条主义的束缚,并回归到芜杂而又生动的日常生活中来。这一时期与从属于典型市民阶层的阿明相识相知,加速了他们因理性而产生的对于自我市民身份认同的过程,而在一个喧嚣的、盲从的"革命"时代里,能够认识到市民生活正是"思想者苦思冥想、革命者为之浴血奋斗的人间生活",小市民正实践着革命者对于人类社会的理想,这本身是十分难得的,尽管这种具有历史高度的真知灼见,被涂抹上过多的作者的主观色彩,但也实证了这些少年们开始走向精神理性的成熟之途。可以说,正是在与阿明的友谊中,因各自际遇里不同新思想和新观念的碰撞,最终使他们开始将锋利的思想武器与无可名状的感性体验整合起来,将激昂的革命理想与庸俗的市民生活联系起来,从而使他们的理性因彼此自觉的切磋、交流日渐完善和壮大。而正是凭借着自然的天性与日臻健全的理性,他们才真正从教条僵化的革命小将身份中摆脱出来,走向主流革命意识形态的反面,实现了对于自我被"革命"遮蔽了许久的市民身份的全面认同,而这种认同也成为他们了悟生命疼痛、重树希望信念的理性方舟。

在《启蒙时代》之前王安忆的大部分成长小说中,人物的成长脉络都基本遵循时间线性的线索,文本中的叙事时间一般跨越较大,基本横跨人物的童年、少年及成年期,这种叙事结构表明了王安忆希望在一个较为宽阔的人生横截面上,通过细腻地呈现人物成长的来龙去脉,建构一个有关个体成长的独特的心灵世界。从内容上讲,此前的小说还一直在关注主人公的"生理、心理的成长阶段",即"一个物质性质的成长阶段"。④而到了《启蒙时代》,王安忆开始勾勒人物的"思想成长阶段","它的另一个名字就是'理性'",人物"将开始寻找思想,把思想输入健全的身心中去"。⑤这种主题重心的转移,使王安忆放弃了以往所擅长的漫长时间框架中对于人物成长命运的观察,而只截取了人物精神理性成长中的一个关键的片断展开精雕细琢,叙事时间虽大幅减缩,但叙事意义却因思想含量的骤然增多而有了真正深度的拓进。而且《启蒙时代》一反以往小说封闭性结局,小说中包括主人公南昌在内的所有人物在这个叙事单元内都没有确定的情节意义上的结局,相反一切都是未明的,无限展开的。这种叙事策略主要源于王安忆对于"理性"本身的认识,在她看来,理性就如同成长过程中突降的光明,而这种光明本身是需要不断重生的,只有在重生与沉沦的不断轮回中才能完成个体理性的真正成熟。这一过程也许正如小说中所说:"当你渐渐适应这光明,光明便转为昏暗,醒来又转为睡眠,汲取养分,等待下一次光明。这一次光明是比前一次更为堂皇,更为亮,可你还是会适应它,将它再转入暗,然后期望着下下次的光明。你就从一重光明走入再重光明,继而走入三重,四重,五重,无数重光明。那光明的亮度无可限量,没有止境,就看你有没有生长的激情。"

附录三　谛听"河流"的秘密

——解读苏童长篇小说《河岸》

苏童在访谈中,多次谈到他的河流情结,他早期的随笔《河流的秘密》,曾是他最喜欢的随笔文章.他的长篇小说《河岸》,又是一个有关河流的故事。在他看来,这两篇作品虽然体制不同,但却因展露了共同的河流情结,有着不可忽视的内在联系,属于一个精神谱系。从这个意义上说,随笔《河流的秘密》应当成为解读《河岸》的一把钥匙。在这篇随笔中,幼年的他曾以童真的心揣测河流的各种表情,然而河流的心灵却被永远地悬置了。河流的心灵丰富、深沉、神秘、无法言说。在这样的诗情表述中,"河流"从一个具体的可理解的物象上升为一个永远不为语言之网打捞的隐喻。到了小说《河岸》中,"河流"的隐喻更为宽大,它巧妙地覆盖了故事的时空背景、主题内容的各个声部、章节结构的整体串联以及故事中所有精微的富有想象魅力的细部。它让整个辛酸寒冷的故事泛出粼粼波光、森森水气。

在《河岸》中,"河流"不再仅仅指涉一个简单的空间背景,而是与"河岸"相互参照,形成一个繁复意旨的叙事空间。如果说"河岸",指涉的是以"油坊镇"为中心的现实社会,是一个被政治彻底主宰的现实世界。那么"河流",则指涉以"向阳船队"为中心的、一个因"有罪"被政治无情边缘和放逐的世界。居于河流之上的人由于政治身份的被剥夺,政治面貌暧昧模糊,因此遭到河岸社会的歧视与抵制。从另一个层面上来讲,"河岸"以坚固稳定的陆地,承载着坚硬残酷的政治律令和世态炎凉的人情法则,是一个政治等级森严、以强凌弱的冰冷的世界。而"河流"则因其深沉、神秘和宽厚的气质容纳着历史的神秘和人性晦涩朦胧的欲望,是一个不带偏见的为放逐者提供家园的温情世界。《河岸》中的所有主人公受命运的驱使奔突于这两个空间,"河"与"岸"成为个体命运陷落与突围的场所。如库文轩本身是个属于岸上的人,但荒谬的时代和荒谬的政治彻底把他放逐到河流之上。这种被放逐的命运彻底将他围困,他虽拒绝上岸,但是他一次又一次把渴求的目光伸向岸上,他希望求助岸上的力量来帮助他恢复政治身份。库文轩最后由人幻化成"鱼"的过程,正是一个逐渐被河岸遗弃而被河流接纳的过程。主人公库东亮也是在"河"与"岸"中奔走,他的温暖的童年记忆留在岸上,然而他的命运却与河流联系起来。在河流之上,他依稀感到自己生命不过像一滩水渍,脆弱而渺小。但当他回到岸上,他又感到无家可归。然而岸上的母亲与爱人对他构成一种永远的诱惑,他一次次不顾父亲劝阻回到岸上,可每次遭遇的都是误解、歧视、羞辱、暴力、甚至是死亡的威胁。小说中两个用黑体字强调的告示是充满意味的,一则是人民理发店义正词严地将他从爱情的幻境中驱逐出去,另一则是由傻子书写、但格式规范、措词严肃强烈的告示将他彻底从岸上驱逐到河里。库文轩父子二人虽然个性迥异、冲突不断,但最后的命运却殊途同归,河流成为二人永远的栖身之所与救赎之地,这既是父子命运荒谬地偶合,也是父与子跨越代际的命运和解。

正如那篇随笔所言,河流的秘密不与人言说。在这一点上,河流无疑隐喻了无法还原真相的神秘的历史。小说中多次描写了库东亮的幻觉,历史的鬼魂"邓少香"从河流里升上来爬到船上,虽然每次形态各异,有时甚至温情脉脉,但除了留下像喻历史蛛丝马迹的"水迹"和"红莲花"等之外,始终沉默不语,像河流一般拒绝透露内心的任何秘密。但具有吊诡意味的是,这个历史的鬼魂唯一透露的是却是人物的悲剧性的命运归宿,那就是化身为鱼,真正与河流融为一体。历史的真相也如同河流的真相一样,任凭编织什么样的网都无从打捞。库文轩屁股上的胎记、傻子扁金屁股上的胎记和油坊镇居民屁股上各种以假乱真的胎记都暗示了历史的各种可能性。正因为历史真相的缺席,才使得历史成为一个巨大的真空,可以被形形色色拥有话语权力的人进行任意填充。文革工作组的人可以凭借道听途说、猜测假想就轻易改写并剥夺库文轩的历史出身,而库文轩在失去这个历史身份的庇护之后,竟然落魄到只能像"鱼"一样苟且偷生。库文轩最后的结局是驮着烈士纪念碑投入水中。而烈士纪念碑正是历史的物化形式,这种死亡姿势暗含着他对于一种虚幻政治身份的偏执和对于历史魅影的屈从。而雕刻着历史事迹的碑石最终沉落水底,再一次把历史的真相拉入河流深邃而黑暗的内心中。

河流的水是不可束缚的,它必须要奔腾而下,它隐喻着人的生命欲望与生命活力。《河岸》中的主人公库东亮,他的青春成长就像水流一样充满了奔涌的欲望。然而,这种生命欲望的涌动是倍受压抑的。正处于青春期的库东亮由于对于慧仙的暗恋,使他的身体不断处于情欲不能满足的煎熬中。由于文革时代普遍的禁欲氛围,再加上父亲库文轩对于儿子身体发育变化的过度监视,使得库东亮对于自己的身体充满了"不洁"和"罪恶"的感觉。更有意味的是,库东亮亲眼目睹了父亲弃绝欲望、带有"性惩罚"色彩的自我阉割,使得被阉割的恐惧成为他挥之不去的噩梦。虽然小说里多次出现的"奔跑"意象容易让人想起河流的"奔腾",但实际上,在库东亮成长的路途上,处处留下的都是他疲于奔命地"奔逃"的身影。他被别人驱逐、呵斥、威胁时,他在奔跑,他被父亲责骂、被母亲遗弃、被慧仙误解时,他也在奔跑。特别是当各种矛盾纷纷激化的那一天,他的脚步就没有停止过。奔跑已经定格为他成长的一个悲怆的姿势,没有一处温暖之地处可以让他停留来安顿苦难,没有一处幸福之地可以让他奔赴去获得自由。他的成长就像那个绰号"空屁"所暗示的那样,"比空更虚无,比屁更臭",是一个无所依恃无所追求的价值虚无,是一个无处奔逃无以救赎的青春梦魇。

在那篇随笔里,苏童曾经自谦没有能力以"锋利如篙的文笔直指河流的内心深处"。的确,在小说《河岸》中,他同样避而不谈河流内心的秘密,但他却通过深邃丰富的"河流"的隐喻为我们设计了河流的各种表情,洞穿这些表情,我们可以窥视到历史的诡异、现实的荒诞、成长的无奈、人性的幽秘,而这一切也许就是河流秘而不宣的内心、深藏已久的秘密。

附录四　穿越成长岁月河流的忧伤

——读陆梅的《我的忧伤你不懂》

　　"多少年过去,多少地方多少脸都淡漠了,有的人已谢世,而我站在远方,夜那么静,我终于肯定我最怀念的,不是那些终将消逝的东西,而是鸟鸣时的那种宁静。"这是陆梅在小说集《我的忧伤你不懂》中两次引用罗伯特·潘·沃伦的话语。这两次的引用都在书中占据了显赫的位置,一次是在小说《一个人的童年》中卷首引用,为故事奠定了抒情基调,另一次则出现在小说集的后记中,用以澄明作者的创作心迹。这段充满诗性的话语可以看成是概括全书的灵魂,它轻笼着难言的忧伤,是历经世事的"我"穿越成长岁月河流之后回看过往的忧伤,是将时空距离拉远之后,对岁月流逝痕迹的筛漏与挽留。无疑,陆梅是认同这段话语中"我"的回望姿态的,她的创作初衷就是为了在那"终将消逝的东西"中怀念,而她的创作表情就是在那伴着"鸟鸣时的那种宁静"的怀念中默默忧伤。

　　在陆梅的笔下,忧伤如轻烟雾霭,笼罩着她讲述的每一个故事:有投射着自己童年记忆的成长故事,有观看新闻节目有所触动后对于"留守儿童"的书写,有城市少女的成长故事,还有以成年后的"我"的视角所介入的故事。从整体来看,这些以少年的成长为主要题材的作品,都是在作者创作心理返回童年经验的基础上,以童心、童趣和童真营构的艺术世界。这个世界活动着形形色色的成长少年,他们虽然有着不同的生长环境,有着不同的生长际遇,有着不同的生长困惑、迷茫与伤痛,但他们那穿越成长岁月河流的忧伤却是相同的。《我的草样年华》中"留守儿童"在父母打工后,因生活无人照顾、精神无人关心而滋生的浓浓忧伤;《等待奇迹》中身居"城中村"的打工子女始终与城市隔膜,作为乡下人无法赢得别人尊重的忧伤;

《姊妹坡》和《上学记》中女孩试图走入姐姐的世界,却总被无来由地排拒,而不断受挫的忧伤;《一个人的夏天》中在山冈上流连的少年因一节骨头,无意中感受到生命消逝的忧伤,此外,《彼岸花》《蝴蝶和暴雨》和《玛吉阿米》中朋友之间的邂逅与分离、相知与隔阂,相念相惜却不得相见的惆怅与忧伤更让人心动不已。这些忧伤分别被涂抹上不同的色泽:《永远有多远》中因无法挣脱生活苦难的黯淡,《米舒欣的十六岁的夏天》因无法明了生活真相的朦胧,《瞥见幸福的颜色》因无法瞥见生活幸福颜色的飘忽,《看夏荷盛开》中因颤动着青春真诚情愫的美丽。

当少年们在穿越岁月的河流时,忧伤成为萦绕其心头挥之不去的阴影。然而陆梅却在以忧伤涂抹青春画布的同时不忘时时增添一种希望与明亮,像《哑女米莉》中那一株能带给人幸福与快乐的四瓣三叶草,《彼岸花》中那棵连接尘世与天国、现实与理想的彼岸,《矢车菊的天空》中流浪孩子梦想中的城市霓虹,《一个人的夏天》中人迹罕至的山岗上的蜂舞蝶飞,《玛吉阿米》中一个美丽的约定、一个漫长的等待。而对于那些在尘世生活中被世人排挤、轻视的智障、残疾和流浪儿童,陆梅更是在描绘他们被生活剥夺的同时赋予他们一片独享的天地与灵魂的家园。小说《我的忧伤你不懂》中那个被全班同学都看不起的智障孩子启智,却俨然是个自然之子,他热爱乡野中的一切,对校园的一草一木都分外熟悉,他的内心陶醉在大自然的美好中,孤独而庄严,并不自卑痛苦。还有在书中多次出现的哑女,她虽然残疾,并且有着不尽如人意的家庭环境,但她始终在图书的环绕中构筑了充实而平衡的内心生活,她懂得爱,懂得美,懂得在现实的痛苦中寻找隐约而淡定的快乐。正是书中这些不断插入的亮点,稀释了忧伤的重浊,燃亮了希望的灯火。

书中第一篇《离天堂最近的地方》是以第一人称“我”的成人视角讲述的故事,因为周围人群的务实,使“我”远离了童年路上的纯真、诗意与美好,“我”对目前的生活状态非常不满。晋明的出现带动“我”去观照那些留守儿童,并决定亲自去那个叫做“恩施”的地方。这篇小说暗示出了陆梅创作的动机,那就是以自己的创作唤醒社会对于“留守儿童"的关注，为推动社会改善这些孩子的处境做一些事情。但从更深的层面来说，她的创作何尝不是一种忧伤的灵魂的超越与返回，从那庸常与务实的地面上轻盈超越，向那童年纯真美好之境的诗意返回。有意味的是，书中最后一篇《远去的村庄》仍然是个成人叙述者，"我"在离开故土时，（既可实指故乡，又可象征承载着童年记忆与逝水年华的灵魂故乡），对于远离后能否记得"回家"的路和找到最后归宿充满了淡淡的忧伤。这篇不仅与第一篇的"返回"形成巧妙的对应，同时也为全书的童心、童真之旅拉上了忧伤的帷幕。

　　全书自始至终贯穿着作者一种充满温情的悲悯，不仅是看待留守儿童苦难生存的悲悯，看待青春少年痛苦而又迷惘地跨越岁月河流的悲悯，更是一个童心未泯的成年人在岁月河畔逆行时重温自我成长伤痛的悲悯。正是这种宽大的悲悯使得陆梅超越了因书写儿童题材所带来的思想深度的限制，使作品的意义走向一种灵魂的宽广与深邃。也正因为如此，我们才敢断言陆梅的这本《我的忧伤你不懂》的确正如她所期待的，是一本能够"接受你目光凝视、最终在你心里投下光的影子的书"，是一本"有灵魂"的好书。

参考文献

一、文化与哲学类：

1. 西蒙娜·德·波伏娃：《第二性》，中国书籍出版社1998年版。

2. 约瑟芬·多诺万：《女权主义的知识分子传统》，江苏人民出版社2003年版。

3. 贝蒂·弗里丹：《女性的奥秘》，广东经济出版社2005年版。

4. 凯特·米利特：《性的政治》，社会科学文献出版社1999年版。

5. 鲍晓兰：《西方女性主义研究评介》，北京三联书店1995年版。

6. 王政、杜芳琴主编：《社会性别研究选译》，北京三联书店1998年版。

7. 李银河主编：《妇女：最漫长的革命》，北京三联书店1997年版。

8. 理安·艾斯勒：《圣杯与剑》，社会科学文献出版社1995年版。

9. E.M.温德尔：《女性主义神学景观》，北京三联书店1995年版。

10. 沈奕斐：《被建构的女性——当代社会性别理论》，上海人民出版社2005年版。

11. 皮埃尔·布尔迪厄：《男性统治》，海天出版社2002年版。

12. R.W.康奈尔：《男性气质》，社会科学文献出版社2003年版。

13. 卡罗尔·帕特曼：《性契约》，社会科学文献出版社2004年版。

14. 理安·艾斯勒：《神圣的欢爱》，社会科学文献出版社2004年版。

15. 乔治·巴塔耶：《色情史》，商务印书馆2003年版。

16. 伊丽莎白·赖特：《拉康与后女性主义》，北京大学出版社2005年版。

17. 玛丽亚姆·弗雷泽：《波伏娃与双性气质》，中华书局2004年版。

18. 米歇尔·福柯:《性经验史》,上海人民出版社 2002 年版。

19. 罗素:《婚姻革命》,东方出版社 1988 年版。

20. 马克思、恩格斯:《马克思恩格斯全集》,人民出版社 1972 年版。

21. 黄克剑:《人韵——一种对马克思的读解》,东方出版社 1996 年版。

22. 托马斯·内格尔:《人的问题》,上海译文出版社 2000 年版。

23. 恩斯特·卡西尔:《人论》,上海译文出版社 2003 年版。

24. 费迪南·费尔曼:《生命哲学》,华夏出版社 2000 年版。

25. 郭湛:《主体性哲学——人的存在及其意义》,云南人民出版社 2002 年版。

26. 李楠明:《价值主体性——主体性研究的新视域》,社会科学文献出版社 2005 年版。

27. 盛宁:《人文困惑与反思》,三联书店 1997 年版。

28. 阿伦·布洛克:《西方人文主义传统》,三联书店 1997 年版。

29. 曼弗雷德·弗兰克:《个体的不可消逝性》,华夏出版社 2001 年版。

30. 王晓华:《个体哲学》,上海三联书店 2002 年版。

31. 欧阳谦:《人的主体性和人的解放》,山东文艺出版社 1986 年版。

32. 刘亚猛:《追求象征的力量》,三联书店 2004 年版。

33. 苏珊·桑塔格:《疾病的隐喻》,上海译文出版社 2003 年版。

34. 菲尔·莫伦:《弗洛伊德与虚假记忆综合症》,北京大学出版社 2005 年版。

35. 卡伦·霍妮:《我们时代的神经症人格》,贵州人民出版社 2004 年版。

36. 彼得·布鲁克斯:《身体活——现代叙述中的欲望对象》,新星出版社 2005 年版。

37. 艾云:《用身体思想》,江苏人民出版社 2003 年版。

38. 汪民安主编:《身体的文化政治学》,河南大学出版社 2004 年版。

39. 基尔克郭尔:《概念恐惧·致死的病症》,上海三联书店 2004 年版。

40. 马歇尔·伯曼:《一切坚固的东西都烟消云散了——现代性体验》,商务印书馆 2003 年版。

41. 刘小枫:《现代性社会理论绪论》,上海三联书店1998年版。

42. 刘小枫:《拯救与逍遥》,上海三联书店2001年版。

43. 刘小枫:《沉重的肉身——现代性伦理的叙事纬语》,华夏出版社2004年版。

44. 马泰·卡林内斯库:《现代性的五副面孔》,商务印书馆2002年版。

45. 齐格蒙特·鲍曼:《流动的现代性》,上海三联书店2002年版。

46. 张曙光:《生存哲学——走向本真的存在》,云南人民出版社2001年版。

47. 让·波德里亚:《消费社会》,南京大学出版社2001年版。

48. 保罗·里克尔:《恶的象征》,上海人民出版社2003年版。

49. 阿德勒:《阿德勒人格哲学》,九州出版社2004年版。

50. 乔治·布莱:《批评意识》,广西师范大学出版社2002年版。

51. 菲力浦·勒热讷:《自传契约》,三联书店2001年版。

52. 米兰·昆德拉:《认》,辽宁教育出版社2000年版。

53. 张志扬:《创伤记忆——中国现代哲学的门槛》,上海三联书店1999年版。

54. 徐友渔等:《语言与哲学》,北京三联书店1996年版。

55. 约翰·菲斯克:《解读大众文化》,南京大学出版社2001年版。

56. 瓦西列夫:《情爱论》,当代世界出版社2003年版。

57. 弗洛姆:《弗洛姆文集》,改革出版社1997年版。

58. 海德格尔:《诗·语言·思》,文化艺术出版社1991年版。

59. 衣俊卿:《现代化与日常生活批判》,人民出版社2005年版。

60. 海德格尔:《存在与时间》,北京三联书店1999年版。

61. 陈学明等编:《让日常生活成为艺术品——列斐伏尔、赫勒论日常生活》,云南人民出版社1998年版。

62. 张汝伦:《现代西方哲学十五讲》,北京大学出版社2003年版。

63. 爱因·兰德:《新个体主义伦理观——爱因·兰德文选》,上海三联书店1993年版。

64. 卡尔·雅斯贝斯:《时代的精神状况》,上海译文出版社2005年版。

65. 孙毅：《个体的人——祁克果的基督教生存论思想》，中国社会科学出版社2004年版。

66. 陈鹏：《中国婚姻史稿》，中华书局2005年版。

67. 赵汀阳：《论可能生活》，中国人民大学出版社2004年版。

二、文学史与文学理论类：

68. 夏志清：《中国现代小说史》，复旦大学出版社2005年版。

69. 杨义：《中国现代小说史》，人民文学出版社1986年版。

70. 钱理群、吴福辉、温儒敏：《中国现代文学三十年》，北京大学出版社1998年版。

71. 陈思和主编：《中国当代文学史教程》，复旦大学出版社1999年版。

72. 洪子诚：《中国当代文学史》，北京大学出版社1999年版。

73. 孔范今主编：《二十世纪中国文学史》，山东文艺出版社1997年版。

74. 王晓明主编：《二十世纪中国文学史论》，东方出版中心1997年版。

75. 陈平原：《陈平原小说史论集》，河北人民出版社1997年版。

76. 丁帆、许志英：《中国新时期小说主潮》（上、下卷），人民文学出版社2002年版。

77. 刘思谦：《"娜拉"言说——中国现代女作家心路纪程》，上海文艺出版社1993年版。

78. 刘增杰：《云起云飞——20世纪中国文学思潮研究透视》，上海文艺出版社1998年版。

79. 解志熙：《美的偏至——中国现代唯美－颓废主义文学思潮研究》，上海文艺出版社1997年版。

80. 唐小兵：《英雄与凡人的时代——解读20世纪》，上海文艺出版社2001年版。

81. 裴毅然：《二十世纪中国文学人性史论》，上海书店出版社2000年版。

82. 陈晓明：《表意的焦虑——历史祛魅与当代文学变革》，中央编译出版社2003年版。

83. 戴锦华:《隐形书写——90 年代中国文化研究》,江苏人民出版社 1999年版。

84. 孟繁华、林大中主编:《九十年代文存》(上、下卷),中国社会科学出版社2001 年版。

85. 王晓明主编:《在新意识形态的笼罩下——90 年代的文化和文学分析》,江苏人民出版社 2000 年版。

86. 陈思和、杨扬编:《90 年代批评文选》,汉语大词典出版社 2001 年版。

87. 王岳川:《中国镜像——90 年代文化研究》,中央编译出版社 2001 年版。

88. 曹文轩:《20 世纪末中国文学现象研究》,北京大学出版社 2002 年版。

89. 徐俊西:《世纪末的中国文坛》,上海文艺出版社 2002 年版。

90. 黄发有:《准个体时代的写作——20 世纪 90 年代中国小说研究》,上海三联书店 2002 年版。

91. 陈传才:《中国 20 世纪后 20 年文学思潮》,中国人民大学出版社 2001年版。

92. 玛丽·伊格尔顿:《女权主义文学理论》,湖南文艺出版社 1989 年版。

93. 黄华:《权力,身体与自我——福柯与女性主义文学批评》,北京大学出版社 2005 年版。

94. 张岩冰:《女权主义文论》,山东教育出版社 1998 年版。

95. 杨莉馨:《西方女性主义文论研究》,江苏文艺出版社 2002 年版。

96. 张京媛主编《当代女性主义文学批评》,北京大学出版社 1992 年版。

97. 谢玉娥编:《女性文学研究教学参考资料》,河南大学出版社 1990 年版。

98. 孟悦、戴锦华:《浮出历史地表》,河南人民出版社 1989 年版。

99. 李玲:《中国现代文学的性别意识》,人民文学出版社 2002 年版。

100. 荒林、王光明:《两性对话——20 世纪中国女性与文学》,中国文联出版社 2001 年版。

101. 荒林主编:《两性视野》,知识出版社 2003 年版。

102. 戴锦华:《涉渡之舟》,陕西人民教育出版社 2002 年版。

103. 陈顺馨:《中国当代文学的叙事与性别》,北京大学出版社 1995 年版。

104. 陈晓兰：《女性主义批评与文学诠释》，敦煌文艺出版社 1999 年版。

105. 陈惠芬：《神话的窥破》，上海社会科学院出版社 1996 年版。

106. 徐坤：《双调夜行船——九十年代的女性写作》，山西教育出版社 1999 年版。

107. 芮渝萍：《美国成长小说研究》，中国社会科学出版社 2004 年版。

108. 樊国宾：《主体的生成——50 年成长小说研究》，中国戏剧出版社 2003 年版。

109. 陈志红：《反抗与困境——女性主义文学批评在中国》，中国美术学院出版社 2002 年版。

110. 李学武：《蝶与蛹》，中国社会科学出版社 2003 年版。

111. 让－伊夫·塔迪埃：《20 世纪的文学批评》，百花文艺出版社 1998 年版。

112. 莫里斯·布朗肖：《文学空间》，商务印书馆 2003 年版。

113. 伊恩·P. 瓦特：《小说的兴起》，三联书店 1992 年版。

114. 戴维·洛奇：《小说的艺术》，作家出版社 1998 年版。

115. 基拉尔：《浪漫的谎言与小说的真实》，三联书店 1998 年版。

116. 巴赫金：《哲学美学》，河北教育出版社 1998 年版。

117. 巴赫金：《小说理论》，河北教育出版社 1998 年版。

118. 巴赫金：《文本 对话与人文》，河北教育出版社 1998 年版。

119. 巴赫金：《诗学与访谈》，河北教育出版社 1998 年版。

120. 巴赫金：《周边集》，河北教育出版社 1998 年版。

121. 余虹：《思与诗的对话》，中国社会科学出版社 1991 年版。

122. 刘禾：《语际书写——现代思想史写作批判纲要》，上海三联书店 1999 年版。

123. 哈罗德·布鲁姆：《批评、正典结构与预言》，中国社会科学出版社 2000 年版。

123. 陆扬：《精神分析文论》，山东教育出版社 1998 年版。

124. 李钧：《存在主义文论》，山东教育出版社 2000 年版。

125. 方生:《后结构主义文论》,山东教育出版社 1999 年版。

126. 崔卫平:《积极生活》,中国人民大学出版社 2003 年版。

127. 罗岗、顾铮主编:《视觉文化读本》,广西师范大学出版社 2004 年版。

128. 季广茂:《隐喻视野中的诗性传统》,高等教育出版社 1998 年版。

129. 张沛:《隐喻的生命》,北京大学出版社 2004 年版。

130. 林幸谦:《荒野中的女体——张爱玲女性主义批评Ⅰ》,广西师范大学出版社 2003 年版。

131. 林幸谦:《女性主体的祭奠——张爱玲女性主义批评Ⅱ》,广西师范大学出版社 2003 年版。

132. 杨泽编:《阅读张爱玲》,广西师范大学出版社 2003 年版。

133. 刘绍铭、梁秉钧、许子东编:《再读张爱玲》,山东画报出版社 2004 年版。

134. 许子东:《为了忘却的集体记忆——解读 50 篇文革小说》,三联书店 2000 年版。徐岱:《边缘叙事——20 世纪中国女性小说个案批评》,学林出版社 2002 年版。

135. 关爱和:《古典主义的终结——桐城派与"五四"新文学》,上海文艺出版社 1998 年版。

136. 沈卫威:《自由守望——胡适派文人引论》,上海文艺出版社 1997 年版。

137. 南帆:《文学的维度》,上海三联书店 1998 年版。

138. 黄子平:《灰阑中的叙述》,上海文艺出版社 2001 年版。

139. 王德威:《想象中国的方法》,三联书店 1998 年版。

140. 李欧梵:《铁屋中的呐喊》,岳麓书社 1999 年版。

141. 耿占春:《叙事美学——探索一种百科全书式的小说》,郑州大学出版社 2002 年版。

142. 孙先科:《颂祷与自诉——新时期小说的叙述特征及文化意识》,上海文艺出版社 1997 年版。

143. 保尔·利科:《虚构叙事中时间的塑形》,三联书店 2003 年版。

144. 米克·巴尔:《叙述学:叙事理论导论》,中国社会科学出版社 2003 年版。

145. 苏珊·S.兰瑟:《虚构的权威:女性作家与叙述声音》,北京大学出版社 2002 年版。

146. 约瑟夫·弗兰克:《现代小说中的空间形式》,北京大学出版社 1991 年版。

147. 罗兰·巴特:《S/Z》,上海人民出版社 2000 年版。

148. 里蒙·凯南:《叙事虚构作品》,三联书店 1989 年版。

149. 热奈特:《叙事话语——新叙事话语》,中国社会科学出版社 1990 年版。

150. 韦恩·C.布斯:《小说修辞学》,北京大学出版社 1987 年版。

151. 罗钢:《叙事学导论》,云南人民出版社 1994 年版。

152. 赵毅衡:《苦恼的叙述者》,北京十月文艺出版社 1994 年版。

153. 赵毅衡:《当说者被说的时候》,中国人民大学出版社 1998 年版。

154. 申丹:《叙述学与小说文体学研究》,北京大学出版社 2004 年版。

155. 谭君强:《叙事理论与审美文化》,中国社会科学出版社 2002 年版。

三、作品资料类:

156. 陈染:《潜性逸事》,河北教育出版社 1995 年版。

157. 陈染:《私人生活》,作家出版社 2004 年版。

158. 陈染:《与往事干杯》,江苏文艺出版社 1996 年版。

159. 林白:《一个人的战争》,北京十月文艺出版社 2004 年版。

160. 林白:《回廊之椅》,云南人民出版社 1995 年版。

161. 王安忆:《桃之夭夭》,上海文艺出版社 2003 年版。

162. 王安忆:《父系和母系的神话》,浙江文艺出版社 1994 年版。

163. 王安忆:《流水三十章》,上海文艺出版社 2002 年版。

164. 王安忆:《米尼》,作家出版社 1996 年版。

165. 王安忆等:《忧伤的年代》,时代文艺出版社 2000 年版。

166. 王安忆、陈丹燕等:《女人二十》,湖南文艺出版社 2000 年版。

167. 蒋韵:《谁在屋檐下歌唱》,河北少年儿童出版社 1998 年版。

168. 蒋韵:《隐密盛开》,北京十月文艺出版社 2005 年版。

169. 蒋韵:《栎树的囚徒》,台北麦田出版社 2003 年版。

170. 蒋韵:《现场逃逸》,云南人民出版社 1998 年版。

171. 蒋韵:《完美的旅行》,北岳文艺出版社 2000 年版。

172. 蒋韵:《我的内陆》,台北麦田出版社 2002 年版。

173. 蒋韵:《失传的游戏》,北岳文艺出版社 1994 年版。

174. 蒋韵:《闪烁在你的枝头》,湖北少年儿童出版社 1998 年版。

175. 铁凝:《玫瑰门》,春风文艺出版社 2003 年版。

176. 铁凝:《永远有多远》,解放军文艺出版社 2000 年版。

177. 铁凝:《大浴女》,春风文艺出版社 2000 年版。

178. 张抗抗:《赤彤丹朱》,人民文学出版社 1995 年版。

179. 张抗抗:《北极光》,时代文艺出版社 2000 年版。

180. 池莉:《水与火的缠绵》,华艺出版社 2002 年版。

181. 池莉:《池莉精品集》,作家出版社 1999 年版。

182. 池莉:《池莉近作精选》,长江文艺出版社 2003 年版。

183. 徐小斌:《迷园》,时代文艺出版社 2001 年版。

184. 徐小斌:《蓝毗尼城》,云南人民出版社 1996 年版。

185. 徐坤:《游行》,云南人民出版社 1996 年版。

186. 徐坤:《先锋》,北岳文艺出版社 1995 年版。

187. 徐坤:《春天的二十二个夜晚》,春风文艺出版社 2002 年版。

188. 徐坤:《行者妩媚》,中国文学出版社 1998 年版。

189. 海男:《蝴蝶是怎样变成标本的》,南海出版公司 1998 年版。

190. 海男:《像幽灵一样飞》,长江文艺出版社 2000 年版。

191. 陈丹燕:《鱼和它的自行车》,上海文艺出版社 2002 年版。

192. 张悦然:《水仙已乘鲤鱼去》,作家出版社 2005 年版。

193. 蒋子丹:《贞操游戏》,云南人民出版社 1996 年版。

194. 虹影:《饥饿的女儿》,知识出版社2003年版。

195. 张洁:《无字》,北京十月文艺出版社2002年版。

196. 迟子建:《树下》,北岳文艺出版社2001年版。

198. 周洁茹:《知道是你》,天津人民出版社2000年版。

199. 庞婕蕾:《穿过岁月忧伤的女孩》,接力出版社2005年版。

200. 盛琼:《生命中的几个关键词》,作家出版社2003年版。

201. 魏微:《流年》,花山文艺出版社2002年版。

202. 魏微:《拐弯的夏天》,春风文艺出版社2003年版。

203. 棉棉:《每个好孩子都有糖吃》,花山文艺出版社2000年版。

204. 卫慧:《上海宝贝》,春风文艺出版社1999年版。

205. 丁玲:《丁玲选集》,四川人民出版社1984年版。

206. 傅光明主编:《中国现代文学名著丛书——萧红卷》,太白文艺出版社
     1997年版。

207. 张爱玲:《流言》,南海出版公司2002年版。

208. 张爱玲:《张爱玲作品集》,北岳文艺出版社2004年版。

209. 叶兆言:《没有玻璃的花房》,作家出版社2003年版。

210. 叶兆言:《我们的心多么顽固》,春风文艺出版社2003年版。

211. 何顿:《我们像葵花》,中国社会科学出版社2000年版。

212. 何大草:《刀子和刀子》,《钟山》2003年第4期。

213. 叶弥:《成长如蜕》,《钟山》1997年第4期。

214. 迟子建:《东窗》,《芙蓉》1993年第2期。

215. 方方:《在我的开始是我的结束》,《小说月报》1999年第7期。

216. 何玉茹:《四孩儿和大琴》,《小说月报》1997年第10期。

217. 周洁茹:《我们干点什么吧》,《人民文学》1998年第1期。

218. 黄蓓佳:《没有名字的身体》,《钟山》2003年第5期。

219. 唐颖:《随波逐流》,《收获》1997年第2期。

220. 杨泥:《红羚》,《人民文学》1995年第5期。

后 记

　　时间的沙缓缓从指缝间漏下，又是一个阳光晴好的下午。我提笔写下后记的时候，距离我的第一篇学术论文已经整整过去十年了。十年的光阴就这样不知不觉地像水一样流走了，只有这一行行字还在试图挽留着过去的声光色影。只有我自己知道，有多少人生滋味都浸润在这些平淡的字句里了，它们抵抗着一逝不复返的时间，站成了我生命的礁石与河岸。

　　隔着光阴的河，我能从这些文字中看到一种"轻"，这是由于缺乏足够的学识与厚重失之交臂的"轻浅"，这是由于缺乏足够沉淀与成熟一再错失的"轻逸"，这更是由于思想幼稚、视野狭窄、见解偏激带来的"轻率"。这种种的"轻"已经深深地拓在文章的血液里，不断提醒我今后要努力到达我至今还没有的"重"。在抵达"厚重"的路途上，我认为"成长"最为重要。成长就是一个不断自我否定、自我怀疑、自我更新，自我磨练的过程，一个能够明了人性弱点而逐渐学会宽容的过程。正是在这个意义上人只有不断地成长，才能挣脱丑陋的"茧"。由于成长如蜕般艰难，更多的时候我们会倾向于放弃成长，把生命剩下的所有时间用来美化那层丑陋的茧。是艰难地成长还是舒服地美化，就成为横亘在我生命长途中一个最重要的问题。每到这时，我总会想起马克·吐温，当他有次被问到"什么是人最重要的信条"时说："毫无疑问，是成长，我们必须持续不断的改变自己，一直到生命的结束"。他以成长为生命信仰的格言留给我如此深刻的印象，以至于在进行学术研究时，我很自然地以"女性成长"作为自己深入文学迷宫的入口，作为自己以学术生命与自然生命相互印证、相互阐发的关键词。

　　在长达十年的学术研究中，我深切地体会到正是前辈学人的研究成果为我构建了学术起点，正是在他们卓越的研究成果之上，才有了我就相关问题产生的一点点的见解。在此，我首先要向西蒙娜·德·波伏娃的《第二性》致以崇高的敬意，这部被奉为西方妇女的"圣经"，被誉为"有史以来的讨论女人的最健全、最理智、最有智慧的一本书"，给我学术理论与生命智慧方面的启发，无论如何评价都不过分。在此我还要向《女权主义的知识分子传统》、《女性的奥秘》、《性的政治》、《圣杯与剑》、《女性主义神学景观》、《性契约》、《波伏娃与双性气质》等国外女学人在女性文学领域开拓性的研究表达深深的敬意。另外我还要向国内女性文学界的优秀学者表示崇高的敬意，她们所编著的《浮出历史地表》、《"娜拉"言说——中国现代女作家心路纪程》、《涉渡之舟》、《中国当代文学的叙事与性别》、《神话的窥破》、《双调夜行船——九十年代的女性写作》、《当代女性主义文学批评》，无论在学术方法还是价值判断方面对于我的学术研究有重要的启发和帮助。我还要感谢女作家叶弥，正是她的小说题目《成长如蜕》，给我巨大的启发，正是她富有想象力的创造，才使我给我的学术研究找到最为恰切的命名。

在长达十年的学术研究中，我要深深地感谢我的导师刘思谦先生，是她引领我走进学术研究的大门。至今我还记得，老师为我一篇不足两千字的学术小随笔修改多次，那份至今还保存的文稿中，布满了老师用红笔批注的修改意见，大到学术理念、行文逻辑，小到语言的精确甚至标点的应用，老师的耐心和认真让我永生难忘。正是老师这种孜孜不倦的教诲，让我一点点明白学术思维的严谨性、让我理解学术语言的精确性，更让我明白一篇好的学术论文该有怎样的学术品味与学术质地，一个好的学人该有怎样的学术气质和学术积淀。从老师身上，我真切地体会到老一代学人那种不骄不躁、严谨踏实的学术风范。我也还记得，在我的博士论文论证及开题过程中，老师怎样一遍遍帮助我反复论证、推敲选题，帮我考虑论文写作过程中有可能涉及到的一些难点问题，在老师的引领之下，我的博士论文的轮廓才渐渐清晰起来，可以说我博士论文进展的每一步，都离不开我的老师的帮助。老师非常勤奋，从她最近的文章里，我仍然能够感受到学术的锐气与穿透力,识见的深刻与视野的开阔,她始终如一地保持着一个优秀学人的踏实与厚重,审慎与睿智。近来给老师打电话,她总是自谦自己不像以前那样勤奋了,我听后深深惭愧。老师虽年过七十,但依然保持着一颗如孩童般的赤子之心,丝毫没有沾染庸俗的社会习气,她待人自然而真诚,不虚伪不做作,她经常会说她的弟子和她一样太"傻",不懂社会上的人情世故,她经常也会说,她的所有的弟子既没有当官、也没有经商,而是做了和她一样与书结伴的学者,她真的很开心。在此,我也要感谢刘老师的老伴赵叔叔,在我们这些女弟子簇拥着老师谈论学术与人生的时候,赵叔叔为我们创造了一种令人难忘的幽默氛围,当然更要感谢在我读书这些年他和老师对我的关心和照顾。

在河南大学读书这些年,我还要感谢刘增杰老师,他给我们开设的专业课至今难忘,他给我打开了从报刊进行学术研究的视野。感谢孙先科老师,作为当代文学研究领域的一个优秀的学者,感谢他给予我耐心的指导和真诚的帮助。感谢耿占春老师,他渊博而睿智,谦虚而深刻,感谢他为我学术的提高所做的一切。感谢谢玉娥老师,她长期以来为女性文学领域资料的收集与整理做出了令人敬佩的努力,感谢求学三年来她对我的帮助。感谢傅书华师兄,他始终关怀着我的学术成长,为我论文提出中肯的意见,并在百忙之中为我这本书作序。感谢在河南大学和我一起读书的沈红芳师姐、赖翅萍师姐、李迎春师姐、杨珺师姐、祝欣师姐、周敏师姐和常黎师姐对我友爱和帮助。在此,我也要感谢我的父亲、母亲,他们牵挂与惦念是我生命中最为宝贵的财富,感谢我的弟弟高晓斐,他的乐观与幽默给了我很多快乐,感谢我的爱人翟永明,作为同行,他是我论文的第一个读者和批评者,感谢他陪伴我走过书写博士论文过程中最为煎熬的那段岁月。最后我还要感谢那些会长久停留在我生命内部的朋友们,正是你们的存在,让我的生命充满了如此多的温暖与爱意。

非常感谢大连理工大学的各级领导和同事们对我的关心和帮助。还要特别感谢大连理工大学人文与社会科学学部部长洪晓楠教授,他在学部范围内大力扶持青年教师学术成长,没有他的支持,也没有这本书的出版。